光文社文庫

Blue

葉真中 顕

光 文 社

Blue
Contents

Blue

プロローグ

For Blue

平成、という時代があった。

一九八九年一月八日に始まり、二〇一九年四月三〇日に終わった、およそ三〇年と四ヶ月に及ぶ時代。しかし東アジアの小さな島国の独自の元号に基づいたこの時代区分は、西暦や干支（えと）、ヒジュラ暦ほどメジャーではない。きっと、この世界に住むほとんどは平成を知らないだろう。

しかしその国に暮らす多くの人々にとっては、意味のある時代だった。内戦も戦争もなかった平和な時代として。いくつもの天災に見舞われた災害の時代として。バブル経済の崩壊に始まり格差拡大と貧困問題が可視化された衰退の時代として。行政と社会のシステムが制度疲労を起こす中さまざまな対立が鮮明になった分断の時代として。あるいは困難の中からそれでも次世代に何かを残そうとした希望の時代として。

そんな平成という時代が始まった日に生まれ、終わった日に死んだ一人の男がいた。

母親は彼を広尾（ひろお）にある個人経営の産院で産んだ。その産院は今はもうない。母親が生まれたばかりの彼を胸に抱いたとき、ふと見ると、窓の向こうに青空が広がっていたという。

青は母親の一番好きな色だった。だから彼女は彼に「青（アオ）」という名を付けた。呼びかけるときは、ブルーと呼んだ。のちに彼と親しくなる人の多くも彼をブルーと呼んだ。だから私もブルーと呼ぶことにする。

しかしここに一つ矛盾がある。平成が始まった一九八九年一月八日、東京は一日中雨模様であり、青空など見えるはずもなかったのだ。

平成が始まった日に生まれたということも、その日、青空が広がっていたことも、母親が彼に語って聞かせたことだ。少なくともどちらかは嘘である可能性が高い。が、今となってはもうわからない。

ブルーについて似たような話は他にもたくさんある。

たとえば……あの夜。

平成一五年一二月二五日の深夜。雪の中を凍えそうになりながら逃げたとブルーは記憶していた。

彼が逃げた青梅（おうめ）市の多摩川（たまがわ）沿いは、江戸時代ごろまでは雪深い土地として知られ、雪女が出ると言い伝えられていた。しかし近現代に入ると降雪量は減り、他の東京の町と同様に一二月に雪が降ることは珍しくなった。くだんの夜も雪が降ったという記録はない。しかし彼はあのとき雪が降っていたと言い、それを聞いたという人がいる。

誰かが嘘をついているのか、それともあの夜、本当は局地的に雪が降っていたのか。わからない。真実は、わからない。

過去とは、そういうものだ。

邪馬台国(やまたいこく)の卑弥呼(ひみこ)が誰を愛したかわからないのと同じように。あるいはイエスの奇跡が本当だったのかわからないのと同じように。アドルフ・ヒトラーが最後に見た景色がわからないのと同じように。

万人に共通の真実などおそらくこの世に存在しない。しかし、誰かの主観世界における真実は無限に存在するだろう。

ブルーが青空広がる平成最初の日に生まれたということも、彼が逃げた夜、雪が降っていたということも、誰かの真実ではあるのだろう。

だからこの物語も。

私が胸に刻んでいるこのブルーの物語も、まぎれもない真実なのだ。

ファン・チ・リエン

平成九年。しかし平成という年号など誰も知らない異国の夏。

ベトナムの首都ハノイから車で三時間ほどの距離に位置するB省の農村。

七歳になったファン・チ・リエンは、その日も家の手伝いをして過ごしていた。

大人たちによれば、今度新しく村に学校ができるらしい。もしかしたらリエンも通うことになるのかもしれない。でも、とりあえず今のところ、朝、陽が昇るとともに起きたリエンがやらなきゃいけないのは、学校に行くことではなく、母と一緒に村外れの川まで行って水を汲んでくることだ。早朝、川の周りには蚊がたくさんいて鬱陶（うっとう）しい。

水を汲んできたら祖母が用意してくれている朝食のフォーをさっと食べる。具はないけれど、汁にはアジノモトで味がつけてある。アジノモトは、日本（ニャッパン）でつくられているという塩でも砂糖でもない、何でも美味しくなる不思議な調味料だ。リエンはよく知らないけれど、日本はアジアで一番豊かで栄えている国らしい。

朝食を終えたら、午前中いっぱいかけて畑の草むしりをする。リエンの家はサツマイモとライチをつくる農家だ。この季節は少し油断すると、あっという間にそこらじゅう雑草だらけになってしまう。

リエンが畑に出るのはお昼まで。午後からは祖母と母の内職の縫い物を手伝う。刺繍(ししゅう)を施したハンカチや巾着(きんちゃく)をつくるのだ。

「おお、リエン、あんた本当にたいしたもんだねえ。もう私らより上手なんじゃないか」

祖母はいつもそんなふうにリエンを誉めてくれる。手先が器用なリエンは縫い物が得意だった。でも、さすがにまだ本当に母や祖母より上手に縫えるわけではない。大げさに言っているのだ。リエンはそれがわかっていながらも、嬉しかった。

その前の日とも、前の前の日とも、あまり変わらない一日が過ぎようとする夕方、いいことがあった。

ハノイで出稼ぎをしている叔父さんが帰ってきたのだ。

叔父さんは観光客を乗せるシクロ(三輪自転車)の運転手をしながら、リエンたちがつくったハンカチや巾着を売っている。出稼ぎといっても近いので、二、三ヶ月に一度くらいは村に帰ってくる。

叔父さんはいつもいろいろなお土産を買ってきてくれるので、リエンは楽しみだった。アジノモトも以前叔父さんが買ってきてくれたものだ。

その日、叔父さんは特別なお土産を二つ持ってきてくれた。

一つはリエンが大好きなマンガ『ドレーモン』の本だ。眼鏡をかけた気弱な男の子の家に、未来から狸みたいな猫型ロボットのドレーモンがやってくるという物語。すごく人気があって、村の子たちに新しい『ドレーモン』を手に入れたと話せば、みんなうらやましがるに違いない。

もう一つは、正確にはお土産ではなく、人だった。変わったお客さんを連れて来たのだ。叔父さんよりだいぶ若く、一五歳になるリエンの兄より少し年上の青年だった。

彼はたどたどしいベトナム語で言った。

「ニャッパン、カラ、キマシタ」

ニャッパン──日本。

日本人に会うのはもちろん、見るのもこれが初めてだった。

「アジノモト?」

リエンが思わず口にすると、みな大笑いした。青年もベトナム人がアジノモトを知っていることに驚き喜んでいた。

「日本がつくってるのはアジノモトだけじゃないぞ。ホンダとかスズキとか、日本のバイクは世界一なんだ。それから、おまえの好きな『ドレーモン』も日本のマンガなんだ」

リエンはこのときまでそれを知らなかった。でも言われてみれば『ドレーモン』に描かれる町の様子や、正月（テト）などの行事の様子はベトナムのそれとは違う。

青年はカタコトのベトナム語と英語を交えて（叔父さんが少しだけ英語ができる）、『ドレーモン』は日本では『ドラえもん』と言うことや、日本でも大人気で彼も子供のころによく読んだこと、最近その『ドラえもん』を描いているマンガ家が死んでしまったことを教えてくれた。

青年は日本の大学生で、今、学校を休んで鞄一つで世界中を旅行しているという。日本では去年、〝猿岩石（コンキー・ダー）〟という二人組が、アジアからヨーロッパまで旅をするテレビ番組をやっていて、その影響でそういう旅行が一部で流行（はや）っているという。その二人組はベトナムにも来たらしいけれどリエンは知らなかった。ただ、彼がベトナム語で訳したコンキー・ダーという名前は、何だか可笑（おか）しかった。

青年はハノイで数日過ごすうちに、シクロ運転手の叔父さんと仲よくなったらしい。観光客が行かないような田舎を見てみたいと言われた叔父さんが、ちょうど村に帰るので連れてきたそうだ。

家族は青年を質問攻めにし、彼はいろいろと日本のことを教えてくれた。

日本の街にはたくさんのビルが建っていて、バイクより車が多く走っているという。道も舗装されているから砂埃はほとんど立たないし、虫もベトナムよりずっと少ないという。日本の家にはテレビが普通にあって『ドレーモン』のアニメもやっているという。日本の子供たちは働かないで、学校に行ったり、マンガを読んだり、ゲームをしたりして過ごしているという。

叔父さんは彼が何か言うたびに「さすがだ。日本はすごい」と、日本のことを持ち上げた。リエンも日本の子供がうらやましくなった。

青年は苦笑しながら「ニャッパン、イキ、ツマル。ベトナム、ノ、ホウガ、ズット、イイ」と言っていた。

彼は、日本にいると息苦しくて、自分が何のために生きているのかわからなくなってしまう、自分を探すために世界中を貧乏旅行している——といった意味のことを語った。

カタコトのベトナム語だったし、少し難しい話だったので彼が言おうとしたことを正確に理解できたか自信がない。ただ、何にせよリエンには、豊かで便利な国の方がいいに決まっているとしか思えなかった。他の家族も、きっとみんなそうだろう。青年は「貧乏旅行」と言うが、気軽に海外を旅行できる時点で、リエンたちからしてみたら十分にお金持ちだ。

叔父さんは「ドイモイが軌道に乗ってきたので、これからベトナムもどんどん豊かになる」と言っていた。

刷新(ドイモイ)とは、今政府が掲げている政策だ。ベトナムは社会主義の国だけれど、資本主義のやり方を導入して国を豊かにしていく、というものらしい。

叔父さんがハノイでお金を稼いでお土産を買ってこれるのも、もうすぐ村に学校ができるのも、『ドレーモン』やアジノモトみたいな海外のものが入ってくるのも、みんなドイモイのおかげだという。

寝る前、青年はみんなにアルバムを見せてくれた。日本の写真かと期待したけれど、そうではなかった。旅する中で撮ったものだという。いろいろな国の美しい景色が写されていて、これはこれで見るのが楽しかった。

リエンが興味を持ったのは、彼がロシアで撮ったという、雪や氷に覆われた風景の数々だ。ベトナムでも北に位置するB省には、一応、四季がある。けれど冬でも涼しくなるくらいで、雪は降らない。日本にも雪が降ると聞いて、リエンはますますうらやましくなった。

「ボクハ、コレガ、スキ」

青年が自分のお気に入りの一枚として見せてくれたのは、青い氷に覆われた美しい水面の写真だった。ロシアのバイカル湖という湖で撮ったらしい。

「この村にも、きれいな青い湖があるわ」

対抗心を燃やしたわけでもないだろうが、母は言った。確かに村外れに、真っ青な湖がある。正式な名前は知らないけれど、村では〝運命の湖(ホー・ディン・マイ)〟と呼ばれている。昔、その畔(ほとり)で偉いお坊さんが修行をしたという言い伝えが残っている。

青年が是非見てみたいと興味を持ち、翌朝、水汲みのついでに母とリエンで案内することになった。

思えばリエンは明け方の〝運命の湖（ホー・ディン・マイ）〟を訪れたのはこのときが初めてだった。
〝運命の湖（ホー・ディン・マイ）〟は、バイカル湖のように凍っているわけではなく、水草と光の加減によって水そのものが青く見える。それは知っていた。しかしこのとき、そこにはリエンがまるで知らなかった〝運命の湖（ホー・ディン・マイ）〟があった。

いつもは若干緑がかってどこかくすんでいる湖面が、空を映したような澄んだ青に染まっていた。そこにうっすらと霧がかかり、水面の青は空気までも染めていた。そしてその向こうに、枝から地上に根をたらし自らの幹に纏（まと）わせる不思議な樹木の影が浮かんでいる。ガジュマル（カィダー）。ベトナムの昔話では、どんな傷でも癒す不死の樹だが、きれいな水で育てなければならず、汚れた水を与えると瞬く間に成長し、人を月まで連れ去ってしまうと伝えられている樹だ。

早朝のごく短い時間だけ、水と光と霧が奇跡のバランスで織りなす、美しい景色が広がっていた。

リエンは思わず息を吞んだ。

自分の村にこんなきれいなものがあることを知らなかった。

青年は感激した様子で写真を撮っていた。

藤崎文吾

平成一六年。のちに振り返ればちょうど平成という時代の中間地点。しかし当時の人々はそんなことは知りようもない年の、正月。

「しかしこっちは寒いな」

藤崎文吾(ふじさきぶんご)は腕をさすりながらつぶやいた。

多摩川沿いの青空駐車場に停車した車から降りると、水の臭いと一緒に冷たい風が吹き付けてきた。都心よりも一、二度、川の近くはもっと気温が低い気がする。

駐車場の敷地を囲む金網に与党の政党ポスターが貼ってあった。オーナーが支持者なのだろうか。〈改革に、力を〉というキャッチフレーズとともに、与党の党首でもあるK総理大臣の顔が大写しになっている。彼が率いるK政権は「聖域なき構造改革」というスローガンを掲げ発足時は八割を超える高い支持率を獲得した。強引な政治手法が批判されることも多いが、一昨年の平成一四年には、史上初の日朝首脳会談を実現し、拉致被害者五人を帰国させている。

「なんせ雪女が出るような土地ですからね」

運転席から降りてきた沖田数晴が言った。

「雪女？」

「はい。ラフカディオ・ハーンの『怪談』にある雪女の話。あれの舞台が、ちょうどこの辺りなんです。すぐそこにかかってる調布橋のたもとに碑も建っていますよ」

「あれ雪国の話じゃないのか。ここ一応、東京だぞ」

青梅市千ヶ瀬町は都心から車で二時間近くもかかるが、住所の上では東京都内だ。

「昔はこの辺もかなり雪が降ったそうです」

「そうなのか。さすがだな、クイズ王」

そんなあだ名で呼ぶと、沖田は肩をすくめた。

一八〇センチ九〇キロのがっちりした体軀で、坊主頭に銀縁眼鏡。そこそこ迫力のある風体に似合わず、沖田の趣味は読書とクイズだ。妙な雑学をよく知っている。

車を停めた駐車場の脇から延びる細い路地を歩いてゆく。

正月早々、男二人でこんなところまで、初詣に来たわけではない。

二人は警察官、それも警視庁捜査一課の刑事である。藤崎が班長で、沖田は部下の一人。

クイズ王の異名を持つこの男は頭の回転が速く、考え方も合理的だ。休みの日には昇任試験の勉強をしているという。泥臭さは皆無だが優秀ではある。いずれ上に行くタイプ。藤崎は密かにそう思っている。今のところは藤崎の右腕と言える存在で、よくペアを組んで動く。

年末年始は普段自宅にいない者が在宅していることが多い。そこで捜査本部では、この三が日に改めて、市内のローラー作戦を行うことにしたのだ。

残念ながら、これまで新しい情報は得られていない。聞き込みの合間、一度現場を訪れてみることにした。

現場百遍。百遍訪ねて駄目なら百一遍――昔、先輩刑事たちによく言われた格言だ。DNA型鑑定をはじめ画期的な技術が導入され、捜査の役割分担が進んだ現在でも変わらぬ原則と藤崎は思っている。

路地の突き当たりにその住宅はあった。

臙脂色のスレート屋根の木造二階建てで、一五坪程度の庭にカーポートと物置。カーポートには白いカローラが駐まっている。建物の敷地はブロック塀で囲まれており、小さなアルミ製の門があり、門扉には「篠原」という表札が掲げられている。この辺りは住宅街ではあるがさほど密集しておらず、隣家との間に小さな雑木林があり、生活音が聞こえない程度には離れている。

住民票によれば、この住宅の居住者は五人。世帯主の篠原敬三（六一歳）、その妻・梓（五八歳）、長女・春美（三三歳）、次女・夏希（三一歳）、そして春美の子・優斗（五歳）の五人である。長女の春美は三年前に夫と離婚し、シングルマザーとなってこの実家に出戻って来たらしい。

篠原家は、いわゆる教員一家で、敬三は一年前に定年退職するまで地元の小学校に勤務。その後ボランティアで市民講座の講師を務めていた。梓は週に二度、中学校で家庭科を教える非常勤講師。春美は、出戻って来てから吉祥寺にある私立高校「青灯学園」に国語教師として勤務していた。

篠原家の大人で唯一教員ではなく、無職だった次女の夏希が、他の四人を惨殺したのは、およそ一週間前のことだった。

敷地の前には立ち入り禁止のテープが張られ、その前に制服警官が一人、立っていた。所轄、奥多摩署の地域課員だ。年末年始も交替で見張りをしているのだろう。現場となった住宅の鑑識捜査はひと通り終わっているが、まだ封鎖されている。

制服警官は藤崎と沖田を認めると、定規で引いたような所作で「お疲れさまです」と挨拶した。

「正月からご苦労さん。ちょっと現場、見せてもらうよ。鍵、もらえるか」

「はい」

制服警官から、住宅の鍵を受け取り、敷地の中に入ってゆく。

狭い庭を進み、玄関ドアの前に立つ。

六日前。平成一五年一二月二六日。午後四時ごろ、事件の第一発見者となる佐々木瑞江もここにいた。

瑞江は青灯学園に勤務する教師で、長女・春美の同僚だった。

その日と前日、春美は学校を無断欠勤していた。二五日は二学期の終業式、二六日は生徒は休みだが教員は会議と大掃除があった。自宅に電話をかけても、本人の携帯電話にかけても繋がらず、ずっと連絡をとることができなかった。

瑞江によれば春美は、教師という職業を選ぶ女性の典型のような真面目な人だったという。身なりも態度もきっちりしており、教員同士で飲みに行っても、あまり羽目を外したりしなかったようだ。

春美が無断欠勤することなど初めてだった。しかも終業式という重要な日を含む二日連続だ。職員室の一同は怒るよりも、むしろ何かあったのかと心配した。そして彼女と比較的仲のよかった瑞江が自宅まで様子を見に行くことになったという。

仲がいいと言っても、お互いの家を行き来したことはなく、瑞江は教員名簿の住所を頼りに春美の家を訪ねた。

最寄りのJR青梅線の東青梅駅からタクシーに乗り、およそ五分。敷地の門扉は開放されていた。瑞江は玄関まで進み、インターフォンのボタンを押した。家の中でチャイムが響く音は聞こえたが、反応はなかったという。瑞江は少し嫌な予感を覚えながらも、玄関のドアノブに手をかけてみた。

現在、捜査関係者以外の侵入を防ぐため玄関ドアは施錠しているが、瑞江が訪れたときは鍵がかかっておらず、彼女は「ごめんください」と声をかけながら、ドアを開けた。

藤崎は鍵を開けて、六日前の瑞江と同じように家の中に入ってゆく。

玄関から延びる廊下には窓がなく、灯りがないと薄暗い。藤崎は腕時計を確認する。午後三時二五分。気の早い冬の陽がそろそろ傾き始めようかというころだ。瑞江が訪れた午後四時だと、今より更に暗かったことだろう。

玄関には春美の子、優斗が描いた絵が貼ってある。家族を描いたものらしい。クレヨンで大人と思われる人物が三人と、子供が一人、描かれている。祖父母と母親、そして自分だろう。

鑑識が証拠品として回収したため、今、土間に靴は一足もなく、無人の家の中からは何の音もしない。

瑞江が訪れたときは違った。土間に春美がいつも履いているパンプスや、子供用の小さな運動靴など、靴が六足ほどあり、家の奥から音がしていた。

音は音楽、歌だった。

花屋の店先に並んだ

　　いろんな花を見ていた
　　ひとそれぞれ好みはあるけど
　　どれもみんなきれいだね

『世界に一つだけの花』。言わずとしれた人気アイドルグループSMAPの楽曲だ。誰かが歌っているのではなく、CDか何かがかかっているのはすぐにわかったという。『世界に一つだけの花』は、昨年春にリリースされてから二〇〇万枚を超える驚異的なセールスを記録しているらしく、そこら中で耳にする。芸能に疎い藤崎でさえ、イントロを聴いただけでわかる大ヒット曲だ。

　家の中に誰か居るのだろうと思い瑞江は、「ごめんください！」と、声を張って、もう一度、呼びかけた。しかし返事はなかった。

　藤崎は土足のまま、框を上がる。沖田がその後に続く。廊下の床板は建て付けが悪いのか、二人が歩くたびにぎしぎしとあえぐように音をたてる。

　廊下の中程に、居間の入口がある。その付近の床板には染みができていた。血痕だ。現場検証や、実況見分の目安にするため、マーカーが置かれ、白いテープで人型がつくられている。

　呼びかけても返事がなく玄関で戸惑っていた瑞江は、やがて目が慣れてきて、廊下に倒れている人影があることに気づいた。顔は見えなかったが、髪の長さとシルエットで春美だとわかったそうだ。最初は病気か何かで倒れているのかと思ったという。

瑞江は靴を脱いで框を上がり、ここまで駆け寄ってきた。そして、倒れているのが間違いなく春美であることと、彼女の全身が血でひどく汚れていることに気づいた。玄関からは見えなかったが、春美の足元にはもう一人、小さな男の子が倒れていた。優斗だ。

瑞江は悲鳴をあげ、靴も履かず逃げるように家を飛び出し、およそ三〇メートル離れた隣家へ飛び込んだ。

飛び込まれた先、隣家で暮らす老夫婦、村西夫妻は突然の闖入者に大いに驚いたが、隣の篠原家でただならぬことが起きたと察し、一一〇番通報をした。これを受けて青梅市を管轄する奥多摩警察署の捜査員が臨場。のちに同署に特別捜査本部が設置され、本庁一課の藤崎たちも捜査に参加することになった。

藤崎は居間の前で手を合わせた。沖田もそれに倣う。

慌てて家を出た瑞江は気づかなかったが、この居間の中で更に二人、春美の両親、敬三と梓が殺害されていた。発見したのは臨場した奥多摩署員だ。居間の中央付近、それぞれの死体があった場所にテープが貼られている。二人とも春美と同じように血まみれだったという。

司法解剖の結果によれば、四人とも直接の死因は絞死。敬三、梓、春美の三人は身体を刃物で何度も刺されていた。抵抗力を奪われた上でロープで首を絞めてとどめを刺されたと思われる。幼い優斗だけはやや殺害方法が違い、刺し傷はなく、首もロープではなく手で直接絞められて殺されていた。

居間の隅に、ロープと出刃包丁が落ちており、これが凶器だと断定されている。また、出刃包丁の柄の部分には、次女・夏希の指紋が残されていた。

死亡推定時刻は発見の二日前、一二月二四日の夕方から夜にかけて。聖夜に起きた殺人だった。ただし四人同時ではなく、まず梓、次に敬三、最後に春美と優斗の母子と、時間を空けて順に殺害されたらしいことがわかっている。

周辺への聞き込みの結果によれば、その日、被害者たちはそれぞれ仕事や用事などで外出しており、家で待ち構えていた夏希により、帰宅した順に殺害されたものと考えられている。

居間の家財道具は、一部証拠品として回収している。発見時、茶簞笥が横倒しになっていたり、テレビがテレビ台から転げ落ちていたりと、争った痕跡があり、そこら中に血痕が飛び散っていた。

窓際の壁には子供の文字で書かれた手紙が貼られていた。

〈サンタさんへ　ゲームボーイアドバンスSPがほしいです　ゆうとより〉

サンタクロースにプレゼントをねだる手紙のようだ。

すでに片づけられているが、床にはその夜食べる用に買ってきたとおぼしき、チキンとケーキの入った買い物袋が落ちていた。

居間の奥に襖があり、その先の四畳半の部屋はクローゼットとして使われていたようで、衣類を収納する箪笥と衣装ケースが並んでいた。衣類はあまり整理されておらず、女性ものの部屋着や肌着はどれが誰のものかはよくわかっていない。

このクローゼットの押し入れの中からクリスマス梱包された玩具が発見されている。優斗がリクエストした、ゲームボーイアドバンスSP。藤崎など舌を嚙んでしまいそうになるが、人気の携帯用ゲーム機らしい。それとゲームソフトが一本。祖父母が孫にプレゼントするために用意していたもののようだ。事件さえなければ、夜、優斗の枕元に置かれたのだろう。

優斗の死体を示すテープをじっと見下ろす。

春美と優斗の母子は、ほぼ同時に殺害されているが、おそらく息子の優斗の方が、あとに殺害されたと見られている。

きっと楽しみだったろうクリスマス・イブの夜。家に帰って来たら祖父母が殺害されており、更に目の前で母親を惨殺され、自らも首を絞められた。それは五歳の子供にとって、どれほど悲しく、恐ろしく、苦しいことだったろう。

玄関の絵に、犯人と目される夏希の姿はなかった。この一家に何があったにせよ、幼い子供が無惨に殺されなければならない理由などあるわけがない。

藤崎がこうして現場を訪れたのは、熱を得るためでもあった。

この手で真相を明かすのだという、熱を。

それこそが事件を解決に導く。今時流行らないかもしれないし、沖田など内心、合理的ではないと思っているのかもしれない。が、藤崎はそう信じていた。

藤崎は廊下を挟んで居間と反対側にある引き戸を開ける。そこは浴室の脱衣所で、正面に鏡のついた洗面台と大型の洗濯機がある。この洗濯機の上にはCDラジカセが置かれ、『世界に一つだけの花』のシングルCDをリピート再生していたという。第一発見者の瑞江が玄関で聞いたのはこれだったのだ。

浴室は脱衣所を入って左手にあり、広さは標準的と言っていいだろう。

臨場した奥多摩署員は、この浴室で五つ目の死体を発見している。

一家を殺害したと思われる犯人。次女の夏希だ。

脱衣所には返り血がついた彼女の服が脱ぎ捨てられていた。

死因は心臓麻痺。犯行時に負ったと思われる擦り傷があったが、致命傷になるような外傷はなかった。体内からは覚醒剤の成分が大量に検出された。死亡推定時刻は、四人が殺害された半日以上あと、一二月二五日の正午前後だ。

夏希は家族四人を殺害したあと、音楽を聴きながら風呂に入り、その最中、死亡したと見られている。薬物を過剰摂取した状態での入浴が心臓麻痺に繋がったのだろう。

「自殺説、どう思います？」

沖田が浴槽を見下ろしながら尋ねてきた。

捜査員の一部には、夏希が自殺するために薬物を摂取したと考えている者もいる。

「どうかな。睡眠薬ってわけじゃないからな」

藤崎はかぶりを振った。

司法解剖でも自殺なのか事故死なのかは定かになっていないが、少なくとも他殺ではないと結論づけられている。

脱衣所を出て再び廊下へ。その奥にある階段を上ってゆく。

二階には、居室が二つあり、片方を春美と優斗が、もう片方を夏希が使っていたようだ。

藤崎は夏希の部屋のドアを開けて、中に入る。

畳敷きの六畳間にフローリングカーペットを敷き洋間風にして、ベッドと勉強机が置いてある。夏希が子供のころから使っている部屋のようだ。

「相変わらず、昭和で時間が止まったような部屋ですね」

あとから続く沖田がため息をついた。

藤崎は無言で頷（うなず）く。

この部屋を〝昭和で時間が止まった部屋〟と、最初に言ったのは、今回の捜査本部に参加している別班の若い女性刑事だ。彼女曰く「年号がまだぎりぎり昭和だった一九八〇年代後半の女子中高生の部屋をそのまま冷凍保存したよう」とのことだ。

壁には当時人気絶頂だったアイドルグループ、光（ひかる）ＧＥＮＪＩのすっかり色褪せてしまった大きなポスターが貼ってある。

「前も話しましたっけ。うちの妹も好きで読んでたんですよね、これ」

沖田が本棚を覗き込み、そこに並んでいるマンガの単行本を指さした。『ホットロード』という少女マンガだ。

「ああ、昔、ずいぶん人気あったんだろ」

「はい。俺もちょっとだけ読みましたよ」

藤崎はまるで知らない作品だが、沖田をはじめ三〇代以下の部下は、男でもみな知っていた。普通の女の子が暴走族の少年と恋に落ちるという内容らしい。時代を感じさせる設定だ。

本棚には他にも数冊のマンガ本や雑誌が乱雑に突っ込まれている。奥付はどれも昭和六〇年代。昭和六三年（一九八八年）二月発行のアイドル雑誌『明星』が一番新しく、それ以降の出版物はこの部屋にはなかった。

本棚の一番下の段は今は空になっているが、カセットテープが並べられていた。鑑識がすべて回収し、中身を確認した。ポスターが貼ってある光GENJIの他、尾崎豊や米米CLUB、中森明菜など八〇年代の流行曲を録音したものだった。もうテープが伸びきって再生できなくなっているものもあったという。

夏希は死亡したときSMAPのCDを聴いていたと考えられているが、この部屋からは、平成に入ってから人気を博したSMAP関連のグッズもCDも見つかっていない。最近の若い女性ならまず持っているはずの携帯電話やＰＨＳの類もなかった。

ただし、時間が止まったように見えるからといって、生活感が皆無というわけではない。

雑誌とマンガ本は部屋の床にも散らばり、ベッドの布団とシーツは、くしゃくしゃに皺になっていて、部屋に人がいた痕跡は確かにあった。

布団からはごく微量ながら被害者の血液が検出されている。夏希は返り血を浴びた状態で、布団で休んだ可能性がある。

「一五……、いや一六年でしたっけ。本当にずっとこの部屋にいたんでしょうか」

沖田は改めて部屋をぐるりと見回す。

「どうかな。一歩も出なかったということはないと思うがな。風呂やトイレだって行くだろうし、ごくたまに散歩や買い物くらいしたかもしれん。ただ、今のところ、外で見かけたという話がまったくないからな」

篠原夏希——

この部屋の主であり、家族を惨殺した三一歳の女は、およそ一六年前の昭和六三年の春ごろから、いわゆる「引きこもり」になり、ほとんどこの部屋から出ずに生活していたらしい。

昭和六三年は事実上の昭和最後の年だ。この部屋が昭和で時間を止めているのは、その時点で外界との関わりを絶ったからなのだろう。

引きこもった当時、夏希は高校二年生だったが、最後に登校が確認できているのは高校一年の終業式の日で、二年に進級して以降は一日も登校していない。

夏希の小中学校時代の友人や近所の人の中にも、引きこもって以降の夏希に会ったり、姿を見たという者はいなかった。

世間体を気にしたのか、家族も夏希の存在を極力隠していたようで、ごく親しい知人にのみ引きこもっていることを話していたという。専門機関や医師に相談した形跡もなかった。第一発見者の瑞江をはじめ、春美の同僚教師たちは誰も彼女に引きこもりの妹がいることを知らなかった。

聞き込みによれば、引きこもる前の夏希は「自分勝手な子」として有名だったようだ。落ち着きがなく、人に合わせることが苦手で、気に入らないことがあるとすぐに癇癪を起こす。小学校時代は突然キレて同級生に暴力を振るうことがたびたびあった。中学に上がると不良グループとつるむようになったが、リーダー格の女子とトラブルになり、すぐに追い出された。その後は周りから腫れ物のように扱われるようになり、親しい友人は一人もいなかったようだ。高校は市内の女子校に進学したが、まったく馴染めず、学校を休みがちだったという。

両親にしてみれば、ずいぶんと育てにくい子供だったのだろう。

藤崎にも、今中学三年の娘がいる。大きな問題を起こしているという話は聞かない。成績もいい方で都立の進学校を目指し受験勉強にいそしんでいる、らしい。

娘が引きこもることなど、まして娘に殺されることなど、想像できないし、したくない。しかし、そういうことがないと言い切れるほど、娘のことを知らないのも事実だ。子育てはほとんど妻にまかせっきりにしている。

殺害された父親、篠原敬三はどうだったのだろうか。

夏希が引きこもってからの一六年。家族との関係がどう変わり、この凶行におよぶことになったのかは、今のところ不明だ。

長年引きこもり状態だった次女が薬物を摂取した上での犯行——ということは記者発表されており、すでにマスコミも大きく報じている。

捜査本部が命名した正式名称は「千ヶ瀬町一家四人殺害事件」だが、発生現場の町名よりも知名度のある市名にちなんだ「青梅事件」という通称で呼ばれることが多い。

教員一家でありながら、犯人の夏希が引きこもりだったこと。被害者の一人、優斗がまだ五歳の可愛らしい男の子だったこと。夏希が薬物の過剰摂取で死亡したこと、などなど。話題に事欠かない事件であり、年の瀬のワイドショーが、現代教育システムの闇がどうのこうのと、面白おかしく騒ぎ立てた。正月早々、記者がうろちょろしており、年明けの週刊誌もいろいろ書くことだろう。

しかしこの事件にはマスコミには伏せている重大な事実が一つある。それゆえに犯人が特定できていても、藤崎たちは正月返上で捜査を続けているのだ。

居間で見つかった凶器には、夏希の他にもう一人、誰のものかわからない指紋が残されていた。同じ指紋は居間の別の場所や、この夏希の部屋からも見つかっている。

髪の毛もだ。家の中からは夏希や他の家族と明らかに髪質の違う髪の毛が何本も見つかっている。その多くが肩くらいまでの長髪だ。

毛根が付着しない自然脱毛した毛でDNAは採取できておらず、性別もわかっていないが、誰か家族ではない第三者がいたのだ。

そもそも女性が一人で行ったとは思えないような事件だ。この事件には、夏希の他に最低でも一人以上の共犯者がいることが確実視されている。

「しかし、どこのどいつなんでしょうかね」

沖田が光GENJIのポスターが貼ってある壁を見つめて言った。

彼の視線はポスターではなく、その脇の何もない空間に向いている。証拠品として回収しているが、ここには一枚の写真が貼られていた。

ラミネート加工されたL判写真で、どこかの湖だろうか、霧がかった真っ青な水面が写されていた。いかなる自然現象か、霧も青く染まり、その向こうに奇妙なかたちの巨木の影があった。幻想的で美しい写真だ。ポストカードではなく個人が撮ったもののようで、右下に〈97　7　18〉と日付が入っていた。これを信じるなら、およそ六年と半年前に撮影された写真だ。

「あの写真、日本じゃないんだろ」

尋ねると沖田は頷いた。

「おそらくは、ですが。あの写真に写っている樹は、枝から触手のような根、気根をたらして自らの幹に巻き付けています。たぶん、ベンガルボダイジュ、あるいはガジュマルと呼ばれる樹です。生息域は沖縄、台湾、中国南部から東南アジア。でも俺が知る限り沖縄にあんな景色はありません」

証拠を回収したときにも、沖田は同じ指摘をした。のちにプロの風景写真家に見解を質したところ同意見だった。おそらくは東南アジアのどこかの景色ではないかという。クイズ王の面目躍如だ。

長年、自宅に引きこもっていた夏希がそんな写真を撮れるわけがない。夏希以外の家族もこの七年、海外への渡航記録はない。

夏希はあの写真をどうやって入手したのか。

そしてもう一つ、この部屋には入手経路が不明なものがあった。

夏希が摂取していた薬物だ。机の上に置いてあったラベルのないプラスチック製の薬瓶に一粒だけ錠剤が残されていた。鑑識が成分を分析したところ、海外製のダイエット薬「エフエドラ」とわかった。

ダイエット薬といっても、主成分は覚醒剤と変わらないアルカロイドだ。依存性がきわめて高く、乱用による死亡事故も起きており、かねて危険性が指摘されていた。日本では薬事法の規定により販売も宣伝もできないが、近年インターネットを通じた個人輸入により、出回るようになった。所持していても違法にならないところが覚醒剤と違い、「合法ドラッグ」などと呼ばれることもある。

死亡時の夏希は、身長一五六センチで体重は三八キロ。薬の効果かはわからないが、標準的とされる体重より一〇キロ以上痩せていた。

精神医学の専門家によれば、引きこもった人が体型を気にするのは矛盾するようだが、よくあることであり、夏希がダイエット薬を服用していても不思議ではないという。

エフェドラはネットで比較的簡単に買えるし、繁華街などにひっそりと売買している店もある。しかし、携帯電話もパソコンも持っていない引きこもりの女性がどうやって入手したというのか。

「行くか」

しばらく見回したあと、藤崎と沖田は夏希の部屋をあとにし、家からも出た。

共犯者の痕跡は家の外にもあった。足跡だ。庭に家から外に向かって進むスニーカーのものらしき足跡が残されていた。おそらくは逃げた共犯者のものだろう。サイズは二五センチ。男性、女性どちらもあり得る。

見張りの制服警官に鍵を返し、敷地を出る。

車を停めてある駐車場まで路地を戻る。ここまでは一本道だ。

すでに陽は沈みきっている。この辺りは街灯も少なく、ずいぶんと暗い。

駐車場の前には河原に沿って舗装道路が延びている。家からどこかへ逃げようとすれば、この道まで来るのは間違いないだろう。

「どっちに逃げたんでしょうね」

沖田がぽつりと言った。

この道を右へ行けばより山深い川上の奥多摩へ。左なら川下の市街地へ向かうことになる。どちらに向かったかは、わかっていない。山に身を隠すか、街に紛れ逃亡するか。どちらもあり得る。

「左。川下かな」

藤崎は言った。

「どうしてですか」

「勘だ」

「はあ……」

沖田の相づちには釈然としなさが滲んでいた。きっとこの男は「刑事の勘」なんてあやふやなものは信じないのだろう。

だが、馬鹿にしたものでもないと思う。

藤崎の勘がもう一つ、告げていることがあった。

長引くかもしれない——

指紋をはじめ多くの証拠が残されているのにも拘わらず、共犯者の特定と捜索は難航している。夏希の部屋にあった青い湖の写真やエフェドラの出所も不明のままだ。

重要なピースが見つからないままジグソーパズルをしているようなもどかしさを覚える。

こういう事件は得てして長期化してしまうものだ。

藤崎は不安を覚えていた。

第 I 部

For Blue

バブル。

平成という時代が始まった一九八九年には、確かにそう呼ばれる経済状況が存在した。日経平均株価が史上最高値を記録するのはこの年の年末だ。

泡はその名の通り、はかなくはじけて消えてしまう。平成二年の二月から三月にかけて株価は大幅に値崩れし終わりの見えない不況が始まる。が、平成初期の数年間は、巷にバブルの残り香が濃厚に漂っていた。

まだブルーがものごころつく前のこのころ。彼は母親と父親と三人で麻布の高級マンションで暮らしていた。父親は会社を経営しており、バブル期はその波に乗ってずいぶん羽振りがよかったらしい。

母親はブルーに、あんたのお父さんはお金持ちで背が高くて格好いい人だったんだよと、よく自慢げに話した。

のちに思春期を迎えるころ、ブルーはぐんぐん背が伸びた。顔立ちも整っており、一般的な基準で美男子と言っていいだろう。もしかしたらこれは、父親の遺伝なのかもしれない。

だが、ブルーには父親についての記憶はほとんどなかった。

覚えているのは、白い部屋。

テレビがあって、そこにゲーム機らしきものがつながっている。誰もゲームをプレイしていないのに、電源がつけっぱなしになっていてファンファーレが流れている。大人気ゲームシリーズ、ドラゴンクエストのテーマ曲だ。

そのテレビの手前に何かが天井からぶら下がっている。黒くて大きなそれから、ぽたぽた液体が垂れていて、すっぱくて、えぐい、嫌な嫌な臭いがした。

きっとあれは首を吊って糞尿垂れ流しになったまま死んでいた父親だったんだろう——と、のちにブルーは思うようになる。

もしその記憶が本当に父親が自死したときのものだとすれば、それはブルーが五歳になったばかりの平成六年一月のことだ。

つけっぱなしのゲームがドラゴンクエストの最新作だとしたら、それは平成四年に発売された、ドラゴンクエストV。主人公が家族をつくるゲームだ。

ブルーの父親はテレビゲームが大好きで、ブルーは父親がプレイするゲームの画面を見るのが大好きだったらしい。

けれど記憶がないブルーは、それを懐かしむこともできなかった。

藤崎文吾

平成一六年六月。

「豚丼、初めて食ったけどイケるな。牛丼より美味いんじゃないか」

「そうっすかぁ？　まあ、豚も悪かあないっすけど、俺はやっぱ牛が恋しいっすよ。牛が」

「神野、食えないからそう思うだけじゃないのか」

「いやいや、やっぱ牛ですって」

四人掛けのボックス席の向かいに座る二人の部下——沖田と神野——が、そんな掛け合いをしている。

藤崎は今日、自ら率いる「藤崎班」に所属するこの二人を引き連れ聞き込みに回っていた。陽が落ちたころに切り上げ、捜査本部に戻る前に街道沿いの吉野家で夕食にすることにした。

「でも、牛肉より豚肉の方がアミノ酸バランスに優れていて、ビタミンBも豊富だ。夏、食うなら豚の方がいい」

「沖田さん、俺たちは情報食ってるんじゃないんですよ」

米国の農場で食用牛の牛海綿状脳症（BSE）感染が発覚したことを受け、昨年末より米国産牛肉の輸入がストップしている。その影響で今年に入ってから吉野家に限らず牛丼店では文字通りの看板メニューである牛丼の提供を取りやめ、豚丼や鳥丼などを主力にしている。

ふと窓を見ると水滴が筋をつくっていた。いつの間にか降りだしたらしい。数日ぶりの雨だ。

例年にない空梅雨と言われた六月が終わろうとしている。

藤崎の勘は当たってしまった。

青梅事件の捜査は、共犯者の身元も足取りもわからぬまま、およそ半年にわたり停滞している。

窓の外、街灯を反射しながら降る雨を眺め藤崎はぼんやり考える。

事件のことではなく、家族のこと、妻のことを。

捜査の長期化を受けて、捜査本部の刑事たちも交替で休みを取っている。先月、久々に一日だけ自宅に戻ったとき、妻から思いがけないことを言われた。

「班長は、どっち派ですか。豚（トン）か、牛（ギュウ）か」

神野に水を向けられ我に返る。まだ二〇代の彼は、藤崎班では一番の若手だ。

「ん。そうだな……。俺は、味噌汁とこいつがあれば、どっちでもいいよ」

藤崎は、お新香の入った皿を持ち上げてみせた。

「ええ、なんすかそれぇ。渋すぎますよ」

神野は、あきれたように笑う。

が、実際、藤崎は吉野家のメニューではお新香と味噌汁が一番好きだ。年々、脂っこい肉よりも、さっぱりした漬物や野菜を美味く感じるようになっている。

海の向こうで起きていることと比べれば、牛だの豚だのお新香だのは、平和といえば、平和だ——

アメリカはBSEを発生させる一方で、昨年の春からイラクで戦争をしている。

『戦争を知らない子供たち』という歌が流行していたのは、藤崎が中学生のころだから、三〇年以上も前だ。あの歌はベトナム戦争を念頭に置いた反戦ソングだった。

当時は資本主義陣営と社会主義陣営による冷戦が、いつか大規模な熱戦に変化するのではないかという不安が世界を覆っていた。一九九九年に世界が終わるというノストラダムスの大予言が、米ソによる最終戦争を示しているのだというオカルト話が、それなりのリアリティを持って語られていた。

昭和から平成に年号が変わるころ、この冷戦体制は崩壊した。予言は外れたが、世界に平和は訪れなかった。湾岸戦争、9・11、そして今回のイラク戦争。テロとの戦いという言葉がよく使われるが、もうかつてのような西対東の単純な構図では、戦いの理由を説明できない。

　イラクでの大規模戦闘は終結したことになっているが、実質、戦闘は続いているらしい。そこに復興支援の名目で自衛隊が派遣されることになった。今年の四月にはボランティア活動などの目的でイラクに渡った日本人の男女三人が武装勢力に拉致される事件が発生した。無事に解放されたが、彼らの自己責任ではないかと議論が巻き起こっている。

　そんな議論ができること自体、平和の証拠かもしれない。

　藤崎が生まれてこの方、戦争は常に海の向こうで起こるものだった。藤崎が記憶する限り世界が平和だったことは一度もないが、日本国内が戦禍に巻き込まれたことも一度もない。今や戦争を知らない子供たちの子供たちが生まれ、更にその子供さえ生まれている時代だ。

　もっとも、平和な国だからといって、市井（しせい）に凶悪な事件がないわけではない。だから藤崎たちは日夜汗をかき、靴底をすり減らすことになる。

　と、そのとき、店内のＢＧＭが変わった。

　　ＮＯ．１にならなくてもいい
　　もともと特別なＯｎｌｙ　ｏｎｅ

会話が止まり、一同の表情が曇る。

『世界に一つだけの花』。まさに今、藤崎たちが捜査している凶悪事件、青梅事件の現場に流れていた曲だ。今年の春のセンバツ高校野球でも行進曲に選ばれていた。「NO．1にならなくてもいい」と歌い上げる楽曲が相応しいのか、藤崎は疑問に思ってしまうけれど、それだけ流行し多くの人に愛されているということだ。

平和な国に相応しい優しい歌なのかもしれない。それを気分よく聴けないというのも、因果なことだ。

この半年の間に判明した事実の中で、強いて有力と言えるものは、犯行の翌日にして事件発覚の前日、平成一五年一二月二五日の深夜。現場から六〇〇メートルほどの位置にある多摩川の橋のたもとで、ホームレスの男性が、河川敷を川上から川下に向かって歩く人影を見たというものくらいだ。

灯りもなく、顔ははっきりわからなかったが、髪の毛が長かったようだと証言している。これが共犯者の可能性は低くない。川下に逃げたという勘も当たっていたかもしれないが、その後の足取りは追えていない。

日々新たな事件が起きる東京で、停滞し続ける捜査にいつまでも人員を割いてはいられない。捜査本部は規模縮小を余儀なくされつつある。人員再編の都合上、藤崎班からは所轄の捜査員が外れ、本庁一課の面子のみになってしまった。

現時点まで共犯者の可能性をマスコミに伏せているのをいいことに、上層部が次女夏希の単独犯、被疑者死亡として事件の幕引きを検討しているという噂もある。

現在、警視庁はもう一件、未解決の一家殺害事件を抱えている。平成一二年の年末、世田谷区上祖師谷で会社員一家四人が殺害された、世田谷事件の通称で知られるあの事件だ。

現場の状況や遺留品などから二つの事件に関連がないことは明らかだが、年末に起きた一家殺害事件ということで、青梅事件は発生時「第二の世田谷事件」などと呼ばれることもあった。

このような事件が二件も未解決なのは、警視庁にとってはきわめて不名誉な事態と言える。警察不信を招くことにもなるだろう。そこで上層部は不完全ではあっても被疑者が確定している青梅事件を形式的にでも解決したがっているというのだ。

藤崎は何としてもそれは避けたいと思っている。

仮にも精鋭部隊と呼ばれている一課刑事のプライドが許さない。

この半年で殺害された篠原一家と何らかのかたちで接点があった者には片っ端から指紋の提供を求めた。しかし現場に残されたそれと一致するものはなかった。

共犯者が夏希や篠原家と何の関係もない人間とは考えにくい。

おそらく何か見落としているか、まだ発見できていない線がどこかにあるのだ。それが見つかれば、突破口になるのだが……。

藤崎は口に放り込んだお新香を音を立てて嚙み砕いた。

＊

奥多摩署に戻り、捜査本部の拠点である大部屋に入ると「藤崎さん」と、声をかけられた。

別の班に所属の若い女性刑事だ。夏希の部屋を〝昭和で時間が止まった部屋〟と評したのは彼女である。

高校時代は柔道で全国レベルの選手だったらしく、一課の屈強な男性刑事たちに体力負けすることなく、それでいて仕事には丁寧さがある。課内の評価は高い。できれば自分の班に欲しかった人材だ。

女性刑事は立ち上がると、足元に置いてあった大きなスポーツバッグを手にこちらに駆け寄ってきた。

「これ、ご自宅から。さっき娘さんが届けにいらっしゃいました」

「娘が？」

思わず訊き返した。

「はい」と、女性刑事が手に掲げたスポーツバッグは、確かに藤崎のものだ。

交替で休みを取ってはいるものの班長の藤崎は、頻繁に家に帰れるわけじゃない。そこで定期的に着替えを宅配便で送ってもらっている。

が、今日に限っては娘が届けにきたという。わざわざここ奥多摩署まで。自宅がある明大前からは片道一時間半はかかる。どういう風の吹き回しか。

「ありがとうな」

とりあえずバッグを受け取ると、女性刑事は笑みを浮かべた。

「娘さん、背が高いんですね」

「ああ、まあな」

娘はこの春、無事第一志望の高校に合格した。

そろそろ身長の伸びは止まったようだが、それでも一七五センチの藤崎と同じくらいある。

「班長の娘さんに会ったんだな。どんな子だった」

傍らにいた神野が女性刑事に尋ねた。この二人は警察学校の同期だという。

「すらっとしてて格好いい感じの子だったよ」

「宝塚みたいな?」

「そうね。ヅカっていうより、バレー部って感じかな。木村沙織ちゃんみたいな」

「誰それ?」

「神野、知らないのか? アテネ五輪の代表にも選ばれているスーパー女子高生だよ、な」

神野の後ろから、沖田が口を挟んだ。

「そうです」と、女性刑事が頷く。

「へえ、その子に似てるの」

「あくまで雰囲気だけどね」

「あいつ、何か言っていたか？」

娘を勝手に品評する部下たちに割って入り尋ねてみると、女性刑事は小首をかしげた。

「いえ、特には……。興味ありげに刑事部屋を見回したりしてましたけど」

「そうか」

「でも、いい娘さんですね。ご自宅、都内ですよね。わざわざここまで届けに来てくれるなんて。私だったら、お金もらっても絶対しませんもの」

以前、懇親会の席で、この女性刑事が実家には帰りたくないと話していたのを思い出した。親との関係があまりよくないらしい。

藤崎だって、往復三時間もかけて着替えを運んでくれるほど、娘に慕われている自信はない。

もしかしたら、妻から何か聞かされたのかもしれない。

胸騒ぎを覚えていた。

「娘さんのお名前、なんていうんです？」

「ん、ああ司（つかさ）だよ」

娘の名を口にしたとき、内線電話が鳴った。沖田が素早く近くの受話器に駆け寄って出た。

「はい。本部です。ああ、はいはい。わかりました、じゃ、自分がかけます」

どこか外部からの電話のようだ。沖田はそこにあったデスクについて、電話対応を始めた。

それをしり目に、藤崎は自分のデスクに向かった。女性刑事も自分のデスクに戻ってゆく。

溜まっている報告書のチェックを始めたが、どうも落ち着かない。娘が突然、訪ねて来た理由が気になる。

妻に電話して訊いてみようか——一旦、作業の手を止め内ポケットにしまっていたプライベート用の携帯電話を手にした。量販店の店員に薦められるままに買ったが、まったく使いこなせていないカメラ付きの二つ折り携帯電話だ。マニュアルは辞書のように分厚くまるで読む気がしなかった。

とたん、それは震えた。メールの着信だった。

〈廊下にいます。来てください〉

メールは一行だけ。今、そこで電話をしていたはずの沖田からだった。顔を上げると、もう電話を終えたのか大部屋に沖田の姿がない。

他人の耳がないところで伝えたいことがあるということか。何かあったな。

意図を察し藤崎は立ち上がった。

廊下に出ると、沖田が待っていた。目配せをして二人並んで歩く。階段を上がり、この時間だとまず人がいない三階の踊り場までゆく。沖田は口を開いた。

「気になる情報提供がありました」

捜査本部や警察署には、日々、様々な情報が寄せられる。大半はすでにこちらで把握していることや、役には立ちそうもない事柄で、悪戯電話も少なくない。が、稀に貴重な情報がもたらされることもあるので、無下にはできない。

沖田がこんなふうにして伝えてくるということは、脈があるということか。

捜査本部では、いくつもの班が分業で捜査をしている。それは班ごとの競争の側面もある。捜査の進展につながりそうな大ネタならば、先ほどの女性刑事をはじめ、別班の人間の耳のあるところでは話しにくい。

藤崎は目で「話してみろ」と、合図を送る。

沖田は手元のメモを捲った。

「情報提供者は北見美保、三五歳。彼女は過去に篠原夏希と接点があったとのことです」

「何?」

一六年も引きこもっていた夏希は、極端に世間との接触が少ない。彼女と接点のある人間の情報は貴重だ。

「はい。それが、ですね――」

報告を聞くにつれ、藤崎は鼓動が早まるのを自覚した。

この話が事実なら、これまでの捜査の前提条件が一つ崩れることになる。

「悪戯じゃないよな」

思わず尋ねていた。

「話しぶりにおかしなところはありませんでした。明日、改めて顔を合わせて詳しく話を聞かせてもらうことになっています」

「わかった。俺も行く。とりあえずそれまでは誰にも言うな」

「了解です」

提供された情報の真偽のほどはまだわからない。が、これこそが共犯者につながる線になるかもしれない。

過剰な期待は禁物だ。しかし藤崎は静かな興奮を覚えていた。

北見美保

北見美保が警察に連絡を入れようと思ったのは、報道があまりにもでたらめだったからだ。週刊誌だからいい加減な記事を載せているのかもと思い、一日かけてインターネットと図書館で調べたが、新聞も表現はマイルドながら同じ論調で報じ、その後、訂正された様子もなかった。記事には「捜査関係者によれば」とか「警察発表」とあるので、大元の情報の出所は警察のようだ。

これはどういうことだろうか？　確かめずにはいられず、問い合わせることにしたのだ。

美保は三年ほど前にアメリカ人のデザイナーと国際結婚し、平成一六年現在、カリフォルニアで暮らしている。

毎年、年末年始には目黒の実家に帰省しているが、今年は夫が大規模なニューイヤーイベントに関わることになり、正月は帰れる状況ではなかった。そのあともいろいろと立て込んでしまい、この六月、ようやく一週間ほど里帰りをすることができた。

日本に帰ってくるたびに実感するのは、一〇〇円ショップの品揃えが年々充実していることとと、ハンバーガーの値段が安くなっていることだ。つまり、物価が下がっているのだ。

今回の帰省で驚いたのは実家のインターネット環境がＡＤＳＬになっていたことだった。それも８Ｍｂｐｓという、アメリカでは一般家庭で導入している人はまだ少ない高速回線だ。さぞかし高いのだろうと思い、契約を確認したところ回線自体の利用料は月二八〇〇円程度。しかもモデムは街中で無料で配っており、設置工事費もかからなかったという。

母親は「無料より高いものはない。大して使わないのに、毎月、高いお金を払わされて困る」とぼやいていた。なるほど、それは一理ある。プロバイダーは最初は赤字でもモデムを無料で配り大量にユーザーを獲得し、そのあとずっと支払い続けられる使用料で利益を出すつもりなのだろう。実際、もう還暦を過ぎキーボードもろくに打てない父に、こんな高速回線は必要ないかもしれない。

が、その利用料にしたって安すぎるのだ。たぶんアメリカで同じ回線を引こうと思えば、特別な工事を行い初期費用で一万ドルは持っていかれるだろうし、利用料だって倍くらいかかるはずだ。どうなってんの？　と、思う。

もうすぐ三六になる美保は、大学時代がバブルのど真ん中で、それが崩壊する直前、まだ就職が売り手市場だった時期に、会社に滑り込めた世代だ。美保が日本でＯＬをやっていた九〇年代。平成一桁のころは、日本はたぶん、世界で一番、物価の高い国だった。

当時の日本では使い放題のブロードバンドの普及が遅れ、多くの人が低速で割高なダイヤルアップ接続を使っていた。インターネットのために毎月数万円の電話料金を払っている人も少なくなかった。美保自身、プライベートでインターネットを使うときは、NTTの「テレホーダイ」サービスによって電話料金が一定になる夜の一一時からだけと決めていた。

それがどうだろう。あれからまだ一〇年も経っていないのに、インターネット回線は、アメリカよりも速く安くなった。食べものや生活雑貨も全般的に安くなっている。

ただしそれをリーズナブルになっていると言っていいのかはわからない。安いは安いでも、チープに、あるいはプアーになっているのかもしれない。いや、きっとそうに違いない。

日本に帰ってきて、同級生や元同僚と会って話しても、景気のいい話はまず聞かない。調子がいいのは、ごく一部のIT企業だけ。美保が勤めていた会社も他社に買収されてなくなってしまった。昔、よく一緒にディスコに遊びに行った友達は、今、風水と節約術にハマっているらしい。

そんな美保が帰国したときの楽しみは、実家で母が買っている女性週刊誌を取っておいてもらい、それを一気に読むことだ。

アメリカにいるとどうしても日本の出来事に疎くなる。それを補うのだ。新聞を読んでもいいのだけれど、週刊誌には、美保にとっての〝日本〟が濃縮されている気がする。

同調圧力が極端に強くてみんな周りのことばかり気にしている。本当は見栄っ張りのくせに、身近な誰かが目立つことは許さない。有名人の醜聞や他人の悪口が大好きなくせに、自分が悪者にはなりたくない。そんな狭い了見の人々が蠢（うごめ）く、狭い国の狭い世間。それは国が豊かなときも、貧しくなっても変わらない。

思えば美保は、幼い頃からこの世間というやつが嫌いだった。他人と上手く合わせることができず、中学生のころまではよくいじめのターゲットになった。

絵が得意だった美保は自分の優れた感性が周りの人間にはわからないのだと思っていた。私はあんたたちとは違う——心の底でそう思いながら、ずっと息苦しい思いをして生きてきた。高校を卒業したあと美大に進学し、少し楽になった。美大には自分と同じような子が集まり、日本の他の場所に比べて空気もゆるい気がした。

しかし就職したあと、また息苦しくなった。美保が入った中堅メーカーでは、女性社員は男性社員のお嫁さん候補か、取引先との接待に同席させる即席コンパニオンであり、しかもその女性社員の中に派閥と陰険な人間関係があった。

こんなところは、私の居場所じゃない——その思いは募るばかりだった。折しもバブル崩壊後の閉塞感が漂う中、内省的で哲学問答のような内容のロボットアニメ『新世紀エヴァンゲリオン』がブームになり、「自分探し」がもてはやされた時代でもあった。

そんな中、プロ野球選手の野茂英雄（のもひでお）がアメリカ・メジャーリーグに挑戦し、一年目から大活躍した。野球ファンというわけでもないのに、美保はそのニュースで何故か号泣した。閉塞感が漂うこの国から飛び出してゆく姿に、憧れを抱いた。

私もいつかアメリカに行こう――そう思い、美保は働きながら英会話とデザインのスクールに通い始めた。

美保の人生に渡米という選択肢をつくったのがアメリカへ渡ったスポーツ選手なら、決断させたのはアメリカからやってきた歌手だった。

平成一〇年、一九九八年の年末にデビューした宇多田ヒカルの歌声を初めて聴いたとき、衝撃を受けた。これまでの日本のポップスや歌謡曲とは全然違うリズムとパワーを感じた。しかも彼女はまだ一五歳の少女だという。世紀末を迎えますます息苦しくなっているこの国に、アメリカから力強い風が吹いてきたような気がした。

自分の半分ほどの歳の少女に決断を促された。平成一一年、美保は会社を辞めてロサンゼルスのデザイン専門学校に留学した。三一歳の誕生日を目前にしてのことだった。

その学校で講師を務めていたのが今の夫だ。在学中、彼の方からアプローチされ交際が始まり、卒業間近にプロポーズされた。このときは少女マンガの主人公にでもなったような気分だった。

結婚を決めた最大の理由は、たぶん、彼が日本人じゃなかったことだ。親は戸惑い、友達はみんな反対したけれど、美保に迷いはなかった。彼と暮らす西海岸の街こそが、自分の居場所だと確信していた。

もちろんすぐに、そんなものは幻想だと思い知ったけれど。

アメリカにはアメリカの、西海岸には西海岸の世間があった。ネイティブではない美保にとっては言葉の壁も厚く、英語を喋る人たちのコミュニティに馴染むことさえできなかった。そして何よりショックだったのは、アジア人で女性というだけでナチュラルに見下されることだ。有り体に言えば美保は差別された。更に間の悪いことに、結婚した直後、9・11同時多発テロが起き、これを境にイスラム系のみならず外国人全般に対する風当たりが強くなった。

一番身近にいる夫でさえ何かにつけて「きみは日本人だから――」と、差別的な物言いをするのだ。夫が自分を選んだ最大の理由が、欧米人の女性よりも控え目で物わかりのいいアジア人の女性だったからと気づくまでにそう時間はかからなかった。喧嘩をしようにも美保の語彙力では言いたいことを思うようには言えない。結果として美保は〝物わかりのいいアジア人の女性〟になってしまっていた。

この結婚は失敗だったかもしれない――そんな思いが頭をよぎることがたびたびあるけれど、美保はそれを認めたくなかった。国際結婚をすると決めたとき、「冷静に考え直した方がいい」だの「日本人は日本で暮らすのが一番だよ」だのと、親切面して、狭い日本に押しとどめようとした人たちに、負けを認めることになってしまうから。

だから美保は帰国するたびに、確認するのだ。

それでも日本よりは、ずっとましなはずだと。

友達の愚痴を聞いて、週刊誌の記事を読んで。

アメリカの方が断然景気がいいし、日本の世間は、アメリカのそれよりずっとじめじめと排他的だ。それを確認し昏い喜びを覚えるのだ。これはアメリカ生活のストレスを緩和するセラピーみたいなものだった。

今回の帰省でも美保は、以前に帰ったとき以来、一年半分の週刊誌をずっと読んでいた。そして今年の年始に発行された特大号に載っていた『少女を悪魔に変えた引きこもり生活16年』という記事を見つけた。

昨年のクリスマスに発生した青梅事件と呼ばれている一家殺害事件の記事だ。

犯人と目されている一家の次女は、高校を中退してから一六年にもわたり自室で引きこもり生活を送っていたらしい。

その次女の名前――篠原夏希――と、記事に掲載されていた顔写真を見て、腰が抜けるほど驚いた。

キャプションによれば、中学校の卒業アルバムのものだという。歳より少し幼く見えるその少女のことを、美保は知っていたのだ。

名前と年齢も、実家が青梅にあることも一致する。これで他人のわけがない。

美保が篠原夏希と知り合ったのはもうずいぶん前、まだ美大生だったころのこと。確か一年のときだから……昭和六二年。バブルのまっただ中の年の瀬のことだった。

美保はその年末年始、立川の神社でアルバイトをした。巫女装束を着て参拝客の道案内をしたり、お守りを売ったりする仕事だ。

夏希も同じバイトをしており、休憩中に雑談などするうちに、親しくなった、というかなつかれたのだ。

当時、夏希は高校一年生。早生まれなのでまだ一五歳だった。そのときの容貌は、週刊誌に載っている卒業アルバムの写真とほとんど同じだった。

――こんなに私のことわかってくれる人、初めてです！

そう言われたのを覚えている。

週刊誌の記事には、夏希は地元では「自分勝手な子」として有名だったと書いてあった。なるほど確かに夏希は気持ちのアップダウンが大きく、付き合いにくいタイプに思えた。かなりマイペースなので集団には馴染めなそうだった。でも美大にはわりといるタイプでもある。美保自身、似たところがある。

ただし特別シンパシーを抱いたわけでもない。何も否定せず話を聞いていただけだった。それで「初めて」と言ってしまうのだから、逆に夏希の周りにはこれまで彼女を理解してくれる人が誰もいなかったことが窺えた。

学生時代は大学の近くのアパートで独り暮らしをしていた美保は、一度だけ、バイト終わりに夏希を泊めたこともあった。

細かい経緯はもうよく思い出せないけれど、「今日は家に帰りたくない」「一日だけでいいから泊めてください」などと言われて、気軽にオーケーしたような気がする。向こうの親に連絡しようとも思わなかった。

夏希は学校には仲のいい友達なんていないし、家でも家族とあまり上手くいっていないと言っていた。出来のいいお姉さんと比べられて、親に怒られてばかりだと。

校則の厳しい女子校に入れられたことも気に入らなかったみたいだった。本当はバイトも禁止されていて、親に内緒で来ているらしかった。

週刊誌の記事を読んででたらめだと思ったのは、夏希の人となりや、彼女が家族を殺害したことではない。とんでもない出来事ではあると思うけれど、当時から極端なことをやってしまいそうな危うさはあった。

でたらめなのは、彼女が引きこもっていたという部分だ。

それは絶対にないと、断言できる。

警察に問い合わせといっても、どうすればいいのかわからず、一一〇番に電話した。すると「担当の部署から折り返します」ということになり、沖田という刑事から改めて電話がかかってきた――

＊

その翌日。

美保は滞在する実家の近くにある交番に赴き、詳しい話をすることになった。

交番の奥にある事務室のようなところで、昨日、電話で話をした沖田と、もう一人、藤崎と名乗った刑事と相対した。

沖田は電話の声の印象よりも厳つく大柄で坊主頭に銀縁眼鏡をかけていた。藤崎の方は中肉中背で、太い眉と鋭い目つきが印象的だ。藤崎の方が年嵩で、上司のようだった。

「昨日の電話でもお聞きしましたが、その神社のアルバイトの数年後に、篠原夏希と再会したんですね」

夏希とアルバイト先で知り合ったときのことをひと通り確認し終えると、沖田が尋ねた。

「そうです」

美保は頷いた。

トートバッグから手帳を取り出して、日付を確認する。実家の押し入れから引っ張り出してきた、ＯＬ時代に使っていた手帳だ。

「えっと、九五年の八月二七日、日曜日ですね――」

アルバイト先で知り合ってからおよそ八年後、美保は夏希と再会しているのだ。自宅にずっと引きこもっていた人間とは、決して会うはずのない場所で。

一九九五年、平成七年は、美保だけでなく多くの日本人にとって印象深い年だろう。一月に阪神淡路大震災、三月にオウム真理教による地下鉄サリン事件と、歴史に残るような大きな出来事が立て続けに起こった。

美保は当時、社会人五年目。会社を辞めたいと思い始めたころだった。

「ザウスで、会ったんです。あの、船橋（ふなばし）にあったスキー場の」

正式名称は、ららぽーとスキードームSSAWS（ザウス）。一年中いつでもスキーができるという触れ込みの屋内ゲレンデ施設だ。Spring（春）、Summer（夏）、Autumn（秋）、Winter（冬）、そしてSnow（雪）の頭文字を取って、SSAWSとしたらしい。

二年前の平成一四年に営業終了し、現在は解体工事が行われていることが先日読んだ週刊誌でも話題になっていた。その記事には『バブルの遺跡』という見出しがついていた。

ただしこのザウスや、ディスコのジュリアナ東京など、バブルの象徴のように思われがちな施設の多くは、バブル崩壊後、平成に入ってからオープンしている。終わりの見えない不況の中、バブルへの憧憬（しょうけい）が人を馬鹿騒ぎに駆り立てたのかもしれない。

あの日、学生時代からの友達がチケットをもらったとかで誘われて、美保は夏のスキーに行った。

そして施設内のハンバーガーショップで食事中、若い女性から「もしかして、美保さんじゃないですか」と声をかけられたのだ。すぐに誰かわからず戸惑っていると、その女性は「夏希です。篠原夏希」と、名乗った。

「言われてみればって感じで。髪の色とか全然、違ったので。でも確かに、夏希ちゃんでした」

八年ぶりに会った夏希は、すっかり変わっていた。金に近い明るい髪色と、つけまつげとアイライナーで目元を強調したメイクは当時流行していたギャル風だった。元の顔立ちに合っていたのだろう、とても可愛らしかった。

あのとき夏希はもう二〇歳を過ぎていたはずだけど、女子高生と言われても信じたと思う。

昨日の電話では夏希と会ったことまでしか話さなかったが、彼女は一人ではなかった。それを言うと、沖田はやや驚いたように訊き返してきた。

「篠原夏希に連れがいたんですか」

「いました。彼女が私のテーブルに来たんで、話してはいませんが、彼女のテーブルに女の人と、小さな子供がいました」

「その二人の名前や、彼女との関係は?」

「何も聞いてません」

「顔立ちや年ごろはわかりますか？」

「すみません、遠目だったので、はっきりとは……。女の人はたぶん夏希ちゃんと同じくらいか、もしかしたら、もっと若い子だったかもしれません。黒髪のロングだったと思います。子供は幼稚園か、小学校の低学年くらい？　だと思います。夏希ちゃんの友達と弟かなと思ったんですけど……」

「弟、ということはその子供は、男の子だった？」

「はい。あ、いや、こっちには背中向けてたんで、断言はできないですけど、青いウェアを着ていて男の子っぽかったんで」

美保は、もうおぼろげになっている記憶を辿りながら答えた。

「なるほど。それで、そのとき篠原夏希本人が、家出をしたと話していたんですね」

美保は頷いた。「今、何してるの？」と訊いたら彼女は「家出しちゃいました」と笑って答えたのだ。

「あのバイトのあと、春休み中に家を出て、それ以来ずっと戻ってないって言っていました」

「ということは、彼女が高校一年と二年の間の春休みということですね」

昭和六三年――一九八八年。夏希が学校を辞めて、引きこもったと報じられている時期だ。

「たぶん、そうだと思います」

「家出をした理由は言っていましたか？」

「聞いてませんけど……、わかる気がしました。彼女、バイトしてたときから親とか家が嫌だって言ってましたから、縛り付けられるみたいで息苦しくて仕方なかったんだろうなって」

それは、この国の世間に縛り付けられていた美保の思いでもあった。

「家出したあと、どんな生活をしていたかはわかりますか」

「それも詳しくは聞いてませんが……、ただ、電話番号を交換したんです」

「番号を？」

「はい。これです」

美保は手帳のページを刑事たちに見えるように開いた。

一〇ケタの電話番号が記載されその下に「夏希ちゃん（マリアちゃん）」と、走り書きがしてある。

沖田が走り書きを指さし、尋ねた。

「このマリアちゃんというのは」

「夏希ちゃんのことです。何か寮？　みたいなところに住んでて、自分だけの電話じゃないので、そこではマリアって名前なんで、そっちの名前で呼び出して欲しいって言ってました」

「寮、ですか……」

「ええ、そう言っていました」

「実際にこの番号にかけたことはありますか？」

美保はかぶりを振った。

「いえ、ないです。私も当時住んでいたマンションの電話番号を教えたんですけど、結局、夏希ちゃんから連絡が来ることはありませんでした」

このときを最後に、美保は一度も夏希に会っていなかった。

藤崎文吾

「本当に気まぐれなんじゃないですか。娘さん、女子高生ですよね、急に遠くに行ってみたくなることもあるんじゃないですか」

ハンドルを握る沖田が言った。

先日、娘の司が着替えを届けに来てくれた件だ。

あのあと家に電話をして妻に訊いてみた。彼女も知らないという。聞けば荷物を宅配便に出すように頼みはしたが、自分で届けに行くとは思わなかったという。彼女はそっけなく「気まぐれじゃないの」と言うだけだ。

そのことを愚痴っぽく沖田に話したのだ。

「気まぐれ、か……」

電話には沖田に話していない続きがあった。

——離婚のこと、司に言ってないよな。

——言うわけないでしょ。

藤崎が尋ね、妻は憮然として答えた。そして電話は切れた。すぐではなく、三年後、司が高校を卒業する前に帰宅したとき、妻から離婚を切り出された。すぐではなく、三年後、司が高校を卒業し進路が決まったあとで、と。

青天の霹靂(へきれき)とはまさにこのことだった。

結婚してかれこれ二〇年。小さないざこざがなかったわけではない。けれど押し並(な)べて家庭は円満だったはずだ。藤崎は自分が昔気質(かたぎ)な男だと自覚はあったが、妻や娘に手を上げたことは一度もなかった。浮気をした覚えもない。離婚される理由がわからなかった。

――だって、あなた私に興味ないでしょう。私たち、かたちの上で結婚しているだけじゃない。

妻は言った。要するに家庭を、延(ひ)いては自分を顧みないのが気に入らないということか。

確かに藤崎は多くの同僚がそうしているように、何より仕事優先で家事にも子育てにもほとんど参加せずにいた。娘が生まれたあと夫婦生活は一度もなく、この数年はまともな会話すら交わしていなかった。結婚を申し込んだとき妻に抱いていた感情は、もう思い出せない。

しかし長年連れ添う夫婦とはそんなものではないのか。

治安の守り手である警察官が家庭より仕事を優先しなければならないのは、妻もよくわかっていたはずだ。彼女はかつて勤めていた所轄の事務員だったのだから。

飲まず、打たず、買わず、真面目にやるべきことをやってきた。なのに妻の言い分は理不尽に思えた。納得できない、何故だ、と声を荒らげた。

——愛情がなくなったからよ。私はもう、あなたを好きじゃない。あなたもそうでしょう。

理由なんてそれで十分じゃない。

妻は抑揚のない声で答えた。

好きじゃないと言われたことが、猛烈に腹立たしかった。

ふざけるな、と怒鳴り声をあげて、思わず妻の頬を叩いていた。

妻は横倒しに倒れた。唇から血を流していた。頬を押さえて身を起こし、涙ぐんだ目でこちらを睨み付けてきた。

その顔に驚いた。血を流していたからではない。知らない顔だったからだ。

それは紛れもない妻の顔だった。若いころに比べたら、年相応に小皺が増えたりはしている。しかし目鼻の配置が大きく変わるはずもない。見慣れた顔のはずだった。

でも知らなかった。

その表情を。

無表情に近いがそうではない。得体の知れない冷たさを湛(たた)えていた。

妻は視線を逸らさず、口を開いた。

——あなた、私の気持ちがわからないでしょ。だから、別れたいの。

その声も、聞き慣れているのに、まるで知らないような声だった。

彼女の言う通りだ。藤崎には妻のことがまったく理解できなかった。

　このとき胸に去来した感情は恐怖に近かった。長年、一つ屋根の下で暮らしたはずの妻が自分とまったく違う世界を生きていたことを突きつけられ、畏れ、戸惑った。

　藤崎は逃げるように、考えておく、と妻に告げた。以来、まともに家に帰っていないため、電話するまで妻と話をしていなかった。

「まあ、こういう街をうろつかれるよりは安心なんじゃないですか」

　藤崎の事情など知りようもない沖田が軽口を叩いた。

「他人事だと思って、適当なこと言ってんじゃねえ」

　無理矢理、苦笑をつくって窓の外に目を向けた。

　明るい陽光の下には似合わない、ケバケバしい看板が並ぶ景色が流れてゆく。真っ昼間だというのに、路地には一目で客引きとわかる男たちがうろついている。

　北区や足立区と隣接し、東京のベッドタウンとして知られる埼玉県川口市。西川口駅周辺の繁華街は、性風俗店が密集するいわゆる色街だ。ただしここには、都内の似たような街とは少し違うルールが存在する。

「どうして、西川口流なんてもんができたんだ。クイズ王、おまえ知ってるか」

　藤崎は尋ねてみた。

　日本の法律では管理売春は禁じられており、性風俗店ではいわゆる本番行為はないことになっている。より正確には、ソープランドだけは「その場での自由恋愛の結果」という奇妙なロジックで本番行為が黙認されているが、その他の業態では原則禁止だ。

しかしここ西川口では、ピンクサロンやイメージクラブをはじめ、あらゆる業態の店で大っぴらに本番行為が行われている。いわば売春の解放区だ。それは「西川口流」あるいは「NK流」といった隠語で、雑誌などでも紹介されている。

「いやあ、どうでしょう。ここは吉原みたいな歴史のある色街じゃなくて、都内の取り締まりが厳しくなった昭和四〇年代から風俗店が集まってきたらしく……そのころからの慣例って言われてますけど」

「慣例……というより、利権だろ」

「でしょうね。埼玉県警のことはわかりませんけど」

この状況を管轄の警察が知らないわけがない。恣意的に取り締まっていないのだ。当然そこには業者との癒着があり、賄賂まがいのつけ届けや、定年警官の再就職先の斡旋などが行われているに違いない。

そもそも、ソープランドでの本番行為が黙認されていること自体、恣意的な取り締まりによるものだ。警察にとって管轄内の風俗店の管理は、利権そのものでもある。

「警視庁も、歌舞伎町や鶯谷周りで甘い汁吸ってるやつらはいるしな」

藤崎は鼻を鳴らした。

「まあ、時間の問題って噂もありますけどね。どうなんすかね」

言いながら、沖田はハンドルを切る。車は繁華街を抜けて住宅街に入ってゆく。

「浄化作戦か……。本当にやるらしいからな」

首都圏の繁華街では警察と風俗店の――更にはそのバックにいる暴力団との――、なあなあの関係が長年、維持されてきた。が、今、急速に風向きが変わろうとしている。きっかけは三年前、平成一三年に起きた新宿歌舞伎町のビル火災だ。風俗店などが入った雑居ビルが燃え、最終的に死者四四人を出す大惨事となった。

繁華街の改革を求める声が強まり、東京都知事は警察出身の官僚を副知事に抜擢した。彼らの旗振りにより、警視庁及び首都圏の各県警が連動した「風俗浄化作戦」が企図されている。

目的はもはや防災ではなく綱紀粛正だ。歌舞伎町を皮切りにし、首都圏の繁華街に次々とメスを入れていくらしい。

当然、西川口も標的になるだろうし、そうなれば、この街のほとんどすべての風俗店が摘発されることになるだろう。

浄化後、地元は地域密着型の商店街として再生させたいようだが、この不景気の中、そう上手くいくものだろうか。案外、現時点では誰も予想しないような変化が起こるかもしれない。

車は堤防沿いの路地に入っていった。対向車も後続車もない静かな道だった。堤防の反対側には、住宅と工場が並んでいる。

「あ、ここですね」

沖田は一度車を停めると、ダッシュボードに載せてあった住宅地図を広げて確認する。

「降りててください、車停めてきます」

「わかった」

藤崎は、助手席から降りて外に出た。

もわり、と湿った熱気に迎えられた。どこからか草の臭いが漂ってくる。

七月に入り、暑い日が続いていた。梅雨明けはまだのはずだが、ときどき雷は鳴るものの、ほとんど雨は降っていない。

背後の堤防の向こうを流れるのは、埼玉県と東京都の境界線でもある荒川(あらかわ)だ。

藤崎は正面に鎮座するレンガ風のサイディングが施されたマンションを見上げる。エントランスに『戸田(とだ)リバーガーデン』とマンション名を書いたプレートが出ていた。住所的にここは川口市の隣の戸田市に入っている。

篠原夏希は引きこもってなどいなかった。家出していたのだ——通報により、そんな情報がもたらされた。

藤崎と沖田は、情報提供者、北見美保から直接話を聞いた。嘘を言っている様子はなかったし、彼女が嘘を吐く理由もなさそうだ。夏希は本当に家出していた可能性が高い。

だとすれば、捜査の前提が大きく崩れる。

美保は平成七年、家出後の夏希とザウスで再会しており、電話番号を交換したという。その番号は、このマンションの一室で使われていたものだった。

通信会社に照会をかければ、固定電話の番号から使用者を特定するのは簡単だ。普通なら一両日もあれば判明する。しかし、今回は一週間以上もの時間がかかった。

通信会社が手間取ったわけではない。上層部が手を回し情報をせき止めていたのだ。

＊

北見美保から話を聞いた直後、藤崎は捜査本部を仕切る管理官の瀬戸に報告した。

瀬戸は年次でいえば、藤崎よりも三年後輩にあたるが、出世は向こうの方がずっと早い。組織の規律と合理性を重んじ、現場の手綱を厳しく絞るタイプの幹部だ。沖田と少し似たところがあるが、出世競争を勝ち上がっている分、瀬戸の方があくが強い。

この時点で、藤崎はこれ以上、この情報を自分の班だけで抱え込む気はなかった。

家出していた夏希の足取りを藤崎班の少人数だけで追うのは無理がある。

半年間、動きのなかった事件の新情報とあり、瀬戸も大いに興味を示した様子だった。次の捜査会議で共有され、全捜査員で情報の裏取りに動くことになる……はずだった。

ところが翌日、瀬戸は態度を変え、当面、裏取りは藤崎班だけで行い、他の班や所轄の捜査員とは情報を共有しないよう厳命された。事実上の口止めだった。

何故そんな指示が下るのか。瀬戸は「いずれ説明する」と言うばかりだった。

この時点で、藤崎はもしかしたら電話番号から、捜査に慎重にならざるを得ない何かが出たのかと予感はしていた。

何にせよ現場は上の指示に従うよりない。しばらく藤崎班だけで裏取りを行っていた。

昭和六二年から六三年の年末年始、夏希が美保とともにアルバイトをしていたことは、くだんの神社にも記録が残っており、とりあえず確かめることができた。

それから美保の協力を得て、彼女がザウスで会ったときの夏希の似顔絵も作成した。美保が「そっくり」と太鼓判を押したその似顔絵の少女は、確かに中学の卒業アルバムの夏希とはまるで雰囲気が違った。

が、その他には大した収穫は得られていない。

改めて夏希の友人や篠原家と縁のあった人々への聞き込みもしたが、夏希の家出を知っている者はいなかった。

他方、家族から夏希が引きこもっていると聞いたことがある者はいても、引きこもっている夏希に会ったという者はいない。

他の情報が出てきていなかったので、夏希の引きこもりは捜査の前提になっていたが、そもそも伝聞以上の証拠はないのだ。家族が家出の事実を隠して、引きこもりということにしていた可能性は、大いにある。

家族は外聞を気にし、家出の件を正直に周囲に話せなかったのではないか。適当な言い訳をしているうちに、ずっと部屋に引きこもっていることにせざるを得なくなった。外聞の悪さは大して変わらないかもしれないのに——そんな経緯が想像できる。

口止めについて、瀬戸からようやく「説明」があったのは一昨日のことだった。

奥多摩署三階の会議室に呼び出され向かうと、そこには瀬戸だけでなく、その上の捜査一課長の姿まであった。

二人の正面に着席すると、瀬戸がおもむろに口を開いた。

「藤崎さん、先日、あんたが入手してくれた電話番号、現在は使われてないんだが、以前は少々厄介な業者が使っていたものだった」

藤崎は無言で小さく頷き、先を促した。

案の定だ。しかしこの場に課長までいるということは、それだけ話がでかいということだ。

「『プチ・ハニィ』の事件、覚えているか」

瀬戸は探るような目でこちらを見た。

「ええ。捜査には関わってはいませんが、名前くらいは。いろいろ噂があったので。あの、まさか……」

「そうだ。電話番号は、『プチ・ハニィ』が使っていたものだった」

藤崎は唾を飲み込んだ。

が、驚きよりも納得の方が強い。

なるほど、そういうことか。

『プチ・ハニィ』はかつて――平成八年六月――に摘発を受けたデートクラブだ。

デートクラブとは、資力のある男性に交際相手となる女性を紹介する業者。交際相手と言っても結婚を前提にするような真面目な交際ではない。実態としては売春が行われている。ただしデートクラブは風俗店ではない。「出会いを仲介しているだけの善意の第三者」という立場だ。売春行為があったとしても、個人が勝手にやっているだけで斡旋はしていないという理屈で摘発を逃れられる。

紹介業者である『プチ・ハニィ』が摘発されたのは、売春防止法でも風営法でもなかった。名前からも想像がつくが、彼らは特に若い女性を紹介できることを売りにしていたのだが、その中に一八歳未満の者がいたのだ。これは売春があろうがなかろうがアウトだ。児童福祉法違反になる。

業者の側にも違法の認識はあったようで、口コミのみで客を集める完全会員制で営業をしていた。しかし別件で補導された少女が、聴取中に話し、警察の知るところとなった。

かくして『プチ・ハニィ』は摘発を受けた。ここまではよくある話ではある。

厄介なことになったのは、摘発後だ。

『プチ・ハニィ』の経営者は、元官僚の大神田（おおかんだ）という男だったが、彼は摘発を受けたあと単身逃亡。都内のビジネスホテルで遺体となって発見された。ドアノブにロープをかけ首をくくっていたらしい。所轄署が自殺と断定し、これを以て（もって）『プチ・ハニィ』への捜査も打ち切られた。

その直後、実話系雑誌が「捜査関係者からの情報」とし、この事件の疑惑を報じた。

曰く、先日、未成年者の売春斡旋で摘発を受けたデートクラブ『プチ・ハニィ』は、元官僚の経営者が人脈を活かし顧客を広げており、顧客名簿には高級官僚や警察幹部の名前があった。今回の摘発は彼らにとっても不測の事態であり、経営者は口止めのため謀殺された可能性が高い——とのことだった。

その雑誌は、都市伝説の類も平気で記事にするような雑誌で、大手マスコミが後追いすることもなかった。しかし水面下では一時期ずいぶん騒がれたようだ。

警察内部でも、密かに話題になっていた。どうやらあの記事、まったくのでたらめじゃないらしい。本当に幹部の名前があったらしいぞ——と。「ここだけの話」があちこちで飛び交っていた。藤崎が『プチ・ハニィ』のことを知ったのはこのときだ。

警察官だからといって、自分たちの組織が何をしているか、すべて把握しているわけじゃない。確かなのは、警察というのは組織防衛のためなら、多少ダーティーなことも平気でやるということだ。さすがに口封じのための謀殺があったとは思わないが、都合の悪い証拠を握り潰すくらいのことは、していてもおかしくない。

「つまり篠原夏希は、『プチ・ハニィ』と関係していた可能性があるわけですね」

藤崎は、瀬戸の目を見て言った。

家出娘がデートクラブで稼いでいたというのは、十分あり得る話だ。

「かもしれない。まあ、それはこれから調べなきゃいけないだろうな」

「調べても、いいんですね」

「もちろんだ。ただな藤崎さん、知っての通り、あの業者の摘発には、つまらん噂が出回った。痛くもない腹を探られたくないと思っている向きもある。まあ、少々慎重にやってもらわないと困るというわけだ」

瀬戸は、一冊のバインダーを手に取り、藤崎によこした。

「例の事件の資料だ。これを元に捜査を進めてくれ。これに名前の出てくる関係者には直接当たってくれてもいい」

言葉の裏を返せば、この資料の範囲を超えた捜査はするなということか。

瀬戸の物言いや、この説明をするまでに何日もかかったことから、はっきりわかることがある。

噂の顧客名簿には、警察幹部の名前が本当にあったのだろう。そして、この捜査資料は、そこにつながるようなものについての情報が抜かれているに違いない。

「それからな。この捜査は、引き続き、きみの班だけで内密に行って欲しい。部下たちにも口外しないよう厳命してくれ」

「え」

思わず顔をしかめた。

瀬戸がここまで慎重になるということは、顧客名簿に名前があったのは、よっぽどの大物だったのか。しかしそれが誰であれ、少女を買春した幹部を守るためのしわよせを食らうのは、釈然としない。

「藤崎くん。ここは一つ、堪(こら)えてもらいたい」

ずっと黙っていた一課長が口を挟んできた。

「例の噂についての真偽は我々も知る立場にない。ただ、藪(やぶ)をつつき蛇(へび)を出したくないと考えている者が上に何人かいる。『プチ・ハニィ』の件はな、一種のタブーなんだ。実は、この電話番号の情報自体、現場に伝えるべきじゃないという声もあった」

「一課長、それは」

おそらく一課長は喋り過ぎているのだろう、瀬戸が諫めようとした。一課長は手で「大丈夫だ」と言うかのように制した。

彼らもまた圧力をかけられていることが窺えた。警視庁捜査一課長の「上」となれば、まさに最高幹部たちだ。

「せっかく現場が摑んだネタを無駄にしたくない。が、これが精一杯の条件だ。それに本音を言えば私はね、最悪この事件、被疑者死亡で幕を引いてもいいと思っている」

一課長の声からは、有無を言わせない圧が滲んでいた。つべこべ言うなら、捜査自体を打ち切るぞということか。

「……わかりました」

藤崎は答えた。

納得できたわけではないが、これ以上押してもどうにもならないことはわかっていた。情報を握り潰されなかっただけましとも言える。

与えられた条件で、ベストを尽くすしかない。

野々口加津子

話を聞かせて欲しいとやってきた二人組の刑事のうち、沖田と名乗った若い方が部屋を見回して言った。

「ヨン様、お好きなんですか」

このリビングを見れば誰でもわかるだろう。壁に貼ってあるポスターも、写真立てに入っている写真も、ヨン様ことペ・ヨンジュンのものだ。現在、ＮＨＫが地上波で放送しているドラマ『冬のソナタ』の主演を務める韓国の俳優である。

「そうなんですよ。ふふ、四月に来日したときは、羽田まで行っちゃった」

答えながら野々口加津子は、自分の頬がゆるむのを自覚した。ヨン様のことを考えたり、話したりしているときは、無条件でうきうきした気分になれる。

『冬のソナタ』はすでに昨年ＢＳで放送していたのだが、加津子はその一話目をたまたま観て、見事にハマった。一昔前のメロドラマのような話ではあるのだが、最近の日本のドラマにはない純粋さがあるように思えた。何より主演のヨン様の笑顔に、すっかり虜にされてしまった。

そのように感じたのは加津子だけではなかったようで、反響が大きくＮＨＫは今年に入ってから地上波での放送を始めた。これがきっかけで、巷では社会現象とも言える韓流ブームが起きている。

「僕、ヨン様と同い年なんですよ」

沖田が言った。隣の藤崎という年嵩の刑事が「へえ、そうなのか」と相づちを打つ。

「じゃあ、今年で三二歳ね」

ヨン様の生年月日は、一九七二年、日本の年号で言えば昭和四七年の八月二九日だ。加津子の息子、裕史も同い年である。

「さすがですね」

沖田は、感心した様子で言ったが、こんなのファンなら誰でも知っている常識だ。

「それで、あの部屋の件ですが」

沖田が本題を切り出した。

「はいはい。１２０１のあれよね。一応、契約書はここに」

加津子は荒川沿いに建つこのマンション、『戸田リバーガーデン』のオーナーである。

元々は、不動産業を営んでいた夫の持ち物だったが、夫は四年前に脳梗塞で他界し、加津子が相続した。最上階の一三階が自宅スペースになっており、今はここで独り暮らしをしている。

二人の刑事は、加津子がテーブルの上に広げた契約書と、自分たちが持参した書類を見比べて確認している。

突然、刑事を名乗る男から連絡があったとき、加津子はてっきりオレオレ詐欺の件が明るみに出たのかと思った。

つい数日前のことだ。

昼ごろかかってきた電話に出ると、受話器の向こうから〈ああ、母さん、俺だよ、俺〉と呼びかけられた。加津子は「あら裕史?」と、訊き返してしまった。すると相手は〈そうだよ裕史だよ〉と調子を合わせてきた。

そして加津子は、この息子を名乗る相手の〈出来心で痴漢をしてしまった。今すぐ五〇万円払えば示談に応じてもらえる。何とかしてくれないか〉という弁を鵜呑みにし、指定された口座に金を振り込んでしまったのだ。

その後、連絡がなかったので、無事に示談にできたのか確認するため加津子の方から息子に電話をかけ、ようやく騙されたことに気づいた。

こういう詐欺が流行っていることは知っていた。テレビのニュース番組で、今年は上半期だけでオレオレ詐欺の被害額が一〇〇億を超え、年間で三〇〇億に迫りかねないなどと報じられているのを観たときは、こんな馬鹿みたいな手に引っ掛かる人が、そんなにたくさんいるのかと驚いていたくらいだ。その馬鹿みたいな手に引っ掛かったのだから、世話はない。

母親が騙されたことを知った息子、裕史にもさんざん「馬鹿じゃないのか」となじられた。「いくら取られたんだ」と訊かれたときは、一〇万円と、少なく嘘を吐いた。

あんたがもっとしっかりしてたら、私だって騙されなかった——という言葉を飲み込んだ。言っても詮無いし、下手をすると殴られる。

裕史は「俺が痴漢なんてすると思ってんのか」と怒っていたが、正直、そういうことがあっても不思議じゃないと、加津子は思っている。

小さなころから甘やかして育てたからか、だらしなくてこらえ性のない子になってしまった。一浪して入った聞いたこともない名前の大学を二年も留年してどうにか卒業したものの、ずっと定職に就かずぶらぶらしている。少し前に突然、映画監督を目指すなどと突拍子もないことを言いだし、仲間たちと自主制作映画をつくっているようだ。が、加津子には遊んでいるようにしか思えない。親孝行と呼べるようなことをしてくれたことはなく、たまに顔を見せたかと思えば、金を無心する。

同い年と知ってからは、息子がヨン様だったらという妄想を頭に思い浮かべない日は一日たりともなかった。

そんな息子でも小さなころは、確かに可愛いと思っていた。今はもうよくわからない。ただ、謎の義務感のようなもので、頼まれれば金を渡してしまう。渡しても感謝などしてくれない。それどころか裕史は加津子を見下したように言う。

——親父が残したマンションの上がりじゃねえか。別にあんたが稼いだ金じゃねえだろ。

それはまったく、その通りかもしれない。が、言われるたびに、胸の奥を錐でえぐられるような気分になった。

どうして、こんなことになってしまったのかと思う。何もしていないのに。

そう。加津子は何もしていない。

加津子は戦後すぐに生まれた団塊の世代。中学卒業後、集団就職で福島から上京してきた。

「ええかい、女ぁ愛嬌だよ。いづも控え目に、めんこくしてんだよ」そんな両親の言いつけを守り、右も左もわからぬ東京で過ごすうちに、夫に見初められて夫婦になった。人からは玉の輿と言われ、自分でもそう思った。結婚してからもずっと夫を立てて生きてきた。女はそうすることで幸せになれるのだと教わり、実行し、実際にそこそこ幸せな人生を歩んできたはずだった。

それが、ほんのこの一〇年ほどで、ちょうど平成になったころからおかしくなった。夫の事業が傾き始め、息子はいつまでも大人になってくれない。かつては、ぼんやりと老後は息子に頼って生きていくことになるのだと思っていたが、とてもじゃないが、頼れそうもない。

夫が残してくれたこのマンションも、実は裕史が思っているほど収益を生んではいない。夫は資産だけでなく借金も残しており、賃貸収入のほとんどはその支払いに充てなければならないのだ。かといって長年専業主婦だった加津子は、今更、自分が働けるとは思っていないし、そんな気もない。貯金を取り崩して生活している。景気のよい時代に夫が築いた資産を食い潰しながら生きている。

ヨン様のグッズを買うたびに、息子に金を渡すたびに、いや、ただ、普通に三食たべているだけでも、預金残高は目減りしていく。そこにきて、今回のオレオレ詐欺だ。まるで大事な血管を切られて、どくどくと血を流しているような気がする。

漠然と不安と恐怖を覚えるが、数字に弱い加津子は具体的にあと何年で生活が破綻するのか見当をつけることもできない。もしそうなったら、どんなことが我が身に降りかかるのかもわからない。そういうことは考えたくもないから、考えない。録画した『冬ソナ』を繰り返し観て、日々をやり過ごす。

加津子は何もしていない、この状況を変えるための抵抗を。

今の加津子の望みはただ一つ。この貯金を使い果たす前に、お迎えが来て楽に逝くことだ。

オレオレ詐欺に騙されたことは、みっともないので誰にも言っていない。もちろん警察にもだ。でも、きっとどこからか嗅ぎつけてきたんだ――てっきりそう思ったら、違った。

「それで、この1201に住んでいた人たちのことは、覚えていますか」

「はい。契約は主人がしたんですけど、ちょうどここの真下でしたし、その、あの事件のときは、いろいろ訊かれましたから……」

一二階の角部屋1201は、このオーナー住宅と同様の4LDKのファミリータイプで、マンションで一番広い間取りの部屋だ。

今から一〇年前の平成六年からしばらく、この部屋を大神田という男に貸していた。大神田は芸能プロダクションの経営者とのことで、地方から上京してきたタレントの卵たちが共同生活をする寮として使わせて欲しいとのことだった。

契約の経緯は、加津子には何もわからない。夫はあまり入居者のえり好みをする大家ではなかったが、一応、不動産のプロだ。間には別の不動産会社も入っていた。だから、契約の時点では怪しいところはなかったのだと思う。

階下に越してきた〝タレントの卵たち〟は、高校生くらいの若い女の子ばかりだった。何人が同居していたのか、加津子は把握していなかった。

マンションの入口や廊下で彼女たちとすれ違うことはたびたびあり、愛想よく挨拶をしてくれる子もいたが、深く関わることはなく、誰一人、名前すら知らなかった。

「ええ、私はね、全然、疑っていませんでした。芸能のことなんて何もわかりませんもの。寮って言われれば、そういうものなのかって。派手な子が多いとは思いましたが、今どきはこういう感じの子がタレントになるんだって思ってたんです。それがまさか、あんないかがわしい仕事をしていただなんて……」

言いながら、加津子は顔をしかめた。

1201は確かに寮として使われていたが、住んでいた女の子たちは、タレントの卵ではなく、大神田は芸能プロダクションなど経営していなかった。彼が経営していたのは『プチ・ハニィ』というデートクラブで、女の子たちは売春していたのだという。

女の子たちの中に未成年者がいたとかで、『プチ・ハニィ』は摘発を受けることになった。八年前、平成八年のことだった。その際、加津子も夫とともに警察から事情を訊かれたのだ。経営者の大神田は、逃亡し、どこかで自殺をしたらしい。

「その部屋に、このような感じの女性が住んではいませんでしたか」

藤崎がローテーブルの上に一枚の似顔絵を置いた。

金髪の可愛らしい感じの少女の絵だ。

加津子は似顔絵を手に取り「そうですすねえ」と首をひねりながら見つめる。

「おそらくマリアと名乗っていたはずです」

沖田が付け足した。

この二人の刑事は、当時、あの1201で暮らしていたはずのこのマリアという女性を探しているらしい。

「いたような気もするけど……。みんな、こんな感じといえば、こんな感じだったから……ごめんなさい、絵だとよくわからないわ」

正直に答えた。

「そうですか。ではこの女性でなくてもいいので、印象的な女性はいましたか」

「うーん。そう言われても、すれ違って挨拶するのがせいぜいでしたから……」

加津子は記憶を辿る。と、一つ、思い出したことがあり「あ」と、声が出た。

「どうしました？」

「あ、いえ……その……」

わざわざ声をあげるようなことでもなかった気がして、言い淀んだ。

「どんなことでもいいです。何か思い出したことがあれば教えてください」

藤崎に促され、加津子はおずおずと口を開いた。

「あの、私、子供を見かけたことがあるんです、そういえば」

「子供？」

「そうです」

加津子は、あの部屋に住んでいる女の子が、小さな男の子を連れてマンションに入ってくるのを見たことが一度あった。女の子の方は何度か見かけたことがあり、間違いなく1201の住人だった。

「いかにも、一緒に外から帰ってきたって感じで。だから私、あの部屋には女の子だけじゃなくて、子役の卵みたいな子も住んでるのかって」

「その子も部屋に住んでいた？」

「あ、いえ、そうかなって思っただけです。たまたま、あのときだけ連れてきたのかもしれません」

「それは、いくつくらいのどんな子でしたか」

加津子は首をかしげる。

「小さな男の子だったと思うけれど……、入口ですれ違って、あれっと思って、振り返って後ろ姿を見ただけだから」

「連れていたのが、この女性かどうかはわかりませんか」

藤崎が似顔絵を指さした。

「それは違うわ。連れてた子は髪が黒かったから」

「その小さな男の子というのは、幼稚園生か小学校の低学年くらいの子じゃありませんか」

沖田が、上目遣いに尋ねた。

「ええ、そうね。そのくらいでした」

答えると、二人の刑事は顔を見合わせた。何か心当たりがあるのだろうか。

「それは何年くらいのことか覚えていますか」

沖田が、問いを重ねた。

「何年って言われても……」

「阪神淡路の震災や、オウム事件があった年のあとか前か、わかりませんか」

と、水を向けられ、思い出した。

「ああ、そうよ。確か、オウム事件のあったすぐあとですよ」

そうだ。平成七年の春ごろだ。と、ついでに別の記憶も蘇った。

「ブルー……」

加津子はつぶやいた。

「ブルー？」

二人の刑事がオウム返しに声を揃えた。

加津子は頷く。

「そう。あのときね、私が振り返ったら、ちょうど男の子がマンションの中に走っていって、女の子はそれを追いかけて『ブルー、待って』って呼んでたんです——」

言葉にして、はっきりと思い出した。二人の後ろ姿を。

「——あの男の子、ブルーって呼ばれてたんじゃないかしら」

For Blue

ブルーが大人になってからもはっきりと覚えていた一番古い記憶は、荒川沿いに建つ一三階建てのマンション『戸田リバーガーデン』で暮らしていたころのことだ。

その一二階の角部屋、１２０１で、ブルーは二年と少し生活した。それぞれに事情を抱え、家出をして身体を売っていた少女たちとともに。

バブル崩壊が始まった世紀末。

限界まで膨れあがっていた地価と株価が暴落しだした当初、これは一時的な現象でしばらくすれば景気はまた上向くという楽観論が支配的だった。しかし一向にそうはならず、多少の揺り戻しはありつつも地価と株価は下がり続けた。景気が上昇し続けることを前提に金を回し続けていた金融機関は巨額の不良債権を抱え込むことになった。絶対に潰れないと言われていた都市銀行さえ倒産するようになり、平成九年には四大証券の一角、山一證券が経営破綻による自主廃業に追い込まれた。

ブルーが１２０１にやってきたのは、その三年前、平成六年。五歳のときだった。

この年、新語・流行語大賞で「同情するならカネをくれ」というフレーズが年間大賞を受賞している。人気ドラマ『家なき子』の主人公の少女が口にする台詞だ。日本社会が底の見えない不況の穴に陥ってゆく中、日本人が久しく忘れていた貧しさへの恐怖に怯え始めたことが、流行に反映していたようにも思える。

少女たちばかりの空間に、ただ一人男児のブルーは異物と言えば異物だった。しかし少女たちは幼く可愛らしいブルーに母性本能や保護欲を刺激されたのか、交替でブルーの面倒をみていた。

中でもブルーを構い、可愛がっていたのは〝アズミ〟という少女だった。本名ではない。少女たちは、みな、ニックネームを付けられ、それで呼び合っていた。

アズミは料理が得意らしく、よく手料理を振る舞ってくれた。味そのものの記憶はのちまで残らなかったけれど、彼女がつくってくれたハンバーグやロールキャベツがとても美味しかったことは、ずっと覚えていた。

ブルーはアズミになつき、夏には屋内スキー場のザウスに、一緒に遊びに行ったこともあった。

しかしある日突然、アズミは部屋からいなくなってしまった。1201に住む少女はときどき入れ替わる。それは特別珍しいことではなかったが、アズミがいなくなったことをブルーは寂しく思った。

ただし、その寂しさにブルーが傷つくことはなかった。「アズミさん、どこいったの？」と泣くブルーを母親が優しく抱きしめてくれたからだ。そして、母親はブルーに何度もキスをした。

——私がいるから泣かないで。ブルー、大好きだよ。

母親はアズミのように料理をつくったりはしなかったし、どちらかと言えば気分で構うだけだった。それでもブルーは満ち足りた。

１２０１でブルーは穏やかな日々を過ごしていた。

まだブルーを傷つける者はなく、ブルーも誰のことも傷つけず、ブルーは何の罪も背負っていなかった。

ただしこの「穏やかな日々」が、傍から見てまともな日々だったかはわからない。少なくともブルーは、同世代の子供たちが当たり前に享受するような少年時代を享受してはいなかった。それは１２０１で一緒に生活していた少女たちも同様だろう。

高視聴率をたたき出し国民的存在となったドラマの〝家なき子〟とは違う、誰の目も届かぬところで、目に見えぬから認識もされず、手を差しのべられることのない〝家なき子〟が、確かにいたし、その後どんどん増えてゆく。

溶けていた。

あのころ起きた大地震やテロ事件を時代の転換点の象徴と感じる人が少なくないように、すでにこの社会は溶けていた。

『戸田リバーガーデン』１２０１。あのマンションの部屋での生活は、危ういバランスの上でぎりぎり成立していたのに過ぎなかった。

だからやがて、崩壊してしまう。

藤崎文吾

「何だこりゃ」

そのビルの手前にある巨大な蜘蛛の彫刻を見て、藤崎は思わず声を漏らした。節くれ立った細い八本の足で立つそれは、高さ一〇メートルほどもあるだろうか。

「ああ、これが。ちょっとせっかくなんで写真撮っていいですか。俺もここ来るのは初めてなんで」

隣で沖田がカメラ付き携帯電話で写真を撮る。

「これ、何なんだ?」

改めて沖田に尋ねる。

「『ママン』って言うらしいですよ。ルイーズ・ブルジョワっていう彫刻家の作品で、同じものが世界九ヶ所にあるらしいです。ほら見てください。あそこに卵が」

沖田は蜘蛛に近づき、上空に浮かぶ腹の部分を指さした。そこに白い卵のようなものを抱いているのが見えた。

「この彫刻、母親を象徴しているらしいです」

だから『ママン』か。

「しかし、気味が悪くないか」

率直にそう思った。節張った細い足で卵を抱えた身体を支える蜘蛛の造形は、何とも言えず、グロテスクだ。世界の知りたくなかった側面を、問答無用で見せつけられたような気分にさせられる。

どういうわけか脳裏には妻の顔がよぎった。離婚を切り出したときの、あの、見知らぬ誰かのような顔が。

「まあ、これがアートなんじゃないですか」

「アートねえ。俺にはわからんな」

藤崎は首をひねって、蜘蛛の足の間を抜けて歩いてゆく。

六本木(ろっぽんぎ)ヒルズ。去年、平成一五年に開業した大型複合商業施設だ。その中核をなす森(もり)タワーは、この巨大な蜘蛛の向こうにある。

ビルのエントランスからエスカレーターを上がりフロントへ。そこで係の女性にゲスト用のICカードを渡されエレベーターを案内された。エレベーターは偶数階用と奇数階用に分かれているらしい。

エレベーターのカゴの中は光沢のある銀色に覆われており、正面上部にディスプレイが設置され、このビルに入っている企業のＣＭらしきものが流れていた。床には照明が仕込まれて発光している。この灯りの色は少しずつ変化しているようだ。

沖田は興味深そうにそれを観察している。

34階でエレベーターは停止した。

カゴから出ると、目の前に受付嬢が二人並んだ大きなカウンターがあり、その上に〈Ｈｉ Ｗｏｒｋｓ〉というロゴプレートが掲げられていた。

『ハイ・ワークス』は新興の人材派遣会社だ。携帯電話を使って簡単に空き時間に日払いの仕事を入れられるシステムが好評で、業績を伸ばしているらしい。最近やたらとテレビＣＭを目にする。

管理官の瀬戸から渡された『プチ・ハニィ』に関する捜査資料を元に、篠原夏希の足取りを探り始めて、ひと月半――

八月も半ばになり、ギリシャではアテネオリンピックが始まった。開幕からまだ三日だが、競泳の北島康介、柔道の谷亮子、野村忠宏、内柴正人、そして男子体操団体と、金メダルラッシュが続いている。北島康介が金メダルを獲ったときのインタビューで発した「チョー気持ちいい」というフレーズは、早くも流行語になっているようだ。

久々の明るいニュースに世間は大いに沸いているが、藤崎の気持ちは、お世辞にも晴れやかとは言えない。

捜査の進捗は芳しくない。

渡された捜査資料は全体のごく一部で情報が少なく、藤崎班だけで内密に捜査しているため人手も足りないからだ。

未だ例の『戸田リバーガーデン』というマンションで、篠原夏希が暮らしていたのか、はっきり裏が取れていない。その情報を持っている可能性のある前澤裕太という男が、この会社に勤めていることを突き止めるだけで、ひと月半を費やしてしまった。

カウンターの受付嬢に来意を伝えると、オフィスの中の応接室に通され「しばらくお待ちください」と告げられた。

白を基調にした広々とした部屋に、大きめの黒いソファセットが二組並べてある。部屋の隅に観葉植物が置かれ、壁には絵画らしき額が飾られている。高級感があり、しかしスマートなデザイン性もある、いかにも時流に乗っている会社の応接室という感じだ。

金というのは、あるところにはあるものだな——

つくづく、思う。一応、世間ではバブル崩壊以降、ずっと不景気が続いていることになっているはずだ。だがここ六本木ヒルズには、その中で急成長を遂げた新興企業がいくつもオフィスを構えているという。今、プロ野球の近鉄バファローズの買収に手を上げているライブドアがその代表格だろうか。

沖田が興味深そうに壁の額を眺めている。藤崎もその隣に並んだ。

黒地にカラフルなシンボルマークを並べたもののようだった。こういう絵画なのだろうか。額の下にキャプションがあった。半ば無意識に目を細め、それを読み上げる。

「Eye……Love……SUPER？　ん、何だ」

「『Eye　Love　SUPERFLAT』。村上隆がヴィトンとコラボした話題の作品です」

沖田が補足した。

言われて再び額を見ると、並んでいるシンボルマークの中に、見覚えのあるルイ・ヴィトンのものがあった。

「村上隆？　有名なのか」

「滅茶苦茶、有名です。日本の現代アートの第一人者ですよ。ここ六本木ヒルズのイメージキャラクターもデザインしています」

「そうなのか」

村上隆なる芸術家は知らなかったが、これもアートか。この『Eye　Love　SUPERFLAT』という作品は表にあった蜘蛛の像以上に意味がわからない。

「日本画やアニメの平面的な表現と階層のない日本社会のあり方を結びつけるスーパーフラットという概念というか、アートムーブメントを提唱しているそうです」

「何だそりゃ。階層は別に日本にもあるだろう」

大した学も芸術的素養もない藤崎だが、長年、刑事をやってきた経験からこれは断言できる。日本社会はフラットなどではない。均質性は高いのかもしれないが、そこかしこにくぼみや裂け目があり、多くの事件はそういうところで起きる。今、藤崎たちが追っている篠原夏希だって、そういう裂け目に落ち込んでいったのかもしれない。

　森タワーのような、高層ビルから眺めれば平坦に見えるのかもしれないが。

「いや、俺に言われても……」

沖田が困り顔で苦笑したとき、扉が開き、恰幅のいい男が部屋に入ってきた。

「ああ、どうもどうも。わざわざご足労いただきまして。前澤です」

にこやかなえびす顔で、ぺこぺこと頭を下げるこの男が、前澤裕太のようだ。

　明るく脱色した髪を刈り上げ、口と顎にヒゲを生やしている。グレイのダブルのスーツに、ブルーの開襟シャツ。ネクタイは締めていない。資料によれば、四八歳だが、少し若く見えるだろうか。洒落ているといえば洒落ているが、とっぽいといえばとっぽい。

　ソファを勧められ、藤崎と沖田は前澤と向かいあった。

「ずいぶん、景気がいいようですな」

　藤崎は大げさに応接室を見回して言った。

「おかげさまで。派遣業法が改正されて以降、忙しくさせてもらっています」

　前澤は笑顔のまま、頷いた。

派遣業法は昭和六一年に施行されて以来、何度も改正されているが、彼が言っているのは一番新しい、今年三月の製造業への派遣解禁のことだろう。民間出身の経済学者でもある特命担当大臣が旗を振り実現したこの改正で、人材派遣業界は活況を呈しているらしい。が、藤崎はあまりいい印象を持っていなかった。派遣会社がやっていることは、人買いに他ならないのではないか。それこそ、この社会のフラットではない部分で稼ぐような商売に思える。

「しかしあんたも、上手いことやったもんですね。こんな立派な会社の役員に収まるんだから」

藤崎は差し出された名刺をテーブルに置いて言った。前澤の肩書きは〈執行役員・人材アドバイザー〉となっている。

この男は、かつてフリーでスカウト業を営んでいた。直截に言えば女衒だ。訳ありの女性をあの手この手で言いくるめ、水商売の店や風俗店に紹介していたらしい。違法営業の店とも付き合いがあり、『プチ・ハニィ』にもかなりの人数の女性を紹介していたという。

「ええ。私のスキルを活かせる場所を見つけることができました」

前澤は、皮肉を涼しい顔で受け流した。

『プチ・ハニィ』が摘発された際には前澤も事情聴取を受けたが、逮捕も起訴もされていない。未成年者を業者に仲介するなど、児童福祉法に違反することを必ずやっているはずだが、立件できるだけの証拠はなかったようだ。その後、危ういスカウト業から足を洗い人脈を活かし派遣の斡旋に関わるようになった。やがて『ハイ・ワークス』の創業者と懇意になり、執行役員に収まったのだという。

女衒は人買いに転身したわけだ。面白くないが、この男が世渡り上手であることは間違いないだろう。

「私もね、善良な一市民として警察への協力は惜しみませんよ。『プチ・ハニィ』に在籍していたマリアさんについて訊きたいとか」

事前に電話でアポイントメントを取ったとき用件は伝えていた。またその電話で、確かにマリアという女性が『プチ・ハニィ』に在籍していたことまでは確認できている。

前澤の言葉と所作にそこはかとない余裕があるのは、藤崎たちが過去の悪行をほじくり返しに来たわけではないとわかっているからだろうか。

「そうだ。あんたは、そのマリアの素性を知っているのか」

「もちろん。私が紹介したんですからね。おっと、『プチ・ハニィ』で働いていたころマリアさんはもう成人してましたし、あの店が未成年者の斡旋もやっていたことを、私は知りませんでしたから」

「妙な言い訳はしなくていい。今更あんたをどうこうする気はない。マリアって女の素性がわかるなら教えてくれ」

「安心しました。マリアさんの本名は……篠原夏希といいます。去年のクリスマスでしたっけ。青梅で起きた殺人事件の犯人と同姓同名で、顔もよく似ています」

隣で沖田が息を呑むのがわかった。

藤崎も思わず顔が強張るのを自覚した。

「あんた、気づいていたのか」

「気づいていたとは？」

「とぼけるな。あんた、あの事件が報道された時点で、犯人が知ってる女と同一人物だと気づいていたな。何故、通報しなかった」

前澤は両手をあげて大げさに驚いたそぶりをする。

「ええ、同一人物、なんですか？　だってあの事件の犯人は、長年引きこもっていたと警察が発表してたじゃないですか。だから、私の知っている夏希さんとは別人。たまたま同じ名前で顔も似ている他人とばかり思ってましたよ」

白々しい。

大方、面倒を避けたくて、知ってて黙っていたのだろう。

「まあいい。同一人物かどうかはこちらで判断する。あんたが篠原夏希について知っていること、洗いざらい話してくれ」

「はい。隠し立てすることもありませんから。私が夏希さんと出会ったのは、一六年ほど前になりますか。確か昭和六三年。まだバブルの真っ盛りだったころの春のことです――」

前澤は、一六年も前のことをすらすらと話し始めた。アポを取った時点で、何を訊かれるか察し準備していたのだろう。

それによれば、当時、まだ女衒まがいのスカウト業を営んでいた前澤は、ある夜、新宿(しんじゅく)歌舞伎町のマクドナルドで、一人、カウンターに突っ伏し居眠りをしている少女を見つけた。それがのちにマリアと名乗ることになる篠原夏希だった。

声をかけてみたところ、つい一〇日前に家を飛び出したが、行くあてがなく、あっという間に所持金も底をつき、途方に暮れていたという。

昭和六三年の春。まさに夏希が引きこもり始めたとされる時期だ。やはり彼女は家出をしていたのか。

「あんたはさっき、青梅事件の犯人と顔が似ていると言っていたな。報道に出ているのは、中学校の卒業アルバムの写真だ。マクドナルドで見かけたときの風体が、その写真と似ていたってことか」

「ええ、そうです」

「しかし当時はまだ、『プチ・ハニィ』は、なかったはずですよね」

沖田が口を挟んだ。

捜査資料によれば、『プチ・ハニィ』が営業を開始したのは、平成六年だ。

「ああ、はい。そもそもあのとき、夏希さんは高校生だって言ってました。お店に紹介はできません。ただ、彼女は家には帰りたくないし、警察にも行きたくないと言う。私はどうしていいかわからず、懇意にしていた社長に知恵を借りようとしたんです」

「社長？」

「はい。高遠(たかとお)さんっていう貿易商です。アメリカにコネがあるらしくて、国内では手に入らない女性向けの洋服や化粧品の輸入をやってました。でも、あのころは、投資が本職って感じでしたかね。株も土地も面白いように上がっていく時代でしたしね」

「高遠……下の名前は？」

「仁(ひとし)って言います。ほら、政治家一家の高遠家ってあるでしょ。あの家を勘当された、放蕩息子って噂でした」

高遠家はかつて総理を輩出したこともある与党の名門一家だ。昨年の衆院選でも、一家の御曹司が二〇代ながら初当選を果たしたことで話題になった。勘当されていたとはいえ、そんな家の人間と関わりがあったのか。まあ、噂というくらいだから、真偽のほどは不明なのだろうが。

「その高遠仁さんに、相談したんですよ。そしたら、俺が何とかするって言うんで、彼女を預けました。てっきり、家に戻るように説得してくれると思っていたんですが……、しばらくしたら一緒に住んでいると聞いて驚きました」

「それは愛人として囲われたってことか」

「有り体に言えば、そういうことですかねえ」

前澤はとぼけて善意の第三者を装っているが、知らなかったわけがない。要するにその高遠という男に愛人としてあてがったのだろう。未成年の少女を。

当時の夏希と同年代の娘を持つ身としては、嫌悪を覚えずにいられない。

そんな藤崎の内面を知ってか知らずか、前澤は懐かしげに目を細める。

「高遠さんは、明るくて洒落た人でした。いつも、ラルフローレンとか、ブルックス・ブラザーズとか、アメトラのスーツでビシッと決めてね。何より、気前がよかった。俺、高遠さんに、行きつけのクラブで、ロマネコンティのドンペリ割りなんてもんを飲ませてもらったこともあるんですよ。しかも、ナンバーワンの子の口移しで。すごいでしょ。馬鹿ですよねえ。いい酒といい酒を混ぜたからって美味くなるわけじゃないのに。実際、味なんて覚えてないですよ。でも、楽しかったなあ。へへ。あれ、一晩で一千、二千、使ってたんじゃないですかねえ。ああ、そうそう、帰りのタクシーが捕まらなくて、高遠さん、道の真ん中で両手に一〇〇万の札束持って手を上げて停めたんです。それで、停まってくれた運ちゃんに、その二〇〇万渡して『ありがとう。つりはいいよ』ってワンメーターかツーメーターの距離ですよ。運ちゃんは運ちゃんで、一度目を丸くしたけど、『ありがとうございます』って、二〇〇万受け取りましたからね。もしかしたら銀座のあたりじゃ、そういう客、結構いたんですかねえ。今、このヒルズに住んでる社長たちだって、あそこまでの大盤振る舞いはなかなかしませんよ」

藤崎は前澤の昔話に鼻白みつつ、当時のことを思い出す。

バブルのピークだった八〇年代後半、藤崎はまだ都内の所轄の刑事だった。結婚して娘の司が生まれたのもあのころだ。

景気がよかったのは間違いない。週末の繁華街でタクシーを捕まえるのには、難儀したものだ。警察官は公務員だから、好景気でも給料は変わらないが、経費は今よりずいぶん潤沢に使えた。財テクなんて言葉をあちこちで聞くようになり、投資に手を出す上司や同僚もいた。

東京が極端だったのか、日本中でそうだったのか。人、物、金があふれていた。それはつまり、物騒な事件もあふれていたということだ。犯罪の発生件数は今よりも多く、土地がらみ、金がらみの事件がよく目立った。暴力団も今よりずっと活発だった。とにかく忙しかったという記憶が強い。

「刑事さん、三八九一五（サンパチキューイチゴ）ってわかります?」

前澤に尋ねられ、眉をひそめた。横から沖田が答える。

「もしかして、日経平均の史上最高値ですか」

「そう。平成元年の大納会。引け値ベースで三万八九一五円。ザラ場なら三万八九五七円まで行ったんだ。まだ覚えてますよ」

株など買ったこともない藤崎は、とっさにわからなかったが、あのころ、日経平均株価が四万円近い高値を記録したこと自体は知っていた。東京の山手線内側の地価で、アメリカの全土が買えた、なんて話もあったはずだ。

前澤はため息をついた。

「でもあれがピークだったんですよね。あれから、株も土地も下がり続けて今、一万円くらいでしょ。信じられませんよ。ITバブルも一瞬ではじけちゃったし。今年でもう平成に入って一六年も経つっていうのに、ずっと祭の後始末だけをしているような気分ですよね。まあそれでも、Kさんが総理大臣になって、構造改革で、うちみたいな派遣業に元気が出てきて、ようやっとね、また祭が始まるかもしれません」

人買いの口から出てきた「祭」という言葉には、妙に不吉な響きがあった。

「その、えらく羽振りのいい高遠って男の愛人だった篠原夏希が、どうして『プチ・ハニィ』に所属することになったんだ」

藤崎は本題に戻るよう、水を向けた。

前澤はかぶりを振り、あっさり言った。

「いえね、高遠さん死んじゃったんですよ。自殺です。確か平成六年の年明けすぐだったかな。住んでたマンションの中で、首をくったそうです。いろんなとこに金突っ込んでたらしいですからね、バブルがはじけたあと首が回んなくなっちゃったみたいでしてねえ」

前澤は、自分で自分の首を絞める動作をしてみせる。

株にしろ土地にしろ、実質の価値をはるかに超える値段がついたからこそ、のちにバブルと呼ばれたのだろう。警察にも、投資の失敗で身を持ち崩し、退職する者はいた。

前澤は続ける。

「それで夏希さんが連絡してきたんです。高遠さんは、私なんかと遊ぶときに夏希さんは連れて来ませんでしたから、本当に久しぶりでした。すっかり見違えてました。例の卒業アルバムの写真を見ればわかる通り、マクドナルドで会ったときは全然垢抜けなかったんですけどねえ。それが、洗練されたっていうんですかね、DCブランドで着飾ってて、髪も明るくなって印象がまるで変わってました。もともと、顔立ちは整ってたんでしょうね。きれいになった、いや、童顔なんで可愛らしくなったという感じでしたね。高遠さんに囲われていた間は、悠々自適の生活を謳歌していたみたいですよ」

北見美保の言葉が頭をよぎった。

――縛り付けられるみたいで息苦しくて仕方なかったんだろうなって。

家出をして高遠なる男に囲われた場所は、息苦しくはなかったのだろうか。

ともあれ、高遠が死んで、住んでいたマンションは債権者に取られ、夏希は住む場所すら失った。今更実家に戻るつもりはなく、何か実入りのいい仕事と住む場所を紹介して欲しいと、前澤に相談した。前澤が風俗の仕事でもいいかと念を押すと、稼げるなら何でもいいと了承したという。

「――当時は彼女も二〇代でしたが、制服着せて高校生と言えば、誰もが信じるような感じでした。それで、ちょうどね、大神田さんが『プチ・ハニィ』を始めたばかりで女の子を集めてて、幼く見える子がいたら紹介して欲しいって言われてたのを思い出して、紹介した次第です。あ、本当の子供を雇っていたなんて、私は知りませんでしたからね」

前澤は、しつこく予防線を張ることを忘れない。

「なるほど。それで、篠原夏希は『プチ・ハニィ』が寮として使っていた、『戸田リバーガーデン』で暮らしていたのか」

「ええ、そういうことです。まあ、あの娘とんでもないことを隠してて、ちょっと揉めましたけどね」

「何だ、それは」

尋ねると、前澤は「やっぱり、刑事さんたち知りませんよね」と、にんまりと笑った。

人を小馬鹿にするような態度に苛立ちを覚え、つい舌打ちが漏れた。

「もったいぶらずに話せ」

「夏希さんには、子供がいたんですよ」

「何？」

「ぎりぎりになって子供と一緒に寮に入りたいって言い出して、びっくりしました。幸い、一緒に暮らす女の子たちがオッケーしたんで、大神田さんも認めたんですけど」

思わず唾を飲み込んだ。

「高遠との間の子か」

前澤は頷く。

「囲われ始めてすぐに、できたらしいですよ。彼女、平成が始まった日に産んだって言ってました。本当かどうかわかりませんが」

「戸籍にはそんな記録はないが」

「ええ。高遠さんも認知してません。出生届自体出してないんじゃないですかね。男の子で、名前は青。彼女はブルーって呼んでました」

夏希の息子、戸籍のない子供、青。

藤崎の脳裏には、夏希の部屋に貼ってあった青い湖の写真がよぎった。

先日、『戸田リバーガーデン』のオーナー、野々口加津子も、ブルーと呼ばれている子供がいたと証言していた。

藤崎は前澤を睨みつけた。

「そのあとどうした。『プチ・ハニィ』が摘発を受けたあと、篠原夏希とその子供は、どうなったんだ？」

「摘発後のことは、私は詳しく知りません。ただ、たぶん知ってそうな人間に心当たりならありますよ。春野なずなっていうでしょ」

どこかで聞き覚えのある名前だった。思い出すよりも前に、隣の沖田が尋ねた。

「それってAV女優の？」

そうだ。春野なずなは、さほど観る方でもない藤崎でさえ名前を知っているくらい有名な、人気AV女優だ。

「へへ、彼女ね、実は『プチ・ハニィ』にいたんですよ。当時は未成年でした。あ、もちろん私が紹介したわけじゃないですよ。彼女も夏希さんと同じ、家出娘だったもんでね。『プチ・ハニィ』がなくなったあと、しばらく二人で、いや夏希さんの子も入れて三人で暮らしていたはずですよ」

「三人一緒に？　それはいつからいつまで、どこでだ」

「詳しいことはわかりませんって。本人に訊いてくださいよ」

前澤は挑発的な笑みを浮かべて言った。

井口夕子

あ、はい。井口夕子です。えっと今、二五歳、です。仕事は……ええ、女優業ってか、AVです。はい、春野なずなって名前で。知ってくれてるんですか。嬉しいです。へへ。ああ、はい、マリアさん——篠原夏希さんのことは知ってます。

あの、やっぱりあの青梅の事件って……。あ、ニュースで観て名字も名前も、それに歳も一緒だから、もしかしてとは思ってたんです。ただ、ニュースに出てた写真は、私の知っているマリアさんとは全然雰囲気が違ったんで。そうですね、まあ、でも、誰にも言う気はありませんでした。『プチ・ハニィ』のこととかは、やっぱり表に出たら私も困るんで。えっと、何て言うんでしたっけ。蛇が出るって、あ、そうです、藪蛇。藪蛇になると嫌なんで。はい、わかりました。逮捕とかされないんですよね? だったら、ちゃんと全部お話しします。

そうです。マリアさんとは、『プチ・ハニィ』の寮で出会いました。リバーガーデン戸田、あ、『戸田リバーガーデン』でしたっけ。あそこの、はい、1201です。角の大きな部屋で、窓から川がよく見えました。私が入ったのは、平成七年の二月だったかな。神戸の地震のあとで、サリン事件のニュースはあの寮で見た記憶があるので。

当時、私は一六歳でした。家出して、実家は茨城です。私、もともと親と仲悪かったんですよ。うちの親、特にママが、私のこと一から十まで気に入らないみたいで。私は私で、何かもう、ママと一緒にいると、いつか死んじゃうって思えてしまって。ある日、突然、ぶわって気持ちが盛り上がって、家出しました。

地元の先輩が頼れそうな人、紹介してくれて、で、その人のまた紹介でって、人づてに東京の大神田さんと知り合うことになって、『プチ・ハニィ』に入りました。どんな仕事するかは、わかってました。てか、大神田さんに「身体売ってもらうけど、いい?」って、訊かれたんで。まあ、私、別にエッチは嫌いじゃないし、何より、住む場所を用意してくれるって話だったんで。全然、迷いませんでした。

そうですね、法律違反っていうか、未成年ってことがばれるとまずいから、絶対に誰にも言うなって大神田さんからきつく言われてました。でも、悪いことしてるって自覚は、正直、あのころはありませんでした。

それで、あの寮、入ることになったんです。私が入ったとき、先に女の人が三人住んでて、そのうち一人が、マリアさんでした。本名を知ったのはだいぶあとです。マリアさん、店がなくなってもマリアって名乗ってました。気に入ってたみたいです。私のことも『プチ・ハニィ』時代のユキって名前で呼んでました。たぶん私が一番年下だったと思います。

ええ、いました、マリアさんの子供、青くん。みんなブルーって呼んでました。もちろん、びっくりしましたよ。子供いるんだって。あ、でも、みんな普通に受け入れてて。ブルーが、おとなしくてわがままとかも全然言わないのと、イケメンてか、可愛い子だったんで、みんなの弟って感じで、面倒みてましたね。

戸籍？　それは知りません。マリアさんが、この子は平成が始まった日に生まれたって言ってて、だからあのとき、ブルーはもう六歳だったんですけど、はい、学校は行ってませんでした。まあでも、私もほとんど学校行ってなかったから、あまり気にはしませんでした。他の人たちもそうだったと思います。

仕事は……、えっと、お店の事務所が確か池袋（ブクロ）にあって、私はそっちには行ったことないんですけど、そこでお客さんが写真で女の子を選ぶらしいです。で、指名が入ったら、電話がくるんですよ。すぐに出てお客さんと会うパターンもあれば、別の日に予定を合わせて会うパターンもあります。やってることは、お店が仲介する援助交際（エンコー）みたいな感じで、会ったらすぐエッチしたがるお客さんもいたけど、大抵はまずご飯とかカラオケとか、デートっぽいことするんですよね。お客さんは、だいたいお金持ちのおじさんで、若い人はあまりいませんでした。お金はお客さんから直接もらうんです。いえ、それは全額自分のものにできます。お店には別に事務所で払う仕組みになっていたみたいです。

ちょっとわからないですけど、寮はあそこ以外にもあったんだと思います。他にも寮に入ってない女の子もたくさんお店にはいたはずです。そうですね、一日に二人の人と会うこともありましたけど、ざっと月の半分から二〇日くらいですかね、お客さんに会うのは。はい、みんなだいたいそんな感じでした。マリアさんもです。

マリアさんが仕事でいないとき、女の子がブルーを近所の公園とか外に連れ出すこともありましたよ。お出かけするの好きだったみたいです。私も休みのときとかよくブルーと遊びました。

大家さんの奥さんと？　どうかなあ。はい。上に住んでいる方ですよね。顔を合わせたことは何度かあったと思いますけど、ブルーと帰って来たときすれ違ったことなんて、あったかなあ。それ、私じゃないと思います。あ、髪黒かったんですか、じゃあアズミさんですよ。

アズミさんって特によくブルーの面倒をみていた人がいたんです。確か私と同い年だったはずです。やっぱ家出してきてて学校行ってないんですけど、見た目は真面目でおとなしそうってか、黒髪ロングの清楚系？　みたいな。あの人、料理が得意でよくブルーにつくってあげてました。ブルーもなついていたと思います。

ああ、はい。ザウス、行ってたはずです。そのアズミさんと、マリアさんとブルーの三人で。私も誘われたんですけど、その日、別の用事が入っちゃったんですよ。

アズミさんの本名ですか？　ちょっとわかんないですね。出身地もわかりません。あ、そういえば実家は農家って言ってました。農家でボートを貸す仕事をしているって言ってて、なんか変だなって思ったので、それは覚えてます。あの人、確かお店が摘発受ける前に辞めて部屋からいなくなっちゃったんじゃなかったかな。

『プチ・ハニィ』が摘発を受けたのは……、そうです。私が入った翌年だから、平成八年の……いつだったっけ。あ、六月なんでしたっけ。寮にいた女の子たちは、ほとんどみんなばらばらになって、それっきりです。普段から源氏名っていうか、ニックネームで呼び合っていたから、本名も知らないし。

ただ、私とマリアさんは、しばらく一緒に暮らすことになったんです。もちろん、ブルーも。お互い、行くとこがなかったから。場所は久我山です。駅から一〇分くらいのところでした。西高のすぐ近くで。住所的には宮前です。杉並区宮前。何丁目だったかはちょっと……。『ベルパレス久我山』っていうマンションでした。部屋番号は305だったかな、確か。間取りは2DKで、結構広かったです。

部屋の契約は、マリアさんがしました。私はあのときまだ一七だったし、保証人の当てもなかったんで。そうです、マリアさんにはあったんです、保証人の当てが。お母さんです、マリアさんの。学校の先生やってるからって。

いや、本当です。『プチ・ハニィ』の寮を出ることになったとき、マリアさん、家族に連絡したんです。最初は親と和解っていうか、家族に頼るつもりだったみたいです。ブルーのこともちゃんと紹介して。あ、はい。このときまで、マリアさんは実家に帰ったり連絡したことは一度もないって言ってました。子供ができたことも知らせてなかったはずです。

それで、会いに行ったんです。いえ、青梅の家ではないです。ホテルで会うって言って、出かけましたから。確か、新宿の京プラじゃなかったかな。

たぶん、マリアさん、親と仲直りして、実家に戻る気だったんだと思います。でも、すごく怒って帰って来ました。お父さんがブルーのことを、そんな子は俺の孫じゃない、って言ったらしくて、喧嘩になったみたいで。マリアさんは「親子の縁を切った」って言ってました。でも、そのすぐあと、お母さんが連絡してきて、保証人にはなってくれることになったそうです。

それで私も誘ってくれたんです。行くとこないなら一緒に住もうよって。ええ、そうですね。寮にいた中では、私たちはかなり仲よくやっていた方だと思います。マリアさんって、あまり他人に合わせたりできない人なんですけど、私、そういう人わりと大丈夫なんで。いえ、別に気が合ったわけじゃないんですけど……。何て言うかな、たぶん私、基本的に他人に興味ないんですよ。

家賃は折半でした。仕事は、まあ、普通にファミレスやカラボでバイトしたりもしたんですけど……、メインはエンコーでした。あのころバイトの時給が、七〇〇円くらいだったんですよ。『プチ・ハニィ』だったら、ちょっとデートとエッチするだけで何万も稼げたのに。

私もマリアさんも、これしかもらえないの？　ってびっくりしました。やっぱり、身体売るのが一番儲かるんですよね。店を通すかどうかだけで、やることは同じですから。抵抗とかはありませんでした。

お客さんは、テレクラと『じゃマール』で探しました。そうそう。個人のメッセージを載せてくれる雑誌です。リクルートの。バンドメンバーとか、趣味の合う友達を探したり、売ります・買いますとか、健全な使い方もありましたけど、恋人募集とか、出会い募集とかって言って、あれ使ってエンコーしてる子、すごくたくさんいたんですよ。今はみんな、『スタービーチ（スタビ）』みたいなケータイの出会い系使ってますけどね。

懐かしいなあ。私ら『じゃマール』には、こう手で目だけ隠した写真と、ベルの番号、載せてたんですよ。ポケベルです。あのころはPHS（ピッチ）も持ってたんですけど、いきなり電話きても困るから。雑誌の発売日は朝から、バンバン鳴るんです。電話番号だけ送ってくる人が多かったけど、メッセージ送ってくる人も結構いたな。数字打ち間違えて、変な文章、送ってくる人とかも。で、こっちから電話して、よさそうな感じの人を選んで、交渉するんです。

もちろんお店通さない分、トラブルのリスクはあります。『プチ・ハニィ』は、優しくて気前のいいお客さんが多かったんですけど、エンコーではそんな人とは滅多に出会わないですし。お金払わないでヤリ逃げしようとする人も結構いるし、こっちが嫌がることも無理矢理やろうとする人とかも多かったなあ。まあそれでも、普通のバイトよりは全然稼げるってのはありました。

すごく大変だったし、怖い目にも遭ったけど、楽しかったんですよ、毎日が。だから、家に戻る気は全然ありませんでしたね。ほら、あのころ平成一桁って、女子高生は日本で最強のブランドだったじゃないですか。１０９（マルキュー）とか、アムロちゃんとか、プリクラとか。ファッションも、音楽も、遊びも、全部、女子高生中心に回ってた感じしません？

まあ、私は学校行ってなかったけど、歳は一七とか一八だから制服着てれば、立派な女子高生。そうですよ、制服は自分で買いました。都内の有名な学校のやつを、ブルセラショップで。あと、Ｅ.Ｇ.スミスのルーズソックスと、ＨＡＲＵＴＡのローファー履いて、手首にプロミスリングして、冬はバーバリーのマフラー巻いて。それだけで、すごいイケてる感じがしたんです。無敵な感じ？　ええ、マリアさんなんてもう二五とかだったのに、やっぱり女子高生の格好してました。あの人、童顔だから私より全然、女子高生に見えましたよ。

この最強のブランドを使って、お金稼いで何が悪いんだみたいな感覚は、確かにありました。うん、何て言うかな、お金のためではあるけど、お金のためだけじゃないんですよね。自分の価値を確認する。何なら、自分の価値を高めてくみたいな？　身体売ってるって言われたら、その通りなんですけど、私的には売ってるって感覚はありませんでした。むしろ、こっちが向こうに値段をつけてる感じです。この人は五万、あの人は一〇万、この人だったら無料(ただ)でもいい、って。そうして心の隙間、埋めてたんですよ。

暮らしぶりは……、まあ、だらしなかったと思います。家の中とか、すぐ、ゴミだらけのぐちゃぐちゃになっちゃって。『プチ・ハニィ』の寮は、ときどきお店の人が様子見に来たりして、何だかんだ管理されてたんですよね。きれい好きな人もいたし。

私とマリアさんだけで自由にやるようになって、生活は超適当になりましたよね。私もそんなしっかりした方じゃないし、マリアさんは私以上にいい加減なんで。

私もマリアさんも料理なんてまったくしませんでした。ご飯はいつもコンビニです。マリアさん、お菓子をご飯にしてることも結構ありました。あの人、割と好き嫌いあってピーマンとか食べらんないんですよ。舌が子供なんですよね。私も人のこと言えないけど。

あとマリアさん、いきなり男連れ込んできたり、逆に男のところに転がり込んで、何日も帰ってこなかったりってことが結構ありました。

マリアさん、頻繁に男の人と付き合ったり別れたりしてたんです。エンコー相手のこともあれば、街でナンパされてってこともあったかな。でも、大抵はすぐ別れちゃうんですよ。最短で、付き合い始めた次の日に別れてたこともありました。もともと、そういうタイプだと思うんですけど、あのころマリアさん、特に情緒不安定でした。今から思うと久我山で暮らし始めてから、というか、実家のご両親に拒絶されてから、バランスが崩れていったような気もします。

子育ても、かなりいい加減でしたよ。まあ、あの人、たまごっちもまともに育てらんない人でしたから。あ、たまごっちが流行ったのもあのころですよね。マリアさん、付き合ってた彼にねだって、買ってもらったんですよ。すごい欲しがってたくせにすぐ飽きちゃって。私が育ててました。結構ハマって、おやじっち出したんですよ、私。

マリアさん、ブルーのことも、ほったらかしにしてどっか行っちゃうこともよくありました。私も別に、四六時中、ブルーの子守してたわけじゃないんで。たまごっちと違って人間の子供は気軽に持ち歩けませんしね。

ブルーも自分でいろいろできるようになっていたんで、特に問題はなかったと思います。ちょうど成長期に入って、どんどん大きくなっていって。学校には行ってなかったけど、普通に育ってましたよ。

ブルーは……ええ、やっぱりマリアさんのこと好きみたいで、健気(けなげ)でしたよ。マリアさんの気を引こうとして、いろいろお手伝いみたいなことしてました。

でも、マリアさんの方は、ブルーにつらく当たるようになってました。『プチ・ハニィ』の寮にいたころは、猫可愛がりっていうんですか、基本、ブルーには優しかったんですけどね。親に拒否られてから、ブルーのことを負担に思うことが多くなってたっぽいです。あ、ぶったりとか暴力はあまりなかったと思います。でも怒鳴ったり、子供相手に難癖付けてひどいこと言ったり。あと、気まぐれなんですよ。優しくしたかと思えば、すぐ冷たくなったりして。

　そうですね。ブルーの学校のこととか、役所か誰かに相談した方がよかったのかもしれなかったです。でも、そういう考えはありませんでした。エンコーとか、こっちもバレたらヤバいことやってるってのがあったし、何だかんだ、あの子、私の子じゃないですから。

　同居してたのは三年と少しです。マリアさんから、彼氏と一緒に住むから同居やめたいって言われたんです。はい。えっと、だから……平成一一年のクリスマス前にそんな話になって、実際出て行ったのは平成一二年になってからだったかな、確か。その彼氏っていうのは……木村拓哉なんですよ。あははは、もちろん、あのキムタクじゃないですよ。同姓同名てか、本名かどうかも怪しいですけど。そういう名前の人。

　出会いのきっかけは『じゃマール』だったはずです。会う前はマリアさん、本物のキムタクだったらどうしようってテンションすごく高くなってました。あの人、ＳＭＡＰめっちゃ好きだったんですよ。よくカラオケでも歌ってました『青いイナズマ』とか『セロリ』とか。特にキムタクが好きだって。『あすなろ白書』でしたっけ？　あのドラマがきっかけでファンになったって言っていた気がします。ベタですよね。え、光ＧＥＮＪＩ、ですか？　ああ、昔好きだったみたいな話、したことあるかも。もともとジャニーズとかのアイドル好きなんじゃないですか。アイドル以外だと尾崎豊とかよく聴いてたな。エキセントリックなとこあるけど、趣味はミーハーなんですよね、あの人。

それでキムタク、あ、本物のキムタクじゃなくて、マリアさんと付き合ってたキムタク。私は直接会ったことないですけど、少し年上で、携帯電話を売る会社やってるって聞きました。で、うちをちょっと探したら、昔のチラシが出てきたんです。その会社のセールか何かの。マリアさんからもらったんだと思います。あ、持ってきてます、これです。ええ、この『トラスト・ウェーブ』っていうのが、その会社の名前みたいです。

マリアさんがキムタクと付き合いだしたのは、同居をやめる三ヶ月くらい前だったのかな。今度の人は今までと違う、とか、運命かもしんない、とか、そんなこと言ってました。うーん、すぐに大げさに言う人なんで、わからないですけど、確かにそれまで付き合った男の人たちの中では一番上手くいってそうな雰囲気でした。

あのころ撮った写真とかプリクラとか、ほとんど処分しちゃったんですけど、一枚だけ、ありました。マリアさんとブルーが写ってるやつ。これです。

同居を解消したあとのことは、何も知りません。私は私で、スカウトされて今の仕事、するようになって。ええずっと会うこともありませんでした。マリアさんにも、ブルーにも。

＊

ああ、たくさん喋って喉が渇いた。

自宅マンションに戻ってきた井口夕子は、冷蔵庫を開けて、買い置きしてあるコントレックスのペットボトルを一本手に取り、一気に半分ほど飲んだ。

部屋はかつてマリアこと篠原夏希と暮らしていた久我山のマンションに負けず劣らず散らかっている。

昔話をしたからだろうか。無性に聴きたくなったCDを棚の奥から引っ張り出してきて、ステレオにセットしてかける。

SPEEDのデビューシングル『BODY&SOUL』。最近は浜崎あゆみばかり聴いているけど、あのころはSPEEDが一番好きだった。

　欲しいものはいつもあふれているから
　立ち止まってる暇はないよね

島袋寛子と今井絵理子の力強い掛け合いが響く。タイムスリップした気分と同時に、ほんの数年前のことが、もうずいぶん昔に感じられる。

ソファベッドに身を預けて、足を圧迫しているストッキングを脱ぐ。

やっぱりあれ、マリアさんだったんだ――

昨年のクリスマスに起きた青梅事件の犯人として報道されていた女性は、夕子が知っている彼女と同一人物だった。

その件で夕子は自宅の最寄りである亀戸(かめいど)警察署に呼び出され、藤崎と沖田という二人組の刑事から聴取を受けた。マリアと接点のある人物を辿る中で夕子にアプローチしてきたらしい。

これまで『プチ・ハニィ』やマリアのことを他人に話したことはないが、九〇年代に援助交際をしていたこと自体は、雑誌のインタビューなどで何度も語っている。

さすがに雑誌の記者ほど露骨ではなかったものの、今日の刑事たちも。援助交際の話を聞いているとき、下世話な興味を抱いていることが何となく伝わって来た。この世には、女を買う男と買わない男がいるが、どちらにせよ女を買う話に興味がない男はほとんどいない。

が、夕子は今回に限らず、いつも本当のことを話しているわけではない。

あのころ女子高生は最強のブランドだった、とか。無敵な感じ、とか。お金のためだけじゃない、とか。心の隙間を埋める、とか。

まるで若い女の子が、自己実現のために身体を売っていたというような、ポジティブな言葉の数々。多くの人々がそんな言葉を聞きたがり、メディアは消費したがる。だからこちらも、それを提供する。それで救われる。買った男も、売った女も。金のある男が、金のない女の弱みにつけ込み欲望を処理していたという、身も蓋もない現実から目を背けることができる。

もちろんすべてが嘘というわけではない。夕子は当時「無敵な感じ」を覚えたこともあるし、心の隙間を埋めるような感覚も確かにあった。

でもそもそも、もう少しまともな家に生まれていれば、家出なんかしなかったし、『プチ・ハニィ』で働くことも、援助交際することもなかっただろう。

夕子は茨城の海沿いの町にある四畳半のボロアパートで母と二人で暮らしていた。バブル景気もその崩壊もどこ吹く風で、少しずつ衰退していった小さな港町だ。その場末のスナックで働いていた母は、大した稼ぎがあるわけでもないのに金遣いが荒く、生活は困窮していた。母は満足に食事も与えてくれず、夕子は学校の給食と、スーパーで万引きしたパンでどうにか餓えをしのいでいた。

事程左様にそもそも育児熱心な母ではなかったが、ある時期から夕子を嫌うようになった。先ほど刑事には「ママと一緒にいると、いつか死んじゃうって思えてしまって」と話した。これは何かのたとえではない。夕子はもし家出をせずにずっとあそこにいたら、母に殺されてしまっていたと思う。

母が夕子を嫌う理由ははっきりしていた。母の恋人で内縁関係にあった男が、夕子をレイプしたからだ。男は、母のいないある日「ずっと可愛いと思っていた」などと言い、襲ってきた。恐ろしくて抵抗などできず、痛みを我慢するしかなかった。当時はまだ一四歳。それが夕子の初体験だ。その後も男は何度も夕子を犯した。やがてそれは母の知るところとなったが、母はその男ではなく夕子を責めた。親としての愛情より、嫉妬が勝ったのだ。母は夕子に「淫乱」だの「ヤリマン」だのと、親が娘にかけるとは思えない言葉を投げかけ続けた。「あんた殺して私も死のうかしら」と包丁を向けられたこともある。本人は「冗談よ」と笑ったが、冗談とは思えなかった。

好きでもない男に犯され、母から恨まれる日々を思えば、合意の上でセックスをしてそれなりのお金までもらえるならずっとましだ。

そして今も、セックスをすることで金を稼いでいる。

結果オーライ。今の生活には一応、満足している。ただ、将来は不安だ。AV女優の旬の時期は短く、夕子は二五にして「ベテラン」と呼ばれるようになった。最新作のDVDのパッケージには「熟女」の二文字が躍っている。

セックスワークは、他の多くの仕事と違い、経験を積むほどに自分の商品価値が下がる。人気というかたちで積み重なるものがないわけではないが、それもささやかな抵抗だ。

たぶん来年は今年ほど稼げない。

家出したばかりのまだ一〇代で、初めて身体を売ったとき。二時間弱の不愉快な経験と引き替えに得た対価は五万円。今の知恵があれば、もっと高く売れたのにと悔しく思うが、当時の夕子には信じられないくらいの大金だった。他のどんな方法でも絶対稼げないだろう額を手にしたとき、価値観が狂ってしまったんだろうと思う。

自分の人生を否定する気などないけれど、ときどき考えることがある。

もしまともな親の元に生まれてたら、きっとまったく違う人生を歩んでいたはずだ、と。

夕子に限らず、家出して『プチ・ハニィ』の寮に住むような子は、みな似たような経験をしていた。

ああ、そうだった――

記憶が蘇る。

さっき刑事たちにした話に出てきたアズミなどは、一二歳のときから実父に犯され続け、子供を妊娠。腹を滅茶苦茶に蹴られて流産させられ、二度と子供ができない身体になったらしい。彼女は自分の話はほとんどしなかったけれど、いつかお酒を飲んで、ぽろっとそんな話をして、ばつが悪そうに「忘れて」と言っていた。

もしかしたら彼女がブルーの面倒をよくみていたのは、生まれてこなかった自分の子供のように思えていたからかもしれない。今更、確かめようもないけれど。

あの部屋。『戸田リバーガーデン』1201には、親に恵まれずに居場所を失った少女が集まってきていた。

そんな中、マリアこと篠原夏希は例外だった。

昔、マリアの身の上を聞いたとき、夕子はこの女は馬鹿じゃないだろうかと思った。

だって教師だというマリアの両親は、夕子やアズミの親に比べればものすごくまともに思えたから。

厳しいところもあったんだろう。でも、レイプされたり、理不尽に恨まれたりしたわけではない。ちゃんと三食ご飯を食べさせてもらえる安全な家から、わざわざ逃げ出すなんて、夕子には正気と思えなかった。

マリアさんは、たぶん私のママと同じタイプの人間なんだ——

一緒に暮らしていたとき、癇癪を起こしてブルーに怒鳴り散らすマリアの姿を見て、夕子は母を思い出した。自分の腹を痛めて産んだ子さえ、ちゃんと愛することができない人種。けれどブルーは、そんなマリアが大好きなようだった。何一つ悪いことなどしていないのに「ママごめんなさい」と何度もマリアに謝っていた。「僕を嫌いにならないで」と哀願していた。その気持ちは痛いほどわかった。夕子にもそういう気持ちがあったから。

あの子は今どこで何をしているんだろう——

マリアに子供がいたことは報じられていなかったはずだ。刑事たちはブルーについてあまり詳しく話さなかったが、どうやら戸籍すらなかったらしい。事件のあと、保護されているんだろうか。

奪われたものは取り返さなくちゃ

アタシらしくいられなきゃ意味がない!

あのころ大好きだったグループの大好きだった曲を聴きながら、ほんのわずかな時間、夕子はブルーのために祈った。

願わくは、あの母親から解放されて、まともな人生を歩めるようになっていますように。

For Blue

ブルーが母親以外の血の繋がった「家族」と初めて会ったのは、平成八年の初夏。『戸田リバーガーデン』1201での生活が崩壊した直後だった。ブルーは七歳になっていた。

「お祖父ちゃんと、お祖母ちゃんに、会わせてあげるから、おめかししようね」

そう言って母親は伊勢丹で買ってきた子供服を着せた。いつも着ているTシャツやトレーナーとは違う。上は白いシャツとグレイのベスト、下は折り目の付いたチェックのズボンで、ベルトではなくてサスペンダーで肩から吊った。普通の子が入学式に着ていくような、フォーマルな洋服だった。

母親も、いつも着ているジャージではなく、品のいい薄いピンクのワンピースを着ていた。おめかし、なんて初めてだった。

いつもと違う格好をしているだけで、ブルーはわくわくと、楽しい気分になった。

「いい子にしているんだよ」

「ちゃんと名前言うんだよ」

母親はしつこいくらい繰り返し、そのたびにブルーは「うん」「わかってる」と答えた。

そしてホテルのラウンジで、見知らぬ家族、母親の両親、つまりブルーの祖父母と会った。

「お祖父ちゃん、お祖母ちゃん、初めまして、青です。よろしくお願いします」

ブルーは、母親に教わった通りの挨拶をした。

このとき戸惑い気味に相づちを打った祖父の目は、ブルーの記憶に強く残った。まるで得体の知れない異物を見るような、人生経験の少ない子供にも、歓迎されていないことを理解させるのに十分な恐怖と敵意が入り交じった目だ。それまでの楽しい気分が雲散霧消した。

そのあとの大人同士の話は、ほとんどブルーの耳には入ってこなかった。ただ母親の隣でじっと息を詰めていた。

「そんな子は俺の孫じゃない」

祖父が吐き捨てるように言い、母親は激怒した。

やがて母親と祖父は金切り声をあげて互いを罵りあった。祖母が泣きながら、やめて、やめてと何度も繰り返した。ホテルの従業員が飛んできて二人をなだめようとした。

母親は「もういい!」と怒鳴り、水の入ったグラスを祖父に投げつけ、ブルーの手をとってその場を立ち去った。その間際、祖母が泣きながら「ごめんね」と、詫びの言葉を口にした。それが母親と自分、どちらに向けられたものなのか、ブルーにはわからなかった。

憤懣（ふんまん）やるかたない様子の母親に手を引かれながら、ブルーは喜びを感じていた。あの気詰まりする場所から連れ出してくれたこと、そしてどうやら母親が自分のために怒ったらしいことが、嬉しかったのだ。

しかし、母親は今度はブルーに冷や水を浴びせかけた。

ずっと怒りながら歩いていた母親は、突然、立ち止まり泣き出した。嗚咽（おえつ）を漏らし、大粒の涙をこぼし、ブルーが心配して見上げると、母親は睨み付けて言った。

――あんたなんか、いなきゃよかったのに。

それはこのあと、何か気に入らないことがあるたびに幾度となく母の口から吐き出されることになる呪いの言葉だ。ブルーとその母親のみならず、おそらく世界中の至るところで親が子に言い放っている、ありふれた言葉でもあった。

このときブルーは、初めてそれを聞いた。

母親とブルーは1201で一緒だった井口夕子という女性と三人で暮らすことになった。ブルーは同年代の男の子と比べたら、おとなしい〝いい子〟だった。一人で留守番してなさいと言われればそうしたし、母親が食べさせてくれるご飯が口に合わなくても文句なんて言わなかった。玩具をねだることもなかった。母親がいないとき、散らかった部屋の掃除をしたりもした。

ブルーが欲しかったのは、美味しいご飯でもなければ、楽しい玩具でもなかった。たったひと言「大好きだよ」と、笑顔で言ってくれればそれでよかった。１２０１で暮らしていたころ、毎日のように言ってくれた言葉を言って欲しかった。

けれど大抵、母親はブルーの欲しい言葉をくれなかった。それどころか虫の居所が悪いときなどは、何一つ非のないブルーを責めた。たとえばこんなふうに。

――あんた、そうやって私のご機嫌取りしてるつもり？　気持ち悪い。ずるい子だよ。あんたのそういうところが苛つくんだよ。

理不尽な、それでいて見透かすような言葉をブルーは真に受けた。

母親には母親の事情があったのだろう。

家出をしたこと、愛人の子を産んだこと、その愛人が死んだこと、身体を売って生活するようになったこと、店がなくなって自分たちで援助交際を始めたこと。そのすべてが望んだ通りとは思えない。

彼女もまた被害者だった、などと言うつもりはない。怖い目や危ない目にも遭っていただろう。

けれど誰も彼女を助けなかったのは事実だ。

大人の男たちは、ことごとく彼女を利用した。

深夜のマクドナルドで彼女に声をかけたスカウトも、彼女を愛人にして子供まで産ませた男も、『プチ・ハニィ』の経営者も、彼女を買った男たちも。誰も彼もが、金と引き替えに彼女の若さと性を貪っただけだった。家出をした一〇代の彼女に、あるいは若くして子供を産んだ彼女に、適切に関わろうとした大人は、おそらく一人もいなかった。

最後の頼みと思った実家の親も受け入れてはくれなかった。

彼女が傷ついていたのは間違いないだろう。

しかしそんな母親の事情を汲むには、ブルーはあまりに幼く、素直だった。

母親が怒るのは自分が悪いからだと思った。だから謝った。謝ることしか、できなかった。

ママ、ごめん。ごめんなさい。僕を嫌いにならないで。

きっとブルーが母親に最も多く発した言葉は「ごめん」だ。

反面、そんな母親が唐突に優しさを発揮して、ブルーのために当時大人気だったゲーム機のゲームボーイとソフトを数本、買ってきてくれたことがあった。大喜びするブルーに「あんたの笑顔が私の生きがい」と言ってくれた。それはブルーにとって、ゲーム機を買ってくれたこと以上に嬉しいことだった。もしも幸福というものを数値化できたとしたら、このときブルーの人生で一番高い数字を記録したのかもしれない。

しかし数日後、ブルーがそのゲームボーイで夢中になって遊んでいると母親は突然、怒りだした。「一日中ピコピコピコピコやってやがって、何なんだよ！　こっちが必死に毎日稼いでんのにさ！　誰のために苦労してると思ってんだ！　やっぱりおまえなんか産むんじゃなかった。おまえみたいなガキにこんなもんいらないよ！」とゲームボーイとソフトを灰皿で叩いて壊してしまった。

もともと気分屋だった母親の情緒は揺れるブランコのように振幅を増していった。ブルーはそれに振り回されるばかりだった。

母親は、やはり気分でいろいろな男性と付き合っていたが、あるとき「運命の相手」に出会ったという。

タクヤ。

出会ったときは、国民的アイドルにあやかり木村拓哉と名乗っていた男だ。あるいはその名前だったから母親は運命を感じたのかもしれない。

思い込み激しく入れ込んだ母親は、夕子との同居を解消しタクヤのマンションに転がり込んだ。ブルーを連れて。

タクヤは二人を歓迎した。

ブルーのタクヤの第一印象は「面白い人」だった。事実、タクヤは明るく、冗談が好きで、面白い男だった。

タクヤと暮らし始めたころは、恋愛の多幸感からか母親の情緒は安定し、ブルーに優しく接することが多くなった。ブルーにとっては、まずそれが嬉しかった。

「俺のことを父親と思ってくれ」

そんな絵に描いたような決まり文句をタクヤはブルーに言った。

しかしIT バブル崩壊後の平成一三年。経営していた会社『トラスト・ウェーブ』が廃業に追い込まれ、タクヤは東京を離れることになる。ブルーと、その母親とともに、三人で。

都落ちすることになったことがタクヤのメンタルに与えた影響は小さくないだろう。「面白い人」だったはずのタクヤは、やがてブルーと母親に暴力を振るう「恐ろしい人」に変貌していってしまう。

藤崎文吾

「しかし、また暑さがぶり返しましたね」

沖田が歩きながら首筋をハンカチで拭(ぬぐ)った。

土日、雨が降りやや涼しい日が続いたが、週明けの今日、東京は数日ぶりに三〇度超えの真夏日となった。

八月三〇日。記録的な猛暑と言われた平成一六年の八月がもうすぐ終わる。

この暑さは明日以降もしばらく続く見込みで、今年は残暑も厳しいことになりそうだ。

藤崎と沖田は、茜色の西陽に灼かれながら、文化村通り(ぶんかむらどお)のゆるやかな上り坂を上ってゆく。

渋谷(しぶや)駅前、スクランブル交差点の109から、東急(とうきゅう)本店をつなぐこの道は、かつては東急本店通りと呼ばれていた。が、平成元年、東急グループが本店の隣接地に映画館やコンサートホールを備えた大型文化施設『Ｂｕｎｋａｍｕｒａ』をオープンさせたのを機に、文化村通りと通称を変えた。この道もまた、平成生まれだ。

その端。東急本店の正面に、店頭に賑々しく商品を並べているディスカウントショップがある。近づくと、独特のBGMが聞こえてくる。

ドン・キホーテ渋谷店。沖田によれば今の若者にとって文化村通りは「マルキューからドンキの道」だという。どちらの店も存在は知っているが、藤崎は一度も入ったことがない。夏休み中だからか、渋谷だからか、若者が多い。

沖田が口を開いた。

「ちょっと調べたんですが、出生届が出されず無戸籍になる子供は毎年、数百人はいるみたいです」

「そんなにいるのか」

「はい。推定値ですが。なんせ戸籍がないってことは、行政上はいないことになっている人なんで、把握が難しいようです」

「戸籍がないってことは身分証明書がないってことだろ。どうやって生活しているんだ」

「身分証明書がなくても履歴書さえ用意すれば働けるところは結構あるようです。ただ、やっぱり困難は多いみたいです。家を借りたり、何か資格を取るときは、必ず身分証明書が必要ですから。場合によっては人から借りたりして、その場をしのぐそうです。行政に申し出て、戸籍をつくってもらおうとする人もいるようですが、それはそれで手続きが簡単ではないみたいです。戸籍をつくるには、その人が日本国籍を持つ資格があると証明する必要があります。でも日本国籍を証明するのは原則的には戸籍だけです」

「ニワトリとタマゴみたいな話だな」

夏希には、出生届を出さずに産んだ戸籍のない子がいたという。

青――ブルー。

複数人が証言をしていることから、そういう子供がいたことは確実と思われる。

藤崎班の捜査自体が内密に行われているため、まだその情報は捜査本部全体では共有されていない。

が、そのブルーが、逃亡した共犯者である可能性は低くない。

犯行当時はまだ一四歳だった。そんな子供に、あのような残忍な犯行が可能なのか。

その答えは、肯だ。

たとえば平成九年に発生し全国を震撼させた神戸連続児童殺傷事件の犯人は、当時一四歳の少年だった。

その三年後、平成一二年には、豊川市主婦殺人事件や、西鉄バスジャック事件など、少年による印象的な凶悪犯罪が立て続けに起こり「キレる一七歳」というフレーズが強調された。「一七歳」という言葉自体はその年の新語・流行語大賞にもノミネートされている。

子供だからといって、被疑者のリストから外すことはできない。

先日、聞き取りを行った井口夕子から、彼女と久我山で暮らしていたころの、夏希とブルーの写真を入手した。夕子によれば撮影したのは同居を解消する直前の、平成一一年。夏希は二七歳でブルーは一〇歳だった計算だ。その部屋で撮ったのだろう、二人並んで写っている。あどけなさを残した金髪の女性と、涼しげな目をしたすっきりした顔立ちの少年。

夏希の容貌は以前つくった似顔絵に近く、青梅事件の報道でマスコミに出回っている卒業アルバムのものとはまるで別人になっている。夏希が歳より若く見えるせいか、親子というより姉弟のようにも見えた。

「もし篠原夏希の息子、ブルーが生きていたとしたら、どうしていると思う」

「平成元年の一月生まれなら、今、一五歳ですよね」

「ああ」

平成が始まった日に生まれているのなら、誕生日は一月八日。早生まれだ。昭和六三年生まれの藤崎の娘、司とは同学年だ。

事件以降、発見された身元不明の遺体の中や、全国の警察で保護・補導された少年少女の中に、ブルーと思われるような無戸籍の子はいなかった。

「事件にどのくらい関与しているかはわかりませんが、子供です。それにおそらくまともに学校にも行ってない。そんな子が一人で逃亡生活を送っているとは考えにくいです。たぶん誰か大人と一緒にいるんだと思います」

藤崎は無言で頷く。

同意見だ。一人きりで生きているとは思えない。誰かに匿われているか、保護されているに違いない。どこかでひっそりと死んでいるのでなければ。

夏希は夕子との同居を解消したあと『トラスト・ウェーブ』という会社をやっている木村拓哉と名乗る男と暮らし始めたらしい。

有名アイドルと同姓同名だが、おそらくは偽名だろう。

夕子からもらったチラシを元に調べたところ、正式な登記はされていなかったものの『トラスト・ウェーブ』という携帯電話の代理店営業者は実在し、その代表が木村拓哉と名乗っていたことはすぐに判明した。

『トラスト・ウェーブ』はここ渋谷の駅を挟んで反対側、明治通り(めいじ)にある雑居ビルに事務所を構えていた。

しかしITバブル崩壊後、『トラスト・ウェーブ』は廃業している。代表の自称木村拓哉は友人や知人から金を借りまくり、夜逃げ同然に姿を消したという。今から三年前、平成一三年のことだ。

平成に入ったころから日本ではずっと不況が続いているというのが、藤崎の実感だ。ITバブルなるものがあったことも、はじけたことも与り(あずか)知らない。しかし先日訪れた六本木ヒルズに入居する新興企業の多くがIT系であることを鑑みるに、本当にそういうものがあったらしい。

自称木村拓哉は、『トラスト・ウェーブ』の元従業員や、個人的に金を借りた相手にも本名を明かしていなかった。現在どこで何をしているかを知る者も見つかっていない。が、地道に情報を集める中で、おそらく木村の素性を知っているだろう人物に辿り着くことはできた。

藤崎と沖田は通り沿いの映画館『シネ・アミューズ・イースト&ウェスト』の先にある角を曲がり円山町(まるやまちょう)のホテル街に入ってゆく。

ラブホテルに挟まれた雑居ビルの三階にその消費者金融業者はあった。

樺島香織(かばしまかおり)という、まだ二〇代の女性が個人で経営しているらしい。若手企業家を中心に顧客に恵まれ、随分、儲けているようだ。若くして頭角を現してきたこの女性経営者は、一部では〝渋谷の魔女〟、あるいは単に〝魔女〟などと呼ばれているという。

ドアノブに〈CLOSED〉のプレートがかかっているが、事前に仲介を頼んだ人物によれば、中にいるはずだ。

ドアの横にあるインターフォンのベルを鳴らした。

反応がない。

もう一度、ベルを鳴らす。

やはり反応がなかった。

三度目を鳴らそうと指を伸ばしたとき〈はい〉と女の声で返事が聞こえた。

「ごめんください。警視庁の者なんだが」

藤崎はインターフォンに呼びかける。

〈警視庁？〉

「そうだ。樺島香織さんの事務所で間違いないかな。貞山さんから話が通っているはずなんだがね」

藤崎はインターフォンのカメラに向けて手帳を掲げた。

〈ああ、今日でしたっけ……〉

「話を聞かせてもらいたい」

数秒の沈黙のあと、声がした。

〈わかりました。少しお待ちください。今、別件のお客さんが出ていきますので〉

プツッと音がしてインターフォンは切れた。

来客中、だったのか。アポイントに行き違いでもあったのだろう。

言われるまま待っていると、しばらくしてドアが開いた。

そこから、人影が現れた。黒いワンピースに白いエプロン。目深に被った白い帽子の裾から長い髪が見えた。

藤崎は一瞬、面食らった。

「え、メイド？」

隣で沖田がつぶやいた。

そうだ。大きな屋敷にいる女性の使用人(メイド)のような出で立ちだ。わざとらしくフリルのついた服は、むしろメイド風の制服か何かにも見える。

向こうもびっくりしたように、一瞬身をたじろがせたが、顔を俯けたまま、無言で一礼し、足早にその場を立ち去ってゆく。

思わずメイドが立ち去った方を眺めていると、開いたままのドアの向こうから声がした。

「刑事さん？　どうぞ。いらしてください」

ここで突っ立っていても仕方ない。入ると、控え目な冷気を感じた。ほどよくクーラーが効いているようだ。

沓脱(くつぬ)ぎがありスリッパが用意されていたので、それに履き替えて中に上がってゆく。

一〇坪ほどの一間の事務所で、奥が事務スペース、手前が応接スペースになっている。

女が一人、二人を迎えた。

黒いブラウスの上に薄手のグレイのカーディガンを羽織った地味な女だった。目と口が小さく素朴な顔立ちは、特徴が薄い。何処(どこ)にでもいそうな平凡さと、二〇代と言われても四〇代と言われても納得してしまいそうな年齢不詳さが同居している。

事務員かと思ったが、ひと目で見渡せるこの事務所には他に人の姿はない。

「えっと、樺島香織さん？」

藤崎が尋ねると女は頷いた。

「ええ。樺島です。ごめんなさい。貞山さんから聞いた日時に行き違いがあって、お客さんが来ていたところだったんです」

女――樺島香織――は、表情を変えぬまま言った。

先ほどインターフォン越しではわからなかったが、ハスキーで印象的な声をしている。言葉には若干、関西のイントネーションがあった。事前に調べたところによれば、出身は滋賀県の大津のはずだ。

「今、出ていったのがお客だったのか？」

「はい。あの子、近所のメイド喫茶の子なんです。少し貸してて、返済の相談に来てたんです」

「メイド喫茶？」

「刑事さん知りませんか？　最近、メイドのブームがきてるんですよ。アニメやゲームの影響で秋葉原では一昨年くらいから盛り上がってたんですが、渋谷にも上陸したんです」

香織はかすかに口角を上げた。

藤崎が制服のようだと思ったのは、間違いではなかったようだ。

アニメやゲーム、秋葉原……オタク文化というやつか。

平成元年に逮捕された東京・埼玉連続幼女誘拐殺人事件の犯人がオタク（当時は「おたく族」と言っていた）だと報道されたことから、いい歳をしてアニメやマンガに夢中になる連中は空想と現実の見分けがつかない犯罪者予備軍だというイメージが一時期ついて回った。けれど近年、オタクはだいぶ市民権を得てきて、電気街だったはずの秋葉原は気づけばオタクの街になっていた。海外でも、日本のアニメやゲームは評価が高いという話を聞く。警視庁の内部でも、若手で堂々とオタクと公言する者が少なくない。

何にせよ藤崎には一般的な若者文化以上に馴染めない世界だ。

「立ち話もなんですから、どうぞ」と、香織は応接スペースのソファを勧めてきた。藤崎と沖田は腰掛け、その正面に香織が座る。

彼女は若者をターゲットにしたアクセサリーショップで成功を収め、やがて貸金業に進出したという。

藤崎は不躾けにならぬよう注意しつつ、彼女の佇まいを観察する。

やはり、地味だ。

魔女とあだ名されるやり手の女性経営者——などという雰囲気はない。声こそ印象的ではあるが、オーラのようなものは、まったく感じられない。

——見た目は垢抜けない小娘ですがね、舐めたらいけない。何しろ賢くてしたたかなんです。油断しているとこっちが食われちまうかもしれない。実際、彼女を舐めて痛い目を見たチンピラは何人もいますよ。

今回、香織を紹介してくれた貞山周一(しゅういち)はそう言っていた。

貞山は広域指定暴力団の三次団体『雲翔会(うんしょうかい)』の組長で、金融や投資をシノギにする経済ヤクザだ。警察との情報交換に応じる協調派の組長としても知られている。

取り立ての依頼を受けたり、債権の売買をしたりで、付き合いがあるらしい。本庁の組織犯罪対策部を通じ、貞山とコンタクトを取り、香織に取り継いでもらった。

「それで、聞きたいのは、『トラスト・ウェーブ』っていう会社をやっていた木村って男のことなんだ」

藤崎は本題を切り出した。

相手が魔女だろうが平凡な女だろうが関係ない。重要なのは自称木村拓哉のことをどの程度知っているかだ。これまでの聞き込みにより、彼がこの女から運転資金の融資を受けていたことは判明している。

「ああ、あの人、キムタクって名乗ってたんですよね」

香織は一度立ち上がり、事務スペースのキャビネットから薄いファイルを一冊取り出してきて、テーブルの上に開いた。

そこには契約書らしき書類と一緒に、一人の男の運転免許証の写しが収められていた。

藤崎は契約書と免許証に記載されている名前を読み上げる。

「海老塚卓也(えびづかたくや)……ひょっとして、こいつが?」

「ええ。自称キムタクです。私がまだ貸金業を始める前からの顔見知りだったので、少しつませてあげたんです」

なるほど、名前の読みが一緒で、キムタクを名乗ったのか。

香織は少しと言うが借用書を見ると三〇〇万ほどの金を借りていたらしい。

免許証によれば海老塚卓也は、昭和四〇年生まれ。失踪した平成一三年当時で三六歳。今は三九歳になっている計算だ。香織の方がだいぶ若いだろう。

「あんたとは古い付き合いなのか」

「まあ。でもそんな深い関係じゃないんですよ。私が前にやっていたショップのお客さんで、ショップ主催のクラブイベントやパーティーなんかにも顔を出していた一人です。ただ、ちゃんと名前を知ったのはお金を貸したときが初めてです」

イベントだのパーティーだの、目の前にいる地味な女の口から出てくると、どこか奇妙な気がした。

ここで言うクラブとは従来のナイトクラブではなく、近年、繁華街に増えているという若者向けの店だろう。要するに小型のディスコと藤崎は理解しているが、飲食店という名目で風営法の規制を逃れて終夜営業しているという。

「そうか。あんたの印象で構わないが、海老塚はどんな男だ」

「そうですね、お調子者、でしょうかね。インパクトのある名前の方が営業が上手くいくとか言って、木村拓哉って名乗るくらいですから。あと……」

香織は言い淀んだ様子だ。

「あと、何だ？」

「いえ、彼、ちょっとジャンキーの気があるなんて、噂されてました」

「ジャンキー？　クスリでもやってたのか」

「ええ。私が聞いている限りでは、もっぱら合法的なやつですけれど」

「合法ドラッグ……たとえばエフェドラとかか」

藤崎が青梅事件の現場で見つかった薬物の名を口にすると、香織は頷いた。

「そういうやつです。東京で遊び慣れてる子でやってる子、多いですよ」

「そうか……」

現在、日本では戦後三度目となる薬物蔓延期を迎えていると目されている。一度目は終戦直後、まだ覚醒剤が市中に大量に出回っていた時期。そして三度目となる今回は、インターネットの普及で匿名の取引が簡単になったことと、従来の覚醒剤や大麻よりもカジュアルな合法ドラッグが登場したことが引き金になったと考えられている。特に若い世代への蔓延が深刻化しており一部のクラブはその温床になっているとされている。藤崎は詳しく知らないが、クラブ文化自体が欧米のドラッグ文化と密接に関わっているらしい。警察も警戒感を強めているが、対応が後手に回っていることは否めない。

ともあれ夏希がエフェドラを常用するようになったきっかけは、交際相手である海老塚の影響と考えられそうだ。

「その海老塚は、会社をポシャらせたんだな」

「はい。ＩＴバブルがはじけて落ち目になってからは、あっという間でした」

「それが三年前のことか」

「そうです」

「あんたが貸していた金は回収できたのか」

契約書を見ると、金利は年二九・二パーセント。三〇〇万という元金からすれば、かなりの高金利だ。この数字は金融業界で「グレイゾーン金利」と呼ばれている金利の上限だったはずだ。

日本には利息制限法と出資法という借金の金利を定めた法律が二つあり、前者より後者の方が高く設定されている。ゆえに金利法違反でも、出資法の枠に収まる〝グレイゾーン〟の金利が存在してしまう。平成一六年現在の規制ではこのグレイゾーン金利は当事者同士で合意してしまえば有効になるとされている。

「ええ。何とか無事に。貞山さんに手伝ってもらいましたけど」

ヤクザに依頼をして追い込みをかけたということか。雰囲気に似合わず、やることはえげつない。

「ひょっとして海老塚が借金しまくって逃げたのは、あんたの差し金か」

香織は肩をすくめた。口元にかすかに笑みが浮かんだようにも見えた。

「こっちは事前に交わした契約に従い、債権を回収するだけです。債務者がどうやってお金をつくるかとか、そのあとの身の振り方には関知しません」

ほとんど抑揚をつけず言う。ハスキーで印象的な声だが、迫力も凄みもない。ただ淡々と事実を述べているといったふうだ。しかしその事実はひどく冷たい。

なるほど、この女はやはり魔女なのかもしれない。

「海老塚がどこに逃げたかは知っているか」

「それも知りません」

「じゃあ、海老塚の家に行ったことはあるか」

「いいえ、事務所なら一度、話をしに行きましたが」

「そうか。当時、海老塚が誰かと一緒に暮らしてなかったか、知らないか」

香織はかすかに小首をかしげ、思い出すそぶりをする。

「そういえば、事務所に行ったときパソコンの壁紙が女性と子供の写真だったんで、誰なのか訊いたら、子持ちの女性と付き合ってるみたいなことを言ってました」

「その女の名前や素性は？」

「いいえ、別に保証人というわけでもなかったので素性の確認はしていません」

「この女と子供か？」

井口夕子から入手した、夏希とブルーの写真を香織に見せた。

「一度、見ただけなので断言はできませんが、この二人、と言われれば、そうかもしれないです。女はもっと痩せてたし、子供はもっと大きくて、若干雰囲気は違いましたけど」

香織はじっと写真を見つめ答えた。

ブルーの方はちょうど成長期だから大きくなっていて当然だ。夏希が痩せていたのはエフェドラの影響かもしれない。

藤崎は香織の表情を窺う。その特徴の薄いすまし顔からは、腹の底は読み取れそうにない。しかし海老塚の素性が割れたことと、エフェドラとの接点がわかったのは収穫だろう。

*

翌日。

藤崎は差しあたり運転免許証の写しを元に、海老塚の戸籍と住民票を取り寄せた。それで海老塚がどこにいるのかはわかった。

いや、正確には海老塚はどこにもいなかった。

海老塚卓也は死亡していたのだ。

東京から二〇〇キロ以上離れた静岡県浜松市で。

戸籍に記載されている身分事項によれば、死亡したのは平成一五年八月九日。青梅事件の起きるおよそ四ヶ月前のことだった。

ミサワ・マルコス

ミサワ・マルコスは、今から一三年前の平成三年、六歳のときに両親に連れられて日本に――静岡県浜松市に――やってきた日系三世のブラジル人だ。

父方の祖父が戦後、日本からブラジルに移り住んだ移民だが、父もマルコスもブラジル生まれのブラジル育ちで、日本の土を踏んだのはそのときが初めてだった。

「日本語、上手だね」

訊かれるままに、名前や年齢、家族構成、日本へやって来た経緯などを話すと、東京から来たというその二人組の刑事の一人――沖田という坊主頭の刑事――は、笑顔を浮かべて言った。

マルコスは「ありがとうございます」と、一応礼を言った。が、言われずとも日本語には自信がある。

もしこの世に言葉の才能なるものがあるとすれば、マルコスは間違いなくそれを持って生まれていた。誰に教わったわけでもないのに来日から一年足らずで、同世代の日本人(ネイティブ)と遜色のない流暢な日本語を操れるようになった。子供のうちは言語を習得しやすいとされているが、それでも異例の早さだ。

　両親が来日した目的は出稼ぎだった。当時、中南米はひどいインフレと失業者の増加にあえぎ、一方、日本はバブルの好景気で人手不足に頭を悩ませていた。

　戦後日本社会は一貫して移民の受け入れには消極的だったが、深刻化する人手不足解消のため平成二年、入管法を改正し日本にルーツを持つ日系人に限り門戸を開放した。

　浜松は日本を代表するバイクメーカー三社、ホンダ、ヤマハ、スズキの創業地であり各社の下請け工場が林立している。その労働力として積極的に日系人を受け入れたため、日本でも有数の日系人の集住地になった。

「小学校と中学校は、日本の子たちと一緒に公立学校に通っていたんだね。日本語は学校で教わったのかな」

　質問をする沖田の横で、彼の上司らしき年嵩の刑事がじっとこちらを窺っている。彼は藤崎というらしい。優しげな顔をつくっているが、目の奥に剣呑な光を潜ませている。

「いえ。そういう授業はありませんでした。まあ、周りは日本人ばっかなんで、自然に」

「へえそれはすごいね」

　沖田は感心する。何となくわざとらしい。

　日本国籍を持っていない日系人は、義務教育の対象に含まれていない。希望すれば年齢に合わせた学校に通うことはできるが、外国人に向けたカリキュラムがあるわけではない。どうするかは各家庭の判断になる。学校に行かない日系人の子供も少なくないがマルコスは中学までは通った。

言葉はすぐに覚えたマルコスだが、学校に馴染めているとは言い難かった。むしろ言葉が達者だからこそ、言葉以上に厄介な壁を感じた。

日本人の同級生たちはマルコスを「サンコン」と呼んだ。テレビのバラエティ番組で活躍していた外国人タレントの名だ。ただしタレントのサンコンはアフリカ系の黒人で、ブラジルとは関係ない。顔だってマルコスとは似ても似つかないおじさんだった。単に肌の色が日本人よりも黒いというだけの理由でそう呼ばれた。マルコスはものすごく嫌だった。サンコンとブラジルが関係ないことを訴えたが、必死になればなるほど、周りは喜びサンコンと呼んだ。

——気に入らないやつはぶっ飛ばしちまえ。おまえは男の子なんだから、ちょっとくらい喧嘩した方がいい。男ってのはそうやって強くなってくもんだ。

父親はよくそんな意味のことを言った。ブラジルは日本以上に男が男らしいことを尊ぶマッチョな社会だ。ブラジルの男としてはごく自然な価値観なのだろう。

小学校の高学年のときマルコスは父の教えに従い、「いい加減にしろ！」と怒鳴り、サンコンと呼ぶ同級生を突き飛ばした。クラスのボス的な身体の大きな子だった。が、成長期を迎えたマルコスの身長と筋力はその子を上回っていた。その子は派手に転び、頭を打ち脳しんとうを起こした。大事はなかったが救急車が来る騒ぎになり、両親は学校に呼ばれた。父親はマルコスを叱らず「さすが俺の子だ」と誉めてくれた。けれどマルコスは喜べなかった。暴力を振るってしまったことの後味の悪さが、べっとりと心に貼り付いた。

この一件以降、マルコスをサンコンと呼ぶ者はいなくなった。が、「キレると何をするかわからない凶暴なガイジン」と思われ、過剰に恐れられていることがはっきりとわかった。気軽に話しかけてくる者はいなくなり、一部の女子はマルコスに近づくのさえ避けるようになった。学校の窓ガラスが割られたときは、真っ先にマルコスが疑われた（無論濡れ衣で、犯人は別の生徒だった）。中学に入ると何故か不良グループに属する少年たちだけにはリスペクトされ「マルコスさん」とさん付けで呼ばれた。

あるいは父親だったら、この状況を喜んだかもしれない。しかしマルコスは悲しかった。マルコスは、父が言うようなマッチョな「男らしさ」の価値にどうしても馴染めなかった。強いとか怖いとか思われるのはすごく嫌だった。日々、ゴツく筋肉質になってゆく自分の身体も好きになれなかった。彼を恐れる周りの視線も相まって、自分がバケモノのような気がしてしまうのだ。

ここには俺が愛すべきものは何もない。俺、自身を含めて――いつしかそんな想いを抱くようになった。

家も学校も居心地が悪く、自分がこの世で一番不幸な子供のように思えた。

そんなマルコスをわずかでも救ってくれたものがあるとすれば、それはアイドルだった。

具体的には、モーニング娘。だ。

マルコスが中学に上がるころにデビューした彼女たちは瞬く間に一世を風靡(ふうび)した。明るく陽気な雰囲気が、南米人の気質にフィットしたのか、日系人の間でも人気を博していた。日本の男子中学生としても、ローティーンの日系人男子としても、モーニング娘。を好きになるのは不自然なことではなかった。が、マルコスの抱いた「好き」は、他の男の子とは少し違った。

マルコスは、キュートな衣装に身を包み、ポップな楽曲を歌う少女たちを、異性——つまり潜在的な恋愛や性欲の対象——として意識はしなかった。その可愛らしさや、しなやかさを単純に好ましく思い、憧れた。いつまでも見つめ、彼女たちがつくりあげる世界に浸っていたいと思った。自分が日本の女の子に生まれ変わり、モーニング娘。のメンバーに加入することさえ、想像した。

もちろんそんな願望を口に出したことなどない。そんなことをすれば、よりいっそうバケモノと思われることはわかりきっていたからだ。

「きみは中学を卒業した三年前、平成一三年からこの会社で働いているんだね」

「そうです」

マルコスがバイクメーカーの下請け板金工場であるここ『イレブン技研』に就職したのは、中学校を卒業した一五の春。西暦で言えば二〇〇一年で、新たな千年紀の幕が開けた年のことだ。

勉強は嫌いではなかったが、友達らしい友達もできず、高校に進学する気などなかったし、そもそも経済的に働く以外の選択肢はあり得なかった。

——こんなはずじゃなかった。

マルコスの就職が決まったとき、父親は酒臭い息とともに吐き捨てた。

両親は数年で大金を稼ぎ、ブラジルに凱旋帰国するつもりだったらしい。けれど少々、否、大幅に予定が狂った。

狂わせたのはバブルの崩壊だ。実のところバブルなるものは、一家が来日した平成三年の時点ですでにはじけていたらしい。しかし製造業の現場に深刻な影響が出るまでには数年のタイムラグが生じた。両親が働いていた工場では少しずつ仕事が減ってゆき、それに比例して給料はカットされた。来日六年目にあたる平成八年、ついに日系人の雇い止めが行われた。巷では金融機関の破綻が本格化し始めたころだ。

マルコスのように流暢に日本語を喋れない両親は再就職に難儀し、結局、ブラジル人向けのスーパーマーケットで、最低時給以下のアルバイトをすることになった。一家の生活は困窮し、帰国どころではなくなった。

マルコスは愛すべきもののない土地に縛り付けられ、中学生のころから、そのスーパーマーケットで品出しや棚卸しの仕事を手伝わされていた。中学を出たら働くのは当然だった。中卒という最終学歴は、日本人では珍しいかもしれないが、日系人ではごく普通だ。むしろ高校に進学する者の方が圧倒的に少ない。

ただ、父親が吐いた「こんなはずじゃなかった」には、凱旋帰国できなくなったこととは別の悔しさも混じっていたようだ。

日本の未来は Wow Wow Wow Wow
世界がうらやむ Yeah Yeah Yeah Yeah

モーニング娘。が平成一一年に発表したヒット曲『LOVEマシーン』の歌詞は長く続く不況の中、どこかやけくそのようにも思えるものだったが、そのころから多少、日系人向けの求人が回復し始めていた。

しかし優先的に雇用されたのは、一〇代二〇代の若い世代だった。マルコスがまさにそうだが、幼いころから日本で暮らしていれば自然に日本語や日本の習慣にも馴染んでいる。かつ若いので安く雇える。対して、なかなか日本に馴染もうとせず言葉もおぼつかない父親たちの世代は敬遠されがちで、職にあぶれたままだった。『イレブン技研』も現在、従業員の半分までが日系人だが、三五歳以上は一人もいない。

別に『イレブン技研』はいい会社ではない。社長は横暴だし給料は安い。それでも時給で働く父親よりは、マルコスの方が稼ぐようになった。

マルコスは家族の誰が稼ぎ頭だろうがどうでもいいと思っていたが、父親の価値観ではそれは受け入れ難いようだった。もともと酒飲みだった父親は、酒量が増えて、よく家でくだを巻くようになった。

「さっきも言ったように我々が訊きたいのは、この会社で働いていて去年の夏に亡くなった海老塚卓也さんのことなんだ」

ひと通りマルコスへの確認を終え、沖田は本題を切り出した。ずっと無言で話を聞いている藤崎の表情が真剣さを増した。

仕事中、社長に呼び出され事務所の応接室に向かうと、この二人組の刑事がいた。

何事かと驚いたが、海老塚のことを調べるために、わざわざ東京からやって来たらしい。従業員、全員から順番に話を訊いているという。

「きみが就職した半年後、つまり平成一三年の一〇月から、海老塚さんはこの会社で働き始めた。これは間違いないね」

「はい」

海老塚という男は東京で商売に失敗し、一から出直すため浜松にやってきたという話だった。

「海老塚さんの印象は？」

「陽気な人でした。でも、真面目ではありませんでした。いい加減なところもあったと思います」

マルコスは正直に、ただし当たり障りのないことを答えた。

「その海老塚さんの息子、青くん――みんなブルーと呼んでいたらしいけれど、彼も一緒にここで働くことになったんだよね」

ブルー。

その名が出てきたとき、マルコスの心臓が跳ねた。気取られぬように、頷いた。

「そのブルーくんときみは、仲がよかったそうだね」

「よくつるんでいました。まあ歳も近いし、気も合ったんで」

ポーカーフェイスを保ちつつ、答えた。

「歳も近いか……。彼の本当の年齢は知っていたのかな」

「一応、本人から聞いていました。それに、みんな、気づいていたと思います」

「それは、彼が歳を偽っていることを」

「はい」

「みんなというのは、従業員の人たちみんな？」

「そうです」

ブルーは、海老塚の息子でマルコスと同い年で春に中学を卒業したばかりの一五歳ということになっていた。が、これらは全部嘘だった。

ブルーは海老塚が一緒に暮らしている恋人の息子で、正式に籍を入れておらず血の繋がりもないので、海老塚とは親子ではなかった。

――マルさん、俺、平成が始まった日に生まれたんだよ。

ブルーはそう言っていた。ならば会社に入ってきたときはまだ一二歳だったことになる。義務教育修了前の子供では雇ってもらえないので、海老塚に言われ三つも上にさばを読まされたらしい。『イレブン技研』の従業員は「社員」とは言っているが全員が非正規だ。入社時に会社に提出するのは履歴書一枚だけ。社長も大してチェックしない。歳を誤魔化そうと思えば、誤魔化せる。

ただ、入社時のブルーは声変わりしておらず、顔立ちもあどけなかった。身長も歳の割には高かったが、大人に混じれば小柄だ。みな、うすうすわかっていながら、何も言わなかった。

「工場にはたまに警察の人も来て、たぶんブルーを見かけておかしいと思ったこともあったと思うんですけど……」

日系人を多く雇っている工場には、定期的に地元の警察が見回りに来る。外国人というだけで警戒されていると思うと面白くないが、日常の風景ではある。

警官がブルーを見かけて「ずいぶん若い子が働いてるね」とか「あの子いくつ？」とか、現場の責任者や社長に訊いているのを見たことが何度かある。ただ、それで指導が入ったり、ブルーが雇い止めになることもなかった。

それを話すと、二人の刑事は渋い顔で顔を見合わせていた。

「ブルーくんのお母さんにも会ったことがあるよね」

「はい」

ブルーの母親は、痩せぎすで青白い顔をしていたけれど、可愛らしい感じの人ではあった。

「彼女の名前は知っているかい」

「え、ああ、マリアさん、でしたっけ？」

ブルーは母親を「ママ」としか呼ばなかったが、海老塚は「マリア」と呼んでいた。

「他の名前は訊いたことない？」

「え、いや……」

知らなかった。あの母親には他に名前があったんだろうか。

「じゃあ、次は――」

沖田は矢継ぎ早に、海老塚とブルーとその母親についての質問を重ねた。知っていることは知っている、知らないことは知らないと、正直に答えた。

「……他の従業員から、ブルーくんが、海老塚さんから暴力を振るわれていたという話が出てきているんだけど、きみも知っていた？」

マルコスは生唾を飲み込んだ。

質問はだんだんと際どい部分に触れてくる。

すでに他の人が話しているなら隠しても仕方ない。正直に答えることにした。

「知ってました。見たこともあります、何度も。海老塚さんは職場でも『躾けだ』と言って、ブルーを殴ることがありました。廃材のパイプで頭を殴ったこともあって、さすがに他の人が止めてました。それから、海老塚さんは、自分の仕事をブルーに押しつけてサボったり、勝手に帰ってしまうこともありました」

「ひどいな……」

話の途中で沖田がつぶやくのが聞こえた。

そう。ひどかった。だから、仲よくなったのだ。

初めて会ったときからブルーは何となく気になる存在だった。きれいな顔をしていると思った。すっきり整っていて目は切れ長で少し憂いがあって、ごつごつした自分の顔と大違いでうらやましく思った。

でも、最初は積極的に話しかけたりはしなかった。このときすでにマルコスは誰であれ他人とは距離を置くようになっていたからだ。

しかし職場で海老塚に殴られているのを見かけて興味が湧いた。海老塚は粗暴なタイプではない。明るいお調子者だ。だがときどき、キレてブルーに当たり散らし、周りが引くような暴力を振るうのだ。

同い年（ということになっていた）の職場の先輩としては、話そうと思えばブルーと話す機会はいくらでもあった。少しずつコミュニケーションを取り、ブルーの生い立ちや、海老塚やマリアのことを知っていった。

そして知るほどに、マルコスは奇妙な優越感を覚えた。

何だこいつ、俺よりひどい目に遭ってるじゃないか。日本人なのに――

海老塚はかつては優しく面白い人だったのに、浜松（こちら）に来てから人が変わってしまったようだという。

海老塚は家ではブルーだけでなく母親のことも殴るらしい。そのストレスから、母親はいつもブルーにつらく当たるという。

その上ブルーは本当はマルコスより年下なのに、歳を誤魔化してきつい仕事をやらされているのだ。学校に通ったこともないという。仕事は普通にこなしているけど、ブルーは漢字を全然知らなかったし、割り算もろくにできなかった。豊臣秀吉（とよとみひでよし）も知らずブラジル人のマルコスよりも日本の歴史に無知だった。

マルコスの父親は乱暴なところもあるが、怪我をするほどマルコスのことを殴ったりしない。母親は母親でいかにもブラジルの女といった気の強さだが、息子のマルコスには底抜けに優しい。ブルーは母親から何度となく「あんたなんか、いなきゃよかったのに」と言われたことがあるそうだが、マルコスの母親は口が裂けてもそんなことは言わないだろう。

こいつに比べれば俺は全然ましだ——

マルコスは憐れみから、ブルーに優しくし、仕事もよくフォローするようになった。まだ心の柔らかい一〇代の若者同士だ。時間を共有すれば、親しさは増してゆく。ブルーは、何かにつけマルさん、マルさんと、マルコスを慕うようになった。

そのうちマルコスはブルーに対して優越や憐れみとは違う、温かな感情を抱くようになった。

いつしか目でブルーのことを常に追い、ブルーのことを考えるようになっていた。そして彼の置かれた状況をどうにもできないことを歯がゆく思うようになった。

——海老塚もおまえのママもろくでなしだ。あんなやつら死んじまえばおまえは自由になれるのに。

だいぶ打ち解けてきたころ、マルコスはブルーに言った。

ブルーが「そうかもね」とでも答えたら、続けて「お互いもう少し大人になったら、二人でこの街を捨ててどっか行こうぜ」と、誘うつもりだった。

しかしブルーはマルコスが予想もしなかったことを口にした。悲しそうな顔で。

──マルさん、そんなこと言わないでよ。それでも俺はママを守りたいんだ。

ブルーは、海老塚は嫌いだが母親のことは嫌いになれないという。ひどいと思うことは山ほどある。でも、どうしても憎めない。最後の最後は自分があの母親を守らなければならないと思う、と言うのだ。

それを聞いてマルコスは胸の奥が締め付けられるような苦しさを覚えた。

そうかブルーは俺と逃げてはくれない。ブルーには俺より大切なものがある。

その苦しみを生み出すのは、あの温かな感情。言葉にすればたった一文字だ。

そんな馬鹿な！

マルコスは何度もそれを否定しようとしたが、歴然と存在するものは否定できなかった。

ブルーは、マルコスが愛すべきものなど何もないと思っていた土地で出会った、愛すべき存在。そして自分のセクシャリティを自覚させた存在だった。

「では次に、去年の八月八日の夜から翌日、九日の朝にかけてのことを確認したいんだが、きみは両日ともに出勤していたね」

沖田が尋ねた。マルコスは頷いた。

いよいよあの日のことだ。緊張が高まる。

去年、平成一五年の八月。ブルーが浜松にやって来ておよそ二年。

ブルーは一四歳、マルコスは誕生日が過ぎて一八歳になっていた。二人はもう親友同士だった。傍目にはそう見えたろうし、ブルーはマルコスに友情を感じていたはずだ。マルコスの方は友情を超えた切ない気持ちを秘めていたが、それを打ち明けようとは思わなかった。ブルーに拒絶されることは何より恐ろしかったし、すぐそばにブルーがいるだけでよかった。

しかし、ただ近くにいるだけの子供同士の結びつきなど、簡単に途切れてしまうことをマルコスは思い知ることになった。

「八日の海老塚さんとブルーくんの様子を教えてくれるかい」

「……いつも通りでした。残業がいつもより少し短くて七時前には仕事が終わって。それで、台風も近づいているし早めに帰ろうって感じで、みんな普通に家に帰りました」

八月八日の深夜、ちょうど日付が変わるころから台風一〇号の進路の影響により、浜松市は暴風雨に見舞われた。市内数百戸の住宅で停電も発生したらしい。

続けて翌日、九日の出来事を訊かれ、マルコスは答える。

「九日は、朝からずっと大雨が降っていて、海老塚さんとブルーは仕事に来ませんでした――」

時間によっては前が見えなくなるほどの雨で、家から出たくなくなる日ではあった。遅刻する者も多く、口うるさい社長もさすがに大目に見ていた。だからみんな、何となく海老塚はきっとサボりなんだろうと思っていた。彼が無断欠勤するのは初めてではない。ただ、マルコスは違和感を覚えていた。ブルーが仕事をサボったことなど一度もないからだ。むしろ海老塚が休むときは、ブルーがその分の穴埋めをしていた。

台風一過、雨は止み、風だけが少し残っていたその夜、仕事が終わったあとマルコスは海老塚のアパートを訪ねてみた。

「すると、いなくなっていたんだね」

沖田は先回りするように言った。

「そうです。外から呼んでも返事がなくて。台所のとこの窓が少し開いてて、そっから中、覗いたら、誰もいないみたいで……」

台所と居室が一続きになった狭い部屋は、ほんの少しの隙間からも全部見渡せた。このときは三人でどこか飯にでも行ってるのかもと思った。

しかし翌日も海老塚とブルーは出勤せず、社長と同僚がアパートを訪ね、三人が失踪していることが発覚した。

それから四日後の八月一四日、市の東側を流れる天竜川（てんりゅうがわ）の河口付近の堤防に海老塚の水死体が引っ掛かっているのが発見された。

「海老塚さんたちがいなくなった八日から九日にかけての夜。きみはどこで何をしていたか教えてくれるかい」

「あ、えっと、会社から帰ってからはずっと家にいました」

「お父さんとお母さんと一緒に？」

今、アリバイというやつを確認されているんだろうか――

マルコスは神妙に頷いた。

当時も地元の警察がやってきて、海老塚のことを訊いていった。

職場では無責任な噂話が飛び交った。台風の夜に外出して事故に遭ったとか、三人で無理心中して海老塚の死体だけが見つかったとか、マリアが海老塚を殺してどこかに逃げたとか。

最終的に警察がどのような結論を下したのかは知らされなかったが、少なくとも事件として報道されることはなかった。

半年も過ぎると、みな忘れてしまったかのように、海老塚やブルーのことを話題にする者もいなくなった。

今日、こうして東京の刑事たちが訪ねてくるまでは。

「失踪する前、海老塚さんやブルーくんに、何か変わった様子はなかったかな」

「いえ、特には……」

「ブルーくんと、お母さんの行き先に心当たりはないかい」

「わかりません。もし、どこかで生きてるなら会いたいです」

これは紛れもない本心だ。

二人の刑事は視線を交わし、藤崎が「ありがとう」と礼を述べて聞き取りは終わった。

マルコスは密かに胸をなで下ろしていた。

怪しまれなかった……ようだ。

後半、あの台風の日の話をしているとき、音が聞こえるんじゃないかというほど鼓動が鳴り、背中と腋の下から汗が噴き出しているのを自覚していた。

マルコスは刑事たちに何一つ嘘は言っていなかった。しかし知っていることをすべて話したわけでもなかった。きわめて重大な事実を隠していた。

それは電話だ。

八月九日。マルコスがアパートに様子を見に行った日の深夜。マルコスの携帯電話に公衆電話から電話がかかってきた。出てみるとブルーからだった。

——マルさん。俺、タクヤさんを殺しちまった。

マルコスは絶句した。

——俺、ママと逃げるから。もう仕事に行けない。迷惑かけて、ごめん。

何か言わなければと思ったが、何と言えばいいのかわからなかった。結局何も言えないまま電話は切れてしまった。

嘘や冗談であんな電話をかけてくるとは思えなかった。

そして、つまりそれは、おそらくもう二度とブルーと会うことがないだろうということだ。

身体の中心に穴が空き、風が通り抜けてゆくような錯覚を覚えた。

喪失。

同級生にサンコンと呼ばれたことよりも、バケモノのように恐れられたことよりも、父親に妬まれたことよりも、かつて経験したどんな悲しみよりも、深い悲しみが穴からあふれ出した。

その中でマルコスは一握りの誓いを拾った。

このことは誰にも言わない——

墓場まで持っていかなければならない。おそらくはもう二度と会うことのない、ブルーのために。ただ一人の愛する存在のために。

何一つ、あいつの力になれなかった俺にできるのは、それだけだ。

あの夏、台風が近づいているとニュースで聞いたとき、ブルーは嫌な予感を覚えていた。どういう仕組みかわからないが、気圧が下がるとタクヤも母親も気分が不安定になるからだ。

東京で出会ったころ、タクヤは優しくて面白い人だった。それは浜松に越してきてからも基本的には変わらなかった。タクヤは明るくて冗談が好きで、面白い。家ではお笑い番組やバラエティ番組をよく観ていた。タクヤはなかなか芸達者で、お笑い芸人たちのギャグや、かつて名前を借りていた木村拓哉のモノマネをよくした。小学校高学年から中学生の年ごろだったブルーには、それがとても面白かった。

だから最初ブルーはタクヤを慕っていた。歳を誤魔化して『イレブン技研』で働くように言われたときも、素直に従った。

身長こそ同世代の平均よりも高く成長したブルーだったが、まだ身体は出来上がっておらず、工場労働はきつかった。

タクヤと一緒に一日、くたくたになるまで働いて家に帰ると、母親がご飯を作って待っていてくれた。チキンラーメンに卵を落として、スーパーで買ってきたできあいのおかずやサラダを付ける程度の料理とも言えない料理だ。でも三人で食卓を囲み、テレビを観ながら食べるそれはとても美味しかった。

そこには温かな団欒があった。三人が確かに家族だった瞬間が存在した。

しかしそれは、長く続く生活の中では本当に瞬間にすぎなかった。タクヤは少しずつ壊れていった。母親と一緒に。

東京にいたころと何もかもが変わった生活のストレスは小さくなかっただろう。浜松は新天地であり、タクヤにしても母親にしても親しい知り合いは一人もいなかった。その中で一応の社会生活を営んでいたが、家庭に他者を近づけようとはしなかった。

普段からタクヤは「男は外でしっかり仕事をして稼いで、女は家のことをやってればいい」という意味のことをよく言っていた。そのためかブルーには年齢を誤魔化してまで仕事をさせたが、母親には決して働かせようとはしなかった。東京で恋人同士になったときも、それまでやっていた援助交際をすぐにやめさせ、バイトもしなくていいと言った。もともと勤労意欲が強くない母親は、タクヤのそういうところも気に入ったようだ。

いかにも今どきの青年であるタクヤだったが、アナクロと言っていいほど保守的な家族観を持っていたようだ。それはプライドの高さと表裏一体であり、タクヤは人に頼ることを嫌った。生活上の困難を人に相談しようとはしなかった。そんな日々が精神を歪ませていったのかもしれない。

それに拍車をかけたのが薬物だ。

タクヤは東京にいたころから、サプリメントと称し、合法ドラッグを常用していた。合法と言っても中身は覚醒剤と変わりなく、のちに「危険ドラッグ」と呼ばれ取り締まりの対象になるような代物なのだが、平成一〇年代当時、まだ規制が追いついていなかった。母親もタクヤにハリウッド女優も使っているダイエット薬だと薦められたことがきっかけで、合法ドラッグのエフェドラを飲むようになっていた。

それでも東京にいるうちは、軽くハイになる程度の実害のない悪癖といった感じだったのだが、浜松に来てからは、まずタクヤのドラッグの摂取量が、どんどん増えていった。

クスリが効いているときは、これまで以上に陽気になり仕事もそれなりにするのだが、それが切れると人が変わったように凶暴になった。特に人目のない家ではブルーと母親を日常的に殴るようになった。完全に正気を失い暴れるわけではなく、いちいち大義名分らしきものを掲げて暴力を振るうのだ。

「ガキだからって甘えんな！」というのが、タクヤがブルーを殴るときの口癖だった。職場では多くの従業員がブルーがまだ子供であることに気づいていた。マルコスに限らず、そんなブルーに優しく接する者は少なくなかった。タクヤにはそれが気にくわなかったようだった。ずるい、贔屓(ひいき)をされている、と。

ブルーの母親を殴るときは「女だからって甘えんな！」だ。

タクヤは自分の気に入らない部分を「甘え」と解釈して暴力を正当化した。

痛みを紛らわせるためか、暴力を振るわれるたびに母親はエフェドラを飲んだ。こうして母親の摂取量も増えてゆき、安定していた情緒は乱れるようになった。ブルーに対して「あんたなんか、いなきゃよかったのに」と、あの呪いの言葉をまたよく吐くようになった。

やがて母親とタクヤは、ドラッグでハイになった状態で家の中で大っぴらに、——というより、わざとブルーに見せつけて——セックスをするようになった。

狭いアパートの中でまるで人のかたちをした獣のように、二人は暴力と性をむき出しにしていった。

それは思春期に入りかけたブルーに心が握り潰されるような苦しみを与えた。

それでもブルーは、母親を嫌うことができなかった。

ひどい目に遭うほどに、優しくしてくれたときの記憶が蘇った。「大好きだよ」と言ってくれたことや、「あんたの笑顔が私の生きがい」とゲームボーイを買ってくれたときのことを。

ママを守らなければならない——

その自覚は日々強まるほどだった。

何故なら、目の前に具体的な危機があるのだから。

いつの間にか、母親はブルーより小さくなっていた。エフェドラの影響か体重もずっと軽くなっていた。そんな身体がどれほどタクヤの暴力に耐えられるのだろう。

ブルーは自分が殴られているときは抵抗せず、母親が殴られているときは必死で止めようとした。しかし、まだまだタクヤの方が強く、力ずくでは止めることはできなかった。だから、ブルーは泣き、謝り、懇願した。

「ごめんなさい、ごめんなさい、僕が悪いんです。ねえ、タクヤさん。だから赦して、ママをぶたないで、ぶつなら、僕をぶって、ねえ。お願いします」

すがりつき必死に頼むと、タクヤの自尊心が満たされるのか、稀に「おまえに免じて」と収まることや、「じゃあおまえが責任を取れ」と、ブルーに矛先を向けてくることもあった。けれど大抵は聞く耳など持ってくれず、タクヤは母親を殴った。

このままではママが殺されてしまうかもしれない――

母親自身も、苦しんでいるのは明らかだった。タクヤのいないとき「あいつは運命の人なんかじゃなかった」とか「あいつのせいで私の人生は滅茶苦茶になった」と、恨めしさを口にすることがあった。「ごめんね、あんな男と一緒になって」と謝ることさえあった。そんなときブルーは、母親が自分を大切に思ってくれている気がして嬉しかった。

もう逃げるしかないと思っていた。ブルーはいつか母親が「逃げよう」と言ってくれるのを期待していた。

しかし母親はあの夜、別の言葉を口にした。

台風が近づいてきて、アパートが軋むような音を立て始めたとき、タクヤは奇声を発し暴れ出した。「ふざけるな！　どいつもこいつも俺に感謝もしねえで甘えてばかりじゃねえか！　俺を馬鹿にしてんだろ！」つい数時間前まで、笑いながら一緒にご飯を食べていた人間とは別人になっていた。が、ある意味いつものことだ。

その日、いつもと違ったのは、母親を殴ろうとしたタクヤの足がもつれ、もんどりをうって転んだこと。そしてそのとき、テーブルの角に思い切り後頭部を打ち付けたことだ。

タクヤは仰向けに倒れたまま立ち上がれず、身体を小刻みに痙攣させていた。

ブルーは驚き、膝をついてタクヤの様子を窺った。見開かれた目の焦点は合っておらず口元から涎を垂らしていたが、息はしていた。

とにかく助けなきゃ——反射的にそう思ったとき、母親の声が響いた。

「殺して！」

瞬間、ブルーは戸惑った。

「そいつを殺せ！」

二度目の命令で、スイッチが入ったかのように身体が動き出し、ブルーはタクヤの首を絞めていた。

タクヤはうめき声をあげた。首に手をかけてしまってから、もう最後までやり切るしかないのだと思った。そして懸命に首を絞め続けた。

どのくらいそうしていたのか、いつ、タクヤが絶命したのか、ブルーは覚えていない。ただ、気づけば腕はすっかり痺れていて、タクヤは目を開いたままぴくりとも動かなくなっていた。

母親は狼狽していた。

「ああ、どうしよう。あんた、何で本当に殺すのよ」

そんなふうにブルーを責めたりしつつ、「そうだ」と、思い出したようにどこかへ電話をかけた。

それからしばらくすると、一人の男が訪ねて来た。すでに夜半を過ぎ、雨が激しく降り始めていた。男はタクヤの死体を見て絶句していた。それから、母親と何事かを言い合っていたが、結局、男が乗ってきた白いハイエースで死体を運び、天竜川に捨てることになった。

その男が何者なのか、そしてブルーとタクヤが昼間働いていたとき、母親が何をしていたか知るのは、そのまま男のハイエースで浜松を離れてからだった。

それから四ケ月後、青梅事件と呼ばれる、あの事件が起こった。

藤崎文吾

カーラジオからイントロが流れてくる。

藤崎は思わず鼻歌を口ずさみそうになった。

中島(なかじま)みゆきの『地上の星』。NHKの人気番組『プロジェクトX』の主題歌だ。今、この曲を耳にするとついつい歌ってしまう日本人は、決して少なくないだろう。

『プロジェクトX』は戦後の日本で、商品開発や公共事業などさまざまな分野で後世への遺産となるような成果をあげた「プロジェクト」の内実を描いたドキュメンタリーだ。

題材になるのは、藤崎が生まれる前や子供のころの高度経済成長期のものが多い。戦後の焼け野原から復興を遂げた日本が先進国の仲間入りを果たし、大きく発展していった時代。仕事に情熱を捧げ、場合によっては命さえ落とし、何かを成し遂げた名もなき人々の姿は胸を打つ。熱を感じるのだ。単なる組織の部品ではない人間の情熱を。自分もこうありたいと憧れることも多い。藤崎が唯一、録画して観ているテレビ番組でもある。

しかしあの番組が人気を博すのは、希望を過去にしか見出せないことの裏返しなのかもしれない――そんなことも思ってしまう。

藤崎がここ浜松で目の当たりにしたのは、長く続く不況の中、日系人を低賃金で働かせることで、どうにか延命をしている製造業の現実だった。働く人々の横顔からは『プロジェクトX』が描くような情熱ではなく、日銭を稼ぐために安くてハードな仕事をこなすことの冷たい疲労が感じ取れた。

たまたま、そういう工場を訪ねただけなのかもしれない。

けれどこの先、仮に多少景気が上向いていったとして、藤崎が幼いころの日本社会にあったような熱は、もう二度と戻ってこないような気がする。

不意に妻の顔が頭をよぎり、藤崎は自分はどうなのかを考えてしまう。

ずっと仕事一筋でやってきた。結果として、妻の心を見失った。もしかしたら、家族を失うかもしれない。

だとして、俺は何を得たのだろうか――

「本当に事故死、だったんでしょうか」

沖田がぽつりと言った。

浜松くんだりまで製造業の現場を視察しに来たわけじゃない。

藤崎は頭を目の前に広がる景色に引き戻す。

滞在中借りているレンタカーは、昨年の八月、海老塚卓也の遺体が浮かんだという天竜川沿いの県道を走っている。

朝から聞き込みを続け何も食べていないので、とりあえずどこかで飯を食おうと、飲食店を探しているところだった。

九月も半ばだが、静岡も東京と変わらず厳しい残暑が続いているようだ。しかしからっと晴れることはなく、かといって雨が降るでもなく、空には厚い雲が垂れこめ空気を湿らせている。不快指数が高い。そんな空模様を映すかのように、川は灰色に濁って見えた。

「事故じゃない。海老塚は殺されたんだ」

藤崎は断言した。

「え」

「まあ、勘だがな。俺にはそうとしか思えない。どちらにせよ、二人がいなくなったことと無関係のわけはない」

「それは……そうですね」

おそらく勘など信じないだろう沖田も、結論は同じようだ。

海老塚の死体が発見されたのは昨年の八月一四日。発見時の検死によれば、死後およそ五日ほど経過しており、具体的には八月八日の夜から九日の午前中にかけてのどこかで死亡したと推定されている。これはちょうど台風通過の影響で市内が暴風雨に見舞われていたときだ。

夏場だったためかなり腐敗が進み、身体の一部を水棲生物に食われてしまっており、死因は不明。だが体組織の一部から、覚醒剤の成分が検出された。アパートからは複数の合法ドラッグが発見されてもいた。

地元の所轄は海老塚は薬物により見当識を失い増水した川に近づき、落水して死亡した事故死だと結論づけた。

検死と死亡状況だけを見れば、妥当に思える。が、おそらく所轄署は意図的に重要な情報を無視している。

それは海老塚と同居していた内縁関係にあった恋人とその連れ子が、彼の死とほぼ同時に行方をくらましているということだ。

夏希とブルー。

所轄署は、この二人の身元を突き止めることができなかったようだ。

海老塚と夏希は籍を入れておらず、彼女は本名を名乗らずマリアという名で生活していた。携帯電話も海老塚の名義で契約されたものを使っていたようだ。青梅事件の報道で出た夏希の写真は、浜松にいたころとは似ても似つかない中学生時代のものだ。ブルーに至ってはそもそも戸籍がなく『イレブン技研』に提出した履歴書の内容はでたらめだった。

聞き込みによれば、海老塚は夏希とブルーに暴力を振るっていたらしい。二人が海老塚を殺害して逃げたということは十分考えられるところだ。しかし所轄署はその可能性をばっさりと捨て、事故として処理をした。事件化を嫌ったという疑いはぬぐえない。

すでに海老塚の死体は荼毘に付されており、今更、厳密な検証をするのは不可能だ。

けれど当面の問題は海老塚の死の真相ではなく二人の行方だ。

夏希とブルーが浜松からいなくなってから青梅事件が起きるまでは、およそ四ヶ月。二人はどこで何をしていたのか。青梅事件は何故起きたのか。そして事件後、ブルーはどこへ行ったのか――

しばらく続いた沈黙を破るように沖田がつぶやいた。

「何か、可哀相ですよね。ブルーって子」

「人殺しかもしれないぞ」

「ええ、もちろん。そうですけど。仮にそうだとして、そんなことになる前にどうにかできなかったのかなって」

藤崎は「そうだな……」と相づちを打つ。

『イレブン技研』の従業員の多くは海老塚の暴力を目撃していた。ブルーが一四歳以下の少年であることも、みな察していた。定期的に立ち寄っていた警官も気づいていた節があるようだ。誰かが積極的に介入していれば、ブルーに戸籍がないことが発覚し、保護しようということになったのではないか。そうすれば海老塚が死ぬこともなく、のちの青梅事件も起きなかったかもしれない。

「だが、今更、それを言っても仕方ない。俺たちがやるべきは真相を明かすことだ」

「ですね」

真相に近づいている感触はある。しかし肝心な所に手が届いていないという焦りもある。

浜松にはかれこれ一週間ほど滞在しており、海老塚やブルー、夏希と関わったと思われる者たちに片っ端から話を訊いた。しかし夏希とブルーの行方を知る者は一人もいなかった。

今夜の新幹線で一度東京に帰ることになっている。

少し、まずいかもしれない……。

藤崎は浜松へ発つ前、捜査本部を仕切る管理官の瀬戸から嫌な話を聞かされていた。

——警察庁(サッチョウ)から横やりが入るかもしれん。

より正確には、横やりを入れてくるのは、警察庁に太いパイプを持つ与党の代議士たちだという。

ブルーの実の父親と目される高遠仁なる男は、本当に政界の名門、高遠家の人間だったらしい。高遠仁が勘当され貿易商になった理由は不明だが、本来なら今ごろ与党の有力な代議士になっているはずの人物だった。現在、高遠家の地盤は、高遠仁の従弟にあたる高遠一也(かずや)という男が継いでいる。昨年の衆院選で初当選を果たした若手代議士だ。彼は与党のホープと目されており、そんなややこしい血縁者が現れたら困る、ということらしい。しかもこの横やりは、その高遠一也が入れているわけではなく、彼に期待する政権中枢の代議士が忖度(そんたく)

して行っているものだという。それまでに辿り着いてくれ。

『プチ・ハニィ』がらみで警察幹部から圧力がかかったかと思えば、今度は更に厄介な相手からだ。

――連中が本気で圧力をかけてきたら、抵抗しようがない。

瀬戸は言っていた。

脅しでも何でもない、事実なのだろう。

現在のK政権は、高い支持率を背景に行政にも強い睨みを利かせている。自衛隊のイラク派遣や有事法制の制定など賛否の割れる政策を異論を抑えて実行し、今夏の参院選を乗り切ったことで、今後は、最大の目玉政策である郵政民営化を断行すると見られている。

警察は官僚機構の末端組織であり、国民の負託を受けた代議士には弱い。彼らの意向に抗い続けるのは難しいのだろう。

長年、刑事の仕事に打ち込み何を得たのかはわからないが、これまで捜査に参加した事件の中に、一つも未解決がないことは間違いなく誇りだ。それだけは失いたくなかった。

『プロジェクトX』の時代はすでに遠い。警察の捜査の現場からも泥臭さはずいぶんと失われた。しかし現場で汗を掻く人間に何か酬いを与えて欲しい。

そんな願いが天に通じたわけではないのだろうが、このすぐあと、藤崎は思いもよらぬものを目にすることになる。

沖田がハンドルを切った。車は県道を左折し、天竜川を渡り、磐田(いわた)方面へ進んでゆく。

市街地に近づいているのか、道には背の高いビルやカーディーラーが並び賑やかになってゆく。

「お、何かありますね」

ちょうど走っている側の道の先に、飲食店らしき店が二軒、並んでいた。

一軒は中華料理。もう一軒は洋食屋のようだ。

「中華でいいですか」

沖田は和洋中では中華が一番好きなようだ。

藤崎も中華と洋食なら、大抵は中華を選ぶ。

「ああ」と一度頷きかけた藤崎だが、不意に心変わりした。

「や、たまには洋食にしないか」

「わかりました」

沖田は素直に従い、車は『なぽり亭』という看板が出ているその洋食屋の駐車場に入っていった。

それは気まぐれ以上でも以下でもなかった。

強いていえば、肉が食べたくなったのだ。回鍋肉(ホイコーロー)や酢豚のような肉を使った料理ではなく、ハンバーグとかステーキのようなガッツリした肉料理を。洋食屋の方がそういうメニューがありそうだ。

車を降りて二人は、店に入ってゆく。ドアを開けるなり、トマトソースのいい匂いがした。

内装は山荘風で、壁には額に入った風景写真が何枚か飾ってある。広さは一〇坪ほど。奥にカウンターがあり、手前に四人掛けのテーブルが三つ並んでいる。カウンターの向こうに、コックコートを着た店主らしき男性が、カウンター脇にエプロン姿の大学生ぐらいのウェイトレスがいた。

「いらっしゃいませ」と、店主とウェイトレスが声を揃えた。

テーブル席の上にはメニュー表が置いてあり、そこには肉料理はなく、ナポリタンをはじめとしたスパゲッティばかりが並んでいた。『なぽり亭』という名前で気づくべきだったかもしれない。

が、藤崎の目にメニューは入らなかった。沖田もそうだろう。

二人は立ち尽くし、店の壁を見つめていた。正確には壁に飾ってある写真の一枚を。

この店にはハンバーグやステーキはなかったが、手がかりがあった。

その写真には、畔にガジュマルらしき樹の生えた青い湖が写っていた。そして右下には〈97 7 18〉という日付が入っていた。

それは篠原夏希の部屋に貼ってあった、あの青い湖の写真とまったく同じものだった。

三代川修

三代川修（みよかわおさむ）は昭和五〇年、一九七五年生まれ。

この年に生まれた子供の多くがそうであるように、両親はともに戦後すぐのベビーブームで生まれたいわゆる団塊の世代。その子供なので団塊ジュニアと呼ばれることもある世代だ。平凡と言えば、平凡な男だった。

静岡県磐田市内の典型的な会社員の家庭に生まれた、一姫二太郎の弟の方だった。

昭和から平成に変わったのは、三代川が中学生のころ。彼が通う地方都市の中学校はまだ校内暴力があり、不良グループのリーダーは番長と呼ばれ、卒業式では毎年、特攻服を着て暴れる生徒が数名出て、警察が駆けつけることもあった。そんな環境の中で三代川は比較的真面目な部類の生徒だった。成績もトップクラスではないものの、真ん中よりは上だった。県立二番手の高校に進学し、そこから東京のそこそこの私立大学に進んだ。

そんな三代川には夢があった。

最初は歌手。シンガーソングライターだ。

きっかけは高校受験を控えた中学三年のとき。深夜、勉強しながらラジオで聴いた曲に胸を打たれた。

誰にも縛られたくないと逃げ込んだこの夜に
自由になれた気がした15の夜

尾崎豊の『15の夜』を、まさに一五の夜に聴いた。

不良少年の多い時代でありながら、反面、管理教育の締め付けは強く、子供の数が多かったため、受験戦争は熾烈だった。息が詰まるような閉塞感を覚えていた思春期、純粋さと熱を感じさせてくれる尾崎豊の歌詞に素直に感動した。

高校の入学祝いとしてギターを買ってもらったときは、文化祭のステージで尾崎豊の曲の弾き語りをやり、学校のヒーローになる自分をイメージした。それどころか、高校在学中にシンガーソングライターとしてデビューして『笑っていいとも!』に出演することすら半ば本気で想像した。

最初のうちは熱心にギターを練習したが、なかなか上達しなかった。特にFのコードはいくら練習しても押さえられるようにならず、いつしか情熱はしぼんでいった。憧れの尾崎豊が突然死したのは三代川が高校二年のとき。そのころには、ギターに触ることもほとんどなくなり、音楽はもっぱら聴いて楽しむだけのものになった。

しかし三代川は自分がいつか何者かになるという確信だけは抱いていた。

この自己実現欲求と根拠のない万能感が、若者なら普遍的に持つものなのか、あるいは生まれた時代が三代川の精神にインストールしたものなのかは、わからない。

ともあれシンガーソングライターの夢から撤退した三代川が次に目指したのは、小説家だった。

映画になった『ぼくらの七日間戦争』をきっかけに、宗田理(そうだおさむ)の「ぼくら」シリーズを読む程度には小説が好きだった。『週刊少年ジャンプ』のマンガはその一〇〇倍くらい読んでいたし好きだったけれど、絵が描けないのでマンガ家は無理だろうと最初からあきらめていた。小説なら俺にもできそうだと、無意識のうちに働いた安易な消去法によって決めた夢だったが、無論、そんな自覚はなかった。若くしてデビューして人気作家になって『笑っていいとも!』に出るのだと、無邪気に自分の才能を信じていた。

現実を思い知るのは、大学生になってからだ。文芸サークルに入ってみたが、書いた作品を合評会でコテンパンに酷評されて、天狗の鼻を折られた。純文学と大衆小説の違いもよくわからず、先輩や同級生がする「メタファー」やら「コンテクスト」やらの横文字が飛び交う会話にはまったくついていけなかった。しかし懸命にわかっているふりをしていた。サークルの連中を見返してやろうと、作品を書いて何度か公募の新人賞に出してみたが、一次選考さえ通らなかった。そうこうするうちに三年生になり周りは就職活動に浮き足立ち始めた。同じころに一年ほど交際していた文芸サークルの後輩から「バイト先の店長を好きになった」という意味のことを告げられ別れることになった。

以来、思春期に覚えていた閉塞感をもっと煮詰めたような息苦しさを常にかかえて日々を過ごすことになった。自分が何者にもなれないのではないかという恐怖が腹の底に芽生えてきていた。

そんなとき、テレビのバラエティ番組で、無名のお笑いコンビだった猿岩石がヒッチハイクでユーラシア大陸を横断する企画を観て、自分も旅に出てみたいと思った。「社会に出る前に見識を広げたい」「広い世界を見てみたい」などともっともらしい理由を付けて、一年留年して海外旅行させて欲しいと親に頼んだ。

かつて学生運動をやっていた父親は、そんな息子の頼みに「考えが甘いんじゃないか」と文句を言いつつも理解を示した。一足先に地元の短大を卒業した姉が就職して家に金を入れるようになったこともあり、三代川家にはまだぎりぎり、息子を一年だけ余分に遊ばせる余裕があったのだ。

こうして平成九年の上半期、三代川はバックパッカーとして、ロシアと東南アジアを巡った。この旅で三代川は日本では決して見ることのできない景色を見て、ほとんど言葉の通じぬ人たちとふれあい、生水を飲んで下痢をしたり荷物を置き引きされたりと、旅行者が経験するトラブルもひと通り経験した。自分が変われたような気分になった。日本に帰ったら、とりあえず就職活動をすることになるにしても、いつかこの経験を元に小説を書いて作家になるんだと、強く誓った。

しかし、この旅行には思わぬ代償が発生した。本来なら三代川は平成一〇年に大学を卒業するはずだったのが、一年留年したことで平成一一年卒業になった。このわずか一年で、ただでさえ低かった大卒者の求人倍率が0・4ポイントも低下したのだ。

バブルの崩壊により引き起こされた人的災害、就職氷河期。まさにそのピークを迎えようとしていたときだった。

三代川は知る由もないことだが、のちにある大手新聞社が、三代川のようにバブル期に少年時代を過ごし、実社会に出るや否やその崩壊の煽(あお)りの就職難に見舞われた世代を「ロストジェネレーション」と名づけることになる。

すでに時代は変わっていた。成長と膨張から、停滞あるいは衰退と縮小へと。しかし、三代川の意識は上手くそこにアジャストできなかった。

三代川は出版社とテレビ局を中心にマスコミ関係だけに絞って三〇社以上を受けたが、大半は書類選考で弾かれた。辛(かろ)うじて三社だけ最終面接までたどり着けたが、突破できずに全滅した。うち一社は絵に描いたような圧迫面接で、旅行の経験をアピールしようとした三代川は、人相の悪い面接官に「それが何の役に立つんだよ?」と一蹴され、プライドをへし折られた。
結局、就職が決まらぬまま卒業し、実家に戻ることになった。実家の居心地は極端に悪かった。最大の原因は父親がリストラされ、どうにか再就職したものの収入が半減したことだろうか。ずっと専業主婦だった母親はパートを始め、二四歳の姉が一家の稼ぎ頭になっていた。

その姉は三代川につらく当たった。

「私はあんたより勉強できたのに、女だからって四大に行かせてもらえなかった。お父さんたちは、あんたを甘やかしてばかり。大学に行かせて東京で独り暮らしさせて、その上、海外旅行まで。お父さんはそんだけあんたに期待してたんだ。『修はでっかい男になる』とか馬鹿げたこと言って。それが何？　出来上がったのは、半端なフリーターじゃない」

職場の飲み会から酔っぱらって帰ってきた姉に、そんなことを言われたこともあった。ひと言も言い返すことができなかった。

両親は両親で「頼むからしっかりしてくれ。おまえは長男なんだから」と、懇願するように叱咤したかと思えば、「姉さんは厳しいことを言うが、おまえはきっと大丈夫だよ」などと根拠なく励ました。

実家にはとても居続けることができず、三代川はアパートを借りて独り暮らしを始めた。アルバイトを転々として食いつなぎながら、小説を書いた。

このときは、もうこうなったら一発逆転しかないと思っていた。

三〇までには小説家になって、みんなを見返してやる――

ここで言う「みんな」とは、姉や親、自分を採用しなかった企業、かつて自分を振った恋人、自分の作品を馬鹿にしたサークルの先輩、ほか、三代川の気にくわない世の中、すべてだった。

しかし何度賞に応募しても芽が出ることはなかった。

鬱屈ばかりが蓄積する日々の中、自分で決めたタイムリミットの三〇歳は少しずつ近づいて来る。

いよいよ本当に、俺は何者にもなれないのかもしれない。だとして、じゃあ、何になるんだ？

いろいろなバイトをしてみたが、興味のある仕事なんて何もなかった。中にはやり甲斐らしきものを覚えた仕事もあったが、半年もすれば例外なく飽きてきて、毎日、砂を噛んでいるような気分になった。長くても一年、短ければ三ヶ月ほどで仕事を変えた。

何か技術やキャリアが積み上がってゆくこともなく、給料は安く、貯金なんてちっともできなかった。

この調子であと何十年も――仮に八〇まで生きるとしたら五〇年以上も――生きていく。そう思うと頭がおかしくなりそうだったが、本当に発狂することもできなかった。

そんな緩慢な絶望の中、三代川は携帯電話用の出会い系サイト『スタービーチ』に登録した。それが一昨年、平成一四年のことだった。

せめて恋がしたかった。

何者にもなれないかもしれないという恐怖は、誰にも認められないかもしれないという恐怖であり、ずっと孤独かもしれないという寂しさと表裏一体だ。

だから恋がしたかった。寂しさを埋めるために。

そうして、近くの浜松に住んでいるらしく、メールのやりとりも弾んだ〝マリア〟というニックネームの女性と知り合い、会うことになった。

顔の見えないネットを通じた出会いだ。まったく好みじゃない女性や、年を大幅に誤魔化した女性が来るかもしれないとびくびくしていたが、待ち合わせに現れたのは、可愛らしい感じの女性だった。

マリアこと篠原夏希はこのときもう三〇だったが、サイトでは四歳もさばを読み、三代川より一つ下の二六歳として登録していた。しかし、もともと童顔の彼女はもっと下にも見えた。

少し痩せぎすで化粧が濃い目なのは気になったけれど、三代川の好みの範疇だった。

何より、話が合った。三代川が好きな尾崎豊を彼女も好きだと言い、マリアが昔大好きだったという『ホットロード』は、三代川が唯一読んでいた少女マンガだった。マリアは、三代川がかつてバックパッカーとして海外を旅行した話をとても興味深そうに聞いてくれた。更に三代川が唯一苦手な食べもののピーマンをマリアも嫌いだと言い、味覚まで合っているようだった。

「シュウくんって面白いし、いろいろなことを知ってるのね。こんな人、初めてかも」

名前を音読みにした〝シュウ〟というのが、三代川がサイトで使っていたニックネームだった。「初めて」と言われたことがどういうわけか無性に嬉しく、三代川は恋に落ちた。マリアも三代川のことを気に入ったようで、互いに本名も知らぬまま、二人は会ったその日に肉体関係を持った。

三代川はマリアに夢中になった。彼女と会い、セックスを含む時間を過ごすことが生きがいになった。二度目に会ったときから、マリアは「これ飲んでするとすごくいいんだよ」と、錠剤を薦めてきた。「ダイエット用のサプリで、合法ドラッグだから安全」と彼女は言っていた。おっかなびっくり飲んで交わったが、普段よりも少しふわふわとした気分になるくらいで、劇的な変化は感じなかった。しかし、当のマリアがすごく気持ちよさそうにしていたので、三代川はそれで満足だった。

彼女がドライブが好きだというので、中古のハイエースを買った。バンにしたのは、カーセックスがしやすいからだ。

付き合ううちに、マリアはかなり情緒不安定で、気分のアップダウンが激しいことがわかってきたが、あばたもえくぼに見えてしまうがごとく、それを愛すべき繊細さと解釈した。突然、怒りだしたり、悲しみだしたり、感情を爆発させたあと彼女は「ギュッとして」と抱擁を求めた。言われるまま抱きしめるたび、三代川は、この人には自分がいないと駄目なんだと思った。

自分の価値を認められること。誰かに必要とされること。マリアは、三代川が心の底から欲していたことを提供してくれた。三代川自身が情緒不安定になっており、その波が重なるようにマリアと合ってしまったと言えるかもしれない。

付き合い始めて数ヶ月。平成一五年の春。あるときマリアは顔に痣(あざ)をつくったまま待ち合わせに現れた。何事かと尋ねると、マリアは泣きながら、一緒に暮らしている男がいて、そいつに殴られていることと、もう大きな子供がいることを打ち明けた。

「――ごめんね、嫌だよねこんな女。引くよね」

三代川はすぐさま「そんなことない！」と否定した。子供がいるのには驚いたが、いつも昼間の時間しか会えないので、もしかしたら結婚しているのかもとは思っていた。聞けばその一緒に暮らす男とは籍を入れていないという。だったら他人だ。何の障害にもならない。

「シュウくん、今すぐは無理かもしれないけど、いつか、一緒に逃げて」

マリアは言った。

三代川は「ああ逃げよう」と答えた。

そのいつかは、マリア本人すら予想もしなかったタイミングでやって来た。

八月八日、深夜。日付が変わり九日になったころ。

三代川は電話でマリアに呼び出された。「助けて。シュウくん、車ですぐ来て。これから一緒に逃げよう」と。

台風が接近し、表は暴風雨に見舞われていた。そんな天候が、むしろ三代川の気分を高揚させた。

いよいよだ。いよいよ、彼女と逃げるんだ——

三代川は奇妙な興奮を覚えつつ、指定された住所へ車を飛ばした。マリアは「助けて」と言っていた。頭の中のわずかに理性的な部分が、ひょっとしたら同居の恋人との修羅場になっているかもしれないと警戒を呼びかけていた。

最悪、喧嘩になって彼女を奪い去って行くことになるかもしれない。覚悟を決め、荒事になったときのことを考え、せめて武器になりそうなものをと思い、アパートの内廊下にあった小型の消火器を拝借して持っていった。ちょっとしたヒーローの気分だった。

しかし、到着した三代川を待っていたのは想像を遥かに超える事態だった。

マリアの自宅だというそのアパートには、男の死体が転がっていた。死体の傍らで少年が呆然と膝をついていた。整った涼しい顔立ち、髪がやや長めで見ようによっては少女のようにも見える少年だった。

「この子が殺しちゃったの」

マリアは言った。

関わってはいけない。すぐにでも警察に知らせなければ——そんな理性の声は、もっと大きなマリアの声にかき消された。

「ねえお願い。シュウくん、助けて。シュウくんしか頼れる人がいないの」

死んでいる男はくだんのマリアの恋人で海老塚というらしい。少年はマリアの息子で、青。マリアはブルーと呼んでいた。

ブルーは顔色をなくし、ひと言も喋らなかったが、マリアによれば、彼が海老塚の暴力からマリアを守るため、勢い余って殺してしまったらしい。

大雨が降り、表にほとんど人通りがなかったことが、よかったのか、悪かったのか。三代川は、今日ならこの死体を川に流してしまえば誤魔化せるかもしれないと思ってしまった。「お願い。シュウくん、助けて」と泣きながら繰り返し訴えるマリアと、怯えるような目でこちらを見た少年の顔が最後に背中を押した。

三代川は二人とともに、死体を毛布に包んでハイエースに積み込み、天竜川に捨てた。死体を触るのは無論、初めてだった。胴の部分を抱えたとき、手に感じた重さには生々しさがあった。しかし、実際にその男が生きていたときのことを知らないからか。血の一滴も流さずやすらかに目を閉じて死んでいたからか。あるいは、三代川の脳が緊急避難的に死について考えることを止めさせていたのか。ともあれ、恐ろしさは感じなかった。

とりあえずその日は二人を自分のアパートに泊めた。

「あの、ありがとうございます」

三代川が初めてブルーの声を聞いたのは、その夜。ブルーは畳に額を押しつけんばかりの土下座で礼を口にした。

「俺とママのことを助けてくれて、本当にありがとうございます」

人を一人殺してしまっているはずだが、凶暴さや恐ろしさはまったく感じなかった。むしろ健気に思えた。傍らのマリアも泣きながら「ありがとう」を繰り返した。

俺がこの母子(おやこ)を守るんだ――

そんな使命感が湧き上がり三代川は二人を抱き寄せ「大丈夫。俺が守るからね」と口にしていた。何をどうすれば守ったことになるのかなど、わからぬままに。

台風一過の翌日、三代川はハイエースに荷物を積み、三人でもっと遠くに逃げることにした。突然、女と子供と同居するようになったら、隣人たちに怪しまれるかもしれない。そもそもずっと浜松にいるのは危険だ。

一晩たちすっかり雨が上がった青空を見上げた一瞬、三代川は我に返りかけた。

もしかしてとんでもないことに加担してしまったんじゃないのか。本当にこのまま三人で逃げていいのか――そんな疑問が浮かんだが、振り払った。

一緒に死体を捨ててしまった以上、もう自分も共犯者だ。逃げるしかない。

向かった先は、東京の町田だった。あてがあったわけではないが、三代川が学生時代に独り暮らしをした町で、多少の土地勘はあった。

町田に着いた夜、ブルーが駅前の公衆電話でどこかに電話をかけていた。浜松ではずっと海老塚と一緒に工場で働いており、職場の親友にひと言別れの挨拶をしたらしかった。

三代川は子供のブルーが、大人と一緒に肉体労働をしていたことを知り驚いた。マリアによればブルーは平成元年生まれ。つまりこのときまだ一四歳だ。三代川が同じくらいの年のころには、毎日マンガばかり読んでいたのに。

これまでどうやって暮らしてきたのか、詳しいことはマリアも話してくれなかったので、よくわからなかった。ただ、どうやらブルーはずっと学校にも行っていないらしい。

三代川の胸には憐れみが浮かんだが、どうすることもできなかった。公的な機関に支援を求めようにもブルーは人を殺している。

むしろ逃げ回らなければならない立場だ。

住まいを借りたりはせず、当面はハイエースで生活することにした。車を走らせるときは常に安全運転を心がけた。どれだけ意味があるかわからないが、携帯電話も買い換え、番号を変えた。マリアが持っていた海老塚名義の携帯電話は捨てさせた。

三人の手持ちの金をかき集めても所持金は一〇万ほどしかなかった。差しあたり、三代川が消費者金融で借りたり、携帯電話で登録できる『ハイ・ワークス』の人材派遣サイトを使い、日雇いの仕事をして生活費を捻出した。

やがて身分証などの確認がなさそうな現場仕事には、ブルーも偽名で応募し一緒に働くことになった。三代川は、ブルーを働かせることに抵抗があったが背に腹は代えられなかった。

本人は「別に俺、働きますよ。馴れてるし」と淡々としたものだった。

三代川が自宅アパートから持ち出した荷物の中にはかつて旅行中に撮った写真を収めたアルバムと、ネガがあった。あるとき、三代川はそれをブルーに見せながら旅行の話をしたことがある。

すると、ブルーは写真の一枚に興味を持ったようだった。

「これ、すごくきれいですね」

ブルーは魅入られたようにその写真を見つめた。

ベトナムの田舎の村で撮った、幻想的な青い湖の写真だ。三代川としてもよく撮れていると思う一枚だった。かつてアルバイトしていたレストランの店主に見せたら、いたく気に入られて、写真館で引き伸ばして店に飾ることになったこともある。

「よかったら、あげるよ。汚れたり退色したりしても焼き増せるようにネガも一緒に」

三代川はその写真とネガをブルーにプレゼントすることにした。

ブルーは「ありがとうございます」と小さな笑顔を浮かべた。三代川はそのことが嬉しかった。

そのうちに三代川は半ばホームレスのような三人での車上生活が、悪くないように思えてきた。楽ではなかったが、どこか昔、バックパックを担いで外国を旅行した日々にも似ている気がした。最初、哀れに感じたブルーのことも本人があまりつらそうにしないからか、いつしかそういうものとして受け入れていた。

ずっと何者にもなれない不安と戦いながら、代わり映えのしない、しかし砂を嚙むような日々を送ってきた三代川は、ちょっとした冒険気分さえ味わっていた。

九月、一〇月と過ぎてゆく中、特に自分たちが指名手配されているような様子はなかった。ネットで海老塚の名前を検索してみても、事件として報道されているような記事はヒットしなかった。もしかしたら、逃げ切れるんじゃないだろうか。そんな思いが湧いてきた。

しかし今後の生活をどうしていくのか、具体的なことは何も考えていなかった。

そして一一月に入るころには、限界が見えてきた。

金が尽きてきたのだ。

マリアは金遣いが荒かった。たとえば食べるものも、安く買える弁当や菓子パンではなく、外食をしたがった。週に一度はホテルに泊まりたがったし、スーパー銭湯などの入浴施設にもよく行きたがった。お菓子などの嗜好品も欲しがったし、突然、服やコスメをごっそり買ってくることもあった。そして定期的に渋谷や新宿に行き、繁華街の裏路地にある店で合法ドラッグのエフェドラを買ってきた。

三代川とブルーが日雇い仕事で稼ぐ金では、彼女の欲求を満たすことはできなかった。ただしマリアの行動が一般的な尺度で贅沢と言えるものかは微妙だ。ドラッグの常用はさておき、ベッドで眠りたいとか、頻繁に風呂に入りたいというのは、誰でも思うところだろう。外食にしても、大抵はファストフード、せいぜいファミレスだ。子供を連れて三人、住まいのない暮らしは普通の快適さを求めるだけで金がかかった。

この三ヶ月ほどで三代川は、消費者金融に一〇〇万もの借金をつくってしまった。現在の三代川に貸せる限度だと、それ以上のキャッシングを拒否された。実際、これ以上借金が増えれば利息の支払いも厳しいというのが正直なところだった。

「シュウくんの実家で借りられないの？」

マリアは言った。

それはどう考えてもできない相談だった。両親に、姉に、この状況を何と説明すればいいのか。

そして間の悪いことに、ちょうど所持金が尽きたころ、季節は冬を迎え、ぐんと気温が下がった。

車の中で三人、身を寄せ合って眠らなければならない日が増えた。公園で水を汲み、深夜、ブルーと二人でコンビニの裏手に廃棄されている弁当を漁ったりもした。

こうしてみすぼらしく生活が困窮する中、マリアの気性は明らかに荒れていった。

エフェドラの量が増え、それが切れると、抑うつが強くなるのか、突然、激怒したり号泣したりするようになった。そして決まってブルーを責めた。

「あんた何であいつを殺したのよ！　だからこんなことになったんじゃない！　ねえ、何であんなひどいことしたのよ！　殺すことなかったじゃない！　あんたのことなんて産むんじゃなかったよ！」

ブルーはいつも一切の反論をせずに、黙ってそれを聞いていた。

三代川が「やめなよ」と仲裁しようとすると、今度は矛先がこちらに向いてきた。

「シュウくん。だったらお金用意してよ。私たちのこと守ってくれるんでしょう。稼げないなら、実家からお金借りてよ。借りられないなら、泥棒でも強盗でもしてお金つくってよ！」

そのたび、三代川は実家で姉に責められたときと似た、圧迫を覚えた。

冒険気分など吹っ飛んだ。そして熱から冷めるかのように、マリアという女の、更には死体を捨ててそのマリアと逃げた自分のおかれた状況の、異常さを自覚するようになった。

どうして、こんなことに——

俺は平凡な家庭に生まれた平凡な人間のはずだった。考えの甘いところはあったかもしれない。ただいつか何者かになれると信じて夢を見ていただけだった。でも……。

でも俺はそんなに悪いことをしたか？

分不相応な夢を見ちゃいけなかったか。留年して海外に行ったのがいけなかったか。就活に失敗したのは俺のせいなのか。バイトを次々変えたのがいけなかったのか。寂しさを紛らわせたくて出会い系サイトを使うのは、そんなに悪いことなのか。

違うだろ？ 俺は、そこまで悪いことをしてないはずじゃないか。この世には、俺より悪いやつなんていくらでもいる。俺より考えが甘くて、だらしないやつだってごまんといる。それこそ中学にいた不良たちなんて、今ごろロクな大人になっていないはずだ。それなのに、どうして俺が。俺の人生が、こんなことになっているんだ――

頭に浮かぶ問いの答えは「たまたま」とか「巡り合わせ」とか、そんな納得のできないものばかりだった。

もう限界だ。いっそ、警察に全部話して逮捕された方がましかもしれない――

それを真剣に考えた矢先。クリスマスを間近に控えたある日、マリアは言った。

「私の実家に行こう」

彼女の実家は青梅市にあるという。そこまで行って親に金を無心するというのだ。

高校生のときに家出をして以来、ずっと家には帰っていないと聞いていた。だから、三代川はやや驚いた。

いきなり、子供や見知らぬ男を連れて帰れるものなのか。

マリアはあっけらかんと言った。

「大丈夫だよ。帰っていないけど、前に保証人になってもらったり、お金助けてもらったことあるんだ。ブルーのことも知ってるし。さすがにタクヤ殺したことは、言うわけにはいかないけどね」

マリアの家族がどんな人たちなのかはわからない。が、この際、正直に全部話して、今後どうするか相談すべきじゃないのか。

三代川はそう考え、本心をマリアに告げぬまま、彼女の言う通り車を青梅に向けて走らせた。

しかし本心を告げていないのはマリアも一緒だった。

町田から、相模原を抜け、八王子、あきる野、羽村と東京都下を北上して、青梅に辿り着くころ、もう夜になり辺りは暗くなっていた。

多摩川にかかる橋を渡っているときだった。

「その橋の先に、ほっそい道があるから、右曲がって。そこの突き当たりだから」

助手席でナビをするマリアは、こともなげに付け足した。

「もしかしたら、ジジイとババア、殺すかもしんないから。あとお姉ちゃんも。そしたら、また川に捨てればいいよね」

「え、殺すって。はは……」

唐突に出てきた言葉に三代川は空笑いをした。マリアは何も言わず窓の外の暗い夜を眺めていた。尋ねずにはいられなかった。

「冗談だよね？」

「え？　冗談じゃないよ。もう一人やってるんだから、いいでしょ」

やはりマリアはこともなげに言う。

三代川は背中から汗が噴き出した気がした。急速に喉が渇いてゆく。

「い、いや、いいわけ、ないよ。どうして、助けてくれるのに、殺すんだよ」

「もちろん、お金くれたらそれでいいんだよ。でも、こないだ電話したら、『いい加減にしろ』とか『もう関わるな』とか言われたんだよね。ひどいでしょ。なんかみんな迷惑しているとか言ってた。あり得なくない？　私、娘だよ。ブルーは孫なんだよ。お姉ちゃんと、お姉ちゃんの子は可愛がっているくせにさ。だからさ、もし、お金出さないなら、殺して取るんだ」

マリアの口調は言っていることの物騒さと釣り合っていなかった。

「いや、でも、殺すって……。嘘だろ」

「だから、嘘じゃないって言ってんじゃん。シュウくん、びびんないでよ。大丈夫だよ。いざとなったらだよ。いざとなったら。それにもし、殺すことになっても、ブルーがやってくれるから。武器も用意してあるんだよ。ね」

マリアは後部座席のブルーに呼びかけた。

ルームミラー越しにブルーが表情のない顔のまま、頷くのが見えた。

正気じゃない――

この女は狂っている。そしてこの子もたぶん――

もっと早くに、遅くともあの暴風雨の夜に気づくべきだったことに、三代川はようやく気づいた。

そしてそのとき、車は彼女の実家――篠原家――の前に到着していた。

「さ、行こう」と、マリアは助手席から降りる。ブルーもスライドドアを開けて、後部座席から降りた。彼は浜松からずっと使っているデイパックを持ってきていた。あの中に、マリアが言った「武器」が入っているんだろうか。

ここで三代川が取るべきだった最も正しい行動は、すぐさま警察に駆け込むことだったのかもしれない。

しかし三代川は、逃げた。

二人が降りたのを見計らって、エンジンをかけ、車をバックさせた。そしてそのまま後ろ向きに走らせまっすぐに路地を逆走した。夜にはほとんど車通りも人通りもない路地だったのが幸いした。

川沿いの通りまで出るとそのまま、地元の静岡に向けて車を走らせた。

警察にも誰にも何も言わず、ただ逃げただけだった。

それが昨年の一二月二三日のことだった。

行くあてなどなく、磐田の実家に戻った。最悪、海老塚の件で警察に手配されているかもしれないと思った。実家の周囲に警察官が張り込んでいることを想像した。そのときは、おとなしく捕まり、洗いざらいすべてを話すつもりだった。

しかしそんなことはなかった。警察官などおらず、ひどく心配した両親と激怒している姉がいた。

海老塚の件で捜査が及んでいる様子は一切なかった。

三代川は何も言わず突然アパートからいなくなり家賃もずっと払わなかったので、不動産屋経由で保証人の父親のところに問い合わせがあったらしい。番号を変えていたので携帯電話もつながらず、蒸発したのかと思われていた。特に母親は「樹海に入ったのかと思ったよ」と、泣いていた。父は憮然とし、姉も怒気を孕ませつつも「まあ無事でよかったけど」と言ってくれた。

自分を心配してくれる人たちがいることに、三代川は泣き崩れた。そして、そんな人たちがいるからこそ、本当のことを言うことはできなかった。

三〇を前に将来が不安になって旅に出ていたということにした。みな、あきれていたが疑っている様子はなかった。そういうことをする息子と思われていたのだろう。

その四日後。青梅で発生した一家殺害事件が大々的に報道され、三代川は最悪の事態が起きたことを知った。

＊

それから三代川は実家で暮らしながらハローワークに通い、食品卸会社に職を得た。一応、正社員だったが、給料は安く拘束時間は長く、仕事内容にも馴染みはない。以前の三代川なら選り好みしたであろう仕事だった。しかし、そこでずっと働くつもりでいた。

両親も姉もそんな三代川を見直したようだった。

たとえ平凡でつまらないものだとしても、安定した日常がいかに貴重なものか三代川は身に染みていた。何より、どんな仕事でもいいからそれに打ち込むことで日々をやり過ごしたかった。

地元の図書館で新聞記事を探し、海老塚の死体が天竜川の河口で発見されたことを知った。記事では事件か事故か断定されておらず、その後の続報は見つからなかった。事故として処理されたのだろうか。それを期待せずにいられないが、確かめる術はなかった。

一方、青梅事件の方は、どういうわけかマリアが、ずっと家に引きこもっていたことになっていた。彼女の息子、ブルーのことはまるで触れられていなかった。この事件は注目度も高く、週刊誌などの後追い報道もずいぶん出たが、いずれも同じだった。記事に出てくる篠原夏希というのは、マリアとは別人で、マリアとブルーは事件を起こさなかったのだろうか。そんなことを考えもしたが、やはり確かめる術はなかった。

どちらかの件で、あるいは両方で、いつか突然、警察が訪ねてくるのではないかと、ずっと怯えながら過ごしていた。

そうこうするうちに青梅事件からは半年以上が、海老塚の死体を捨てた台風の日からは一年以上が経過した。

不安や怯えがゼロになったわけではなかったが、三代川の頭の片隅に、すべては自分と関係のないことだったのかもしれないと、都合のいい願望が芽生え始めていた。

その日の昼休み、会社で流しっぱなしにしているラジオで、三年前に大阪の小学校に侵入し、児童八名を殺害した男の死刑が執行されたというニュースが流れた。同僚たちが「あれはひどい事件だった」とか「死刑になって当然だ」と話すのに調子を合わせつつも、三代川は反射的に青梅事件を思い出し居心地の悪さを感じていた。

それが暗示だったわけでもないだろうが、午後の仕事が始まりしばらくすると、会社に二人組の刑事が訪ねてきた。地元の静岡県警ではなく、東京からやってきた警視庁の刑事だ。

二人は、ある写真について詳しく教えて欲しいと言った。

かつてアルバイトしていた『なぽり亭』というレストランに飾ってある青い湖の写真。べトナムで三代川が撮影し、今はネガごとブルーが持っているはずの、あの写真だ。

今日が「いつか」だったのか――

三代川は悟った。

刑事たちは、どこであの写真を撮ったのか確認したあと、『なぽり亭』以外の誰かに写真を渡したことはないか尋ねてきた。

ああ、ついにこの日が来た――

それはずっと恐れていたはずのことなのに、どういうわけか三代川の胸には安堵が広がった。

そしてゆっくりと、たどたどしくではあるが、自分が知っていることすべてを刑事たちに語った。

For Blue

青梅事件。

平成一五年一二月のクリスマス。

平成という時代においても、ブルーの人生においても折り返し地点と言える時期に、その事件は起きた。

NO．1にならなくてもいい
もともと特別なOnly one

事件の第一発見者である佐々木瑞江が現場で聴いたという『世界に一つだけの花』は、当時すでに大ヒットしていたが、その後もセールスを伸ばしてゆき平成年代でもっとも売れた楽曲となった。

それはきわめて象徴的に思える。

何故なら平成は、ナンバーワンを目指すことが難しく、人はオンリーワンであることを受け入れざるを得なくなった時代なのだから。

国内ではバブルの崩壊とともに誰もが共有できる目標や価値観が消失した。核家族や単身者が増え、更にネットが一般化したことでライフスタイルは多様化した。地域や組織の紐(ちゅう)帯(たい)も弱まった。同じころ海外でも冷戦が終結し、単純な敵味方構図は消滅した。

溶けたのだ。

この社会のあらゆる事象が強固な固体(ソリッド)から寄る辺なき液体(リキッド)へと溶け出した。

そして人は自分の価値を自分で決めなければならなくなった。すべてのナンバーワンは、その人の主観上のオンリーワンに過ぎなくなってしまった。

それは人が自由に、しかし孤独になったということだ。その不安に耐えられず保守的な価値にすがる人たちのバックラッシュがそこかしこで起きた。

タクヤが伝統的な家族観にこだわり、ブルーの母親が働くことを嫌がったのも、オンリーワンであり続ける不安に耐えられず、古くてわかり易い価値にしがみつこうとしたのかもしれない。

浜松でブルーがそのタクヤを殺害してしまったとき、シュウという男が現れた。ブルーとタクヤが働いている昼間、母親が出会い系サイトを通じて会っていた男らしい。

初対面の見知らぬ男と死体を川に捨てることになったが、ブルーは取り乱すことも、戸惑うこともなかった。

魂が抜けていた――のちにブルーは、このときの自分の状態をそう表現したという。母親に命じられタクヤの首を絞めたときからブルーは、意識が身体を離れ浮遊するような感覚に陥っていた。現実感は薄れ、すべてが他人事のように感じられた。

仕方ない。殺さなければママが殺されるかもしれないから。ママが「殺して」と言ったんだから――

そんな言い訳とも諦めともつかないことを思いながら、タクヤの首を絞める自分を傍らで眺めている気分だった。人を殺すという行為への嫌悪感も罪悪感もなかった。

シュウと二人で死体を毛布で包み車に積み川に捨てたときも、その夜、アパートに泊めてくれたシュウに土下座して「俺とママのことを助けてくれて、本当にありがとうございます」と礼を言ったときも、同様だった。

確かに自分がやっていることなのに、自分のことではないように感じられていた。

解離。人は強いストレスを受けると、意識を自分から引き離すことで心を防衛しようとするという。このときのブルーがまさにそうだったのかもしれない。

それは、その後の逃亡生活の間もずっと続いた。

住まいのない日々の中、以前にも増して情緒が安定しなくなった母親は、突然、怒り出し嘆くことがよくあった。ブルーはお決まりの「あんたなんか、いなきゃよかったのに」を何度も言われた。けれど〝魂が抜けた〟ブルーは、それにいちいち傷つくことはなかった。母親が「もうジジイとババアを殺すしかないかも」と言い出したときも、ああそうかと、ただ受け止めた。

その直前、母親は久しぶりに実家に電話をかけていた。金を借りるために。

母親は以前にも何度か実家に金の無心をしたことがあった。ブルーの祖父は母親が実家に戻ってくることを認めなかったが、祖母は多少なりとも気にかけていた。だから久我山のマンションを借りたときも保証人にもなってくれた。それに味を占めたのか、母親は金に困ると祖母に電話をかけていた。そのたび、祖母は仕方ないとばかりに金を用意し、都内で待ち合わせて母親に渡していた。しかし繰り返されるうちに、祖母の情もすり切れたようだ。具体的には六度目の無心を申し出たときに〈もう無理。用意できない〉と母親は突っぱねられた。

それが五年前。

だいぶ時間も経ったので、ほとぼりも冷めているかもしれないと甘いことを考えて母親が電話をかけると、出たのは母親の姉、ブルーにとっての伯母だった。この五年の間に離婚して出戻っていたのだ。伯母は母親の話を聞き、その場にいるらしい祖父母と何やら話したあと〈もう関わらないで。お父さんもお母さんも、迷惑してるんだよ!〉と怒鳴り、電話を切ったという。

シュウだけが仕事に行っていて、ブルーと二人きりのとき母親はその話をした。

「ねえどうしよう。お金がないとあんただって困るよね。美味しいもの食べたいでしょう。お布団のあるところで眠りたいでしょう。新しい服も欲しいでしょう」

そう言った母親だったが、本当にブルーのことを思っていたかは、甚だ怪しい。何故ならそれらはすべて母親の欲望だったから。そして何より、母親は、買いためたエフェドラがなくなったとき買い足すだけの金がないことを気にしていたのだろう。

すべてを他人事のように感じていたブルーは、美味しいものも、布団で眠ることも、新しい服も、いらなかった。

何か望みがあるとすれば、ただ一つ。母親に穏やかでいて欲しいということだけだった。

だから、頷いた。

「そうだよね。お金、いるよね。でも、ジジイとババアがくれないんだよ。きっと持ってるはずなのに。あいつら、私の親なんだよ? ひどくない? ねえ、どうしよう。行っちゃおうか、家に。押しかけたら、お金くれるかな」

祖父と祖母。大昔(まだ一四歳だったブルーにとって七年前は大昔だ)、きれいな服を着て会いに行ったことのある二人だ。

あの二人のところに押しかければ、お金をくれるんだろうか。ブルーにはよくわからなかった。でもまた頷いた。

「そうだよね。じゃあ行こう。シュウくんに連れて行ってもらおう。行ってもお金くれなかったらどうしよっか。もう殺して取っちゃうしかないよね。でも、私、人なんて殺したことないからできないよ。ねえ、どうする?」

それは誘導とも呼べないほど、稚拙であからさまだった。しかしブルーは母親が聞きたいだろう答えを言った。

「俺がやるよ。タクヤさんのときみたいに」

「本当? 本当にやってくれるの」

「うん」

「シュウくんにはぎりぎりまで内緒だよ」

「わかった」

「あと、今度は何人か殺すかもしれないから、ちゃんと武器を準備しておこうよ」

その日、ブルーは町田駅前のホームセンターでナイロンロープと出刃包丁を万引きした。大量生産品であり、しかも正規に購入しなかったため、のちのち警察は凶器の入手経路を特定することができなくなった。が、もちろん狙ったわけではない。

金がないから盗むしかなかった。盗むとなれば一点ものより、大型店舗に陳列されている大量生産品の方が盗みやすい。ロープと出刃包丁も、前にテレビで見たドラマで強盗が被害者を縛って刃物で脅すシーンがあり、何となくそのイメージで選んだだけだった。

計画などとはとても呼べない、短絡的な思いつきでその犯罪は企図された。

平成一五年一二月二三日、午後七時過ぎ。

母親の実家の前まで辿り着いたところで、シュウは逃げていなくなった。「あいつ逃げやがった」と、母親は怒っていたけれど、ブルーは仕方ないとしか思わなかった。

浜松を発ってからこのときまで、肉体から抜けてしまったかのようなブルーの魂に、唯一、触れたものがあるとすれば、それはシュウがくれた写真だった。

自分の名と同じ青(ブルー)の湖。

この地球のどこかにあるという、息を呑むほど美しい自然の景色。あの写真を見ているときだけ、ブルーは肉体に魂が戻り、自分の目で見て、自分の心がその美しさを感じていると思えた。

あの写真をくれたシュウが「いい人」なのは間違いない。ブルーや母親のことを殴ったりせず、家代わりになる車を提供してくれ、一緒に働いてくれた。感謝はあっても執着はなかった。逃げるなら仕方ない。ここまで連れてきてくれただけで十分だとブルーには感じられた。

「しょうがない。二人で行くよ」

不機嫌そうに言った母親について、ブルーはその家を訪ねた。

すでに全員が帰宅したあとで、祖父母に伯母、それからブルーの従弟にあたる伯母の子、優斗がいた。

家族たちは突然、娘が子供と一緒に押しかけてきたことに驚いたようだった。しかし騒ぎになることを恐れたのか、門前払いにはせず、家に上げた。

居間で団欒の最中だったようだ。

ブルーは、一同が自分に向ける視線に敏感に気づいた。得体の知れない異物を見る、あの目だ。初対面の伯母も同じ目をしていた。優斗だけが他意のない瞳で興味深そうにまじまじとブルーと母親を見つめ、自分の母親に「だあれ？」と訊いていた。

伯母は気まずそうに「ちょっとよその人、お客さんよ。向こうに行ってましょうね」と、優斗を二階に連れて行ってしまった。

よその人、お客さん——伯母が発した言葉は、この家の人々の線引きを端的に表していた。彼ら彼女らにとって、ブルーと母親はもう家族ではないのだ。

「ねえ、私困ってんの。お金助けてよ」と母親がどこか甘えたような口調で頼み、祖父が「馬鹿を言うな」と一喝し、言い合いが始まった。

話し合いではなく、言い合いだ。

母親は交渉的な話運びは一切せず、ただひたすらにお金が欲しいと訴え、祖父母は断り続けた。やがて二階に優斗をおいた伯母も降りてきてそれに加わった。要求と拒否の平行線が交わることはなかった。途中からは半ば罵り合いになっていた。

三時間以上も続いたろうか。最後はうんざりした様子の祖父が「いい加減にしろ。今夜だけは泊めてやる。明日になったら出ていけ！」と怒鳴り、話を打ち切った。

「わかった」と、母親が折れるそぶりを見せたのは、おそらく声を出しすぎて喉が嗄れていたのと、もう話しても無駄だ殺してしまおうと、気分のスイッチが入ったからだろう。

母親は「行こう」と、ブルーの手を引き二人で居間を出ていった。

二人はかつて母親が使っていた部屋に泊まることになった。入るなり「うっそ、あんときのままじゃん」と母親は声をあげた。そして「うわっ懐かしい」などと、棚の雑誌を出して、ぱらぱら捲っていた。

すでに縁を切ったと言う祖父母だったが、母親の部屋を片づけたりせずに、ずっとそのままにしていた。ときどき埃を払うなど最低限の掃除もしていたようだ。

それは何のためだったのか。今となっては確かめようもない。思い出を保存しておきたいという感傷だったのかもしれない。が、もしかしたら、居場所を用意していたのかもしれない。あるいはそこに愛があったのかもしれない。愛とは呼べないまでも、何かしらの情はあったはずだ。でなければ、そもそも家に上げたりしないのではないか。

金の無心についても、母親の言葉の選び方次第で違った展開もあったのかもしれない。穏便に常識的にこの実家から人生をやり直すルートも存在したのかもしれない。

かもしれない。かもしれない。かもしれない——とｉｆをいくつ重ねても、すでに起きてしまった出来事が書き換わることはない。

その夜、母親は一人ベッドを独占して、夜半まで部屋の本やマンガを読みふけり、いつの間にか眠っていた。灯りを点けっぱなしにしたまま。

ブルーはシュウにもらった写真をデイパックから取り出して、部屋の壁に貼った。母親が昔好きだったらしい、ローラースケートを履いた七人組のアイドルグループのポスターの隣に。そしてベッドの縁に寄りかかり床に足を投げだし、じっとそれを眺め、まんじりともせず一夜を過ごした。部屋にあった旧式の電気ストーブは、最初少し煙と焦げ臭い匂いをさせたけれど、きちんと動いてくれた。だから寒さは感じなかった。

祖父は「明日になったら出ていけ」と、言っていたが、翌朝、母親とブルーをたたき起こしたり、無理矢理追い出すような真似はしなかった。みな朝から家を出た。祖母と伯母は仕事。祖父は、定年後に始めた市民講座の講師ボランティアの日だった。

一番最後、午前一〇時ごろに家を出た祖父が部屋のドアの向こうから「みんなが帰ってくるまでに出て行けよ。戸締まりは気にせんでいいからな」と声をかけてきた。

それに対して母親はベッドの中で寝ぼけたまま「わかってるよ！」と怒鳴って答えていた。

母親がベッドから這い出したのは、それから三時間近く経った、午後一時過ぎだった。起き抜けにエフェドラを飲んでいた。残り少ないからとそれまで節約していた様子だったが、このときはいつもよりたくさん飲んでいたようだ。

薬物の影響でハイになった母親は、ブルーと一緒にキッチンに向かい、棚にあった買い置きのカップラーメンを食べた。それから二人で居間の棚を物色した。ここでまとまった現金が見つかっていれば、それで済んだのかもしれないが、見つからなかった。

ひとしきり探して、母親は言った。

「やっぱりお金、どっかに隠してるのかな。財布にいっぱい入れてるのかも。殺して取るしかないかもね」

ブルーは頷いた。母親に「準備しておいて」と言われ、部屋に置いていたデイパックを持ってきて、出刃包丁とロープを出しておいた。

午後四時過ぎ。

一番最初に帰宅したのは、近くの中学校で非常勤講師をしている祖母だった。彼女は、両手に大きな買い物袋を提げていた。この日の夜、クリスマスのお祝いとしてみんなで食べる予定のチキンとケーキだった。

ブルーは居間の隅で体育座りをし、膝の内側に包丁とロープを隠した。

祖母は家にまだブルーと母親がいること、そして居間が荒らされていることを目の当たりにし、顔をしかめた。その表情には、驚きではなく、心配していたことが起きていたという落胆が滲んでいた。

「夏希。お父さんに出ていきなさいって言われたでしょう」

母親は祖母の言葉を意に介さず、尋ねた。

「ねえ、お母さん。お金どこ?」

「家に置いとくわけないでしょ。家にあったお金はお姉ちゃんが全部銀行入れたよ」

それは与えない方がよかった情報だが、もちろんそんなこと祖母は気づきようもない。

「えー、じゃあお母さんは、お金持ってないの? ちょうだいよ。じゃなきゃ、あとで、お父さんやお姉ちゃんに頼んでよ」

言われて祖母はかすかに逡巡を見せた。きっと情の為せる業だ。

もしかしたらここが引き返す最後のチャンスだったのかもしれない。情にすがり、困っているんです、助けてくださいと殊勝に懇願すれば、別の展開があったかもしれない。今夜はクリスマス・イブだ。ほだされた祖母が祖父を説得したかもしれない。

しかし母親はそんな行動を選ばなかった。

「ババア、金、よこせよ。あんた私の親だろ」

その乱暴な言葉遣いは、祖母の情を吹き飛ばすのに十分だっただろう。

「その言い方は何? あんたって子は、本当にどうしてそうなの? 駄目なものは駄目よ。お父さん帰ってくる前に、出ていきなさい!」

それは祖母の昔から変わらぬ物言いだった。まだブルーが生まれる前、母親がこの家で暮らしていたころから、祖母は母親を叱るとき、「お父さんが」と正しさの根拠を夫である祖父にアウトソーシングしていた。

「あああああああっ！」

母親は金切り声をあげた。祖母の態度が気に障ったのか、単に思い通りにならないことが気に入らなかったのか。とにかく気持ちの昂ぶりが限界を超えて爆発したのだ。

そして、隅でずっと膝を抱えていたブルーに声をかけた。

「ブルー！」

＊

それから丸一日以上が経過した一二月二五日深夜。

ブルーは独り、この家から逃げ出すことになる。

藤崎文吾

「納得、できません」

数秒の沈黙ののち、藤崎は声を絞り出した。

「私も無念だ」

管理官の瀬戸はやや目を逸らして言った。

平成一六年一二月二八日、夜七時過ぎ。

事件発生から一年。藤崎があの青い湖の写真を撮った三代川修から話を聞いてから三ヶ月が経過していた。

会議室には藤崎と瀬戸の二人きりだ。蛍光灯が照らすがらんとした部屋は、暖房を効かせているのにずいぶん寒く感じられた。

内線で呼び出されたときから、嫌な予感はしていた。

明後日、三〇日に被疑者死亡のまま送検を行う——瀬戸から告げられたときは、予期していたことでありながらも、発熱したような火照りを覚えた。

共犯者の存在を無視して、死亡した篠原夏希の単独犯として事件を処理し、幕を引くということだ。上層部は年内の店じまいを決断したらしい。

「納得、できません」

藤崎は繰り返した。

「それでも納得してくれ」

従来より政権与党から働きかけられていたことに加え、およそ二ヶ月前の一〇月二三日に起きた中越地震が引き金になったようだ。阪神淡路大震災以来、平成に入って二度目となる最大震度七を記録したこの大地震は、震源地となった新潟を中心に多大な被害をもたらした。警視庁は、被災地への応援要員と予算の確保のため捜査員の配置転換を余儀なくされ、玉突き的な人手不足に陥った。解散できる捜査本部は極力解散させるという力学が働き、青梅事件捜査本部が槍玉に挙がったという。

送検して解決のかたちをとるが、藤崎にとっては明確な敗北だった。長年、刑事畑を耕してきた中で初の黒星となる。

「共犯者は、いるんです」

ブルーと呼ばれる、夏希の子だ。事件の直前まで一緒にいた三代川によれば、長く床屋に行かなかったため彼の髪は肩くらいまで伸びていたという。現場で採取された髪の毛の長さとも一致する。

「どこにだ」

瀬戸は冷たいまなざしをこちらに向けて問う。

青梅事件までのブルーの足取りはほぼ明らかになった。しかし肝心の青梅事件のあとは、まったくわかっていない。戸籍も社会との接点もほとんどない少年がどこに逃げたのか。手がかりさえないままだった。

「わかりません。しかし写真は入手できています。全捜査員で情報を共有し、捜索を行えば見つけることができるかもしれません」

瀬戸は首を横に振り、語気を強めた。

「無理だ。そんな提案は俺もしている。しかし上は取り付く島もない。現場の独断専行は許されない。ここらが潮時だ」

上意下達。納得がいかないことを納得して飲み込まねばならない組織だということはわかっていた。理不尽な目は他にも見たことがある。

しかし「わかりました」のひと言はどうしても口にしたくなかった。

「なあ、藤崎さん、そう意地張ることもないんじゃないか」瀬戸はなだめるように、声のトーンを落とした。「別に未解決になるわけじゃない。事件は解決するんだ。むしろいいことじゃないか」

「そういうことじゃないだろ!」

思わず、怒鳴り散らしていた。

瀬戸は驚いて目を剝いた。

「申し訳、ありません。つい……」

唇を嚙み頭を下げる。

瀬戸は苦笑を浮かべ、小さくかぶりを振った。

「藤崎さん、あんた負けたんだよ。こっちはチャンスを与えた。だが、あんたは今日までにブルーとやらを捕まえられなかった。居場所の情報すら摑めなかった。あんたは負けた。だが、この負けは負けにならない。得したと思ってくれ」

得……などとは思えない。が、言い返すこともできなかった。

無言のまま頭を下げて、藤崎は部屋を出ていった。

瀬戸が告げた通り、二日後の一二月三〇日、すでに故人である篠原夏希の送検処理が行われ、捜査本部は解散となった。

青梅事件は解決した。あくまで形式上は。

＊

それから。

それからも、日々は過ぎていった。ある意味でそれまで通り。東京では次々、事件が起こる。藤崎は本庁一課の班長としてそれらに関わった。

おそらく外見上は何も変わらなかったはずだ。しかし内面は大きく変わっていた。

青梅事件の捜査終了後、藤崎の胸に残ったのは怒りや憤り、あるいは悔しさではなく、空しさだった。それまで当然に自分の居場所と思い、家にも寄りつかず、ずっと座り続けていた自分の椅子が、気がつけば消えてしまったような感覚だ。

もちろん本庁の刑事部屋や捜査本部に物理的に椅子はある。しかし、そこに座るのが自分でなければならない、という使命感を感じなくなった。

熱を失っていた。

そして恐ろしいことに、必要不可欠と信じていた熱を失った状態で参加した捜査でも、与えられた役割を果たしてさえいれば問題なく事件は解決した。一個人の内面的な熱の有無など結果に寄与しない。この事実はしかし、使命感をますます薄れさせた。

熱などいらない時代になった。わかっていたはずのことを、改めて思い知らされた。否、官僚機構の末端機関である警察とはそもそもそういう組織だ。時代に合わせその本質をよりはっきりと顕わすようになっただけなのだろう。

青梅事件の捜査終了から一年後、右腕の沖田が試験に受かり警部補となった。これに伴い、一旦本庁を離れ、所轄の係長を拝命することになったという。彼などは組織人として仕事に徹することに、むしろ矜持を抱けるようだ。睨んだ通り、この先もっと上にいくのだろう。

それから更に二年が経過したころ、予告通り妻が離婚を提案してきた。

娘の司は無事大学に入学したらしい。

藤崎は相変わらず家にはほとんど帰っていなかった。

一課に配属となりマイホームを購入したときは、一国一城の主になったと思えたものだったが、いつしかそこも自分の居場所ではなくなっていた。

不思議なもので、仕事の使命感が薄れるのと同時に離婚を回避したいという欲求もなくなっていた。熱を失うとはこういうことなのかもしれない。

藤崎が抵抗しなかったため、話し合いは穏便に、つつがなく進んでいった。

娘の司は「二人が納得してるなら私からは別に何もないよ。もし私のことを考えて、待っていてくれたなら、それはありがとう」と、言っていた。ずいぶんとさばさばしていて、寂しさを覚える反面、恨まれているようではなかったのでそれは安心した。

司は大学の寮に入っていて、すでに半ば家を出ていたが、まだ未成年だ。形式上親権は妻がとることになった。それで藤崎との縁が切れるわけではないが、顔を合わせる機会はますます減るだろう。

家は売りに出しローンを清算することにした。その準備のため、公休日に妻と二人で家の荷物を整理していたときのことだ。

作業を始める前に、離婚届を書いて判を押した。

このとき感じた寂しくも妙にさっぱりした感情は、寂寥感、喪失感、解放感、どの言葉をあててみても上手く表現できそうにない。

これで名実共に家族を失った。仕事の熱も失った。ただ生きてるだけだ。なのに腹は減るから飯は食わなきゃならない。定年までやり過ごさなきゃならんのか——そんな、諦めにも似た思いに囚われた。

ままならないのは、こんなときに限って、唐突に気づきがもたらされるということだ。

作業が一段落したところで妻が「これ、見る？　興味ないかもしれないけれど」と、よこしたのは司の高校の卒業アルバムだった。

藤崎はアルバムをぱらぱらと捲った。関わってこなかったからといって、娘の成長にまったく興味がないわけではない。

学年全体のアルバムだから、司が写っている写真は数枚しかなかった。それでも、いつの間にかこんなに大きくなっていたかと、思わされる。背が高いことは知っていたが、クラスの女子の中に混じると、頭ひとつ抜けているので、すぐにわかった。

藤崎はふと、文化祭の写真のページで手を止めた。クラスでやったという喫茶店の出し物の写真だ。

「ああ、それ今どきよねえ。司、ずいぶんモテたらしいわ」

妻は少し頬をゆるめて言った。

写真についたキャプションには〈コスプレ・逆装喫茶〉とある。どうやら、男子生徒は女性の、女子生徒は男性の格好をして給仕をする喫茶店のようだ。確かに今どきだ。司は燕尾服（えんびふく）風のスーツを着ている。背が高いからかよく似合っている。モテたというのは、女子にということだろう。

が、藤崎が気になったのは娘ではなく、一緒に写っている女装した男子たちだ。さまざまな衣装でコスプレをしている。高校生くらいだと男子の体格にはかなりばらつきがある。骨格がしっかりしていて女装があまり似合わない者も少なくないが、華奢（きやしや）だったり小柄だったりで、ぱっと見、女子に見える者もいる。

そのうちの数名、メイドの格好をしている男子たちの姿に奇妙な既視感を覚えた。

どこかで……。

と、思い出した。

青梅事件だ。

三年前、篠原夏希の来歴を追っている最中、メイド喫茶の店員だという人物とすれ違ったんだ。あの店員もこんな感じだった——

え？

記憶が蘇る。

樺島香織という、貸金業を営む女の事務所を訪れたときのことだ。

魔女の異名を持ちながら、そうと感じさせない地味な印象の女。

アポの日時の行き違いがあって、来客中だった。それがあのメイド……らしき人物。帽子を深くかぶりはっきり顔は見ていない。

服装で女性と判断したが、逃げるように立ち去る姿は、どこかぎこちなかった。

あれは本当に女だったか？

頭の中に突拍子もない仮説が浮かんだ。

たとえばあのとき来客中ではなく、刑事と鉢合わせさせたくない人物が事務所にいたら。

そしてその人物に変装させて逃がしたのだとしたら――

根拠など何もない。それこそ勘、いや、それ以下の思いつきだ。馬鹿げていると言ってもいいかもしれない。しかし……。

藤崎は「必要なものを整理する」と理由を付けて、書斎として使っていた部屋に籠もった。

書斎には個人的に付けていた捜査ノートを保管してあった。その中から青梅事件のものを取り出した。

藤崎は参考人から得た証言や調べた内容を可能な限り細かくノートに記録していた。自分だけに読めればいいと、かなりの乱筆で省略も多いが、あのとき得た情報は網羅されているはずだ。

これは藤崎にとっては敗北の記録だ。今回、家を手放すのを機に処分しようかとすら思っていたのだが。

一度だけだ。

そう思い、ノートを開いた。

何かを期待したわけではなかった。むしろ、思いつきは思いつきにすぎないと確かめるような気持ちさえあった。

まず、樺島香織について確認した。参考人の一人として、最低限の個人情報は調べていた。昭和五三年生まれで、本籍地は滋賀県大津市の苗鹿という町だ。難読地名の苗鹿に「ノウカ」とふりがなを振ってあった。貸金業を始める前は、アクセサリーショップをやっていた。その前は、不明だ。

地図帳を引っ張り出し、香織の本籍地の大津市の苗鹿という町の位置を確認する。比叡山（ひえいざん）の麓（ふもと）、琵琶（びわ）湖に面した小さな町のようだ。

藤崎は他の参考人についての部分も、目を皿にして読み返していった。

途中、読み飛ばしかけた一行に目を留めた。

〈アズミ、実家、農家で貸しボート？〉

夏希と一時期同居していた井口夕子の証言を記録した部分だ。

思い出した。アズミというのは『プチ・ハニィ』で夏希や夕子とともに働いていた女だ。

ブルーがよくなついており、北見美保がザウスで夏希に再会したとき、一緒にいたのもこのアズミと思われている。

参考人になり得るので当時も調べようとしたが『プチ・ハニィ』についての捜査資料は限定されており手がかりがなかった。夏希を『プチ・ハニィ』に紹介した元スカウトの前澤裕太も、アズミというのは別のスカウトのルートから入って来た子なので知らないと言っていた。

夕子はアズミが「実家は農家」「農家でボートを貸す仕事をしている」と言っていたと証言したのだった。農家なのに変だと思ったと夕子は言っていた。藤崎もあのとき妙な話だと思ったので最後に「？」を付けたんだろう。が、深くは考えなかった。

アズミが「ノウカ」と言ったのは地名だったのではないか。仮に琵琶湖に面した苗鹿町なら、貸しボート屋があっても不自然じゃない。それを夕子は音で聞いて職業の「農家」と思った……。

更に夕子はアズミとは「同い年」だと証言している。夕子は昭和五三年生まれだ。アズミの容姿については「真面目でおとなしそう」「清楚系」と言っていた。あの地味な印象の樺島香織のルックスはそう言えるのではないか。

藤崎は息を呑んだ。

樺島香織がアズミだった？　だとすれば、ブルーとの接点がある。なついていたというのなら、匿う理由もあるかもしれない。

すべて、たまたまにすぎない。たまたま思いついたことと、その思いつきにたまたま合致する情報を繋げただけのものだ。

それでも確かめてみるだけの価値はあるんじゃないだろうか。いや、きっとある。そう勘が告げていた。

藤崎は久しく忘れていた熱が自分の内面に蘇っていることを自覚した。

さしあたって個人的に香織の現況を調べてみることにした。

すると香織は渋谷の事務所を畳み、行方知れずになっていた。以前、面会の仲介をした貞山も、どこに行ったか知らないという。

藤崎は香織の姿を思い浮かべようとするが、曖昧にしか思い出せない。見た目は地味で印象の薄い女。声だけがハスキーで特徴的だった。

そうと言い切れるだけの材料はない。だが藤崎は確信した。

ブルーは樺島香織と一緒にいる——

熱は温度を増した。

身元のはっきりしている香織の行方は、戸籍すらないブルーのそれよりも追いやすい。きっといつか辿り着けるはずだ。

しかし警視庁において、青梅事件はすでに終了した事件だ。再捜査が認められる可能性はない。

あるいは、この熱をどうにか冷まし、これまで通り仕事を続けるのが賢い生き方だったのかもしれない。

しかし藤崎は決断した。

独り身になった気楽さもどこかで背中を押した。

すべて勘違いで空振りに終わる可能性は大いにある。仮にブルーに辿り着けたとしても、逮捕できるわけではないだろう。それは自己満足かもしれない。

それでもいいと思えた。

自分の居場所と思えぬ場所で無為に定年までを過ごすより、俺は自分の中に蘇ったこの熱に従おう——

それからしばらく根回しをして、藤崎は辞表を提出した。

インタールード
（幕　間）

樺島香織

樺島香織が家出をして単身上京してきたのは平成五年。一五歳のときのことだ。

故郷は琵琶湖の畔にある小さな田舎町。貸しボート屋を営む両親は、一見すると純朴そうな田舎町の善男善女といったふうだったが、二人ともアルコールに脳を冒された人間だった。

そんな両親に支配され、香織は多くのものを失って生きていた。

香織にこの支配から逃れるきっかけを与えてくれたのは、たまたま目にした映像と音楽だった。

夏のある日、家でつけっぱなしになっていたテレビが流していたドラマ。親の都合に振り回される少女が駆け落ちをしようとする物語で、普通のテレビドラマとは違う、絵画のような映像が印象的だった。そのドラマの中でとてもきれいなメロディの英語の歌が流れた。それを観て聴いたとき、香織は逃げることを決めた。

ドラマの内容に励まされたわけではない。

死んでもいい――

この世界にはきっと私の知らない〝美しいもの〟がたくさんある。それに触れてみたい。触れることができないのなら、死んでもいい——と。

それまで香織を縛り付けていたものは恐怖だった。誰かに助けを求めようとしたら、まして逃げようとしたら、殺されてしまうかもしれない。抵抗しようもない暴力で身も心も冒される経験は、そんなリアリティを育んでゆく。だから力なき少女は沈黙していた。

香織は死を受け入れることで、その恐怖の縛めを振りほどき、逃亡した。

結果として香織は死ななかった。生き延びた。

上京した香織が補導されるより前に、家出少女を漁るスカウトに声をかけられたことを幸運とするか不運とするかは判断が難しい。けれど結果的には非合法の風俗店で身体を売ることで、東京で生活するための資金を得た。

人づてにいくつか店を移る中、香織はデートクラブ『プチ・ハニィ』に所属し、アズミというニックネームで働くようになった。『プチ・ハニィ』の寮に入り、自分と同じような境遇の家出少女たちと暮らすようになった。

そこで香織は、当時まだ五歳だったブルーという少年に出会った。

幼いブルーは可愛らしく人見知りもしなかった。寮の少女たちは、どこかままごとのように彼の面倒をみていた。無垢そのものだったブルーの存在は、日夜、欲望に曝されている少女たちにやすらぎを与えていたのかもしれない。

香織もよく寮のキッチンで料理をしてブルーに食べさせた。香織は料理が得意だし好きだった。両親が家事育児をほとんど放棄していたため、幼いころから自炊をしていて身についたものだ。きちんと手順を踏めば思い通りに結果をコントロールできるところが性に合っていた。

初めて食べさせたのはハンバーグ。最初はどうせ自分で食べる分をつくるのでそのついでくらいの気持ちだった。

しかしまだ顔を合わせて間もない香織の手料理をおっかなびっくり口にしたブルーが、次の瞬間、満面の笑みで「美味しい！」と言ったとき、香織はそれまで覚えたことのない感情を覚えた。

喜びだ。打算なく与えた何かで誰かが喜んでくれること、その喜び。きっと誰もが持っている感情だが、香織はこのとき初めて出会った。

やがて香織は料理をつくるだけでなく積極的にブルーの世話をするようになり、ブルーも香織によくなつくようになった。

あまり好き嫌いのないブルーだったがピーマンだけは苦手で、細かく刻むなどの工夫をしてみても、なかなか食べられるようにはならなかった。ブルーの母親であるマリアという女もピーマンが嫌いなようだったから、味覚が遺伝しているのかもしれない。

香織はそんなブルーにピーマンを食べさせることを、密かな目標にしていた。

ブルーと過ごしていると、香織はほんのかすかに、自分が触れたいと思っていた〝美しいもの〟の片鱗に触れているような気になれた。

しかし香織の頭の中の冷静な部分は、気づいていた。

いつまでも、ここにいてはいけない――

単純な時間当たりの効率、生産性からすれば、一〇代の女性が金を稼ぐ方法として、売春という手段は悪くない。香織は自分がさほど見栄えのしない地味な少女であることを自覚していたが、世間にはそんな少女を好んで買う男も一定数いた。敢えてその印象を変えずにいることで、何人かの太客(ふときゃく)を摑むことができた。

けれどそもそも身体を売るということは、自己の肉体の支配権を一時的にでも他人に明け渡すことに他ならない。病気、妊娠、暴力。この三つを完全に防ぐことは、不可能だ。その上、店が管理している以上、対価の一部を搾取される。

金をもらえるだけましと言えばましだが、これでは本質的には故郷にいたころと変わらない。

香織は自分が自分の支配者になるにはどうすればいいかを考え続けた。辿り着いた答えはシンプルだった。

身体じゃないものを売ればいい。搾取されるのが嫌なら、自分で商売を始めればいい。

身体を売って稼いだ金をこつこつ貯めていた香織が『プチ・ハニィ』を辞めたのは平成八年の三月のことだ。

結局、香織が寮にいる間に、ブルーはピーマンを食べられるようにはならなかった。少し後ろ髪を引かれたが、仕方ないと思った。あの子にはあの子の母親がいるのだから。連れて行くわけにはいかない。寮を出て行くときは、ブルーにも、その母親や他の少女たちにも、二度と会うことはないだろうと思っていた。

そして香織は渋谷の裏路地に小さなアクセサリーショップを開いた。

このときから香織は商才を開花させ始める。

香織のショップのメインターゲットは、コギャルとチーマー。当時、東京の繁華街を闊歩していた若者たちだった。

コギャルは、西海岸のサーフスタイルをアレンジしたギャルファッションに身を包んだ若い女の子。一〇代に圧倒的な支持を受けていた安室奈美恵のフォロワーであるアムラーと呼ばれる少女たちが発祥だったが、どんどん独自の進化を遂げていった。

チーマーは、従来の暴走族と違いファッションや流行に敏感な都市型の不良だ。渋谷にたむろしていた地元の中高生の中から自然発生したと言われている。週末の深夜、センター街がチーマーであふれてしまってどうしようもなくなり、それまで終夜営業をやっていた店が軒並み閉めるようになったほどだった。

平成一桁、九〇年代中ごろはバブル崩壊後に一瞬だけ、若者が消費の中心に躍り出た時期だった。音楽CDの売り上げはピークを迎え、スキーやサーフィンなどのレジャー産業も隆盛をきわめていた。

渋谷という立地もよく、ショップは時流に乗り繁盛した。香織はそれにあぐらをかくことなく、客として来た羽振りのいい若者たちに人脈を広げた。自分の生まれ持った地味で目立たない雰囲気を逆用し、相手に警戒感を抱かせず、しかし腹の底は読ませず、得になる人間関係をつくっていった。

そのうちクラブを借りてパーティーを主催するようにもなった。のちに都内の大学にイベントサークルが乱立し、パーティーに明け暮れるパリピと呼ばれる人種も登場するが、集まったのはその走りの連中だった。

イベントの主催はショップの経営以上に儲かった。

そうやって稼いだ金を元手に香織が貸金業を始めたのは、平成一一年。西暦で言えば一九九九年。とりあえずノストラダムスの予言は外れて、世界が終わらなかった秋のことだ。

主な顧客はそれまでに人脈をつくった街で遊んでいた若者たちだった。

平成一〇年代に入ってから、日本では若い世代にちょっとした起業ブームが来ていた。

経済的には不況がいよいよ本格化して、デフレが進行し、ものの価格と会社員の給料は下がり続けていた。のちに〝失われた二〇年〟と呼ばれる低成長時代のど真ん中。それまで安泰と思われていた大企業や金融機関までもが巨額の不良債権に押し潰されて廃業するようになった。昭和からずっと続いていた日本社会の神話は、がらがら音を立てて壊れていった。

そんな時期なのに、否、そんな時期だからこそ、こつこつ働くより、起業して大きく稼ごうというマインドを持つ若者が増えてきた。

そしてそれを後押しするようなタイミングで日本にもITバブルがやってきた。イノベーションという言葉がもてはやされ、『7つの習慣』『金持ち父さん 貧乏父さん』『チーズはどこへ消えた？』といった自己啓発の要素を含んだビジネス本が次々とベストセラーになった。香織がパーティーやイベントで知り合った羽振りのいい若者たちの中にも、起業を志す者が多くいた。

香織が慧眼(けいがん)だったのは、自らがイノベーションを起こすより、イノベーションを起こそうとしている連中に金を貸す方が儲かると見抜いていたことだ。

起業とは大抵は失敗するものだ。香織はその前提に立ち、グレイゾーン金利の上限で貸し付け、人脈を広げる中で協力関係を築いた暴力団員の力も借り、きっちり債権を回収した。多くの若者が夢破れる中、焼け太りしてゆくがごとく業績を伸ばしていった。いつしか香織は〝魔女〟とあだ名されるようになった。

かつてよくイベントに顔を出しており『トラスト・ウェーブ』という携帯電話の販売代理店を起こした男、海老塚卓也もそんな香織が相手にした顧客の一人だった。

平成一三年九月。

日本ではITバブルが瞬く間にはじけ、一万キロ離れたアメリカでは、ニューヨークのシンボルとも言える世界貿易センタービルのツインタワーにハイジャックされた航空機が激突したころ。

海老塚の商売は進退が窮まっていた。

こうなることは半ば予想通りだったので、香織は迅速に債権の回収に動いた。

予想外だったのは、返済の打ち合わせをしに『トラスト・ウェーブ』の事務所に行ったとき、目にしたものだ。

パソコンの壁紙が知っている人間の写真だったのだ。ブルーと、その母親のマリアだった。

香織は内心の驚きを悟られぬよう「それ、あなたの家族?」と尋ねた。すると海老塚は「そうです。まあ、籍は入れてないけど家族みたいなもので、俺はこの子の父親代わりなんです」と、屈託ない様子で答えた。

このとき、この男が早晩、会社を潰し都落ちすることはすでにわかりきっていた。

商売上の損得だけを考えれば、関わらないのが正解なのはわかっていた。

けれど香織は、記憶より少し成長したブルーの写真を目にしたとき思い出していた。

まずは、匂いを。

初めてブルーに食べさせたハンバーグの、デミグラスソースの匂い。

そしてそのときブルーが言った「美味しい！」という声を。

記憶は、あのとき〝美しいもの〟の片鱗に触れた気がしたことも思い出させてくれた。

あの部屋を出て香織は、自分が自分の支配者になることには成功したと思っている。が、
まだ〝美しいもの〟には触れていない。

そんな想いが、香織に行動を起こさせた。

それでもこの時点では、大したことをするつもりはなかった。

都落ちする海老塚にブルーもついていくのだろう。ならせめて餞別でもあげようと思った
だけだった。

金を貸す都合上、海老塚の自宅マンションの住所は入手していた。その近くで待ち伏せ、
ブルーが一人で出てくるのを見計らって声をかけた。

「ブルー、久しぶりだね。ピーマン、食べられるようになった？」

ブルーは香織の顔を見つめ、目を丸めた。

「アズミさん？」

ブルーは突然の再会を喜ぶことはなく、むしろ戸惑っているようだった。何も言わずにい
なくなり、いきなり目の前に現れたのだから、当然の反応かもしれないが。

とにかく渡すものを渡してしまおう。

「これあげる」

香織はポケットからお守りを出してブルーの目の前に掲げた。

「え」と、当惑するブルーに無理矢理、お守りを握らせた。

「困ったことがあったら開けて中を見て。あと、私と会ったことはあんたのママには内緒にしてね」

一方的にそう告げて、香織は足早にその場を立ち去った。

魔女と呼ばれる香織であっても、このときはまだ、のちに何が起きるかを見通していたわけではなかった。

ファン・チ・リエン

平成三一年四月三〇日。平成最後の日。

故郷の村に、日本(ニャッパン)の青年が訪ねてきてから二二年。二九歳になったファン・チ・リエンはあの青年の母国、日本にいた。

日本の住宅街にある、一軒家。その二階にある部屋をリエンは見回す。

忘れ物はないよね――

問題なし。必要な私物は、全部トランクに詰め込んだ。チケットもパスポートもお金もちゃんと持っている。

棚の上の卓上カレンダーが目についた。これは部屋の備品だ。

漢字はよくわからないリエンだが、カレンダーに印刷されているものくらいなら読める。

一番下のところにある〈平成31年〉というのは、日本独特の暦だ。

今日でこの平成という時代が終わるらしい。

日本の青年に会った七歳のころ、日本にあこがれはした。けれど、大人になった自分が本当に日本に来ることになるなんて思いもしなかった。

リエンはトランクを引いて部屋を出てゆく。階段を降りて、リビングに入ると、男が一人、ソファでゲームに興じていた。携帯モードにしたニンテンドースイッチだ。

彼はゲームが好きなようで、ああして携帯ゲーム機で遊んでいることが多い。

男の背後、リビングの壁には引き伸ばされた写真が飾ってある。リエンは刹那(せつな)、リビングの入口に立ち尽くし、それを眺めた。

今日までの日本での日々が去来する。思い出したくもない出来事も含めて。

日本にやってきたことを後悔したこともあった。しかし導かれるようにこの家へやって来て、今日、無事、故郷に帰れる。

男がリエンに気づきゲームを中断して顔をあげた。

「あ、リエン。もう行くのかな」

リエンはリビングの中に足を踏み入れ、男の前で頭を下げた。

「はい。いろいろ、ありがと」

リエンは男のことをまっすぐに見た。

涼しげな切れ長の目。ベトナム人好みではないけれど、整った顔をしている。

たぶんこの先、この人と会うことはないだろう。そう思うと、喉の奥から問いがせり上がってきた。

「あの……」

「何？」

私、何を訊こうとしているの？

戸惑いつつも、問いは止まらなかった。

「あの二人、あなたが、殺した？」

三年暮らしても未だカタコトの域を出ない日本語では遠回しな表現はできず、直接訊いてしまった。

あの二人――とは、今月の中ごろ、多摩ニュータウンの団地で遺体で発見された二人だ。テレビをはじめ、マスコミが大騒ぎをしているのは、リエンも知っていた。

男は、かすかに笑みを浮かべると立てた人差し指を「しー」と口に当てた。

「僕は何も話さないし、きみは何も知らない。きみには一切関係がない。きみはベトナムに帰って、子供たちと幸せに暮らせばいい」

ゆっくりとはっきりとした発音の日本語で、リエンにも概(おおむ)ね意味が理解できた。

ああ、そうか――

やっぱり、この人があの二人を殺したんだ。

目の前にいる男は殺人者だ。でも、恐怖は感じなかった。

この人は優しい。

改めて、リエンは思った。

この国の法に照らせば極悪人と断罪されるのだとしても、リエンにとっては優しい人だ。

きっと他の誰かにとっても。

「元気でな」

彼は言った。

「あなたもね」

彼は薄く笑った。

リエンは一礼して、リビングを、そして家を出ていった。

このときリエンは、家のはす向かいに停まっている車は気にも留めなかったし、その車内を含め、総勢一二名もの警察官が家の周りに張り込んでいることなど、無論、気づくわけもなかった。

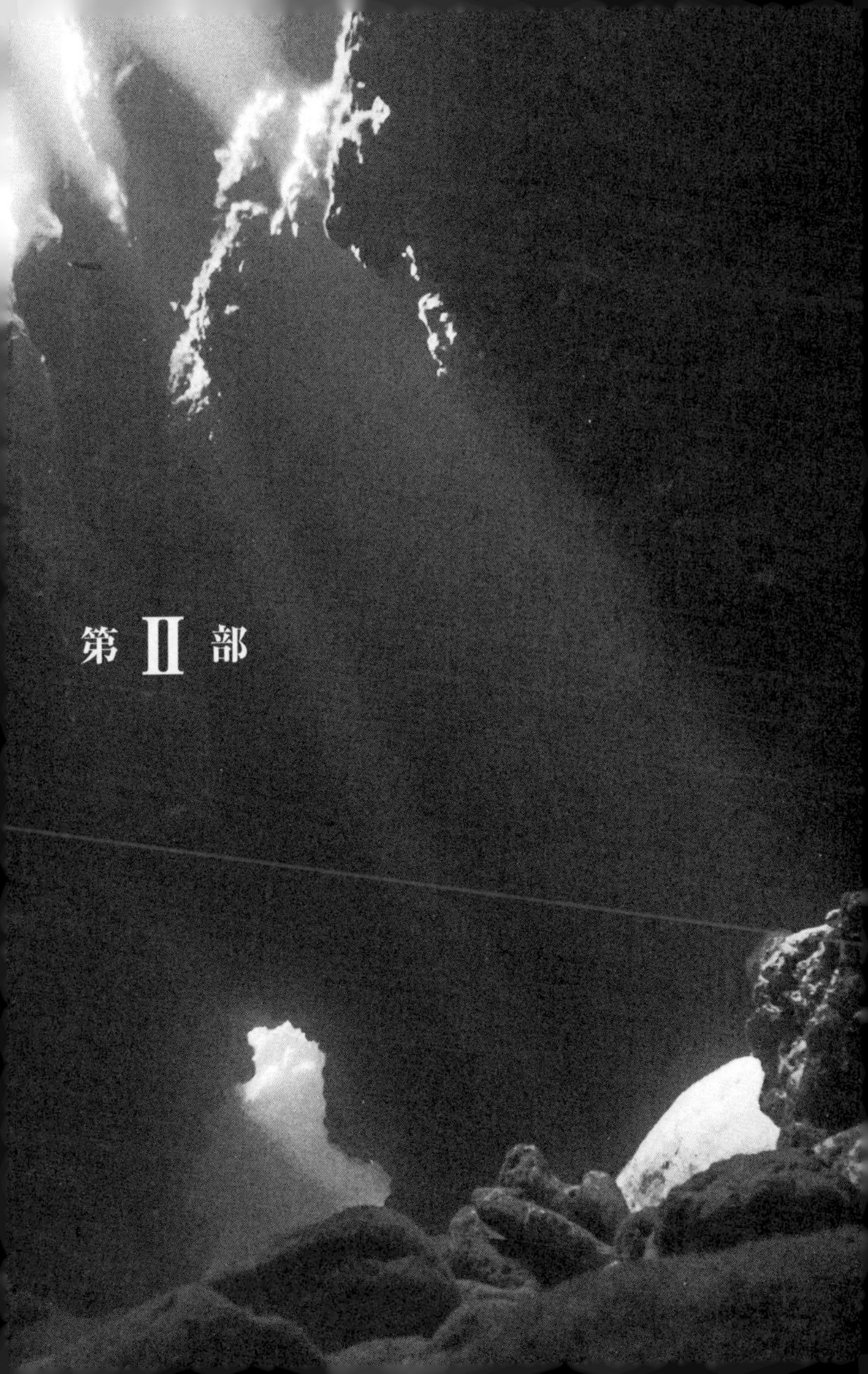

第II部

奥貫綾乃

平成三一年四月中旬。平成の終わりを間近に控えたある日。

不意に記憶がフラッシュバックした。

ぼろぼろと涙をこぼして泣く娘。「泣いてないで、ちゃんと答えて!」「どうしてじっとしてなかったの!」娘を叱責するヒステリックな声は自分自身のものだ。娘はただただ泣くばかり。「いい加減にして! 泣くんじゃない!」怒声とともに、パシンと乾いた音が響く。右手が娘の頬を叩いたのだ。娘は泣き止むどころか、火が点いたように更に泣き叫んだ。「泣くんじゃないって言ってるでしょ!」なお大きな声で怒鳴る。そんなことをしても娘は泣き止まないとわかっていた。それでも、止めることができなかった――

かつてまだ家族がいたころの記憶だ。一緒に、黒くべっとりとした感情が湧き上がる。

〝沼〟――奥貫綾乃(おくぬきあやの)はこの感情をそう呼んでいる。

昔、実家の近くの雑木林の中にあった沼――実際は淀んだ池だったのかもしれないが――

のイメージだ。

泥と藻と水草で濁り饐えた青臭さを漂わせるあの沼は、後悔と罪悪感と怒りがない交ぜになったこの感情と似ている気がする。

〝沼〟は、日常の些細な場面をきっかけにして、現れる。今回は駅前のコインパーキングで車を降りて歩道に出たとき、たまたま前から歩いてきた母子を目にした瞬間だった。

綾乃は、その場で叫び出したくなるのを堪え、奥歯を噛みしめた。歯茎にじんわりとした痛みが広がる。

もしかしたら少し顔を引きつらせてしまったかもしれないけれど、母子は気にも留めぬ様子で、すれ違った。

冷たい横風が吹きつけてきた。昨日までの数日、気温が上がり暖かい春の日が続いていたが、今日は朝から冷え込み、冬に逆戻りしたかのようだ。

天気を完全に予測するのが難しいように、〝沼〟がいつどんなタイミングで襲ってくるのかは、よくわからない。母子連れを目にしたら必ず現れるというものでもない。

静かに奥歯に力を入れたまま歩く。歯茎の痛みは綾乃を罰するかのように重く響く。

二〇代のころに虫歯を治療し神経も抜いたはずの奥歯に、最近、痛みが出るようになった。噛み合わせたときに歯茎が痛むのだ。歯医者に診てもらったところ、神経のない歯根が化膿して歯茎を圧迫し、痛みを引き起こしているという。

歯医者に限らず医者は嫌いだ。

我慢できないような痛みではないのと、仕事が忙しいことを言い訳にしばらく治療をせずにいたら、だんだんひどくなってきた。放置していても治るものではないのはわかっている。

仕方なく今日の夕方、ここ南大沢（みなみおおさわ）にある歯科医に予約を入れていた。

南大沢は八王子の外れに位置し、多摩ニュータウンの一画をなす街だ。

仕事が休みの日は、朝昼兼用の食事をとったあと、ここか多摩センターに出ることが多い。

予約の時間まではまだ少しある。綾乃は歩道から駅前のロータリーに入ってゆく。すると人だかりが見えた。どうやら街頭演説をやっているようだ。

平成最後の統一地方選挙の投票日まであと数日。八王子でも市議会議員選挙が行われる。演説を行っているのは与党の候補のようだ。

現在の政権与党は、ちょうど一〇年前の平成二一年に政権の座から滑り落ちたが、平成二四年に「日本を、取り戻す。」というキャッチフレーズとともに返り咲いた。そのとき与党の総裁だったのは、郵政民営化などを実行したK政権のとき幹事長を務めていたAという代議士だった。Aは総理大臣となり、現在まで長期安定政権を築いている。A政権はK政権以上に政治手法が強引であるとか、歴史修正主義と親和性が高いだとか、根強い批判にさらされているが、反面底堅い支持も得ており、中央だけでなく地方でも与党優勢の状況が続いている。ここ八王子も例外ではないだろう。

選挙カーの上に数名の男女が立ち、マイクを握っている。その中に一人、遠目にも誰かわかる人物がいた。

高遠一也。まだ四〇代の与党の若手代議士だ。総理大臣を輩出した名門出身の、政界のサラブレッドと言われるような人物だ。まだ入閣経験もないのに、ポストA総理の一人として名前が挙がることもある。

彼自身は衆議院議員なので今回の候補者ではない。応援弁士なのだろう。が、聴衆が候補者よりも彼に注目しているのは明らかだ。

「――さんは、日本の価値を大切にする方で、お話をしていると私もとても勉強になることが多いんです。この難しい時代に市政を担うのにこれほどの資質を備えた方はなかなかいないんじゃないかと思います」

サラブレッドが、自分よりずっと格下だろう市議候補を持ち上げているのを横目に、綾乃はロータリーを抜けて、レンガ風のタイルが貼られたペデストリアンデッキを進んでゆく。デッキに直結しているショッピングモール『三井（みつい）アウトレットパーク』に入って行くところには、もう演説の声も聞こえなくなっていた。

特に欲しいものがあるわけでもないけれど、何となくセレクトショップの大型店舗に入ってみる。

店内では「平成を振り返る」というフェアを行っていた。

今月、四月三〇日に天皇陛下が退位し、平成が終わることが決まっている。そのため昨年末辺りからこの手の平成振り返り企画がいろいろなところで行われている。

店の中央にマネキンが並び、平成が始まったころのバブリーなスタイルから、平成一桁の渋カジ、平成二桁に入るころから流行した裏原系や森ガール、その後定番化するネオコンサバ、そして最近のサードウェーブやノームコアと、ここ三〇年間の流行の変遷が展示されていた。

入店したとき流れていたＢＧＭは美空ひばりの『川の流れのように』だった。昭和を代表する歌姫であった彼女は平成元年に亡くなっている。確かこの曲は、彼女の最後の、そして唯一平成に入ってから発売されたシングルだったはずだ。

それが終わると、綾乃にもなじみ深い小沢健二の『ラブリー』がかかり始めた。昭和の匂いを濃厚に残したウェットな歌謡曲から、都市型のポップスに時代が跳ぶ。フェアに合わせた店の選曲かもしれない。

アニエスベーを着たマネキンを見ながらこの曲を聴いていると、あのころにタイムスリップしたような気分になる。

ＬＩＦＥ　ＩＳ　Ａ　ＳＨＯＷＴＩＭＥ　すぐに分かるのさ
君と僕とは恋におちなくちゃ

ついフレーズを口ずさみそうになる。

今年の誕生日で四四歳になる綾乃にとって平成初期は中学高校時代にあたる。地方の公立校の柔道部で汗を流す毎日。制服と道着とジャージ以外の服に袖を通すことなんてほとんどなかった。

そんなおしゃれと縁遠い青春時代を送りつつも、綾乃は『オリーブ』を毎号読んでいた。『オリーブ』に載っているような服は地元の店にはなく、あの雑誌が都会のおしゃれな子たちのものだというのはわかっていた。ただ、ページを捲り、自分の生活空間にはない世界を眺めるだけで、底抜けの自由を感じ、何かが満たされる気がしたのだ。

小沢健二を、正確には彼が同級生の小山田圭吾(おやまだけいご)と組んでいたバンド、フリッパーズ・ギターを知ったのも『オリーブ』だった。レンタルCDショップで借りて、日本の歌手とは思えないキュートでおしゃれなサウンドに魅了された。ダビングしたカセットテープをそれこそすり切れるくらい聴いたものだ。

その反面、『オリーブ』みたいな雑誌を読んでフリッパーズ・ギターを聴いていることが恥ずかしく思えてしまい、学校や部の友達には内緒にしていた。あれは綾乃だけの秘密の聖域だった。

懐かしい。あのころからもう、三〇年か。

あれ、七日なんだっけ、八日なんだったっけ――

ジャケットからスマートフォンを出して、ど忘れしたことを検索する。

平成が始まった日は……、一月八日、とのことだった。昭和天皇が崩御したのはその前日、一月七日の早朝。仏滅の日だ。

実は昭和天皇は前年に亡くなっていたけれど、年の瀬と崩御が重なれば混乱は避けられない。そこで年明けということにした。仏滅というのは、偶然ではない――昔、ある男から、そんな話を聞いたことがある。そいつは大喪の礼の警備に関わったことがあり、そういう裏話を知っていても不思議じゃない。当時は素直に信じ感心した。が、その男は不実な嘘つきでもあった。だから本当かどうかわからない。

それにしても、便利になった。

特別すぐ知る必要のないことでも、こうして片手で簡単に調べられる。

ＩＴ機器の発達は、平成の三〇年間で最も変わったことの一つだろう。三〇年前、綾乃の家ではまだ黒電話を使っていた。

あのころは自分が四〇歳になるなんて、いや、三〇歳になることすら、想像していなかった気がする。結婚することも、子供を産むことも、その子供を叩いてしまうことも、離婚することも。

そしてそんなことがあっても、なお、人生が続いていくことも。

この歳になって綾乃はよく「選べるもの」と「選べないもの」について考えるようになった。

柔道はものごころつく前から、兄の通っている道場に一緒に通っていた。自分で選んだ感覚はない。上京して就職したのは実家を出たかったから。仕事は選んだというより、柔道部のOGの奨めに従って決めた。

でも結婚は確かに自分で選んだことだと思う。それから離婚も。

いつか誰かと完全な恋におちる
OH　BABY　LOVELY　LOVELY
甘くすてきなデイズ

完全な恋。甘くすてきなデイズ。そう呼んでいいものが、綾乃の人生にも確かにあった。

夫と出会ったのは友達の結婚式の二次会だ。

当時の綾乃は既婚者である職場の上司との五年にもわたる不倫関係に終止符を打った直後だった。その上司がくだんの不実な嘘つきだ。あれは選んだとは思いたくない。仕事はできる男だった。うっかり尊敬し、つけ込まれ、弄（もてあそ）ばれた。

夫はその男とは正反対の優しく誠実な人だった。彼と出会い、目が醒めた思いだった。人に言えない恋に溺れていた五年は、悪い夢。そもそも自分はあんな過ちを犯す人間じゃないはずなのに。

　この人となら、正しい恋ができる。ちゃんとした関係を築ける。そう、確信できた。

二年ほど付き合い結婚。それを機に仕事を辞めて家庭に入った。幸せになるための最善の選択をしたと信じて疑わなかった。

　けれど、結婚生活はまったく上手くいかなかった。もともと育ちも価値観も違う相手だということはわかっていたけれど、ことあるごとに衝突した。娘が生まれてからは、特に。

　原因はいつも綾乃の方にあった。

　綾乃はせっかく手に入れた家族を——特にお腹を痛めて産んだはずの我が子のことを——、上手く愛することができなかった。

　子供は親の思い通りにならない。少し目を離せばどこかへ行ってしまうし、我慢も利かずわがままを言う。気に入らないことがあれば、すぐにぐずるし、こちらの都合をお構いなしに甘えたがる。子供とは多かれ少なかれそういうものだし、それが当たり前だ。

　けれど綾乃は、その当たり前が赦せなかった。

　ちゃんとしていないこと、思い描いていた理想とずれることに我慢がならなかった。何かあると、綾乃はとにかく怒った。叱るのではなく、怒りをぶつけた。そして娘が泣くと、余計に腹が立ち、もっと怒った。

やがてひっぱたいたり、腕をつねったりと、暴力を振るってしまうことも珍しくなくなった。

ちゃんとできないこの子が悪いと、自分で自分を正当化しつつ、それが、躾けと呼べるようなものでないことも、どこかでわかっていた。幸せになるつもりで入った「家庭」の中で、引き裂かれるような思いを抱え、綾乃は娘に暴力を振るっていた。自分ではどうしようもできなかった。

今にして思えば、あの感情は憎しみだった。愛すべき小さな存在を憎んでしまっていた。愛したいと思っていたはずなのに。

何故、ちゃんと愛せなかったのだろう。愛ではなく憎しみを選んでしまったのだろう。

いつか悲しみで胸がいっぱいでも
OH BABY LOVELY LOVELY
続いてくのさデイズ

結局、向いていなかったのだと思っている。家族を持つということに、親になるということに。

親は最たる「選べないもの」だ。

このままだと、私はいつかこの子を殺してしまうかもしれない。この子は私を選んで生まれてきたわけじゃない。だったらこの最低の母親から解放してあげるべきだ——

そう思い、離婚を切り出したのが、ぎりぎり働いた理性だった。夫は最初反対したけれど、強引に認めさせた。もちろん親権は向こうに渡した。当然の義務として養育費の支払いを申し出たけれど、それは固辞された。

娘は今年中学二年生になっているはずだけれど、面会はしていないから、今の姿は知らない。文字通り合わせる顔がないと思っている。

未だに、ときおり娘を叩いたときの記憶が蘇り、後悔と罪悪感に苛（さいな）まれる。

三年前だったか、夫から再婚した旨を知らせるメールが来た。そこに、娘は心身ともに健康に育っていることと、ピアノを習い始めたことが書いてあった。それで赦されたとは思えないけれど、心底ほっとした。

再婚相手がどんな人かは知らない。でも、夫と娘に幸せになって欲しいというのは、偽らざる本心だ。

LIFE IS COMIN' BACK
LIFE IS COMIN' BACK
LIFE IS COMIN' BACK

小沢健二の声がフェードアウトして曲が終わった。

それを見計らったように、ジャケットの中でスマートフォンが震えた。

画面を見ると、職場からだった。

「はい」

綾乃は電話に出る。

〈奥貫、今、どこだ。すぐ出れるか〉

相手は名乗らなかったが、課長の権堂だとわかった。

綾乃は離婚したあと、結婚する前に勤めていた職場に再就職した。職場の方には団塊世代の大量退職による人手不足という事情があり、円満退職した者たちの復帰を促していた。綾乃の元にもリクルーターがやってきて、これに応じたかたちだ。

積極的に戻りたかったわけじゃないが、給料はレジ打ちやファミレスのバイトよりだいぶよかった。

「南大沢です。大丈夫です」

短く答えた。

仕事の性質上、こんなふうな急な呼び出しがままある。だから綾乃は休みの日でも、職場に着ていくのと同じパンツスーツを身につけている。

〈そうか。殺しだ。たぶん帳場が立つ〉

帳場、とは捜査本部のことだ。

綾乃が復帰した職場とは、警察である。

結婚前は警視庁の捜査一課にいたが、復帰後は所轄の刑事課に配属になった。最初は国分寺署。その後異動になり、現在はここ南大沢のほど近く、多摩市全域と稲城市の一部を管轄する桜ヶ丘署に勤務している。

〈現場は、D団地。3号棟の402。すでに署員が向かっている。詳しい状況は現地で確認してくれ〉

「了解です」

綾乃は権堂との通話を終えると、予約している歯医者に電話をかけた。とりあえず、今日の診療はキャンセルしなきゃならないようだ。

＊

南大沢から車を走らせて、およそ二〇分。

D団地の駐車場では、並んだ車を西日が照らしていた。どうということもないけれど、もの悲しい景色だ。

綾乃は、空いているスペースを見つけ、そこに自分の車を滑り込ませた。

東京都多摩市の南部に位置するこの団地も、南大沢と同じく多摩ニュータウンの一部だ。

ただし最初期に開発された住区であり、壁面上部に「1」「2」と棟の番号が入ったクリーム色の居住棟が並んだ景色は、いかにも昭和の団地然としている。

綾乃は車を降りて、電話で権堂が言っていた3号棟に向かった。

居住棟の高さは均一で、窓の数からしてどこも四階建てのようだ。遠目にはわからなかったが、壁のところどころが黒ずんでいたり、ひびが入っていたりしており、年季が感じられた。

3号棟の入口には規制線が張られ、捜査員が出入りしているのが見えた。

綾乃が近づくと、ちょうど棟から知った顔が三人並んで出てきたところだった。桜ヶ丘署刑事課の同僚たちだ。

その一人、梅田(うめだ)が綾乃に気づいて、「おう。来てくれたか」と笑顔で手を振った。

瞬間、生理的嫌悪で背中に鳥肌が立った。

綾乃は、この一回り年上の同僚刑事のことが好きではない。はっきり嫌いと言っていいだろう。

視線を合わせず「お疲れさまです」と軽く頭をさげる。

「奥貫選手、非番のとこ、ご苦労さん、ご苦労さん」

れる。

この男は、何故か女性を呼ぶとき「選手」をつける。こういうところもイラッとさせてくれる。

第一印象は悪くなかったし、独特の言い回しも、最初はおじさんによくある変なユーモアと思えた。けれど、既婚者のくせに借金してまで風俗通いをしていると知り好感度が大幅に下がった。そして、忘年会の席でセクハラをされて、決定的に嫌いになった。

酔っぱらった梅田は「奥貫選手、今度、お手合わせお願いできませんかぁ。風俗嬢千人斬りの実力見せてやるぜ」などと絡んできて、胸を触ろうとした。「やめて！」と一喝し手を振り払ったら、拗ねたように「なんだよ。せっかく女として見てやったのに」と宣った。

警察というのは保守的で一般企業の基準ならハラスメントとされることが横行しがちな組織ではある。綾乃も若手のころなど、不快な思いをしたことが何度もある。しかし近年はさすがに問題視されるようになり、監察も意識改革に力を入れている。

なのに所轄の刑事課には、未だにこんなやつがのさばっているのか。

ひっぱたいてやろうと思ったが、すんでのところで課長が間に入り取りなした。翌日、梅田は「酔った勢いだった。申し訳ない」と、平謝りに謝った。一応、謝罪を受け入れたことにはなっているが、もう一挙手一投足が不快でならない。この印象の変化はたぶん不可逆だ。

酔った勢いだろうが何だろうが、結局こいつは綾乃を、否、女をそういうふうに見ているということだ。

「湯原くん、現場は?」

綾乃は梅田を無視して、一緒にいた別の刑事、湯原に声をかけた。

「はい。今、警視庁の鑑識と検視官が来て、追い出されたところです」

都内で変死体発見の通報があった場合、大抵は最寄りの交番に勤務している地域課員が最初に駆けつけ、次に所轄の捜査員が招集される。他殺の可能性が高い場合、並行して本庁にも連絡がゆき、検視官の臨場が要請される。

現在、この検視官がやってきた段階のようだ。

検視官は、現場で遺体を検分し、事件性の有無を判断する。そののち遺体は運び出され、法医学者などにより更に詳しく死因や死亡推定時刻が調べられることになる。

検視中の現場は検視官の聖域だ。原則、所轄の捜査員は立ち入ることはできない。

「電話で課長は帳場が立つと言ってたけど」

湯原に話しかけたつもりだったが、横から梅田が答える。

「間違いなく立つだろうな。もう機捜の連中も来ている。今ごろ、署の総務は大わらわだ」

機捜とは機動捜査隊。初動捜査に特化した本庁所属の専門部隊だ。ほどなく綾乃の古巣である捜査一課の面々もやってくるのだろう。

あんたに訊いてないよ——のひと言を飲み込み、なおも梅田を無視して湯原に尋ねる。

「現場の写真、撮った?」

「はい」と、湯原は署から貸与されている捜査用のスマートフォンをかざした。画面をタップすると、現場で撮ってきたらしい写真が表示された。一同、それを覗き込む。

「同じ棟に住む婆さんが、異臭に気づいて管理人に連絡して発覚したそうです」

家具が何もないがらんとした部屋に、血まみれの男女が倒れている。臭いを放つほど腐敗しているそうだが、外見上はわからない。見た目、男女ともに二〇代か、いってても三〇代前半だろう。二人とも髪は茶髪で男は耳が隠れる程度、女の方は肩口ほどまでの長さだ。血痕は床と壁にも散らばり、褐色に変色していた。

確かに、見ていて気分のいい写真じゃない。が、過去にはもっとひどい現場を肉眼で見たこともある。たとえば、発見が遅れて、どろどろの肉塊になってしまった腐乱死体とか。

「被害者は、二人？」

「そうです。身元はまだわかっていません」

湯原が指をスワイプさせて、別の角度から撮った写真を表示させてゆく。

どちらの遺体も刃物で身体中を何度も刺されたようだ。

明らかに他殺だ。これなら検視官の判断を待たずとも、捜査本部が立つと予想できる。

「部屋には物がないようだけど」

尋ねると湯原が頷いた。

「現場の402号室は空き部屋だったようです」

古い団地の空き部屋に、身元不明の若い男女の惨殺死体。どこか怪談のような不気味さがある。

「管理人の話は?」

「機捜が、管理事務所で聞き取りをしているはずです」

「わかった。じゃあ、私、そっちに行くから」

一方的に告げて、綾乃はその場を立ち去った。

まだ正式に捜査本部が設置されていないこの時点で、所轄の捜査員たちに求められるのは、現場の保存と関係者の確保。そして、とにかく多くの情報を集めることだ。

背後から「お、頼んだぜ」と、梅田の声が聞こえた。

できるだけあの男とは行動を共にしたくない。なら、自分で仕事を決めてしまうのが吉である。

五条義隆

まさか、こんなことが起きるとは……。

多摩ニュータウンD団地の管理人である五条義隆(ごじょうよしたか)は、大きな困惑とともに、ほんのわずかの高揚を覚えていた。

今年で七〇になる五条は、この団地が完成した四三年前からずっと住み続けている住人の一人でもある。勤め先が不動産会社でマンション管理士の資格を持っていたため、定年退職後、団地の管理会社に誘われ、嘱託として管理人をやることになった。

人生の半分以上を過ごしたこの団地に、最後のご奉公——というのは建前。年金だけでは生活が厳しく、雀の涙ほどの嘱託報酬でもないよりはましと思い引き受けた。

多摩ニュータウンは、高度経済成長後、東京の人口が爆発的に増加したことで深刻化した住宅不足を解消しつつ、都心部よりも地価の安い多摩地区に自立都市を形成するために開発された国内最大規模のニュータウンだ。

四三年前、長男が生まれたばかりだった五条は、典型的な居住者の一人だった。

全戸分譲だったD団地の募集チラシには〈夢のニュータウン〉の文字が躍っていた。購入申し込みが殺到し、抽選になった。これに当たったとき五條は自分の強運に感謝したものだった。

実際、よい住まいだったと思う。都心へのアクセスは今ひとつだが、その分、緑が多く子育てをする環境は整っていた。多摩地区の開発も進んでいたため、決して不便ということはなかった。団地には同世代で似たような状況の家族が多く、交流も盛んだった。団地ぐるみでの祭や、運動会、慰安旅行など、年間を通じて様々なイベントが行われた。終の棲家としても申し分ないだろうと思っていた。

ところが入居から十余年が過ぎ、年号が平成に変わりバブルがはじけたころから、団地の雰囲気は少しずつ変わり始めた。どの棟にも一つか二つ、空き部屋が出るようになった。それ以前も様々な事情で部屋を手放す人はいたが、すぐに買い手が現れて別の住人がやってきた。それがあのころから明らかに潮目が変わった。売りに出しても、すんなり売れなくなったようで、一年以上空いたままになる部屋も珍しくなくなった。

バブル崩壊後、都心の住宅コストが下がったことに加え、郊外の住宅地も再開発により住みやすくなり、築年数が古く都心に出づらいD団地は、相対的に競争力を失っていったのだ。

不動産会社などに格安で売ってしまう者や、買い手がつかない部屋を所有したままどこかへ引っ越してしまう者、夜逃げや破産でいなくなる者なども出るようになった。

空き部屋が増え入居率が減るのと並行し、一部屋当たりの居住人数も減っていった。成人した子供が、巣立つように団地を離れていったからだ。反面、かつての五條のように、これから子育てをする若い夫婦がこの団地に入居することは少なくなった。

現在、D団地全体の入居率は七割程度。老年夫婦の世帯が最も多く、一八歳未満の子供がいる世帯は数えるほどしかない。五條の家も二人いる息子はすでに巣立ち、今は妻との二人暮らしだ。

人が減り年寄りばかりになったのだから、どうしても活気もなくなる。イベントも行われなくなり、夏祭だけは辛うじてまだやっているが、いつまで続けられるかわからない。

こうして住人たちが高齢化する中で、以前は想像もしなかった問題も発生するようになった。老朽化した居住棟は、まだバリアフリーなどという考え方がなかった時代の建築のため、老人が住むにはそもそも向いていないのだ。エレベーターさえなく、かつて一番人気だった最上階の四階は、一度空いたらまず埋まらなくなってしまった。建て替えられればいいのだが、当然、莫大な金がかかる。さまざまな事情のある住民の意思を統一することは、事実上不可能だ。

その上、もともと子育て世帯の居住を前提に造成された地域には、病院と介護施設が圧倒的に足りていない。老老介護で困窮している家庭はいくつもあるし、五條が管理人を請け負ってから二人、孤独死をしている。

幸いと言うべきか五條と妻は今のところ健康ではあるが、明日は我が身である。

近年、都内では再開発とマンション新築のラッシュが起きていると聞く。来年に迫った東京オリンピックの効果だとか、株価回復の影響だとか言われているが、このD団地には何の恩恵もない。

むしろ都内で新築ラッシュが起きるほど、周縁の古い団地の衰退は加速する。きっとここに限らず、昭和のころに開発された郊外の住宅地の多くが同じような問題を抱えていることだろう。以前、テレビのワイドショーで、東京近郊の空家空き部屋が増加していると解説しているのを観たことがある。

夢のニュータウンは、いつの間にかゴーストタウンのようになってしまったが、五條を含め多くの住民は今更、どこかに移り住むことなどできない。

きっとこのまま、この団地とともに朽ちていくんだろう——ぼんやりとそんなことを思いつつ、やり過ごす日々の中、その事件は起きた。

きっかけは、3号棟の三階301に居住の安村重美(やすむらしげみ)という女性が、上の四階から変な臭いがすると苦情をよせてきたことだった。

団地の居住棟はどこも一つの階に二室だけのつくりで、現在、3号棟の四階は401、402、ともに空き部屋になっている。最初は気のせいじゃないかと思った。五條と同年代で古い住人の一人である重美は、去年、夫に先立たれてからいくぶん様子がおかしく、認知症の初期症状が出ているのではないかと密かに疑っていた。

「――それでも、念のため確認はしようと、3号棟の四階に上がってみたんです」

団地の片隅にある集会所を兼ねた管理事務所で、五條は、二人組の男に今日の午前中の出来事を話し始めた。二人ともブルゾンにキャップという出で立ちの警察官で腕に「機捜」と書かれた腕章を巻いている。警視庁の機動捜査隊という部署の捜査員だと説明を受けた。

と、そのとき「失礼します」と声がして、黒いパンツスーツ姿の女性が事務所に入ってきた。

彼女は一礼する。

「桜ヶ丘署の奥貫です。一緒にお話聞かせていただいてもよろしいでしょうか」

どうやら彼女も警察官らしい。最寄りの桜ヶ丘署の刑事なのだろうか。

機動捜査隊の捜査員が「構いませんか」と、尋ねてきた。

「え、あ、はい。まあ」

五條は頷く。

「ありがとうございます」と、その女性刑事は二人組の後ろに控えた。

「では続きをお願いします」

「あ、はい。ええっと……」促され、五條は改めて語り始めた。「ああ、そうだった。苦情す――」

を受けて3号棟の四階の様子を見に行ったんですね。すると、確かにちょっと臭かったんで

もし四階に住人がいたら、五條はすぐに自殺や孤独死を疑い、警察に通報していたかもしれない。しかし、どちらも空き部屋だったため、ベランダで猫でも死んでいるのではないかと思った。そこで部屋を開けて中を確認しようとしたところ、402の部屋だけは鍵がかかっていなかった。空き部屋は必ず施錠しているので、これはあり得ないことだ。

訝（いぶか）しみつつ中に入ってみて、五條は血まみれになった部屋に見知らぬ男女が倒れているのを発見した。

気が動転し思わず「どちら様ですか」と声をかけてしまった。答えが返ってくるわけもなく、二人が死んでいるのは明白だった。次の瞬間、得体の知れない恐怖に襲われ、五條は、逃げるように部屋を飛び出し、外まで下りてきてこの事務所に駆け込み一一〇番通報をした。

あのときのことを話しているだけで、再び心臓が早鐘を打ち始める。

「殺害されていた二人に心当たりは」

機動捜査隊の捜査員が質問をする。

「まったく、ありません。この団地の住人ではないです」

これは断言できた。五條はD団地の全住人を把握している。

「鍵の管理は」

「不動産屋さんが内見するための合鍵をですね、その、表の電気メーターの上に置いてあったんです」

本来は管理会社の内規で禁止されていることなのだが前任者もそうしていたたし、会社の側も黙認していた。

「部屋は賃貸なのですか」

「ええ。販売もやっておりますが、今時、こんな団地の部屋を買おうって人はそういませんから」

もう何年も前から管理会社は分譲をあきらめ、安く買い取れる部屋は買い取り、賃貸事業を始めている。しかしそれでもなかなか部屋は埋まらない。四階は特にだ。

「402の部屋に最後に人が立ち入ったのがいつかは、わかりますか」

同じ機動捜査隊の捜査員がずっと質問を続け、あとから来た女性刑事は、黙ってメモを取っていた。

「はい。えっと……」五條は手元のファイルを開いて記録を確認する。「三年前の三月二〇日ですね。星和オネストさんがお客さんと内見で入っているようです」

「三年前、ですか」

「はい」

「長く空き部屋になっている部屋は４０２の他にも？」

「ああ、はい、いくつか」

「どこも、メーターの上に鍵を？」

「ええ、まあ」

「そういった空き部屋の中を確認するようなことはあるんですか」

「不動産屋さんの内見以外はほとんどありません」

「つまり住人以外の誰かが空き部屋に潜むことも可能、ということですね」

「そう、ですね……。あ、いや、でも、住人でもない人が頻繁に出入りしていればさすがに気づくとは思います。顔見知りばかりなんで」

「なるほど」

捜査員たちは相づちを打った。

あの二人は何者なんだろう——

生で見てしまった惨殺死体は、最近物忘れがひどくなってきた五條の脳裏にも、しっかり刻まれた。思い出して気持ちのいいものではない。自分の団地でこんなことが起きるとは、何とも恐ろしく不気味だ。家に独りでいる妻のことが心配になる。

その反面、好奇心を刺激されてもいた。

あれだけ血が出てたということは、刃物で刺されたのだろう。これはきっと殺人事件だ。

あの二人は何処の誰で、どんな事情があって殺されたんだろうか。

漫然と受け入れていた衰退という日常の中に、突如顕れた死体発見という非日常は、五條に奇妙な興奮を与えていた。

奥貫綾乃

桜ヶ丘署の大会議室で第一回捜査会議が始まったのは、午後九時ちょうど。

入口には「多摩ニュータウン男女二人殺害事件」と書いた紙が貼り出された。戒名と呼ばれる事件の呼称だ。

都内の署に設置される捜査本部の本部長（トップ）は、警視総監が務めることになる。雛壇（ひなだん）の中央に座り、会議の冒頭で訓示をたれた。が、公務で多忙の総監は、おそらく明日以降の会議に顔を出すことはまずないだろう。言ってしまえば、お飾りのトップである。

総監に次ぐナンバーツーである副本部長の任は、本庁の捜査一課長と、ここ桜ヶ丘署の署長で分け合う。横並びの雛壇ではわかりにくいが、席次は捜査一課長よりも、桜ヶ丘署長の方が上だ。形式上、捜査本部は所轄の責任で設置され予算も所轄のものが使われる。本庁の捜査員たちは応援に来ているという建前だ。ゆえに捜査一課長よりも所轄の署長の方が立場が上ということになっているのだ。

ただし実際の捜査の主導権を握るのはやはり、本庁の刑事たちだ。

　それを示すように、捜査を統括する捜査主任官は、捜査一課の管理官が務めるし、雛壇と向かい合うようにして設置された捜査員たちの席も、前方は本庁の刑事たちが陣取り、所轄の面々は後ろに追いやられるかたちになる。

「では被害者(マルガイ)の死亡状況について、長岡(ながおか)」

　訓示や挨拶が一通り終わったあと、司会を務める管理官が本庁の刑事を一人指名した。

「はい。現時点で判明している情報を報告します。遺体は男女ともに死後四日程度。これは明日には、更に絞り込める見込みとのことです。また両者とも身体に鋭利な刃物で刺されたと思われる傷が複数あり、大量出血していた模様――」

　指名された刑事は、鑑識と検視官による検分の結果と、現在、監察医の元で行われている司法解剖の速報を伝える。

　説明に合わせて正面に用意されたスライドスクリーンに、遺体の各部を写した写真が次々表示される。グロテスクというのとは少し違う、生々しい遺体の写真だ。

「ただし、直接の死因は首を絞められたことによる窒息。首筋に索痕(さくこん)も見られます」

　綾乃は報告を聞きながら手帳にメモをとる。

　先ほど見た写真ではわからなかったが、刃物で刺してから首を絞めて殺害したようだ。

　現場に凶器は残されていなかったが、二人とも同じ刃物で刺され、同じ紐状のもので首を絞められたと見られている。刺し傷は、男性が六ヶ所、女性は四ヶ所。二人とも、内臓や動脈を傷つけられており、首を絞められる前に瀕死の状態に陥っていた可能性が高い。

と、不意に記憶を刺激されたような気がした。

ずっと前——結婚退職する前、まだ本庁の刑事だった時代——にも、こんな殺害方法の事件があった気がする。が、すぐには思い出せなかった。

「男性の方の爪の間に、第三者のものと思われる組織片あり。抵抗してもみ合ったとき、わずかに犯人の皮膚をひっかいたものと思われます。微量ながらＤＮＡ型鑑定可能」

おお、と小さなどよめきが起きた。

ただし照合の結果、本庁のデータベースに登録してある前科前歴者のＤＮＡで一致する型のものはなかったようだ。

「また、女の下腹部には手術痕がありました。帝王切開によるものと思われます。二年以上は経過しているとのことです」

スクリーンに白い肌に走るミミズ腫れにも似たケロイド状の傷痕が大写しになった。

今のところ名前もわかっていないこの被害女性は、最低でも一人は子供を産んでいるようだ。

傷痕は臍の下から数センチ、縦に延びている。縦切開だ。

帝王切開には縦切開と横切開がある。縦切開の方が開腹が容易で胎児を取り出しやすくトラブルにも柔軟に対処できる。ただしかなりはっきりとした傷痕が残ってしまう。一方、横切開は手術の難度が上がり時間がかかるが傷痕は恥毛に隠れやすくなり目立ちにくくできる。

私と同じだ——

綾乃も縦切開の帝王切開で娘を産んだ。自分の下腹部がじんわりと痛むような錯覚を覚えた。

帝王切開は綾乃が選んだことではなかった。なるべく自然なお産をしたいからと、綾乃は病院でなく助産師による自宅分娩を選んだはずだった。なのに、難産で結局、病院に搬送され、帝王切開になったのだ。緊急手術は原則縦切開になる。

思えばあの時点で、もうわだかまっていた。娘に対して、否、母親になるということに対して。どうしてちゃんと生まれてくれなかったの、と。

赤く醜く残った傷痕が、罪の烙印のように思え、出産をやり直したいとすら思ったものだった。いや、そんなふうに思ってしまうことが、罪なのかもしれない。

この被害女性は何を選び、何を選べなかったのか。そして産んだ子は、今どこにいるんだろう——

綾乃はスクリーンに大映しになった傷痕をじっと見つめた。

と、写真が切り替わり、まるで人形のように真っ白な男女の顔写真が映し出された。

「被害者(マルガイ)の年齢は、見た目からの判断になりますが、男女ともに二〇代から三〇代。現在本庁にてこの遺体を元にＣＧ写真を制作しており、朝までには完成の見込みです。以上です」

ＩＴ技術の進化は日進月歩だ。人が描いた似顔絵もまだ捜査に使われているが、遺体から被害者の顔を再現する場合はＣＧが使われることが多くなった。そのクオリティは年々上がり、ぱっと見ただけでは普通の写真と見分けがつかなくなっている。

「では次に、現場の遺留物及び被害者の服装と所持品、身元について」

管理官が別の刑事を指名し、報告を促した。

ずんぐりした中年の刑事が立ち上がり、口を開く。

「はい。えー、残念ながら今のところ凶器のみならず、犯人のものと思われる遺留物や指紋は現場から発見されていない」

遺留物なしは、かなり珍しい。犯人が意図的に何も残さないようにした可能性が高い。こうなってくると、ＤＮＡ型鑑定可能な組織片が採取できたことは貴重だ。

「何やってる」「発見されてませんじゃねえぞ」「現場で寝てんのか」

前の方の席から野次が飛んだ。聞き込みに回った機捜の捜査員たちだろう。

中年刑事は一度咳払いをし、野次を無視して続ける。

「次に被害者の服装と所持品。男の方は、黒い長袖シャツにグリーンのカーゴパンツ。ともにユニクロの量販品。カーゴパンツのポケットの中に、千円札が一枚、一〇〇円玉が三枚、一〇円玉二枚、一円玉三枚の、計一三二三円の現金が入っていた。その他、所持品はなし。ただし、指紋により身元が判明している」

中年刑事は言葉を止め、一度咳払いをしてから語気を強めた。

「男は正田大貴（しょうだだいき）、昭和六二年生まれ。現在三一歳。本籍地は富山県富山市。未成年時、補導歴があり、地元警察に指紋を採られていた。その他、刑事事件に関わった記録はない。詳しい来歴については確認中」

地元警察、というのは富山の警察のことだろう。たとえ未成年時の補導であっても採取した指紋は半永久的にデータベースに残る。

「えーそれで女の方の服装は、上はフリルの付いたゆったりした長袖シャツ？　メーカーはＧＲＬ（ジー・アール・エル）？　それでええっと下はスカートのように見える、やはりだぶだぶのズボン？　メーカーは不明」

女性の服装の説明になると、途端にたどたどしくなった。つい苦笑してしまう。

上はパフスリーブのトップスで、下はスカンツね。ＧＲＬはグレイルって読むの。若い子に人気のネット通販専門のファストファッションブランドだよ——綾乃は内心突っ込みを入れる。

「所持品はなく、こちらの女は、指紋からも身元は割れていない。この年ごろの男女が携帯電話も財布も持っていないのはきわめて不自然であり、何か事情があり持ち歩かなかったか、犯人によって持ち去られたものと思われる」

中年刑事は報告を終え、着席した。

管理官はまた別の刑事を指名した。見覚えがあった。先ほどD団地の集会所で、管理人の五條から聞き取りを行っていた機捜の隊員だ。

彼は五條から聞いた死体発見状況のあらましと、並行して行われていた聞き込みの結果を報告した。

初動の聞き込みでは犯人の目撃情報が出てくることが多いのだが、今回はそうもいかなかったようだ。D団地のように入居率が低く老人ばかりの集合住宅は、人の目が少ない。その上、発見まで日数がかかっており、正確な犯行日時もまだわからないのでは、聞き込む方も「最近怪しい人を見なかったか」と、曖昧な訊き方をせざるを得ない。

「被害者（マルガイ）は二人とも団地の住人ではない模様。また現時点で、被害者の二人および不審者に関する目撃情報は見つかっていない」

「見つかっていないじゃねえよ」「ちゃんと捜してんのか」「そっちこそ寝てんじゃねえか」

また野次が飛ぶ。今度は現場の捜査にあたった捜査一課の面々だろう。

一通りの報告が終わったあと、管理官から明日以降の捜査の方針が告げられ、班分けが行われた。綾乃たち所轄の捜査員は、本庁の各班に、振り分けられる。

綾乃が組み込まれたのは井上（いのうえ）班。班長、井上のことはよく知っていた。綾乃が寿（ことぶき）退職する以前から本庁一課にいたベテランだ。新人時代はいろいろ世話になった。復帰後も別の捜査現場で一緒になったことがある。

「井上さん。お久しぶりです」

綾乃が挨拶をすると、井上は好々爺然とした笑みを浮かべた。

「こちらこそ久しぶりです。奥貫さんに、是非ペアを組んで欲しい若手がいるんですよ」

各班の中で二人ひと組のペアをつくり、これが捜査の最小単位となる。

井上は「藤崎さん」と、部下の一人に声をかけた。

「はい」と返事をしてこちらに近づいてくる刑事は、女性だった。

井上が互いを紹介する。

「うちの期待の新人、藤崎さんです。こちら、桜ヶ丘署の奥貫さん。昔は一課にいました。あなたの遠い先輩ですよ」

「初めまして。藤崎司です」

名乗って頭を下げた彼女は、綾乃や井上よりも頭ひとつ分は、背が高い。一七〇センチ後半、一八〇センチ近くあるだろう。中性的な顔立ちにベリーショートの髪がよく似合っている。歳は三〇くらいだろうか。

「奥貫綾乃です」

こちらも礼をしつつ、あれ、と思った。

藤崎司という名前に聞き覚えがある気がした。顔もどことなく見覚えがある。井上に視線を送ると、悪戯っぽい笑みを浮かべた。

「覚えてるでしょ。藤崎班長。その娘さんです」

ああ、と思わず声が漏れた。

藤崎文吾は、綾乃が在籍していたころ、捜査一課で班長を務めていた刑事だ。綾乃がいたのは別の班で、直接の上司部下ではなかったが、いくつかの事件で同じ現場に入ったことがある。確かに彼には娘がいて、司という名前だった。そうか警察官に、それも刑事になっていたのか。

つい、顔をまじまじ見てしまう。

「昔、お父さんには、お世話に……」不意に記憶が蘇った。「あ、私たち一度、会ったことあるはずだけど、覚えてる?」

訊くと、一拍おいてから司は頷いた。

「はい。奥多摩署で、ですよね」

「そう。あのときって、まだ高校生くらい?」

「高一、でした」

「そっか。あの娘さんがあなたか。私も歳を取るわけだね」

綾乃は苦笑してみせた。

昔、奥多摩署に設置された捜査本部に、彼女が父親の着替えを届けに来たことがあった。

それをたまたま居合わせた綾乃が受け取ったのだ。

大人になり、髪も短くなっているからか、あのときよりシャープな印象。何というか、イケメン、いやハンサムな感じだ。

「大して役に立たないおばさんだけど、遠慮せず使って」

本庁と所轄の捜査員がペアを組む場合、事件捜査のエキスパートである本庁の捜査員がペア長として捜査を主導するのが原則だ。

「とんでもないです。こちらこそ、勉強させていただきます」

歳はこちらが一回りほども上なので、ペア長の司の方が敬語になるのは仕方ない。

「お父さんは元気？」

ふと、尋ねてみた。年齢的に藤崎は、もう定年退職しているはずだ。

「どうでしょう。清掃会社に再就職したとは聞きましたけど。何も連絡がないので、元気にしているとは思うんですが」

「清掃会社……。やっぱり警備部門？」

一課で班長まで務めた藤崎なら、本庁が再就職先を斡旋してくれたはずだ。警察とパイプをつくりたい一般企業や金融機関の警備部門に収まることが多い。

「いえ。普通に掃除の仕事です。ビルとかでモップをかけてるらしいです」

意外に思った。

元刑事の再就職先とは思えない。最近はそんな仕事も斡旋しているんだろうか。

こちらの疑問を察したのか、司は補足する。

「父、定年前に退職してるんです。だから今の仕事は自分で見つけました」

「え、辞めたの」

思わず訊き返した。

「はい。私が大学生のときでした。実は同じ時期に母とも離婚してます。以来、父とは別々に暮らしているんです」

「そうだったの」

藤崎は警察を辞めて離婚もしたのか……。

別班の班長だった彼と綾乃には、そんなに深い接点はない。事情など知る由もない。

お父さん、どうして――退職と離婚の理由を訊く質問が口をつきそうになり、押しとどめた。

初対面で尋ねるようなことじゃない。

平気で不躾けな質問をするようになってしまうのは、この仕事をしている弊害かもしれない。

あ、あの事件だ――

不意に思い至った。

さっき思い出しかけた今回と同じ殺害方法の事件。それがあのとき捜査していた事件だ。

今から一五年ほど前、平成一五年のクリスマスに起き、およそ一年後に解決した、青梅事件の通称で知られる一家殺害事件。

綾乃にとっては捜査一課時代、最後に関わった事件でもある。

For Blue

平成一五年一二月二五日、深夜。

青梅事件。その現場となった千ヶ瀬町の篠原家を飛び出し、ブルーは逃げた。まともな教育も受けていなかった彼は、少年法の規定など知るはずもなく自分が保護の対象になるなどとは思いもしなかった。

自分の唯一の荷物であるデイパックだけを持って、多摩川の河川敷を川下に進んで行った。先述したようにブルーは雪の中を逃げたと記憶しているようだが、この夜、青梅地方に降雪の記録はない。ただし気温は三度以下で、どちらにせよ、ブルーが凍えていたのは間違いなさそうだ。

身体はとうに疲れ切っており、ふらふらと、しかし、しゃにむに足を動かす中、光が見えた。篠原家から直線距離で三キロほどのところに位置する青梅市民球技場脇の電話ボックスだった。

誘蛾灯に引き寄せられる虫のようにブルーは中に飛び込んだ。そして、これからどうしようかと途方に暮れ、ほとんど無意識にデイパックの中を改めた。

このとき、ポケットの奥に小さなお守りが挟まっているのを見つけた。

さかのぼること二年前。当時住んでいた東京のマンションの前で、女に渡されたものだった。アズミ。かつて『戸田リバーガーデン』1201で一緒に暮らしていた女だ。

昔はなついていたものの、あのときは突然現れた彼女に戸惑いと警戒を覚えた。お守りを受け取りはしたもののデイパックのポケットに突っ込んで、そのままにしていた。その直後、東京を離れ浜松に向かうことになり、向こうでの生活の中でお守りの存在はすっかり忘れてしまっていた。

アズミは「困ったことがあったら開けて」と、言っていたような気がする。

ブルーは藁にもすがるような思いで、お守りの中を開けてみた。するとそこには折りたたまれた一万円札と一〇〇円玉が入っていた。

お金——思えば一文無しだ。ないよりはあった方がいいだろう。今この状況で何の役に立つのかはわからないけれど。

どうして一万百円という半端な金額が入っていたのか、少し疑問に思ったが、考える余裕などなく、ブルーはとりあえず金をポケットに突っ込もうとした。

と、そのとき、お札の隅に、090から始まる一一桁の数字が書いてあることに気づいた。

電話番号だ。

ああ、だから小銭が一緒に入っていたのか——

だとしたら電話ボックスに入ったのは、まるで必然のようだ。

ブルーは、導かれるようにその番号に電話をかけた。

＊

ブルー、あなたの目に、私はどう映っていたんだろう。

残念ながら私は、ブルーのことをほとんど何も覚えていない。

私が知るブルーについての物語はその大部分を、二人の人物からの証言に頼っている。

誰かがブルーから聞いた話を、私は聞いた。こうした又聞きによって、私にとってのブルーの真実(ものがたり)は紡がれている。

二人のうち一人は、ブルーを長年匿っていた女性、樺島香織だ。

彼女は渋谷の裏路地にアクセサリーショップを開いたことを皮切りに、貸金業やブローカー業などさまざまな事業を展開した女性起業家だ。そんな彼女を〝魔女〟と呼ぶ者も一部にはいた。

——もちろん私は魔法なんて使えない。私が魔女なんて呼ばれたのは一種の認知的不協和によるものでしょうね。

人は、認識の矛盾に直面したとき、その不快感を解消するために、行動を変更したり、勝手な理屈をつくりあげるの。ブドウを食べ損ねた狐が「あのブドウはすっぱいに違いない」って思い込むのは、その典型。

私みたいな地味な女が、のし上がっていくことを信じられない男たちが、何とか自分を納得させるためにそんなあだ名を付けたのよ、きっと。

私が面会したとき、樺島香織はそんなことを言って笑った。

その場の空気全体を震わせるような、ハスキーで特徴的な声だった。

平成が終わり長い時間が経過し、彼女はすでに初老と呼ばれる年齢に差し掛かっていた。小さな目鼻立ちに、年相応の皺がよった顔立ちは、声とは裏腹に地味と言えば確かに地味だ。モノトーンのシンプルな服装も、似合ってはいるが印象は薄い。何処にでもいそうな平凡な主婦といった雰囲気だった。

しかし彼女が殺人犯であるブルーを一五年にわたり匿っていたのは、紛れもない事実だ。

樺島香織はブルーを助けたときのことをこんなふうに語った。

――あれは確か深夜二時ごろ。だから日付は正確には一二月二六日ね。公衆電話からの着信だったし、スピーカー越しに〈たすけて〉って声がしたときは、悪戯電話かと思った。だから何も答えず切ろうとしたの。でも相手は〈アズミさん〉て呼ぶじゃない。私のこの名前を知っている人は限られているし、その中でも、携帯電話の番号を知っている可能性があるのは一人だけだった。

私は二年前に渡したお守りのことを思い出して「ブルーなの?」って呼びかけた。お守りに入れた一万円札に電話番号を書いたのは、気まぐれみたいなもの。もし電話をかけてきたら、話し相手くらいにはなってあげようかとは思っていたけどね。

でも二年も何もなかったから、今更電話があるなんて思っていなかったし、お守りを渡したこと自体、ほとんど忘れていた。

あの子の話はまったく要領を得ていなかったけれど、通話時間が切れる前におおよその場所を聞き出せていたから、とりあえず私は車で迎えに行った。そして電話ボックスの中で凍えて半分気を失っていたあの子を、当時住んでいたマンションまで連れていってご飯を食べさせたの。

新聞やテレビがあの事件、青梅事件を報じ始めたのは、その翌々日くらいだったっけ。驚いたよ。

あの子からも何があったか聞いてはいたけれど、さすがに半信半疑だったからね。

警察に突き出すっていう手はあったのかもしれない。それが一番面倒はなかったろうね。でも、もしかしたら、これはチャンスかもって思ったの。だってあの子、あのときまだピーマンが食べられない様子だったから。

「ピーマン、ですか?」

私は突然、野菜の名前が出てくる意味がわからず訊き返した。

樺島香織はくすくす笑いながら頷いた。

——そう。昔、荒川沿いのあのマンションで一緒に暮らしていたころから、あの子、ピーマンが食べられなかったの。別にアレルギーとかじゃなくて、単純な好き嫌いでね。私は、あの子にピーマンを食べさせることを密かな目標にしていた。でもそれは叶わなかった。もう一度、チャンスが巡ってきたって思ったのよ。今度こそ、ピーマン、食べさせようって思った。だから、あの子を匿うことにしたの。

それで実際、何年かかかったけれど、あの子、ピーマン食べられるようになったんだよ。大人になるころには、むしろ好きになっていたくらい。

でも……あまり偉そうなことは言えないね。最後はあんなことになってしまったんだから。私のところにブルーがいると突き止めた人がいることにも、気づいてなかったしね。

そう言って樺島香織が浮かべた表情は、悲しんでいるようにも、寂しそうに笑っているようにも見えた。

樺島香織は嘘はついていないのだろう。けれど正直に話していないこともあると思う。

彼女は家族が欲しかったのではないだろうか。

私は二人が一緒にいるのを見たことはないし、二人の生活の細部を知っているわけでもない。だから断言はできないが、一五年という時間を共に過ごした二人は血が繋がっていなくても家族だったのではないだろうか。姉弟のような、あるいは親子のような。

青梅事件が被疑者死亡のまま送検されたと報じられたあと、樺島香織は渋谷から拠点を移し、横浜に新しい会社をつくった。念のため書類上の経営者は債務者から買った名義を使い、自身の名が表に出ないように工夫もした。

樺島香織はブルーに通信講座で最低限の教養を身につけさせもしたという。ブルーは無戸籍だったが、指名手配を受けているわけではない。彼女のような庇護者がいれば市井に紛れ一人の青年として社会生活を送ることに支障はなかった。

平成中期から後期に移り変わろうというこの時期、貸金業を営んでいた樺島香織にとって最大の変化は、段階的な法改正によりグレイゾーン金利がはっきり違法とされたことだろう。これによって利息法の上限を超えて金利を取ると、過払い金の返還請求を受けるリスクを負うようになり、貸金業の旨味は減っていった。

これを受けて樺島香織は、新しいビジネスを展開するようになる。

それは外国人や訳ありの人々に仕事と住まいを紹介するブローカー業だ。

樺島香織はかつてアクセサリーショップや貸金業を成功させたときと同じように、時流を読む商才を発揮した。

平成の後半、長く続いた不景気の影響で雇用が不安定化する中、この手の商売には需要があったのだ。

やがて成長してピーマンを食べられるようになったころからブルーは、樺島香織の仕事を手伝うようになった。

奥貫綾乃

捜査二日目。

四人の捜査員を乗せたセダン型捜査車両は、暮れなずむ住宅街を走ってゆく。

ハンドルを握るのは桜ヶ丘署の梅田。助手席に班長の井上。リアシートに綾乃と司が座っている。

運悪く、桜ヶ丘署刑事課の同僚で一番苦手、というか嫌いな梅田が井上とペアになった。否応（いやおう）なしに井上班の綾乃は、こうして行動を共にしなければならないこともある。

「なあ藤崎選手。藤崎選手の親父さんも、一課の刑事だったんだっけ」

梅田が、前を見たまま司に声をかけた。

「はい」

司は、謎の選手呼ばわりを嫌がる様子もなく返事をした。

「切れ者の班長で有名でしたよ」

井上が横から言った。

「へえ、そうだったんですかぁ」

梅田は感心した声をあげたあと、ひひっと引き笑いをした。それが綾乃の耳に障った。

綾乃の内心とは裏腹に、窓の外では沈みかけた陽が、息を呑むほど美しい紫に空を染めていた。

「その切れ者のお父さん、辞めたって話だけど、どうしてなんだい」

梅田はデリケートかもしれない事柄をあっけらかんと尋ねた。

この男は！

それは綾乃も気になってはいたが、昨日の今日ペアを組んだばかりで訊くのは憚られると思っていたことだ。それをあっさりと……。

密かに憤る綾乃をよそに司は屈託なく答える。

「それがわからないんですよ。父は何も言わなかったんで。私が警察(カイシャ)入れたってことは、円満な辞め方だったと思うんですけど」

それはそうなのだろう。表沙汰になっていなくても何か不祥事があって辞めたのなら、その娘は採用されない。

「井上さんは知ってます？」

梅田はハンドルを切りつつ、井上に水を向ける。

「いや、私も知りませんねえ」

「そっすか……」

車は飲食店や商店が並ぶ賑やかな路地に入ってゆく。

麻辣湯（マーラータン）、四川、上海といった漢字が目につく。中華料理店や中華雑貨店らしき店がやけに多い。日本では普通使われず、何と読むのかわからない漢字の看板もたくさんあるようだ。

「この辺りもずいぶん変わっちまいましたね」

梅田が何かを惜しむような声で言った。

「噂には聞いてたけど、本当にチャイナタウンになってるんですねえ」

井上が窓の外を眺めて感心したような声を出す。

「昔は俺もお世話になったもんなんですけどねえ。藤崎選手、知ってるかい。昔、ここがどんな街だったか」

梅田の声色がいやらしい粘り気を帯びているのを綾乃は聞き逃さなかった。

「梅田さん。それセクハラ」

冷たい声で言ってやる。

「えー。いや警察官（サツカン）として、知識を訊いただけでさ」

梅田は悪びれる様子もなくヘラヘラ笑う。と、司がすました声で答えた。

「知ってますよ、知識としては。違法風俗店の巣窟だったんですよね。お世話になったたってことは、梅田さん、利用していらしたんですか。奥さんいらっしゃるんですよね。それ以前に、警察官(サツカン)なのによその縄張りで違法行為を?」

「え、あ、いや世話になったのは独身のころでさ。はは、まあ……、何だ、町が浄化されてよかったよなあ」

梅田は、狼狽してわけのわからない言い訳を口にした。

やるじゃん。

隣を見ると司は少し口角を上げて肩をすくめた。その横顔はシャープで凜々しい。この年下のペア長は、ハンサムな上になかなか頼もしい。

ここは警視庁の管轄外、埼玉県だ。

車はJR西川口駅近くの路地を進んでいる。

かつてこの辺りは、公然と売春が行われる色街だった。ちょうど綾乃が一度警察を辞めたころ「浄化作戦」と称される繁華街の一斉摘発が行われた。それにより、西川口の風俗店は軒並み廃業に追い込まれたのだ。

かくして梅田が言うように町は浄化された。

地元は地域密着型の商店街として再生させたかったそうだが、不景気の中、風俗店が撤退したあとの空き店舗はなかなか埋まらず、一時期はシャッター街と化した。

しかしその後、誰も予想しなかった変化が起きた。

値崩れし始めた貸店舗に中国人が次々と入居し店を出すようになったのだ。おそらく最初は、都心へのアクセスがいいわりに家賃が安いこの町を目ざとく見つけたのだろう。それがきっかけになり、西川口に中国人が集まり始めた。

これは世界共通の現象だが、外国人は集住する。母国の言葉や習慣が通じる拠点があれば、馴れない者でも格段に生活しやすくなるからだ。かくして川口市に在住する中国人は雪だるま式に増えていった。今では、市の西に位置する芝園（しばぞの）団地の居住者は半数以上が中国人になり、西川口駅周辺はチャイナタウンに変貌している。

「やあ、しかし本当に増えたよなあ」

梅田はつぶやいた。気まずくなって話題を変えたいのか、独り言か、あるいは愚痴か。

「ああ、増えたよねえ」

井上が相づちをうち、それきり誰も何も言わず、会話は途切れた。

増えたというのは、中国人、あるいは外国人のことだろう。

確かに増えた。

平成元年時点で一〇〇万人に満たなかった日本に在留する外国人の数が、今や三〇〇万人に迫ろうとしている。

平成の三〇年は、子供が減り外国人が増え続けた三〇年だ。

平成前半は主に南米の日系人に門戸が開かれたが、後半に入ってからは留学生や技能実習生というかたちで、中国や東南アジアの人々の受け入れを拡大している。労働ビザを持っていなくても彼らは事実上の労働者だ。

綾乃が子供のころ、実家のある田舎町に外国人はいなかったように思う。少なくとも綾乃は気づかなかった。それが少し前、実家に帰省したときに、地域の農家がたくさんの中国人を雇っているのを知って驚いた。後継者もなく、もう外国人にたよらなければ農業は続けられないという。東京でもコンビニの店員が外国人なのは日常の風景だ。

農家とコンビニ。田舎と街、それぞれの象徴のような二つの産業は、どちらも外国人がいなければ回らなくなっている。少子高齢化に歯止めがかからない以上、今後も外国人は増え続けるのだろう。

西川口の駅前を抜け、車は北へ進んでゆく。やがて川口市から、さいたま市に入る。平成の大合併により、浦和、大宮、与野、岩槻の四市が合併してできた百万都市だ。その東側、旧岩槻市の岩槻区に、その工場はあった。

『西丘製菓』。

年季の入ったクリーム色の四角い建物に、大きな看板が出ている。

D団地で殺害された二人のうち男の方、正田大貴はかつてここでアルバイトをしていた。

女の方は未だ名前さえわからないが、身元が判明した正田の来歴は、この一日でもかなり明らかになった。

正田が生まれ育ったのは本籍地でもある富山県富山市。正田の父親は、地元では評判の悪いチンピラで、正田が中学生のときに傷害罪で逮捕。それを機に両親は離婚している。正田は正田で、中高時代、不良グループに属しており、万引きで何度か補導されていた。

高校卒業後は地元の工務店に就職するが二年たらずで退職し、その後、職を転々としたあと、二〇歳のときに上京している。

まだ向こうに人は派遣しておらず電話で話を訊いただけだが、複数の地元の友人が「父親に似た半端な不良」と正田を評していた。

正田が上京したのは、平成二〇年。

その年の九月、アメリカの投資銀行リーマン・ブラザーズが経営破綻したことに端を発した金融危機の影響が海を渡り、世界同時不況を招いた。いわゆるリーマンショックである。

それに先んじて日本では派遣業の規制緩和により非正規雇用の比率が増えていた。多くの企業が業績悪化を理由に雇い止めを行ったため、雇用は不安定化した。

そういった時代状況だけが理由ではないかもしれないが、正田は上京後、どこかに正社員として勤めた形跡はない。バイトや日雇い派遣の仕事で生活していたらしい。

この『西丘製菓』は、把握できているバイト先の一つだ。平成二六年の夏から平成二八年の年明けまで、およそ一年半、勤めていた。ここを辞めたのは三年四ヶ月前、二八歳のときだった計算になる。

駐車場に捜査車両を停め、四人で工場に入ってゆく。

エントランスにショウケースがあり、製品のサンプルが展示されていた。

見覚えがあるパッケージ。大手コンビニチェーンのプライベートブランドの焼き菓子だ。

綾乃もときどき買っている。『西丘製菓』という社名は知らなかったが、あれはここでつくられていたのか。

井上が来意を告げると、奥から経営者の西丘がやってきた。白髪交じりの五〇男で、父親から会社を引き継いだ二代目だという。

「社長、ご協力感謝します」

井上が頭を下げると、西丘も恐縮したように「いえ、遠い所をご苦労様です」と頭を下げたあと、不安と好奇心が入り交じったような複雑な表情で、こちらを見た。

「あの、正田くんが何か」

「ええ、ちょっとした事件に巻き込まれている可能性がありまして。こちらに勤めていた当時の様子などをお聞かせ願えればと、こう思っとるわけです」

井上は言葉を濁して答えた。

事件そのものは今朝の段階で報じられているが、被害者の写真や身元の情報はまだマスコミに公表していない。

現在、富山県警を通じ正田の母親の上京を手配している。親族による目視かDNA型鑑定によって確認が取れるまでは極力、正田大貴が殺害されたことは伏せることになっていた。

多くの企業経営者がそうであるように西丘は警察に協力的だった。余計な詮索はしようとせず、当時から勤めており正田のことを知っている従業員を集めておいてくれた。必要であれば、すでに退職した者の連絡先も提供してくれるという。ただし、この工場の従業員は四割ほどが中国人の留学生であり、帰国して連絡の取りようがない者も少なくないらしい。

「正田くんもそうだったんですが、日本の若者は、ちょっと注意するとぷいっと辞めてしまうことが結構あるんです。そこいくと留学生は期間は決まってますが、その間はそりゃ真面目に勤めあげてくれる子が多くて助かります」

西丘はそんなことを言っていた。この工場もまた外国人がいないと回らない職場の一つのようだ。正田が無責任な辞め方をしたらしいことも窺える。

井上・梅田のペアは工場の応接室を借り、司・綾乃のペアは倉庫の隅に椅子と机を用意してもらい、手分けをして聞き取りを行うことになった。

綾乃たちが一人目に話を訊いたのは、蘇桐(スー・トン)という中国人留学生だった。来日したのは五年前で、住まいは御多分に漏れず川口。現在は都内の大学に通っているが、正田が勤めていたころは日本語学校に通っていたらしい。五年も日本で暮らしているだけあり日本語は上手で、聞き取りに不自由はなかった。通訳を手配する余裕などないので、内心、胸をなで下ろしていた。

聞き手を務めるのはペア長の司だ。当時の正田の様子や印象を訊いてゆくが、蘇は「あー、うん、普通、でした」と、どこか煮え切らない調子で答えるばかりだった。

「何か言いにくいこと、ありますか？　ここで聞いた話は社長や、他の従業員の方には漏らしません。正田大貴さんについて知っていること、何でも話してください」

司が水を向けた。そのために、わざわざ別々に密室をつくって聞き取りをしているのだ。

すると蘇は少し考えたあと、意を決した様子で口を開いた。

「正田さん、中国人によく意地悪しました」

「意地悪というのは、具体的には？」

「日本語、下手な人を笑って馬鹿にしたり、検品のミス、僕らのせいにしたり。おまえら日本を乗っ取る気だろとか言ったり……。あと、休み時間、休憩所で寝てた人のおでこに『中』って落書きしたり」

なんだそれ。小学生か、と突っ込みたくなる。

「でも、機嫌がいいとジュース奢ってくれたりもしました。中国人、よく思ってない人は、他にもいる、です」

蘇は人がいいのか、フォローするようなことも言う。

正田の意地悪やちょっかいを、他の日本人が止めたり注意したりすることはなかったらしい。同じ職場とはいえ日本人と中国人はあまり交流がないようだ。だが、日本人の中に中国人を見下したり嫌ったりしている者がいることを、中国人たちは気づいているという。

「――それで、その文さん、あ、『中』って書かれた人なんですけど、あるとき怒って、正田さんと喧嘩、なったんです。事情を知った社長が正田さん注意したら、辞めたみたいです」

これが先ほど西丘が窺わせた退職の経緯のようだ。蘇は正田とプライベートの付き合いはなく、退職後どうしたかは知らないという。

蘇に続けて二人目に話を聞いたのは、杉中という三〇代の日本人の従業員だった。

彼も、正田が中国人に対してつらく当たっていたこと、文という中国人との喧嘩がきっかけとなって退職したことなど、蘇と同じことを話した。

ただ杉中は「ああいうのは外国人差別でよくないと思った」とか「やんわり注意したことはある」と言い、蘇の言い分と齟齬があるようだったが、追及はしなかった。

「――正田くん、結婚するかもしれないのに、このタイミングで辞めて大丈夫かよとは思いましたけど……」

正田の退職について訊くと、杉中はそんなことを言った。蘇からは出てこなかった話だ。

「結婚すると言ってたんですか？」

尋ねる司の声に若干の驚きが混じっていた。戸籍を確認する限り、正田に婚姻歴はない。

杉中は頷く。

「ああ、はい。俺はよく知らないんですが、何でも彼女に子供ができたとかで。正田くんって、ときどき遅刻もして、だらしない人だと思ってたんですけど、辞める直前はわりと勤務態度、真面目になってたんですよね。やっぱ家族ができるから、心入れ替えたのかなと思ったんですけど、その矢先に、辞めることになって、惜しいとは思いました」

この正田の恋人については、三人目に話を聞いた久保田（くぼた）という従業員がもう少し詳しいことを知っていた。

久保田は現在二七歳のフリーターで、正田の半年遅れでこの工場で働き始めたという。

「正田さんは先輩風吹かせてくるので、正直、あまり好きじゃなかった」と言うものの、仕事終わりに飲みに行ったり、休みの日にカラオケしたりと、それなりに親しくしていたようだ。

「確かに正田さん、彼女さんいました。『トゥワイス』で知り合ったって」

『トゥワイス』というのはＳＮＳだ。

かつてネットの出会いといえば、掲示板型の出会い系サイトだったが、スマートフォンが普及してからはＳＮＳやアプリが主流になっている。

『トゥワイス』はＴｗｉｔｔｅｒやＦａｃｅｂｏｏｋほどメジャーではないが、日本では若い世代を中心にユーザーが多い。文章や写真を投稿するとそれがフォロワーのタイムラインに流れるタイプのＳＮＳだ。特定のユーザーと非公開のＤＭ（ダイレクトメッセージ）のやりとりもできる。

久保田によれば、正田の恋人は〝アコ〟というらしかった。それが本名なのかニックネームなのかはわからない。出会ったのは四年前、平成二七年の年明けごろ。すぐに意気投合し、付き合うことになったそうだ。

「何ていうか、結構ラブラブだったみたいです。彼女さんの話するとき、いつも機嫌よかったんで。それでえっと……避妊しないで……やって……できちゃったって」

久保田は女性二人が相手だからか、やや言いづらそうに話した。司は意に介さず、尋ねる。

「それで結婚すると？」

「まあ、結婚とは言いませんでしたが、責任取るみたいなことは、言ってました」

「それも平成二七年のことですね。いつごろ？」

「確か妊娠の話をしてたのは、夏くらいだったと思います」

正田と一緒に殺害された女性は少なくとも一度子を産んでいる。彼女が〝アコ〟である可能性は高い。

「あなたは、そのアコさんに会ったことはありますか」

「いえ。それは一度も」

「写真を見せてもらったことは？」

「それも……あ、一度あったかな。写真ていうか、プリクラですけど」

司がこちらに目配せをする。綾乃は、今朝、捜査本部で配付されたＣＧ写真を取り出し司に渡した。司がそれを久保田に見せる。写真は言われなければCGとわからないほどのクオリティだ。

「この人と似ていますか」

久保田は写真をまじまじ見つめ、首をひねった。

「いや、似てる気もしますけど……。ちょっとわかんないです」

三年以上前に小さなプリクラで見ただけでは無理もないところだろう。

久保田が正田の恋人について知っているのはこれだけだった。が、話を訊くうちに、もう一つ手がかりになりそうな情報を得られた。

「俺、『トゥワイス』で正田さんと相互フォローしたんですよ」

久保田のスマートフォンで正田のアカウントを確認させてもらった。

〝だいきんぐ〟というのが正田がアカウントにつけていたニックネームだった。

すでに正田は死亡しているが、退会手続きを取っていないアカウントはまだ生きていた。フォロー数423に対して、フォロワーは73。プロフィール欄には〈ゆとり世代／永久派遣村／A政権支持／パチンカス／暖炉Pあり〉とある。

〈ゆとり世代〉は、いわゆるゆとり教育を受けた世代。昭和六一年生まれの正田は、その一番最初の世代にあたる。

〈永久派遣村〉は、正田がちょうど上京した年末、当時急増していた住居不定の派遣労働者のため、複数のNPOと労働組合が日比谷公園に設置した『年越し派遣村』をもじったのだろう。ずっと非正規の仕事をしていることを示すと思われる。

〈A政権支持〉はそのまま、現在のA総理の政権を支持しているという政治スタンスの表明だろう。

〈パチンカス〉は、パチンコ＋カスでパチンコファンのこと。

最後の〈暖炉Pあり〉だけが意味不明だ。ヤマハの音声合成ソフト、ボーカロイドで曲をつくりネットで発表する人をP（プロデューサー）と呼ぶので、暖炉Pというニックネームで作曲活動をしていたのかもしれない。

一番新しい投稿は四月二日のもので〈くそめんどくせえwww〉だった。何が面倒なのかはよくわからない。

その後、綾乃たちは更に三人、延べ六人から聞き取りを行い、西丘をはじめ五人から聞き取りを行った井上たちのペアと、情報をすり合わせた。

従業員によって、特に日本人と中国人の間で細かいニュアンスの差があるものの、正田の退職の理由や恋人を妊娠させたらしいことなど、大枠で話は一致していた。

正田の恋人、アコに会ったことのある者と、退職後の正田の足取りを知る者は、残念ながらいなかった。

「『トゥワイス』のアカウントがわかったのは一歩前進、ですかね」

帰路についた車の中でハンドルを握る司が、隣の綾乃だけに聞こえるくらいの小声で言った。往路と交替で、井上と梅田がリアシートに座っている。

SNSは個人情報の宝庫だ。正田のアカウントを詳しく調べることで何かわかるかもしれない。

「そうだね」

綾乃が相づちを打つのと、背後から鼾(いびき)が聞こえ始めたのはほぼ同時だった。梅田が居眠りを始めたらしい。

綾乃が若干の殺意を覚えつつ後部座席を覗くと、梅田だけでなく井上も船を漕いでいた。

「もしかしてお二人とも眠ってらっしゃいます？」

「そのようね」

「奥貫さんも、よかったら休んでてください。私は全然大丈夫なんで」

司がまっすぐ前を見たまま言った。

この子、本当にハンサムだわ。惚れちゃいそう――

そんなことを、半ば本気で思ってしまう綾乃だった。

ファン・チ・リエン

平成二八年四月。

平成が終わるちょうど三年前のその日、ファン・チ・リエンは、日本の地を踏んだ。二六歳の春のことだった。

飛行機から降り、成田(なりた)国際空港の到着ターミナルを歩いてゆくと、巨大なディスプレイが目に留まった。画面いっぱいに、家が壊れて瓦礫だらけになった町並みが映っている。画面に挿入されている〈熊本地震〉〈死者49人〉〈行方不明1人〉〈約3万6000人が避難生活〉というテロップは、リエンには数字以外は理解できなかった。でも、ベトナムを発つ直前、日本で大きな地震があったことは知っていた。きっとそのニュースなんだろうと思った。日本はベトナムよりずっと地震が多いらしい。何年か前にも、ものすごい大地震があって、それはベトナムでも話題になっていた。

実家の母は、この期に及んで日本に行かない方がいいんじゃないかと心配した。けれど、今更そんなわけにはいかない。これから三年過ごすことになる岐阜というところで大きな地震がないことを祈るばかりだ。

二一歳のときに同じ村の幼なじみと結婚したリエンには、二歳と四歳になる二人の子供がいる。しかし夫も子供たちも故郷に残したった一人で日本にやって来た。

お金のために。

家族みんなで相談した上での決断だった。

リエンが嫁いだ先は村で一番のライチ農家だったが、決して豪農とか分限者（ぶげんしゃ）と言えるような家ではなかった。というより、今やベトナムの農家で稼げているところはほとんどない。リエンが生まれる前から推し進められてきたドイモイ政策により、ベトナムは確かに大きく経済成長した。しかしその恩恵は都市部ばかりにもたらされ、多くの農村は発展から取り残された。

この二〇年あまりで電気が引かれたり、テレビが観られるようになったりと、生活水準が向上した部分もあるにはあるが、都市との経済格差が拡大したために相対的には貧しくなったと言えるかもしれない。何より厳しいのは、経済成長に伴い国全体で物価が上昇しているのに、現金収入がなかなか増えないことだ。それに加え、ただでさえ少ない収入が半減してしまう事態が起きた。

B省産のライチは、そのほとんどが中国に輸出されていたのだが、その中国が突然、輸入をストップした。政治的関係悪化によるものだ。ライチは供給過多に陥り取引価格が暴落したのだ。

もともと子供を食べさせるので精一杯だった生活は更に苦しくなった。悪いことは重なるもので、義父が持病のリウマチを悪化させその治療費も必要になった。リエンと夫は、子供たちには高い教育を受けさせて、将来は都市部の会社で働けるようにしてやりたいと思っていた。しかし、このままでは、とてもそんなことはできそうにない。

経済成長したとはいえ、ベトナムの公的な年金や福祉、教育支援などはまだ未整備だ。基本的に自分たちのことは自分たちで何とかしなければならない。

将来に不安しかなかったリエンの元に、日本行きの話を持ってきたのは、叔父さんだった。より正確には、叔父さんが知り合いのブローカーを紹介してくれた。昔、よくお土産を買ってきてくれたあの叔父さんだ。六〇になった今もときどきハノイでシクロの運転手をしている。

日本に出稼ぎにゆく女性を探しているというそのブローカーは、力仕事の農業は夫に任せ、リエンが出稼ぎに出るのが効率がいいと力説した。

日本に行くにはまず半年ほどハノイの訓練学校に通わねばならず、学費と仲介手数料などで二億ドン（約一〇〇万円）かかるという。しかし、三年間日本で働けば、その二億ドンを払った上で更に三億ドン以上の仕送りができるらしい。実際に出稼ぎに行った娘からの仕送りで楽な生活をしている農家の実例をいくつも教えられた。

三億ドンといえば、リエンの家の年収の一〇倍以上だ。それだけの額があれば、義父の治療も、子供たちの将来の進学資金も、目処が立つ。

魅力的な話だ。しかし最初は無理だと思った。二億ドンなんてどこを振っても出てこない。それに下の子はまだ乳離れもできていない。子供たちを残して海外に行くなんて考えられなかった。

しかしブローカーは引き下がらず、リエンを説得した。金は親戚からかき集めて、足りなければ畑を担保に借金すればいい。あとで返せるんだから問題ない。子供の面倒は義母でもみれる。将来を考えるならば、なおさら子供が小さいうちに金の準備をしておくべきじゃないか、と。

叔父さんも、出稼ぎのブローカーには金だけ取って逃げる詐欺師もいるがこの人は信用できると太鼓判を押した。

ブローカーの話には説得力があった。だんだんとリエンは家族のために出稼ぎに行くべきじゃないかと思えてきた。夫と義父母、更に実家の両親とも相談し決断した。

訓練学校も含めると三年半もの間、夫や子供と会えないのは断腸の想いだったが、すべては家族のためだ。いや、すべてではなかったかもしれない。胸の片隅にほんのわずか、小さなところに憧れた日本に行けることを喜ぶ心もあった。

アジアで最も豊かな国。ハノイやホーチミンよりもずっと栄えた東京の街並みや、美しく落ち着いた趣の京都の寺院、まさに夢の国のような東京ディズニーランドの様子などは、ベトナムどころかB省の外にもほとんど出ずに暮らしていたリエンもテレビで観て知っていた。リエンは親戚という親戚から金を借り、ライチ畑も担保に入れ、二億ドンをつくり、ブローカーに支払った。半年間、全寮制の訓練学校で学び、ついに日本の地を踏んだのだ。

ターミナルのロビーに〈Chào mừng bạn（ようこそ）　Phan（ファン） Thị（チ） Liên（リエン）〉と書かれた段ボールのプラカードを掲げた女性がいた。日本側のブローカーに当たる監理団体の職員だ。彼女は日本に帰化したベトナム人だった。

リエンは外国人技能実習生なる制度を利用して日本で働くことになっているが、まず監理団体が受け入れを行い、実際に働くことになる企業に派遣するかたちをとるのだという。外国人技能実習制度は職場での実習を通じて発展途上国の人材に技術や知識を移転する国際貢献という建前になっており、発行されるビザも労働ビザではない。が、実際、この制度で働く外国人は例外なくリエンのように出稼ぎ目的でやってくるし、多くはそのために借金を背負っている。日本の企業もそれをわかった上で人手不足を解消するために受け入れているのだ。

職員に連れられて電車を乗り継ぎ、岐阜にある監理団体の事務所まで向かった。道中、職員は「とにかく真面目にしっかり働くこと。働きながらも日本語の勉強は続けること。それから、5Sをしっかり守ること」という意味のことを何度も繰り返していた。

ベトナム人技能実習生のほとんどは、訓練学校に入るまで日本語に馴染みはない。そしてよっぽどの天才でないかぎり、たった半年の訓練期間では日本語を習得などできない。ひらがなとカタカナと、簡単な挨拶を覚えるくらいが精一杯だ。リエンもそうだった。これからも日本語の勉強を続けるのは当然と思っていた。

5Sというのは、整理、整頓、清掃、清潔、そして、躾けのことだ。だらしない労働者が多いベトナムと違い、近代的な日本の職場はこれらをとても重んじるという。特に五番目の躾け――礼儀正しく、ルールを守ること――は、何より大切で、日本語をマスターできなくても、躾けだけはしっかり身につけろと、訓練学校でも教わっていた。

事務所で事務手続きを行ったあと、職員からもう一度釘を刺された。

「社長さんの言いつけをよく守って、しっかり働くこと。サボったり、まして逃げようとしたりしたら、すぐにベトナムに送り返すからね」

技能実習生は転職はできない。期限の三年間、同じ職場で働くのが原則だ。配属になった職場が嫌だからといって逃げ出したりしたら、強制送還されることになる。

訓練学校でも毎日「ワタシハ、ゼッタイ、トウボウシマセン」と日本語で唱和させられていた。

言われずとも、逃げるつもりなど毛頭なかった。強制送還されたら決して返せない額の借金をして日本に来ているのだから。

*

リエンが配属されたのは『亀崎（かめさき）ソーイング』という縫製工場だった。県の南側やや東寄りに位置する可児（かに）市の郊外、畑ばかりの閑散とした町にあった。

縫製の仕事をすることは、最初から決まっていた。幼いころ、よく祖母と母の内職の刺繡を手伝っていたが、ここでやるのはミシンを使った布の縫い合わせだ。基本的なミシンの使い方も、訓練学校で教わっていた。

『亀崎ソーイング』の経営者は禿げ上がった頭に太い眉毛が印象的な五〇がらみの亀崎という男性だった。日本人の従業員は、この亀崎社長と、パートの経理の女性だけ。工員は全員が女性の外国人技能実習生だった。

全部で二〇人ほどいて、中国人とベトナム人が半々くらい。同じタイミングで新人がリエンを含み四人加わった。ベトナム人が三人で、中国人が一人だ。

「遠い所、お疲れさんな。日本は豊かで、人も優しい、とてもええ国や。日本で働けるきみらは幸せもんやで。俺にとっちゃ、きみらは娘みたいなもんや。きみらも俺をお父（とん）と思ってな。『親父さん』って呼んだってな。気張って働くんやで」

社長は日本語で言ったあと、たどたどしいベトナム語で言い直した。

「ニホン、イイクニ。キミラ、ワタシノ、ムスメ、ミタイ。チチオヤト、オモッテ、ホシイ。『オヤジサン』ト、ヨンデ」

言わんとすることは伝わってきた。

社長は同じことを中国語らしき言葉でも言い直した。そして、全員に『親父さん』と言わせた。

みな上手く発音できず「オヤチサ」になってしまった。しかし社長は顔をほころばせた。

社長は「おお、せや。オヤチサ、オヤチサ。みんな、かわええな」

この社長は顔つきは少し怖いけれど、きっと優しくていい人なんだろう――

リエンはそう思った。

奥貫綾乃

捜査四日目午前。

捜査車両は丸子橋(まるこばし)を渡り多摩川を越えて、東京から神奈川へ、あるいは大田区(おおた)から川崎市(かわさき)へ入ってゆく。

運転席には司、助手席に綾乃。今日は他のペアは同行せず二人だけだ。

「あのさ」

「はい」

「どうして警察官(サツカン)になろうと思ったの」

綾乃はずっと気になっていたことを尋ねてみた。

「え」

「ほら、藤崎さん、あなたのお父さんは、辞めた理由を言わないし、離婚もしちゃったんでしょ」

「ああ。そうですね……。私、小さいころは父が刑事なの嫌なくらいでした。全然、家に帰って来ませんでしたから。誕生日とかクリスマスも一緒に過ごした思い出ないし。離婚の原因は長年、家のことを母に丸投げにしていたからみたいです。私は知らなかったんですけど、ずっと離婚の話し合いをしてて、私が大学に進学するのを待って、離婚したようなんです」

「そうだったんだ」

警察官が家庭をないがしろにするのは、よくある話といえば、よくある話だ。藤崎は優秀な班長として知られていたが、よい家庭人ではなかったのだろうか。

「でも、私には父へのわだかまりは、特にありませんでしたから」

「そういうもの？」

「はい。もともと関わりが薄かったからかもしれませんけど。離婚を言い出したのは母らしいんですが、私は父がすんなり母を自由にしてくれて、むしろよかったと思っています」

何ともさばさばしている。

よかった、か。

あの子は、私の娘は大人になったとき、そんなふうに思ってくれるだろうか——あまり、期待はできそうにない。

「母は私が警察官になると言ったら、猛反対しましたけど、憧れが勝った感じですね」

「憧れって、お父さんに？」

「あ、いや、憧れていたのは……『踊る』です」

司の声が少し小さくなった。

「踊る？」

「はい、『踊る大捜査線』……」

「え、ああ『踊る』か。へえ、あれに憧れて」

『踊る大捜査線』は平成を代表する刑事ドラマといっていい作品だ。平成九年にテレビで放送され、その後、スペシャルドラマや映画で何本も続編がつくられている。その影響は現実の警察の現場にも及んでおり、平成一〇年代以降、警察官志望者の多くがきっかけとしてこのドラマを挙げるようになった。司はまさにドンピシャの『踊る』世代だ。

「私、あのドラマすごく好きだったんです。話も面白かったし、青島とすみれさんが恋愛しないのもよくて」

青島とすみれさん、とは『踊る』の主人公とヒロインだ。少し前のトレンディドラマだったら、二人の恋愛が絡むのがパターンだったが、『踊る』では職場の同志以上の関係には進展しない。綾乃などは少し物足りないと思ったものだが、司はそれがよかったらしい。

「そうなんだ」

「なんかベタですみません」

それで思い至ったことがあった。

「あ、もしかして、お父さんに、着替えを届けに来たの、警察に興味があったから？」

「そうです。DVDで出た映画の2を観たばかりで、本物の捜査本部ってどうなっているのか見てみたくなって……」

空前のヒットを記録した映画版『踊る大捜査線』の2が公開されたのは、ちょうど青梅事件が起きた平成一五年。DVDのソフトが発売されたのは、捜査中の平成一六年だった。あのとき藤崎は、娘がわざわざ着替えを届けに来たのに驚いていた気がするが、そういうわけがあったのか。

見ると、いつも通りシャープな横顔をしている司だが、耳が赤くなっている。もしかして照れているのだろうか。

綾乃は頰がゆるむのを感じた。ハンサムなペア長の新鮮な一面を見たようで、少し得した気分だ。

「お父さんは、あなたが警察官になったこと知ってるの？」

「はい。採用が決まったあとで電話で知らせました」

「そしたら、何て」

「驚いてました。それから『理不尽の多い仕事だぞ』って」

「ああ、まあそれは事実だよね」

「実は、父がどうして辞めたのか、理解したいって気持ちもあるにはあったんです。でも、この仕事、辞めたくなる理由なんて挙げたらきりがないってわかりました」

司の声に苦笑が混じる。

それは同感だ。綾乃も一度辞めたとき解放感を覚えた。こうして出戻ってしまったけれど。

「あの、私も質問していいですか」

「どうぞ」

「奥貫さんは、どうして警察官になろうと思われたんですか」

「私？　私は高校のときの柔道部のOGに誘われたのと……。あと、東京に行きたかったからね」

正確には実家を出たかったからだ。

司の話しぶりからは、藤崎への恨みは感じられなかった。藤崎は家族をないがしろにしていたのかもしれないが、娘に恨まれるような真似はしなかったのだろう。その点で父子の関係は、綾乃の方がきっと険悪だ。

綾乃の父はビルより畑の方が多い田舎町の信用金庫の支店長。母は専業主婦だった。家長である父の言うことが絶対で、子供のことは厳しく躾ける――そんな、一昔前の家父長制を画に描いたような家庭だった。

厳しいというよりも理不尽だったといった方がより正確だろう。

幼いころはずっと父の顔色を窺い、びくびくしながら過ごしていた気がする。

思春期に入ったころ、父が若い女と繁華街を歩いているのを目にしてしまった。父は外に愛人をつくっていた。しかもどうやら母はそれを知っていて黙認しているようなのだ。不潔な振る舞いをしているくせにいつも偉そうに説教する父も、その父には何も言えないくせにちょっとしたことで綾乃を叱りつける母のことも、嫌悪の対象でしかなくなった。一日も早く家を出たいと願うようになった。だから警察官になるにしても、地元の県警ではなく東京の警視庁の門を叩いたのだ。

別に親と縁を切ったわけではなく、特に結婚後はそれなりに実家と交流していた。いつの間にか両親は丸くなり、父は愛人と切れていた。綾乃自身、東京で人に言えない恋をしてしまったこともあり、一方的に両親を嫌うことに後ろめたさを覚えた。

綾乃の娘に対しては優しくいい祖父母だったと思う。しかし、離婚したとき父に「恥ずかしい娘じゃ」となじられ、母に「あんたのせいで私は孫を失った」と泣かれた。そして再び関係は冷え込んだ。たまに実家に帰っても、ほとんど会話もない。

綾乃は、仮に信用金庫を舞台にしたドラマに憧れたとしても、父と同じ職なら選ばなかったと思う。また、親のことを理解したいと思ったこともない。

きっとあの子も、私と同じ職を選びたいとは思わないだろう――

つい娘のことを考えてしまう。

「そこに車駐めますね」

司がカーナビを見てハンドルを切った。先ほど渡った丸子橋を境に、東京側は中原街道、神奈川側は綱島街道と呼ばれる街道沿いのコインパーキングに捜査車両を入れた。

通りの向こうに、天を突くタワーマンション群の偉容が見える。

武蔵小杉。地図上の地名ではなく、川崎市中原区小杉町を中心としたこの辺り一帯をそう呼ぶ。

以前は工業地帯近くの雑多な雰囲気の繁華街という印象だったが、大規模再開発により住宅・商業・福祉といった都市機能を集約させた小ぎれいなコンパクトシティに生まれ変わった。中心となる武蔵小杉駅には、東急とJRが乗り入れており、交通の便もよい。おしゃれなカフェやレストランも多く、女性誌でもよく特集されている。首都圏の住みたい街ランキングでも必ず上位にランクインしている。

綾乃はふと、壁にひびの入った居住棟が並ぶ多摩ニュータウンのD団地を思い出した。ニュータウンも当時の人々のニーズに合わせた都市機能を集約させた人工都市だったはずだ。それが四〇年であそこまで寂れてしまった。新陳代謝か諸行無常か。どちらの四字熟語をあてるのが適切かよくわからない。武蔵小杉の四〇年後はどうなっているんだろうか。

車から降りて、街道の歩道を歩いてゆく。

通りかかった公園に設置されている黄色い立て看板が目についた。

〈ヘイトスピーチを許さない〉

看板には街の雰囲気にはややそぐわない、物々しい文言が躍っている。

川崎市は排外主義団体が在日コリアンをはじめとする外国人への憎悪や排斥を訴えるヘイトスピーチを行うデモを繰り返していた土地としても知られている。綾乃も動画は観たことがあるが「殺せ」「ゴキブリ」など、直截なまさに憎悪(ヘイト)の言葉が連呼されており、ひどいものだった。そんなデモでも合法的に開催される以上、所轄の警察署は怪我人が出ないように警備せねばならず、結果的にデモに反対する市民から「警察がヘイトデモを守っている」と批判されることが、気の毒だった。

日本中で似たようなデモは起きており、一説によれば排外主義と親和性が高いとされている現政権も、さすがに放置できないと考えたのか、平成二八年、ヘイトスピーチ解消法が施行された。これは罰則のない理念法だが一定の歯止めにはなり、デモは下火になっていると聞く。それでも時折企画する者は現れ、それに反対する市民団体が開催を止める運動をする。この看板はその反対する側が立てたものだろう。

「正田は、ヘイトデモ？　みたいなものに参加していたのかしらね」

綾乃は言った。半ば独り言だったが、司は相づちを打った。

「どうでしょうか。関本(せきもと)さんは、積極的に政治的な行動をするタイプではないと言ってましたが」

関本というのは、本庁のサイバー捜査チームの一人だ。彼らは今、SNS『トゥワイス』

上での正田の行動や発言を分析している。

それによれば正田は「ライトなネット右翼」とのことだ。ここで言うライトは、右ではなく軽いという意味のライトだ。

『西丘製菓』で聞いた中国人への正田の言動からも、彼が排外的な心性を持っていることは窺えた。ＳＮＳ上でも、外国人への憎悪を煽る投稿をいくつも共有したり〈いいね〉を押していた。ただし、ネタと呼ばれるようなお笑い系の投稿はもっとたくさん共有しており、政治的なものは全体の比率としては高くはない。また、正田は自分から政治的な意見を投稿してはいなかった。積極的に排外的な意見を発信するアカウント（関本曰く「ヘヴィなネット右翼」）とのフォロー関係もない。

——たぶん、自分から発信するほど強い政治的な意見があるわけじゃなく、たまたま流れてきた投稿の気分だけをボタン一つで共有している層だと思います。

関本によれば、一般的にネットで政治的な意見を積極的に発信するのは、ある程度収入のある中高年の男性が多く、正田のように比較的若く非正規で働く者は意見の表明よりも気分の共有を積極的に行う傾向があるという。

「ここですね」

一階が不動産屋になっている雑居ビルの前で足を止めた。

東急元住吉（もとすみよし）駅の間近。ここまで来ると武蔵小杉と呼ばれる地域からはやや外れている。

不動産屋の脇にビル自体のエントランスがあり、〈7F　ネットカフェ　ストレンジャー〉という小さな立て看板が出ていた。

最上階に入っている店だ。最近のネットカフェには珍しくチェーン店ではないようだ。正田は『トゥワイス』で、この店の公式アカウントをフォローし投稿を共有していた。それで割引されるキャンペーンをやっていたらしい。つまり、正田がこのネットカフェを利用していた可能性があるというわけだ。

現在、関本らサイバー捜査チームが正田のアカウントから推測できる交友関係や立ち回り先をピックアップしており、それを手分けして一つ一つ潰しているのだ。

ビルに入り、短い廊下の奥にあった小さなエレベーターで七階へ向かう。

エレベーターを降りると、目の前に上半分がガラス張りになったドアがあり、〈ストレンジャー　営業中　お気軽にどうぞ〉と書かれたプレートが吊ってあった。

中に入ると、安っぽい寒色系で配色されたフロアに、本棚と個室のブースが並んでいた。入口に盗難防止のゲートがあり、左側にドリンクバー、右側にカウンターがある。カウンターには制服らしきベストを着た若い男がいた。痩せぎすで、背中まである長髪を後ろで束ねていた。

「いらっしゃいませ」

男はぼそぼそした声で、挨拶をした。

「すみません。私たち、警視庁の者なんですが」

司が手帳を提示した。

「少々、お尋ねしたいことがあるんですが、責任者の方いますか」

「えっと、ちょっと、待ってください」

男は背後の、バックヤードらしき部屋に「店長」と声をかけた。

すると、頭をお団子にした四〇がらみの女性が姿を現した。最近流行りのパッキリとした化粧をしている。真っ赤な口紅が印象的だ。

「どうした」

「あのまた警察の人が」

男は「また」と言った。最近、警察と関わることがあったんだろうか。

「ああ、はい。何でしょうか」

女性はカウンター越しに、綾乃と司を交互に見た。

「私たち警視庁の者ですが、責任者の方ですか」

司は改めて手帳をかざす。

「はい。私が店長ですが……あれ？　警視庁って東京の？」

「はい。東京で起きた事件捜査のための情報収集の協力をお願いしたいのです」

「情報収集？」

「こちらの男性か女性が、このお店を利用したことがないか、確認させてもらいたいのです」

司は被害者二人の写真をカウンターに載せた。

すると店長は「あら」と声をあげた。

「あの二人の写真、あったんですか。ああ、東京の人だったのね」

店長は何かを勝手に合点している様子だ。

「二人を知っているんですか」

「知ってるも何も、いなくなった二人ですよね」

「え」

話が噛み合わない。

店長もこちらの態度を怪訝に思ったのか首をかしげる。

「置き去りのことで来たんじゃないの」

「待ってください。置き去り、というのは」

「えっ。だからうちに子供が置き去りにされた件で……」

綾乃と司は顔を見合わせた。

「すみません。詳しく話していただけますか」

「ああ、はい――」

店長によれば、写真の二人は今月の初め、小さな子供を二人連れた四人で店で一番広い〈パーティールーム〉に入り、それから五日、〈24時間パック〉を延長し続けたという。

「一応、うちは会員制なので、最初に会員証をつくってもらってます。これがそのとき提示してもらった身分証明書のコピーです」

店長がファイルから出したA4用紙には保険証がコピーされていた。捜査用のスマートフォンで写真を撮った上で、念のためコピーも取らせてもらう。

会員証をつくったのは女の方で、保険証の名前は「舟木亜子（ふなきあこ）」。住所は宮城県L市。末尾に203とあるので、マンションかアパートだろう。生年月日は、平成四年六月九日となっていた。計算上、二六歳だ。

正田は恋人を〝アコ〟と呼んでいたそうなので名前は一致する。

「これ、失効してますね」

司が保険証の上部に記載されている有効期限を指した。

平成二六年九月三〇日になっている。五年近くも前だ。

「バイトの子が細かく確認しなかったんです。うちには、訳ありのお客さんも多く、こういうことはあまり珍しくないんですが……」

店長によれば、この店の利用者には、日雇いや派遣の仕事をしながら、ネットカフェで寝泊まりする都市型のホームレス「ネットカフェ難民」と呼ばれる人たちが一定数いるそうだ。

子連れ、家族連れのネットカフェ難民も、稀ではあるがいないわけではないという。問題を起こさず料金を払ってくれるなら、特に客の事情には干渉せず、極力寛容に利用させるのが店の方針らしい。

前金制なので、時間内の外出は自由。二人はブースに子供だけを残してどこかへ外出することがあったものの、毎日、日付が変わる前には戻って来て、翌日の料金を払っていた。店長は何か日雇いの仕事をしているのだろうと思っていたという。

「――ところが、ちょうど一週間前ですね。いつものように昼ごろ出かけたきり、二人は戻って来なかったんです。一応、私が子供たちにいろいろ訊いたんです。男の子と女の子の兄妹だったんですけど、上の子は翼くんで七歳、下の子は渚ちゃんで三歳だと言ってました。お父さんとお母さんは『仕事に行く』と言っていたそうですが、どこに行ったのかはわからないみたいでした。それで丸一日帰って来なかった時点で置き去りと判断し、警察に連絡したんです」

連絡を受けてやって来た川崎南署が子供たちを保護し、ブースに残っていた所持品などを回収していったという。

「その父親というか、男性の方の名前はわかりますか」

「翼くんはダイキ父さんと呼んでいました。だから、ダイキというんだとは思いましたが……」

ダイキ――正田大貴。男の名と一致する。

一週間前は、ちょうど二人が殺害された当日だ。また先日の聞き込みでは、正田は四年前の夏ごろ恋人が妊娠したと話していたという。その翌年生まれたとしたら、三歳の渚という子と年齢が合う。

アタリを引いたか。

これで二人の身元が明らかになったかもしれない。

芥康介

二階にあるプレイルームの前を通りかかると、その二人の子供――翼と渚――が、テーブルでお絵かきに興じているのが見えた。

芥康介（あくたこうすけ）は部屋の中に入ってゆき、覗き込む。

「何を描いているんだい」

「イカ！」

と、渚が元気よく答えた。

人気ゲーム『スプラトゥーン』に登場するキャラクターだ。まだ三歳だという渚がクレヨンで描いた絵は、辛うじて人っぽい何かを描いたとわかる程度だった。だが芥は「上手だね」と誉めてやる。

翼の方の絵にも目を向ける。彼が色鉛筆で描いていたものは、一目でわかった。

「翼くんは、マリオだね」

彼もゲームのキャラクターを描いていた。

翼は表情を変えぬまま、こくりと頷いた。

渚より四歳年上の七歳ということを考えても、かなり上手だ。仕事柄芥は子供の描いた絵をよく目にするが、七歳でこれだけ描ける子は滅多にいない。この子は絵の才能があるのかもしれない。

ここ『京浜こども家庭センター』は、川崎市に三つある児童相談所の一つだ。多摩川を北に望む川崎競馬場のほど近くにある三階建ての施設で、二階と三階が一時保護施設になっている。翼と渚はそこで保護している子供、芥は二人を担当する児童福祉司である。

二人はおよそ一週間ほど前、市内のネットカフェ『ストレンジャー』に置き去りにされていた。それ以前は半ばホームレスのような生活をしていたらしい。

学生時代までの芥ならば、そんなことがあるのかと啞然としたかもしれない。しかし、このセンターに勤めて六年が経過した今は驚かなくなっていた。とても適切とは言えない環境で子供を育てる機能不全の家庭は、いくらでもあると、この仕事をしていれば嫌でも思い知る。

平成生まれの芥は、基本的にバブル崩壊後の不景気な日本しか知らない世代だ。〝ゆとり〟〝さとり〟〝草食化〟〝車離れ〟〝レジャー離れ〟などなど、総じておとなしく頼りなくなったと断ぜられることの多い世代でもある。仮にそれらが的を射ていたとしても、要はお金がないことの裏返しではないかと思うし、逆にテレビなどで時折振り返るバブル時代の派手派手しい世情などは、ダサくて芥には冗談にしか思えない。

ともあれ芥は生まれてこの方、自分が裕福だと思ったことはない。実家は川崎市の西に位置する宮前区の住宅街にあり、父は小さな資材製造会社に勤める会社員。母は長年スーパーでパートをしている。下に弟と妹がいることもあり、進学資金を親に頼ることはできず、奨学金を借りて大学を出た。いきなり一〇〇万を超える借金を背負って社会に出るのだから、車を買おうとか、合コンだのレジャーだのと、遊び歩く気にもならない。

ただしだからといって、生活に強い不満があるわけでもなかった。家庭は概ね円満だったし、誕生日やクリスマスにはプレゼントをもらえた。高校生のころから携帯電話を持っていたし、大学に入ってからスマートフォンを使い始めた。服はユニクロやGUに安くておしゃれなものがたくさん売られているし、YouTubeで音楽や動画を漁っていれば退屈することはない。外車に乗ってドライブしたり、海外旅行をしたりしなくても、SNSや無料で遊べるソーシャルゲームで、友達とゆるくつながっているだけでも十分楽しかった。

別に不景気だって、食うに困らずそこそこ幸せならいいじゃないか——何となくそんなふうに考えて生きてきた。

就職では安定を求めて公務員を目指した。児童福祉司になるための専門教育を受けたことはないし、最初から児童相談所での勤務を希望していたわけでもない。すべては採用後に差配されたことだった。

市の職員になったはずの芥は研修を受けさせられ、当時開設したばかりだったここ『京浜こども家庭センター』に児童福祉司として勤務するよう命じられた。児童福祉司には医師や教員のような免許制度はなく、事務方として自治体に採用された大卒者が研修を受けたのち就くケースが多いという。

正直、最初は貧乏くじを引いたような気分だった。

福祉職はきつい、というのは公務員の世界では常識だ。それなりに覚悟していたつもりだったが、児童相談所の忙しさと仕事のハードさは想像を遥かに超えたものだった。

児童相談所は、子育てにまつわるあらゆる困りごとに対応するための組織なのだが、平成一二年、児童虐待防止法が制定されてからは児童虐待に関する相談と通報が激増し、この数年はずっと過去最多を更新し続けている。これは実際に虐待が増えているというより、社会的な関心の高まりによって、かつてであれば躾けとして見過ごされていた体罰や暴言が、虐待として認識されるようになった側面が大きいのだろう。

芥が任用された時点で『京浜こども家庭センター』では所属するすべての児童福祉司が常時一〇〇件を超える案件を抱え込んでいた。

しかし芥にとって仕事の大変さ以上に衝撃だったのは、自分が当たり前のように享受していた〝食うに困らずそこそこ幸せな生活〟から疎外されている子供が想像以上にたくさんいるという現実だった。

センターが管轄する市の東、港に面した一帯は、工業地帯として発展した地域だ。同じ川崎市でも芥の実家がある市の西側や、高層マンション街の武蔵小杉とは、雰囲気からしてやや異なっている。四年前の平成二七年、すぐそこの多摩川河川敷で中学一年生の少年が、三人の少年から暴行を受け殺害された事件は記憶に新しい。

センターが対応する家庭には、育ち盛りなのに満足に食事を与えられず、サイズの合っていないボロボロの服を着ている子供が何人もいた。親は親で、貧困や家庭不和、病気、障害など、さまざまな困難に直面し、悩んでいた。躾けと称し過度な暴力を振るう親や、子供に酒や煙草を平気でやらせる親も珍しくない。そういう環境で育った子供たちが、親になったとき同じことを自分の子に繰り返す負の連鎖も、そこかしこにあった。

この六年で芥が痛感したのは、自分は単に恵まれていただけだったということと、家族を絶対視することはきわめて危険だということだ。

「おい、ふざけんな。てめえ！　ぶっ殺すぞ！」

プレイルームに怒鳴り声が響いた。見ると、現在、一時保護している古屋くんという一二歳の男の子が、別の子に摑みかかっていた。

近くにいる職員が慌てて止めに入る。幸い喧嘩や取っ組み合いには発展せず、古屋くんは相手から手を離した。職員に注意され相手に「ごめん」と謝っていた。

芥はほっと胸をなで下ろす。

彼、古屋くんは、まだ小学生ながら非行傾向が見られる子だ。万引きで二度補導されており、小学校で気に入らない同級生をいきなり殴り大怪我を負わせたこともあった。センターで一時保護をしてから、だいぶ落ち着いてきたようだったのでプレイルームで遊ばせるようにしたという話だったが……。激高してもすぐに我に返り、ちゃんと謝ったのだから、きちんと指導が入っていると考えるべきか。

かつては児童相談所の一時保護というと、非行少年を閉じ込めておく措置という色合いが強かったらしい。古い施設では窓に鉄格子があるところや、ほとんど少年院のような雰囲気のところも少なくない。

だが非行傾向のある子供たちも保護して成育歴を確認すると、まず例外なく親や身近な大人から虐待を受けている。たとえばあの古屋くんは「悪戯をしたお仕置き」として、父親に真冬にマンションのベランダに放り出され、朝まで毛布一枚で過ごしたことがあるという。一歩間違えれば凍死していたかもしれない。ここまでくると虐待というよりも殺人未遂だ。

こういった実態を踏まえ多くの児童相談所では、子供の命を守ることを第一に、抑圧するのではなく、ケアに力を入れる取り組みが行われるようになった。このセンターもそうだ。しかし十分な保護とケアを行うために必要な予算と人員は配分されていない。現場の負担は増す一方だ。

ここの保護施設もずっと満室状態で、特に深刻な状況の子供のみを優先的に保護せざるを得なくなっている。芥の担当する家庭にも、本来なら保護した方がいいのに保護できない子が何人もいる。

それでもこのセンターは毎年何十人もの子供の命を救っているはずだ。しかしそれは数字で証明できることではない。感謝されることも滅多にない。むしろ保護した子供の保護者から恨まれさえする。子供を虐待する者は得てして他者に対しても攻撃的だ。芥も激高する保護者に胸ぐらを摑まれたことがあるし、同僚の中には暴力を振るわれた経験のある者も少なくない。

あの古屋くんの父親も毎日のように「息子を返せ」とクレームを入れてくる。古屋くん本人も「お父さんは怖いけど家に帰りたい」と複雑な心境を吐露している。しかし今帰せば最悪の事態を招きかねない。担当の児童福祉司は「いっそ帰してしまえば楽になるし、空いた部屋で別の子を保護できる」という誘惑に駆られつつギリギリのところで踏みとどまっているという。

何件もの虐待死を未然に防いでいたとしても、一件の虐待死を見過ごせば世間から非難されるのが児童相談所というものだ。

去年は東京目黒、今年に入ってからは千葉の野田で、特に悲惨な虐待死の事件が発覚した。これらがセンセーショナルに報道されたときは、このセンターにもずいぶんと苦情の電話がかかってきた。直接関係のない自治体で事件が起きた場合でも、一定数の苦情がくるものなのだ。それらに対応するのも仕事であり、そのために時間が取られれば、足りない人手が更に足りなくなるという悪循環に陥る。

気の休まることはなく、メンタルを削られる仕事だ。離職者は多いし、芥自身、辞めようと思ったことは一度や二度ではない。それでも、今日まで続けているのは、責任感というよりも、罪悪感の為せる業かもしれない。

芥は裕福ではないかもしれないが、ここにいる子供たちより遥かに恵まれた家庭環境で育ってきたことに、後ろめたさを覚えてしまうのだ。放り出して逃げることなどできそうにない。同世代の児童福祉司と話すと、同じような感覚で働いている者は案外多い。

芥がちらりと傍らの翼を見ると表情を固めたまま顔を青ざめさせていた。古屋くんの怒鳴り声で、怯えてしまったのかもしれない。

「一度、部屋に戻ろうか」

言うと、翼は頷いた。「いい？」と渚にも声をかけると、彼女も「うん」と頷いた。

「じゃ、行こうか」

芥は二人をプレイルームから連れ出した。

＊

この数日、芥は翼と渚に聞き取りを行い、川崎南署とも協力して、子供の母親と思われる舟木亜子の身元や、子供たちがネットカフェに置き去りにされた事情をひと通り調べていた。

まだ三歳の渚は自分の名前と誕生日を言うのがせいぜいで、何を訊いてもあまり上手く答えることはできないが、翼は言葉少なながらも、こちらが訊いたことには、ある程度きちんと答えてくれた。

二人の母親は舟木亜子といい、出身地は宮城県L市で、住民票もまだそこにあるようだ。警察が調べたところ住民票の住所にあったアパートは、八年前、平成二三年の三月一一日に消滅していた。東日本大震災の際に津波で流されたのだ。L市は、甚大な被害が出た地区として当時、報道でもよく取り沙汰された地名だ。

亜子は被災後、市内の仮設住宅で生活し、同年の一〇月に長男の翼を産んでいる。戸籍を確認したところ婚姻歴はなく、翼の父の欄は空欄になっていた。認知されていない婚外子のようだ。

亜子は震災から三年後の平成二六年の一二月、仮設住宅を出て上京したらしい。翼はまだものごころがつく前で、被災地での生活のことは、ほとんど何も覚えていないという。

上京後は墨田区にあるアパートで翼と亜子の母子二人で暮らしていたようだ。このころから翼の記憶があり、アパートの近くの通りからスカイツリーが見えたことなどを話してくれた。

また、上京してすぐに母親の亜子には恋人ができた。その恋人は〝ダイキ〟というらしいが、翼は漢字もフルネームも知らなかった。あるとき亜子に「お母さんの好きな人よ」と紹介されたという。それからしばらくすると、亜子のお腹が大きくなってゆき、やがて渚が生まれた。今から三年と少し前。平成二八年二月一七日のことだ。帝王切開での出産だった。その直前からダイキが「これからお父さんになる」と言って、一緒に暮らすようになった。翼は彼のことを〝ダイキ父さん〟と呼ぶようになったという。

ただし亜子とダイキは籍を入れていないし、亜子の戸籍には渚についての記載が何もない。渚が亜子の子だとすれば、出生届が出されていない無戸籍児ということになる。

一般的に子供が無戸籍になるのは離婚の前後に子をもうけたケースが多いとされる。日本の民法には女性が離婚の成立後、三〇〇日以内に産んだ子は前夫の子と推定するという規定がある。たとえ別の男性の子だとしても出生届を出せば、前夫が戸籍上の父親になってしまう。前夫が協力的であれば、嫡出否認という手続きを経て籍を抜けるが、離婚時にトラブルやDVがあった場合、それも難しい。ゆえに母親が敢えて出生届を出さず、子供が無戸籍になってしまうということがあるのだ。ただし結婚歴のない亜子は、これには当てはまらない。

亜子が渚を出産してからおよそ二年後の昨年夏ごろ、突然、ずっと住んでいた墨田区のアパートを出ることになったという。事情は翼にはわからないが、それからしばらく住所不定で、東京近郊のホテルやネットカフェを転々としていたようだ。

ファミレスやファストフード店など寝るスペースのない場所で夜を明かしたことも、冬になって寒くなってきてからは夜、凍えないように一晩中歩いて過ごしたこともあるらしい。

なお、このときすでに翼は六歳の四月を過ぎており就学年齢に達していたが、学校には通っていなかった。住民票のあるL市の小学校に学籍はあったが、学校側は翼の居所さえ把握していなかった。いわゆる居所不明児童の状態だ。

このホームレスのような生活は半年以上続いたが、先月、三月の中ごろ、一旦、終わりを告げた。

翼たち四人がファミレスで宿代わりに夜を明かしていると、若い男に声をかけられた。このファミレスがどこにあったのかは、翼はよく覚えていないが、男は春山（はるやま）と名乗ったという。

その春山という男は亜子とダイキと何か話をし、翌日、彼の案内でどこかの住宅街にある家に入居することになった。その家はどうやらシェアハウスのようで、中にいくつも部屋があり、翼たち以外にも五、六人が暮らしていた。翼によれば住人は半分以上が「たぶん外国の人」とのことだ。

テレビ番組の影響でシェアハウスというと若者の洒落た共同生活というイメージがあるが、実態としては低所得者向けの格安住宅が少なくない。一昔前の下宿のように風呂、トイレ、キッチンなどを共用にすることで建築コストを下げ、低い家賃でも高い収益性を確保できるとかで、投資の対象にもなっているらしい。

春山という男が何者で、シェアハウスにどんな条件で入居したのか、詳しいことは翼にはわからないが、ともあれ久々に決まった家での生活が始まった。

しかし、それからひと月も経たず、そのシェアハウスからも出ていくことになったという。このときの退去の事情も翼は知らない。こうして今月の頭から再びホームレス生活に戻り、『ストレンジャー』はその中で滞在した場所だったようだ。

そこで亜子とダイキは姿を消した。翼と渚。居所不明児童と無戸籍児の子供たちを置いて――ということらしい。

二人が何故いなくなったかはわからないが、子供たちの成育環境はきわめて不適切だったと言わざるを得ない。渚が無戸籍なのもおそらく、単純に出生届の提出を怠ったからだろう。

だが、置き去りにされたことは、子供たちにとっては幸運だったのかもしれない。たとえ定員オーバーであっても警察が保護してきた子供は、最優先で一時保護することになる。

もし親に連れ回されていたままなら、この子たちには……、特に兄の翼の身には、最悪の事態が降りかかっていたかもしれないのだから。

＊

翼と渚を部屋に送り届けて一階の事務所に戻ると、副所長の三島美沙子（みしまみさこ）がデスクで電話を受けていた。彼女自身も児童福祉司として三〇年以上、児童相談所に勤務する叩き上げの管理職だ。

その様子を見て、おや、と思った。

ずいぶんと神妙な顔をしている。ベテランだけあり大抵のことには動じず、いつも笑顔を絶やさない美沙子には珍しいことだ。

「――はい。わかりました。ええ、こちらで対応します。はい。では、失礼します」

美沙子は受話器を置くと、ふう、と息をついた。

芥は声をかけた。

「何かありましたか」

「え、ああ、芥くん。ちょうどよかった。あなたを呼ばなきゃと思ったところなの」

「俺を、ですか」

「翼くんと渚ちゃんの件なんだけどね。二人の保護者らしき人たちが……」

「見つかったんですか」

芥は思わず先回りした。すると美沙子は眉をハの字にして困り顔になった。

「ええ。いや、見つかったと言えば、見つかったんだけどね。あの、多摩ニュータウンで殺人事件あったの知ってるわよね」

一昨日の朝、出勤前に観た情報番組でやっていた事件だ。多摩ニュータウンの団地で身元不明の男女が殺害されているのが発見されたということだったが……。

「え、まさか」

「そうなの。あの事件の被害者が、舟木亜子さんとダイキさんらしいのよ」

芥は絶句した。

何かトラブルに巻き込まれている可能性がゼロではないが、大方は単純な失踪だと思っていた。無責任な親が子育てを放棄していなくなったのだろう、と。川崎南署の担当者も同じ見解だった。

それがまさか、殺されていたなんて――

「それでね、警察の人たち。川崎南署じゃなくて、あの事件を調べている警視庁の刑事さんたちが、子供たちから話を聞きたいってこっちに向かってるようなのね」

「そうですか」

「でも何も準備していないでしょ。話を聞くのは構わないけど、二人が亡くなったことは……」

「ええ、子供たちに突然伝えるのはまずいですね」

親の死は子供の心に大きな衝撃を与えかねない出来事だ。

ずっと隠しておくわけにいかないにしても、児童心理司とも相談の上、きちんと準備をした上で伝えたい。

「それはそうと、事件と関係あるかわからないけれど、例のことは警察の人にも話しておいた方がいいわよねえ」

「そうですね」

さしあたって、やってくるという刑事にどう対応するか相談していると、内線が鳴った。美沙子が取る。受付からで、刑事たちがもう着いたというのだ。門前払いするわけにもいかないので通してもらった。

ほどなく、事務所に二人組の女性刑事がやってきた。一人は若くたぶん芥と同世代。背が高く、スポーツ刈りに近いベリーショートの髪型をしている。もう一人は四〇くらいで中肉中背、首筋くらいまでのショートカットだった。服装は二人ともパンツスーツだ。若くて長身の方が藤崎、年上の方は奥貫と名乗った。

刑事なら男性だろうと思い込んでおり、警察官というのは強面（こわもて）も少なくないので、子供たちを怯えさせないかと心配していたが、女性なのは少しありがたかった。

二人を事務所奥の応接室に案内する。まずはここで、美沙子と芥の二人が少し話をすることにした。

彼女たちから、改めて多摩ニュータウンの事件の捜査で、ここにやって来た経緯の説明を受けた。話すのはもっぱら若い方の藤崎だった。

こちらでは本名がわからなかったダイキは、正田大貴というらしかった。

芥は翼たちから聞き取った話を伝えた。彼女たちは「参考になります」とそれらをメモに取っていた。四人がホームレス然とした生活をしていたことや、短い期間、シェアハウスにいたことには特に興味を示し、細かく確認された。ただし、もともとの翼の話が曖昧だったり、よく覚えていないことが多いため、大半の質問に芥は「わかりません」と答えるよりなかった。

「あの、実は警察の方たちにお話ししておいた方がよさそうなことがあるんです」

話の切れ目を見計らって、芥は切り出した。

「なんでしょう」

「二人の子供のうち、少なくとも翼くんは暴力を受けていたようなんです」

「え」と、ずっと無言でメモを取っていた奥貫が顔を上げた。

「それはつまり、虐待を受けていたということですか」

藤崎が確かめるように尋ねてきた。

「はい。虐待ということで言えば、ホームレスのような生活を強いていたことも十分虐待と言っていいのだと思います。ただ、翼くんの身体には、何ヶ所も痣があったんです。煙草を押しつけられた跡もありました」

これは、保護したあとの身体検査で発覚したことだ。

芥は続ける。

「翼くんは、子供としてはかなり表情が乏しく、いつも焦点が合っていないような、虚ろな目つきをしています。フローズン・ウォッチフルネス、〝凍りついた凝視〟と言って、大人から継続して暴力を受け常に緊張にさらされた子供は、表情を失い感情を顔に出せなくなってしまうことがあるのですが、翼くんがまさにそうじゃないかと思われます」

「妹にあたる渚ちゃんの方は？」

藤崎が訊いてきた。

「渚ちゃんの身体には暴力を受けたような痕跡はありませんでした。一〇〇パーセントなかったとは言い切れませんが、本人の様子からも翼くんのような虐待を受けていた様子は見受けられません」

「暴力を振るっていたのは、母親でしょうか。それとも父親というか、母親の恋人の正田だったんでしょうか」

奥貫がやや身を乗り出すようにして尋ねてきた。

「おそらくは両方だと思うのですが、翼くんは暴力については一切話をしてくれず、よくわかっていません」

翼はダイキこと正田にとっては、血の繋がらない恋人の連れ子だ。機能不全に陥った家庭で、連れ子が虐待の対象になってしまうケースはきわめて多い。

子供が虐待について口をつぐむのは、二つの理由が考えられる。一つは親をかばっている場合。もう一つは人に話すとあとでもっとひどい目に遭うのではないかという恐怖に支配されている場合。これらが心の中で複雑に混ざり合い、はっきりどちらと言えないことも多い。

「あの、過去に行政やどこかの児童相談所が虐待を把握していたことはないのでしょうか」

と、藤崎。

「うちで確認した限りでは、公的な支援を受けた様子がありません。おそらく自分たちで拒否していたんだと思います」

芥が言うと、隣の美沙子が「これは一般論ですけど」と断った上で補足をした。

「斥力(せきりょく)と引力の関係があるんです。生活が破綻している人、あるいは破綻しかけている人ほど、社会的な支援には斥力を感じ離れていってしまい、犯罪や暴力に引き寄せられてしまう。うちが保護する子供たちの親にも少なくない傾向です。人から指図されるのが嫌だったり、人に頼りたくないって気持ちが強すぎたり、何か後ろ暗いことがあったりで、私たちが手を差しのべようとしてもそれを振り払ってしまう。そういう人は冷静じゃないですから、一時的な欲望を安易な手段で満たそうとしたり、ときに自分の一番身近にいる自分より弱い存在に感情を爆発させたりしてしまう。誰もが無条件でいい親になれるわけではありません。どうしても子供を上手く愛せない人というのは、一定数いるんです」

話題が話題だからだろうか、奥貫の方は、じっと険しい顔で聞いていた。

「あのそれで、可能であれば子供たちから、直接、話を聞きたいのですが」

藤崎が切り出した。

センターとしても捜査に協力すること自体はやぶさかではないが、やはり今日の段階ではまだ子供たちに二人の死を伝えたくはない。

芥がちらりと美沙子を見ると、小さく頷いた。芥は女性刑事たちに向き直り口を開いた。

「わかりました。子供たちに面会していただくのは構わないのですが――」

芥は、面会には自分も同席させてもらうことと、亜子たちの死を伝えないで欲しいことを申し入れた。

奥貫綾乃

捜査四日目午後。

綾乃と司はネットカフェ『ストレンジャー』に置き去りにされた子供たちの様子を確認するため『京浜こども家庭センター』を訪れた。二人の子供――翼と渚――は、ここで一時保護されているという。まず副所長の三島美沙子と担当する児童福祉司の芥康介から情報の提供を受け、その後子供たちと面会することになった。

施設の二階にあるミーティングルームというやや小さめの会議室のような部屋に案内され、しばらく待っていると、芥が子供たちを連れてきてくれた。

六人掛けの長机に芥、翼、渚が座り、それに向かい合うかたちで綾乃と司が腰掛ける。ちょうど綾乃の正面に座るかたちになった翼は、肩の辺りまで髪を伸ばしており、線が細く顔立ちもまだあどけないため、一見、女の子のようだ。ぼんやりとした無表情で、目の焦点が合っていないような印象を受ける。まっすぐにこちらを見ようとせず、顔を少し俯かせてテーブルを見ている。

この無表情が先ほど芥が言っていた〝凍りついた凝視〟というやつなのだろうか。綾乃は、何とも言えないいたたまれなさを覚えた。

一方、その隣に座る渚は対照的に、子供らしい柔らかな表情で、初対面の綾乃と司を興味深げに見ている。

「私たちは、あなたたちのお母さんとお父さんを探しているの」

司が言った。子供を相手にしているからか、声と表情はいつもより柔らかいように思える。

センター側から、母親たちが殺されていることはまだ伏せて欲しいと申し入れがあったので、綾乃と司は、二人を探しているという体で話をすることになった。こちらも子供に親の死を知らせにきたわけではない。

「まず、この写真を見て欲しいんだけど」

司は捜査本部が作成したCG写真をテーブルの上に置いた。

「あ、ママ！　パパ！」

尋ねるより前に、渚の方がぱっと明るい顔になって、反応した。

翼は無言でじっと写真を見つめている。

「翼くん、どうかな。これがきみのお母さんと、ダイキ父さんかな」

横から芥が翼に声をかけた。

「……うん」

翼は写真に目を落としたまま、か細い声で答えた。

D団地で殺害されていた男女は、正田大貴と、その恋人でこの兄妹の母親である舟木亜子で間違いなさそうだ。

写真を見てもらったあと、司は先ほど芥たちから聞いた話を順番に、子供たちに訊いていった。

小さな渚は込み入った質問にはほとんど答えられず、もっぱら翼だけが答えるかたちになったが、彼もまだ七歳だ。初対面の大人への警戒もあるようで、口数は少なかった。相変わらずの無表情で、「うん」とか「ううん」と、最低限のイエス・ノーだけを答える。

そんな彼の様子を見ていると、綾乃の居心地の悪さはいや増していった。

飽きてしまったのか途中から芥が用意していた塗り絵で遊び始めた渚が、一度だけ反応したことがあった。

今月の頭まで生活していたというシェアハウスの話題になったときだ。

渚は突然顔をあげて「スイッチ！　楽しかったあ！」と、笑顔で言った。

そのシェアハウスを紹介したらしい春山という男が、ニンテンドースイッチを持ってきて、よく子供たちに遊ばせていたらしい。ゲームの話題になると、翼もほんのわずか表情を柔らかくしたような気がした。

春山は、シェアハウスに毎日のようにやってきて、ちょっとした掃除や備品の補充を行っていたらしい。管理人のような立場の人間なのかもしれない。

このシェアハウスには事件の数日前までいたことになるので特定したいところだが、翼は場所をよく覚えていないようだ。

あ、似ているんだ――

聞き取りが進む中、唐突に綾乃は気づいた。

自分が感じている居心地の悪さの正体に。

翼の目が、表情が、綾乃の娘のそれとよく似ていたからだ。

その自覚とともに脈拍が早まった。

いつも怒って、ときに手を上げてしまった娘。いつしか綾乃の前では表情をなくし、上手く言葉を喋れなくなった。夫や幼稚園の先生、友達とはちゃんと話せるのに、一番長い時間を過ごす母親の綾乃と話すときだけ吃音が出るようになったのだ。それでますます、娘が疎ましく思えるようになってしまった……。

胸の裡に、あの黒い感情――〝沼〟が湧き上がってくる。

あの子もあの〝凍りついた凝視〟をしていた。私が、そうさせてしまっていた。

すぐ隣で翼に質問をしている司の声が遠くから聞こえるような気がする。

代わりに、ついさっき副所長の三島美沙子が言っていた言葉が蘇る。

——どうしても子供を上手く愛せない人というのは、一定数いるんです。

それは私だ——

子育てに悩んでいたとき誰にも相談しなかった。理想的な相手と、理想的な結婚をしたと思っていた。理想的な家庭をつくるつもりでいた。だから悩んでいるということを認めたくなかった。人を頼りたくなかった。そして子供に暴力を振るうようになってからは、そのことが後ろめたく、なおさら人には言えなくなった。

そうだよおまえも同じだよ——

〝沼〟から声がする。

その声を発しているのは沼の底に蠢く一匹の蜘蛛だ。

あれは確か娘が四歳のとき。夫の提案で三人で六本木ヒルズの森美術館と展望台に遊びに行った。あのとき森タワーの前で見た巨大彫刻の、あの蜘蛛。「すごいなあ」と単純に感心している夫の隣で、綾乃は戦慄していた。腹に我が子を抱えて、今にも折れそうな細い足で必死に立つ姿を忘れることができない。

声を打ち消すように強く奥歯を嚙みしめた。ずっと治療をし損ねている奥歯を。

瞬間、強い痛みが頭まで駆け抜けた。思わず「う」と声を出して、顔をしかめてしまった。

「あの、どうされましたか」

司が質問を中断し、心配そうに声をかけてきた。

芥や渚もこちらに注目している。翼も目を合わせぬままこちらを見ているようだ。

「あ、ごめんなさい。ちょっと虫歯で。きみたちも、ちゃんと歯を磨かないと駄目よ」

綾乃は苦笑をつくって、子供たちに言った。渚は素直に「はーい」と答える。

一方、翼は、司の方を向いて口を開いた。

「あの……」

「なあに」

司が訊き返す。

「お母さんと、ダイキ父さんは、いつ帰ってきますか?」

翼は司と視線を合わせず、尋ねた。

「早く見つかるように、頑張るよ」

司はイエスともノーとも答えずに言った。

翼は無表情のまま何の反応も示さなかった。彼が今、何をどう感じているのかまったくわからない。

綾乃は、顔に出てしまわないよう注意しながら、〝沼〟をせき止めるために、懸命に奥歯を噛みしめ、痛みを与えていた。

ファン・チ・リエン

平成二八年九月。

リエンが日本にやって来て、五ヶ月が経過した。

ひたすらミシンを動かす一日はとても長い。しかし季節が巡るのは早い。

世間が、リオデジャネイロで開催されたオリンピックと、日本で一番人気のあるアイドルグループSMAPの解散が発表されたことと、リリースされるやいなや世界中で大流行したポケモンGOの話題で持ちきりだった盛夏はあっという間に過ぎ、残暑の季節がやってきた。

『亀崎ソーイング』で技能実習生に与えられる作業は基本的に二つだけだった。二枚の布をぴったり合わせて、ミシンにかけてゆく縫製作業と、そうして縫った衣類を仕分けして段ボールに詰めてゆく梱包作業だ。

始業は朝八時半。ミシン台が並ぶ広い木造工場で、それぞれ自分の決められた台で縫製を行う。お昼どきに三〇分の休憩を挟んで、午後六時までひたすらミシンを動かし続ける。午後六時から七時までが夕食。縫製が残っていれば夕食後もそれをやり、なければ梱包作業をする。終業は日によって違うが、早くて九時。一一時過ぎまでかかることもある。

やっていることは単純な軽作業ではあるが、正確に行わなければならず集中力を要する。一日が終わるころにはへとへとになるし、頭の中に小さなミシンがあるみたいに機械音がいつまでも耳についた。

仕事を終えて帰る住まいは、プレハブの寮だった。個室はなく、二段ベッドが三つ並んだ六人部屋で集団生活をする。ベトナム人ごと、中国人ごとで部屋割りされており、シャワー室もベトナム人用と中国人用で分かれていた。言葉の壁もあるため、ベトナム人と中国人は、寮でほとんど交流することはなかった。

日に三度提供される食事は、朝は菓子パン。昼と夜は仕出し業者の弁当だった。

また、逃亡防止のためとして、寮に入ったときパスポートは社長が回収した。三年後、帰国するときまで預かるのだという。

休みは週に一日、日曜日だけ。その日も寮で過ごすことが推奨されており、もし外に出る場合は、門限は午後六時。行き先を書いた届け出を書かねばならず、外では社名の入った黄色い帽子の着用が義務づけられていた。

東京でも京都でもなく、ディズニーランドからも遠い工場の現実は、憧れていた日本とは全然違った。けれどリエンは落胆しなかった。

このくらいは覚悟していたことだ。

半年通ったハノイの訓練学校は、軍隊式の厳しい指導を取り入れていた。教官に毎日怒鳴られながら、朝から晩まで、日本語の勉強や、挨拶、掃除、ミシンの練習に明け暮れた。訓練学校の寮にはエアコンもテレビもなかったけれど、こちらの寮にはそれがあった。それだけでずいぶんましに思えた。仕出しの弁当も不味くはない。食べるものと寝る場所があるのだから、給料のほとんどを祖国に送金できると思い、喜んだくらいだ。

しかし、仕事と生活に慣れてくると、不満に思うことも出てきた。

一つは、どうもベトナム人より中国人の方が贔屓されているらしいことだ。

実習生の中には一人〝ハンチョウ〟がいて、数日に一度、社長に呼ばれて仕事や寮での生活の細々としたことを報告するミーティングを行っていた。

この〝ハンチョウ〟の報告で、仕事の分担や寮の備品が改善されたりすることもある。実習生のベトナム人と中国人の比率はおよそ半々。厳密にはベトナム人の方が少し多い。しかし〝ハンチョウ〟は必ず中国人から選ばれるのだという。そのためか、寮の部屋の備品は中国人の方がいいものが用意されているらしい。仕事でも、中国人の方が楽なものが割り当てられることが多いとは、リエンも感じていた。

「〝ハンチョウ〟は要するに社長のお気に入りなのさ。中国人の方が日本人に近いからね。

社長は愛着があるんだろ」

そう言うのは、三年目で帰国が近づいている同部屋の先輩、チュックだ。

「もしかしたら、あんたはベトナム人初の〝ハンチョウ〟に選ばれるかもしれないね。そしたらよろしくたのむよ」

これまでチュックがいる間に二度〝ハンチョウ〟が替わったが、いずれも選ばれたのは「日本人っぽい」子だったらしい。そして彼女によれば、中国と国境を接するベトナム北部出身で色白で柔和な顔立ちをしているリエンも「日本人っぽい」のだそうだ。

自分が〝ハンチョウ〟になれるかどうかはともかく、中国人と待遇に差があることはやはり釈然としなかった。

それ以上に不満を覚えたのは給料のことだ。

毎日朝から晩まで働いて、リエンの月給はおよそ九万円。時給に換算すると三〇〇円ほどで、岐阜県の最低賃金を大きく下回っていた。しかしリエンにはそんなことはわからない。わかるのは一円がおよそ二〇〇ドンということ。九万円といえば、およそ一八〇〇万ドン。リエンの家の半年分以上の稼ぎだ。最初は、こんなにもらえるのか、やっぱり日本に来てよかったなんて思いもした。

けれどこの九万円から、食費や寮費などが四万円も控除され、手元に残るのは五万円だけだった。それでもリエンにとっては大金ではある。が、二ヶ月目、初月とほぼ同じ額の給料をもらったとき、冷静に計算してみて、ブローカーが言っていた額よりずっと安いことに気づいた。

月の手取りが五万円だと、三年で一八〇万円にしかならない。全額を仕送りに充てたとしても、借金を返すと差額は八〇万円。およそ一億六〇〇〇万ドン。利息を考えればもっと少なくなる。ブローカーは三億ドン以上と言っていたのに……。

チュックにこの話をすると、彼女は苦笑を浮かべた。

「あんたブローカーに騙されたんだよ。何を隠そう私もさ。あいつらはみんな大げさに言うのさ。でも今更、文句言っても仕方ないよ。いいじゃないか。それでもベトナムで内職したって絶対稼げないくらいのお金は送れるんだから」

それはその通りではあった。

チュックは、諭すように言った。

「うますぎる話なんてないもんさ。働いてりゃ、そりゃ不満も出てくる。でもそんなことをぐちゃぐちゃ言うのは、躾けがなってないってもんだよ。前に〝ハンチョウ〟でもないくせに、社長に給料をもっと上げて欲しいとか、寮をきれいにして欲しいとか、文句ばかり言うアインて子がいたんだ。結局、社長は怒って、その子をベトナムに帰しちまった。あんた、そんなふうになりたくないだろ」

それには頷くよりなかった。借金が残った状態でベトナムに帰るわけにはいかない。

「だったら不満は忘れて、一生懸命働くんだ」

チュックの言っていることは正しい。

皮算用が狂ったのは残念だったけれど、それでも大金を家族に送れる。それでよしとして一生懸命働こう――

改めてリエンは覚悟を決め、仕事に励んでいた。

そんな、ある日のことだ。

午後の仕事が終わり夕食休憩に入ろうというとき、工場に社長が姿を現した。今夜ミーティングをするので〝ハンチョウ〟を呼びに来たのだろうとみな思った。

リエンが配属される前から〝ハンチョウ〟を務めている中国人の楊が、社長の元に駆け寄ろうとした。

しかし社長はそれを手で制し、言った。

「今日から、班長を交替するで」

楊の顔が曇るのがわかった。全員が口をつぐみ、刹那、沈黙が流れた。表からジージーと鳴く蟬の声が聞こえた。

社長の言葉を聞き取れず戸惑うリエンに、隣のチュックが小声で「〝ハンチョウ〟交替するって」と、教えてくれた。

社長はおもむろにこちらに歩いてきて、リエンの目の前で足を止めた。

「リエン、今日からきみが班長や。ええな」

社長は、ゆっくりと言った。

さすがに、自分が〝ハンチョウ〟に指名されたことはわかった。

わっとどよめきが起こり、中国人のグループから悲鳴が漏れた。

「やった！　すごいよ。リエン、あんたが〝ハンチョウ〟だって！」

チュックが万歳するように両手をあげた。

私が〝ハンチョウ〟――

突然のことで驚いたけれど、チュックをはじめ、周りのベトナム人たちがみんな喜んでいるからか、悪い気分はしなかった。

「ええな」

社長は確かめるように繰り返した。

「ア、ハ、ハイ」

リエンは首を何度も縦に振った。

「よっしゃ。リエンはかわええなあ」

社長が手を伸ばしてきて、頭を撫でられた。

それが悪夢の始まりだった。

奥貫綾乃

捜査六日目午前。

仙台駅前からレンタカーを走らせておよそ三〇分。

「住所的にはここのはずですね」

司がカーナビを確認し、路肩に車を停めた。

綾乃は車を降りてみた。司もエンジンを切り降りてくる。

しかしそこには、何もなかった。

もちろん地球上に「何もない」空間など存在しないから、正確な表現ではない。道があり、更地があり、まばらに生えた雑草があり、等間隔に並ぶ電信柱があり、遠くに建物の影があり、広い空があった。強い風が吹いている。羽虫も飛んでいる。雑草の隙間に空き缶やペットボトル、壊れた自転車など、不法に投棄されたゴミも目につく。

しかしかつてここにあっただろう、人の営みを感じさせるものは何もなかった。

宮城県L市沿岸地区。

地元の人々はこの辺りを〝浜〟と呼ぶ。舟木亜子の住民票に記載のある住まいがあったはずの場所だ。八年前の三月一一日までは活気のある港町だったという。

東日本大震災の被害は、津波に呑まれた場所とそうでない場所で雲泥の差がついた。一本の川を境に片側は変哲もない住宅街が広がり、もう片側は町が消滅し瓦礫が散乱する荒野となっている、そんな様子を当時の報道でも観たことがある。

あれから八年。わずか一五キロしか離れていない仙台の市街地は、東北最大の都市の日常を取り戻しているように思えたが、この沿岸の町はよそ者の綾乃にさえ、復興とか再生という言葉からほど遠い状況にあることがわかる。

「ねえ、あなたはあの日、何をしていた？」

綾乃はその荒涼とした景色を眺めながら司に尋ねた。関東以北の人間は大抵、あの日のことを強く記憶している。

「大学にいました」

司はこちらを一瞥して答えた。

「あ、まだ学生だったたんだっけ」

「はい。ぎりぎり。四年生で、もう卒業を待つだけだったたんですけど、四月から警察学校(ガッコウ)が始まるんで体力づくりのために、大学のトレーニングセンターを使わせてもらってたんです」

「へえ。大学ってそんなのあるんだ」

綾乃は大学というのがどんなところなのか、今ひとつわからない。

高卒で上京し警視庁に入ったのは一つの決断だった。柔道の推薦で地元の大学からも声がかかってはいた。両親が進学を勧めてきたので、むしろ就職を強く希望した。あのとき大学を選んでいたら、今ごろどこで何をしてただろう――そんなｉｆをときどき考える。

「地震が起きたときは、走っていたんです。グラウンドじゃなくて、大学の周りを一人で。一瞬、あれ？　って違和感あったんです。そしたら突然、地面が波打つみたいに揺れて。さすがに驚きました。あんなこと初めてですから。住宅街で、たまたま近くを下校中の小学生の女の子が歩いてて。悲鳴をあげて泣き出しちゃったんです。私、駆け寄って。壁のそばや、家の近くは危ないかもと思って、無理矢理抱きかかえて道の真ん中まで引っ張っていって、そこで揺れが収まるのを待ちました。私も少しパニクってて、ここに車が突っ込んできたらどうしようって、ずっと周りをきょろきょろ見回しながら、女の子に『大丈夫だよ。大丈夫だよ』って呼びかけてました。あれ、たぶん自分に言い聞かせていたんだと思います」

――大丈夫だよ。大丈夫だよ。

奇しくもあの日、綾乃も小さな女の子を――自分の娘を――抱きしめて同じ言葉を口にした。

「そんなことが、あったんだね」

「奥貫さんはあの日、どうされていました」

「私は……買い物、してたんだよね。あ、私がバツイチなの知ってる、よね？」

「はい。井上班長から。その、それで復帰されたとだけ」

「うん。まあ出戻りってわけ。地震のときはまだ主婦やっててさ、近所のスーパーで買い物してたんだ。棚の商品がざざざって崩れ落ちてきて、お店の中、すごいパニックになった――」

この話を続けていると、きっと〝沼〟が現れてしまう。それはわかっていた。いや、もう現れているのかもしれない。

「――まあ、大変だったよ。さ、行こうか」

当たり障りのないところで話を打ち切り、司を車に促した。

「はい」

司は不審がることもなく運転席に乗り込む。綾乃はこっそり奥歯を嚙みしめ、歯茎に痛みを与えつつ、助手席についた。

車は走り出す。

あの日、あのとき。平成二三年三月一一日、午後二時四六分。綾乃がスーパーで買い物をしていたのは本当だ。当時、五歳だった娘を独り家で留守番させていた。

その少し前、幼稚園から帰ってきたあと、おやつのクッキーとオレンジジュースを与えたら、娘はジュースをこぼしてしまった。娘は顔を真っ青にして謝ろうとしたが「ご、ごめ、ごめ、ごめ」と吃音が出て上手く謝ることができなかった。ジュースをこぼしたことよりも、そのことに腹が立った。ついさっき幼稚園の先生や友達には朗らかに「さようなら」を言えていたのに。

どうしてこの子は私にだけこんなにびくびくするんだろう。どうして私にだけちゃんと言葉を喋ってくれないんだろう――

憎しみが、湧いた。他の感情を選べなかった。

――どうして、ちゃんとしてくれないの。

怒鳴り散らして、娘の手をはたいた。娘は声もあげずに泣いた。あの、〝凍りついた凝視〟の無表情で。

綾乃はこぼれたジュースをふこうとして、キッチンペーパーのストックがないことに気づいた。そして「独りで留守番してなさい」と、言い捨て家を出てきたのだ。

揺れが収まり、綾乃は家へ急いだ。そのときずっと頭に去来していたのは、娘に何かあったら、ということだ。

リビングにある大きな食器棚には何も地震対策をしていない。もし、あれが倒れてきて下敷きになってしまっていたら――

久しぶりの全力疾走で家に戻った。

果たして、娘は無事だった。食器棚も倒れていなかった。

娘はダイニングテーブルの下で膝を抱え、泣いていた。さっきと同じ無表情のまま。

綾乃は愕然とした。娘の様子にではない。自分の心に。

がっかりしていたのだ。

娘が無事だったことに。

心配して走ってきたはずなのに、どこかで願っていた。

何かあったら。万が一にでも、あの子が死んでくれていたら。解放される――

綾乃は娘を抱き寄せて「大丈夫だよ」と繰り返した。必死に。祈るように。

でも、大丈夫ではないことはわかりきっていた。

死を願ってしまった。愛を選ぶべき場面で、選べなかった。私はこの子を愛せない。それどころかいつか殺してしまうかもしれない――

あのとき、綾乃は家族を手放す決意をしたのだ。

遠くに見えた建物の影に向けて車を走らせてゆくと、真新しい棟が並ぶ団地の姿が見えてきた。

沿岸地区全体が消滅したままというわけではない。市はこの〝浜〟に住宅地を再建することを目指しているという。まだまばらではあるものの、新築の一戸建てや公営の復興団地が点在している。

あの団地もその一つだ。あそこに住んでいる亜子の幼なじみから話を聞く手はずになっていた。

佐藤紗理奈

車で来てびっくりしませんでした？　こんな荒野みたいなとこに、団地だけがぽつんとあって。他に何もないじゃねですか。お店も、ＡＴＭも。何すんにもいちいち車で町までいかなきゃなんねんですよ。私はあり得ねと思うんすけどねえ。

あ、そです。ども。佐藤紗理奈(さとうさりな)です。はい。二六です。仕事は……美容師です。長町(ながまち)の『サニー・サニー』ってとこで働いてます。

この団地に入ったのは去年からです。ぶっちゃけ、仮設の方が全然便利でしたよ。場所的に仮設は街の方にあったし、近所にコンビニもあったし……。でも、祖父ちゃんと祖母ちゃんが、どうしても〝浜〟がいいって言うから。風が違うんですって。こっちの風は気持ちいいって。いやあ、私は寒(さみ)いとしか思わねんですけどね。

まあ、老い先短いっつったらあれですけど、仮設でもずっと一緒だったし、今更、二人だけにするのも何か悪(わり)ぃってか。祖父ちゃんと祖母ちゃん、私がいないとすぐ喧嘩するんすよ。それに私も〝浜〟に愛着がないわけじゃねえんで、いっかなって。

ただ、税金使ってまたここに町つくってどうすんだって人も結構いるんすよね。ここだけの話、私もちょっこし思うんすよね。一応、津波が来たら屋上、避難できるようなってんですけど、そういう問題じゃねだろって。震災のあと仙台とか街の方や県外に移り住んだ人なんかは、今更町ができても、ほとんど戻ってくる気ねえみたいですし。戻りたがんのはジジババばっかで。私だって祖父ちゃんたちがいなかったら戻ってねっすよ。

そもそも市が信用できねえって人もいますし。いがみ合ってる人はめっちゃいがみ合ってんすよ。ほら、津波で〝浜〟が流されたとき、市が防災無線とか、ちゃんと対応しなかったから、いっぱい人が死ぬことになったって怒ってる人もいて、裁判してるんすよ。ああ、そうそう、ニュースにもなってますもんね。うちにも、一緒に原告？　ってやつにならないかって来ましたよ。市がちゃんとしてれば、お父さんとお母さん、助かったはずだって。まあ、断りましたけどね。うちの親、避難中に車ごと流されたらしいんで、たぶん市がどうとか関係ねと思うんすよね。あと揉めごとに巻き込まれんの嫌なんすよ。

ああすんません、そいで、フーコの話っすよね。そです。舟木だからフーコ。あだ名っす。

いや、びっくりしたっす。一応、友達（ダチ）だったし。

あの、殺されたって、本当……なんですよね。

死んだ子のこと悪くは言いたくねっすけど、フーコ、きっつい性格してましたよ。私、小中高、一緒だったんすけど、フーコ、ずっとヤンキーでした。ま、私も人のこと言えねっすけど。あの子、ちっさいころから、お酒もタバコもやってたし。親が悪ぃんすよ。て、親も死んでますけどね。

はい。そです。フーコの家は〝浜〟のアパートでした。祖母ちゃんと、お母さんと、上に姉ちゃんがいて、女ばっか四人で暮らしてました。祖母ちゃんがスナックやってて、お母さんとお姉ちゃんも、それ手伝ってました。

フーコのお父さんは、ずっと前に死にました。確か私らが小六のときだったかな。漁師だったんですけど、酒癖が悪いってか酒乱で、酔っぱらってお母さんやフーコたちのことぶってたみたいです。一度、フーコ、顔に青痣つけて学校来たこともありました。祖母ちゃんまでぶたれて骨折ったこともあったんじゃなかったかな。

死んだのは仕事中の事故だったらしんですけど、みんな、きっとお酒のせいだろって言ってました。そいでも、これで舟木の女たちは助かったって周りは思ったらしんですけどね。今度はお母さんが情緒不安定んなって、子供たちや祖母ちゃんをぶつようになったらしんですよ。わけわかんないすけど、フーコのお母さん、お父さんのことすごい好きだったんすよね。

妙に健気ってか、そういう一途なとこはフーコにもあって、ずっと青柳(あおやぎ)先輩って人が好きで。あ、二つ上の先輩で、高校出たあとは港で働いてた人なんすけど、高二の終わりくらいから、フーコ、その人と付き合うことになって。で、高三の、もうすぐ卒業ってタイミングで妊娠したんす。

生理がこねいから、もしかしたらって思って検査薬やってみたら陽性が出て。そいで、ちゃんとお医者さんに行って診てもらおうってなって、私が付き添って一緒に行ったんすよ。仙台の産婦人科に。

それがあん日でした。三月一一日す。地震が起きたのは、診察終わって駅近くのファミレスでこれからどうしようって話してたときでした。あんときはフーコ、青柳先輩は好きだけど、結婚とか子育てとか考えらんねい、堕ろすしかねえよね、みたいなこと言ってたんすよ。私も、正直、フーコに母親なんて無理だって思いましたし。カンパ集めようかみたいな話してたときに、急に揺れ始めたんす。

最初はちょっこし強めの地震かなってくらいだったんすけど、なかなか揺れが収まんなくて、したら店ごとどわんってバウンドしたみたいなすごい揺れんなって、急に真っ暗になって。停電したんすよ。地下の店だったから、窓もなくって完全に真っ暗になって、誰かが「キャアアア」って悲鳴上げて。私とフーコもたぶん叫んでたと思ったんすけど、すごいパニクりました。

でも、立ち上がることもできなくて、私とフーコお互い手をつないで、シートで身を縮めてじっと待つしかなくて。ようやく揺れが収まったって思ったら、店員さんが懐中電灯で誘導してくれて、みんな外に出たんす。

表にはいっぱい人がいて、地面には割れたガラスがたくさん落ちてました。そこに急に、雪が降ってきたんす。何か私、このまま世界が終わるんじゃないかって気分になりました。あん日、私ら電車で来てたから帰れなくなって、避難所んなってる小学校に行くことになったんす。夜んなって、避難所で、海の方が津波で滅茶苦茶になってるみたいな噂話聞いて。L市の海沿いなんかは、根こそぎやられたって言う人もいて、それって私らの地元じゃねえすか。家族とかどうしてんだろって思ったけど、携帯も全然繋がんないし、テレビも見れねえしで、確かめようもなくって。

結局、その避難所には一週間くらいいました。トラックでL市まで乗せてってくれるって人がいて、ようやく地元に戻ったら〝浜〟は本当に跡形もなくなってて……。フーコの家も家族も、そいから青柳先輩も、みんな、津波に呑まれてたんです。

私の家と親も流されてて祖父ちゃんと祖母ちゃんだけ、中学校に避難してて助かってました。それからしばらく、避難所暮らしになって、市が内側の町の方にプレハブの仮設住宅つくって、そっちに移ることになったんす。私は祖父ちゃんたちと三人、フーコは一人で、同じ地区の仮設に入りました。

ちょうどそのころ、フーコの赤ちゃん堕ろせるぎりぎりのタイミングだったんですけど、フーコ、何か盛り上がっちゃったみたいで、「絶対産む」って言い出したんすよ。死んだ先輩との絆だからって。

いや、盛り上がったのは周りもでしたね。だって、身近な人がいっぱい死んでる中で生まれてくる子って、希望の光みたいじゃねえすか。テレビでも、絆、絆の大合唱だったでしょ。そういうノリっていうか、あったと思うんすよね。だから私も、産むべきだって思いました。堕ろすなんてあり得ねって思ったんす。

そいで一〇月、あ、はい、その年の、平成二三年一〇月です。フーコは翼くんを産んだんです。仮設の人たちも、みんな、何かと世話を焼こうとしてました。やっぱり、翼くんの存在は、みんなの希望だったと思うんすよね。

そやってみんなが構ってくれたから、どうにか産めたんだと思います。なのにフーコ、周りからごちゃごちゃ言われんの嫌がるんすよ。たとえばタバコとか。妊娠中も産んだあとも、吸うな吸うな言われて。まあ当たり前じゃねすか。タバコって赤ちゃんに悪いわけでしょ。でも、駄目って言われると、逆にやるんすよね、あの子。

産後の生活費を援助してくれる人もいたんですけど、全然お礼も言わねえし、そのくせ甘えて、子供産んでいつまで経っても働こうとしねし。小さな翼くん、仮設に置いてどっか行っちゃうこともあったっす。仮設って、設備はまあ揃ってんですけど、壁薄くてプライバシーとかあんまねえんですよね。子供が泣くと文句言う人もいたし。そのストレスもあったとは思います。

だんだん「子供なんて産まなきゃよかった」とか「失敗だった」とか、言うようにもなったりして。ひでえっすよね。先輩との絆じゃなかったんかよって。第一、そんなこと言ったら翼くん、かわいそすぎるじゃねすか。正直、母親失格って思ってました。

え、暴力って、虐待みたいなことですか？　いや、それはなかったと思いますよ。フーコ、文句ばっか言ってたし、いい加減でしたけど、翼くんをぶったりとか、大声で怒鳴ったりとかはしませんでした。

フーコ、「私は父さんや母さんにぶたれて悲しかったから、翼のことは絶対にぶたない」みたいなことはよく言ってました。まあ、あの子の言うことなんて大抵口だけなんすけど、私の知る限りじゃ、なかったと思います。

そうです。フーコがいなくなったのは、平成二六年の年末です。だから……えっと仮設暮らしの四年目ですね。え、いやいや、全然、普通の退去じゃなかったっすよ。バックレです。でも予感はあったんすよ。だって、あの子、急に態度がよくなって『翼のためにも頑張るから』とか言いつつ、周りからお金借りまくるんすもん。一人一人からは、数万円かせいぜい一〇万ってとこだったんすけど、全部で一〇〇万以上いってたはずっす。

私も一応、五万貸しました。ぶっちゃけ戻ってくるとは思ってませんでした。そんとき『年明けには返す』って言ってたんで、もしかして年内にバックレる気かなって思ったんすけど……。

まあ、案の定でした。何の相談もなく消えて、SNSのフォローも切られて、ブロックされて。ショックでしたけど、まあフーコらしいっちゃ、らしいす。何だかんだ、しぶといやつだから、どこかで生きてるとは思ってたんすけどね。

ああ、はい。フーコにお金貸してた人、わかりますよ。金額までは知らねすけど。えっと、まず――

＊

東京からやってきた二人の女性刑事による聞き取りは、一時間ほどで終了した。

刑事たちが辞してゆき、聞き取りに使われた団地の集会所の小部屋に一人、佐藤紗理奈は取り残された。

そうか、フーコ、死んじゃったのか――

しかもどうやら殺されたらしい。聞き取りの冒頭、その事実を知らされた。

数日前、東京の多摩ニュータウンという場所で殺人事件が起きたことは、宮城でも報道されていた。普段ニュースも新聞も見ない紗理奈だが、不気味な事件なのでネットで少し話題になっていて知っていた。

あの事件で殺された男女の女の方が、紗理奈の幼なじみのフーコこと、舟木亜子なのだという。

被害者の身元情報はまだ報じられていないけれど、明日か明後日には警察がマスコミに記者発表をすることになっているらしい。

聞かれるままにフーコに金を借り逃げされた人が何人もいることを教えた。刑事たちは、その人たちに話を聞きに行く様子だった。怪しんでいたりするのだろうか。紗理奈自身お金を貸していたし、事件の日、何をしていたか、また最近、東京に行ったことがあるか訊かれた。あれは、アリバイってやつを確認されていたのかもしれない。

一緒に殺されていた男の人は誰なのか。フーコの子の翼は今どこでどうしているのか。刑事たちは事件の詳しいことは何も教えてくれなかった。

間違いないのは、もう二度とフーコと会うことはないということだ。

仮設住宅からいなくなったときは、あの子のことだから、そのうちひょっこり帰って来たりするんじゃないかと思っていた。でも、もうそれは絶対に、ない。

紗理奈はｉＰｈｏｎｅのワイヤレスイヤホンを耳に突っ込んで、Ａｐｐｌｅ Ｍｕｓｉｃのアプリを立ち上げた。

ここ最近は聴いていなかった西野カナ（カナやん）の曲をかける。フーコがすごい好きで、その影響で紗理奈もよく聴くようになった。というか、紗理奈と仲のいい同級生の女子はみんな聴いていた。

そういえば今年の頭に、西野カナが無期限活動休止を発表したとき、ふとフーコは何処で何してるんだろうって思ったっけ——

ありがとう
君がいてくれて本当よかったよ

『Best Friend』。西野カナが初めて紅白に出たときに歌った曲だ。あれは確か高三のときだから、震災の直前の紅白だ。

紗理奈は目の前に自分の手を掲げ見つめる。

震災の日、停電したファミレスで揺れが収まるのを待っているとき、握った手。経験したこともないような地震で、しかも真っ暗闇の中で、すがるように握っていた手。きっとフーコも同じように握っていたはずの手。ここにいるよって確かめ合うように握り合った手。

あのときの感触はまだ残っているような気もするし、もうなくなってしまったような気もする。

あの日はずっと手を離さなかった。手をつないだまま、被災した仙台の街を歩いて、避難所に向かった。避難所でもずっと、眠るときも手をつないだままだった。互いがそばにいることだけが、互いの救いだった。

あの手はいつ離したんだっけ。朝になったら自然と離れていたんだろうか。それはよく覚えていない。

私たちBest Friend
好きだよ、大好きだよ

鼻の奥がツンとして、涙腺がゆるんだ。

「アホくさ」

自分につぶやいた。

別にフーコはベストフレンドなんかじゃない。家が近かっただけの腐れ縁だ。震災の日に一緒にいたのもたまたまだ。喧嘩したこともあるし、本人のいないところで悪口を言いまくったこともある。フーコは本当にいい加減なやつで、最後にはお金を持って逃げられた。あんな女、大好きなわけがない。

でも――

「会いたいよ、フーコ……」

声が漏れた。紛れもない本心だ。どうして、あんな女のことでこんなに悲しい気持ちになるのかわからない。でも、会いたい。もう会えなくなったことが悲しくて悲しくてたまらなかった。

紗理奈は両手で自分の顔を覆った。

奥貫綾乃

捜査六日目午後。

佐藤紗理奈からの聞き取りを終えたあと車に戻ると、司が捜査本部に電話をかけた。

亜子が借金をしまくって逃げていたことがわかったのは、収穫と言えば収穫だ。

金は最もポピュラーな犯行動機だ。紗理奈の弁では一人一人が亜子に貸していた額はさほど大きくない。四年という期間を経て、わざわざ東京まで殺しに行く額かは微妙ではある。が、どんな事情が潜んでいるかわからない。念のため、亜子の借金の全貌を摑み、金を借りた人間のアリバイを確認する必要があるだろう。

そのため、数日は、ここに留まることになりそうだ。

司が電話をしている横で、綾乃はシートに身を預け、亜子のことを考えていた。

ここまでの捜査で明らかになっている彼女と子供たちの来歴は次のようなものだ。

今から四年と少し前の平成二六年一二月、亜子はこの被災地を離れ翼を連れて上京した。

墨田区のアパートで暮らし始め、その直後、SNS『トゥワイス』経由で正田と出会い、交際するようになった。

やがて第二子となる渚を妊娠。この渚を産む直前に、正田は勤め先の『西丘製菓』を辞めて亜子の住まいに転がりこんできた。渚が生まれたのは、平成二八年の二月。今から三年前のことだ。しかし出生届を出さなかったので、渚は無戸籍になる。

それから二年後の昨年、平成三〇年の夏ごろ、アパートを出てホームレスのような生活をするようになる。この年、翼は就学年齢を迎えていたが、小学校には通わなかった。

そして今年に入り、三月の中ごろ、一旦、どこかにあるシェアハウスに入居したが、ひと月もしないうちにここも出て行くことになる。これが今月、平成三一年四月の頭。

それから数日、またホームレス生活を送り、あのネットカフェ『ストレンジャー』に滞在することになる。そして何故か亜子と正田の二人は、縁もゆかりもないはずの多摩ニュータウンのD団地で殺害された……。

サイバー捜査チームによれば、『トゥワイス』で、正田と相互フォローしていた〝ACO〟というユーザーがおり、これが亜子のようだという。

〝ACO〟のアカウントは平成二四年に登録されているが、平成二六年以前の投稿は一つもなかった。おそらく、仮設住宅を離れたとき、すべて消したのだろう。

平成二七年の一月一日、当時の翼と自撮りした写真を投稿している。背後に人混みと原宿駅脇の神宮橋が写っていた。明治神宮に初詣に行ったようだ。

〈はっぴーにゅーいやー。東京の正月、パネエ。私と、私の宝物のこの子に、いい一年になりますように〉

写真にそんなコメントが添えられていた。

その後の投稿で、パチンコの話題をきっかけに〝だいきんぐ〟こと正田と親しくなり、すぐに会うことになったことが窺えた。

それからしばらくすると、だんだん投稿は少なくなってゆき、平成二七年一〇月二〇日。翼が両手を合わせるようなポーズをとっている写真に〈五郎丸!〉というコメントを付けてアップしたのを最後に、投稿はなくなっている。

おそらくこのころには、渚を妊娠していたはずだが、それについての発言はない。

SNSに投稿しなくなったのは、何かきっかけがあったのか、単に飽きただけなのか。

妊娠、震災、出産、失踪、出会い、再びの妊娠、ホームレス生活、そして虐待。

亜子は翼のことはぶたないと言っていたという。SNSにも「宝物」だと投稿している。

しかし、結局その息子を虐待していた疑いがきわめて濃厚だ。

――斥力と引力。

『京浜こども家庭センター』の副所長、三島美沙子の言葉を思い出す。

亜子は被災地で自分を助けようとする周りの人々に、しかし斥力を感じていたようだ。やがて一〇〇万もの金を借りて逃げた。そのことで更に斥力は強まったことだろう。そして引力。亜子は地元との縁を切り、東京にやって来て、また新しい人間関係をつくった。

まったく状況も立場も違うとわかっていながら、綾乃は自分が上京したときのことを思い出してしまう。

彼女は、あるいは私は、何を選べて、何を選べなかったのだろう――

ファン・チ・リエン

平成二八年九月。

その日の夕食休憩に入ろうというとき、工場にやって来た社長が、リエンを新しい〝ハンチョウ〟に指名した。

「早速、これからミーティングしよか」

一同はまだざわついていたけれど、社長は気に留めもせず、リエンを工場から連れ出そうとした。

すると、これまで〝ハンチョウ〟だった楊が近寄ってきて、社長に何かを訴えた。

「親父さん、どうしてですか。私のこと、もう、嫌ですか。私より、その子、よくなったですか」

リエンよりずっと流暢な日本語だった。

「まあ、そういうこっちゃな。これまでご苦労さん」

社長が面倒くさそうに言うと、楊は目からぼろぼろ涙をこぼし始めた。

「親父さん、ひどいです。ずるいです。私、親父さん、好きです。お願い」

社長は顔をしかめて舌打ちをした。

「躾けのなってないやっちゃのう。これまでさんざん、ええ目え見せてやったろ。可愛がってもやったやんけ。ぐちゃぐちゃ言うと、国に帰すど」

リエンには「躾け」という言葉だけが聞き取れたが、あとはよくわからなかった。

楊は唇を噛み、その場で崩れ落ち泣き続けた。

社長はそれを無視して、リエンを促した。

「さあ、気にせんと、行こか」

リエンは言われるままに社長に従ったが、嫌な予感を覚えていた。〝ハンチョウ〟の座を奪われて悔しいのはわかる気がする。でも、それだけで、こんな号泣するのだろうか。中国人はベトナム人よりも気性が激しいとは聞くけれど……。

果たして、社長に連れて行かれた先は、工場に隣接する社長の自宅だった。

特に変哲もない日本式の二階建て住宅だった。中に入ると、埃っぽい生活臭がした。散らかってはいないけれど、壁の隅は黒ずんでいて年季が感じられた。

一階のリビングダイニングに通された。寮の六人部屋、二つ分くらいの広さだろうか。ダイニングテーブルに料理が載っていた。ハンバーグと、パンと、サラダだ。

「ミーティングいうてもな、飯食いながら話するだけやから。ああ、もう冷めとるかな。温めるからちょっと待っててな」

社長はハンバーグの皿をダイニングとつながっているキッチンに持っていって、レンジで温める。

「ほら、とりあえず、そこ座っといて」

社長の手振りで座るよう言われているのはわかったので、リエンは緊張しながらダイニングテーブルについた。

壁の高い位置に、日本の国旗、〈七生報国〉と書かれた書道作品、それから社長と同じくらいの年ごろの男性の写真が飾られていた。リエンには漢字の意味も、写真の男性が誰かもわからなかった。

家の中に、他に人の気配はしない。独り暮らしなんだろうか。

社長は離婚しているらしいという噂話は聞いたことがあるけれど、真偽のほどは知らなかった。

チン、とレンジが鳴り、社長は温まったハンバーグの皿を持ってきて、リエンの前に置いた。デミグラスソースのいい匂いが鼻をくすぐり、口の中に唾液が溜まるのを感じた。

「ファミレスのデリバリーやけど、なかなか美味いで。先、食べとってな。ほら、先、食べる、いいよ」

社長は食べるように促す。

「あ、はい。いただき、ます」

リエンは言われるままに食べ始めた。湯気の立ったハンバーグを口の中に入れると、じゅわっと肉汁が染み出してきた。いつも食べている仕出し弁当の中にも、ハンバーグが入っていることはあるけれど、それよりも何倍も美味しかった。

「どや美味いやろ」

社長はキッチンで自分の皿も温めて戻ってくると、リエンの正面に座った。

えっと、今、美味しいかって訊かれた……よね。

リエンはたどたどしく頷いた。

社長は目尻を下げて自分も食べ始める。

それから、ゆっくりはっきりとした日本語で尋ねてきた。

「リエン、仕事、馴れたか」

リエンは頭をフル回転させて、日本語をベトナム語に直して理解し、その答えを考え日本語にして言った。

「あー、はい。まだ、たへん、大変、です」

時間がかかったわりに、語彙が少ないので簡単な答えしか返せない。が、社長は「そうかそうか」と、目を細めた。

その後、食事をしながら社長は「仲間とは上手くやっているか」「困っていることはないか」などと、いろいろな質問をしてきた。リエンは一生懸命答えようとしたが、いかんせん日本語力が未熟すぎるので、なかなかちゃんと答えられなかった。

「リエンは、もっと日本語上手にならんとな」

食事を終えると社長は、笑顔のまま言った。

リエンはリエンで、落ちこんでいた。これで〝ハンチョウ〟の仕事をこなせるのだろうか。それに、ずっと頭を使いながらの食事だったので、せっかくのハンバーグの味も途中からほとんどわからなかった。

「よし、俺が少し教えたろ。リエン、日本語、勉強、する。ええな」

社長はそう言うと、「あ、い、う、え、お」とゆっくり口にした。「リエン。言ってみ」リエンは促されるままに「あ、い、う、え、お」を復唱した。次は「かきくけこ」その次は「さしすせそ」。

それから「手」「目」「鼻」などの身体の部位、「机」「椅子」「皿」など、ダイニングにあるものを指さし、社長が日本語で言い、リエンが復唱するというかたちの「勉強」をしばらく続けた。

最初は戸惑ったけれど、社長がわざわざ自分のためにこんなことをしてくれることが嬉しかった。改めて、しっかり日本語を覚えなければと思った。

「今日はこのくらいにしとこか」

日本語の勉強が一段落したとき、ダイニングの壁にかかった時計は午後九時少し前を指していた。いつもなら夜の仕事で梱包か何かをしているときだ。

そういえば、楊もミーティングに呼ばれた日は、夜の仕事には参加していなかった。彼女もこうして、社長から日本語を教わっていたんだろうか。

「リエン、ええもん見せたる。こっち来」

社長が席を立ち手招きをした。リエンは素直についてゆく。

向かった先は浴室だった。

「ワオ」と、リエンは思わず声をあげた。

そこは寮のシャワー室よりずっと広く、洒落た柄のタイルが貼られており、シャワー室にはない浴槽があった。丸形のとても大きな浴槽だ。お湯がはってあり、湯気が立っていた。

「日本では、風呂につかって、疲れをとるんや」

社長は言った。

ベトナムには入浴の習慣がない。浴槽を持っている家はまずなく、水浴びやシャワーで身体の汚れを落とすだけだ。

リエンは初めて見る大きな浴槽に目を奪われつつ、社長の言葉に相づちを打った。

そのときだ。突然、後ろから抱きしめられた。

「イッショニ、フロ、ハイル」

社長が発したのは、カタコトで発音もおかしいが、確かにベトナム語だった。そして胸に手を伸ばしてきた。

思わず「いや！」と、叫びリエンは振り払おうとした。しかし社長は力強くリエンの身体を押さえたまま、胸元をまさぐりつつ言った。

「シタガエ！　カエラセルゾ！」

やはりベトナム語だ。たどたどしく聞き取りにくいが、言うことを聞かないとベトナムに帰らせると言っていることはわかった。

それは何より困ることだ。

リエンは身をよじり、振り向いた。するとそこには、目を血走らせ、いやらしい笑みを浮かべる社長の顔があった。

その顔がすべてを物語っていた。

「逆らうと、ベトナムに、帰す。わかるな」

社長は今度は日本語で、ゆっくり、噛んで含めるように言った。

この男はリエンに拒否という選択肢がないことをわかっているのだ。

「フク、ヌゲ」

社長は、一旦、リエンから手を離してベトナム語で言った。別にベトナム語が喋れるわけではなく、こういう場面で必要なフレーズだけ、ネットか何かで調べて覚えているんだろう。つまり、最初からそのつもりでリエンを〝ハンチョウ〟に指名したのだ。

いつかチュックが「〝ハンチョウ〟は要するに社長のお気に入り」と言っていたのは、間違いではなかった。〝ハンチョウ〟とは、この社長の情婦のことなのだ。

こんな人だったなんて……。

社長は実習生を娘のようだと言っていた。そして「親父さん」と呼ばせている。日本人の親は娘にこんなことをするのだろうか。

衝動的に、社長を突き飛ばして逃げようかと思った。異郷の地で行くあてなんてない。誰か助けてくれる人がいるのかもわからない。警察に行けば、逃亡したとして捕まるのはこちらじゃないのか。結局、強制帰国させられるんじゃないか。まだ借金はかなり残っている。抵当に入れた畑をとられ、家族は路頭に迷うことになるかもしれない。子供たちの将来にも暗雲が垂れこめる。それだけは、駄目だ。

目の前が真っ暗になった。

「はい(ヴァン)……」

従うしかなかった。

リエンは唇をきつく噛み、シャツのボタンを外してゆく。

夫もいる身でありながらこんな男に弄ばれるのが悔しくて仕方なかった。目からぼろぼろと涙がこぼれた。その様子を見て社長は「たまらんのう」と嬉しそうに笑った。

かくしてリエンは社長と風呂に入ることになった。無論、それだけで済むわけもなく、浴室で犯された。準備がいいというべきか、社長は浴室の棚にコンドームを用意していた。久方ぶりに異物の挿入を許した性器が痛んだ。リエンが思わず声をあげると社長は下品な笑い声をあげて喜んでいた。そして風呂から上がったあと、二階の寝室に連れていかれてもう一度犯された。

「ええか、俺は無理矢理こういうことしてんやないぞ。きみは自分で望んで日本に来て、合意の上で俺と愛し合っとるんや。テレビやエアコンの付いた上等な部屋に住まわせてやっとるし、故郷(くに)じゃ稼げんような大金も稼がせとる。面倒なことにならんよう、ちゃんと避妊もしとる。どこぞの国の売春婦みたいに、あとになって謝罪だの賠償だのほざくなや。きみは恵まれとんや。感謝せえよ」

社長が日本語で言っていたことはほとんど聞き取れなかった。

もう抵抗する気は失せてなすがままにされた。

リエンを抱いているとき社長がしきりに口にしていた「可愛い」という日本語と、社長の腋が臭くてたまらなかったことが強く記憶に残った。

深夜、寮に戻り、リエンは一晩中泣いた。頭の中には夫と子供たちの姿が何度もよぎり、心が潰れそうになった。

同部屋のチュックたちはリエンがどんな目に遭ったかを知り驚く反面、納得もしていた。

だから、中国人が贔屓されていたのか、と。

翌日、股間に残った痛みと、その痛みを自覚するたびに思い起こされる屈辱に耐えながら、どうにか仕事をこなしていると、社長は夜、再びリエンをミーティングに呼んだ。

前日と同じだった。一緒に食事をして、日本語の勉強をしたあと、犯された。違うことがあったとすれば、犯されたのが一度だけだったということくらいか。

その後もリエンは頻繁にミーティングに呼ばれるようになった。

こうして地獄のような日々は続いた。

奥貫綾乃

捜査九日目。

桜ヶ丘署の捜査本部に戻ると、大部屋で井上と梅田がカップ麺をすすっていた。夜食だろう。時刻はもうすぐ午前零時を回り、日付が変わろうとしている。

「おう、お疲れ」

井上に声をかけられ、綾乃と司は「お疲れさまです」と声を揃える。

「昨日の今日で、遅くまでご苦労さん」

井上が二人をねぎらう。

この前日まで、綾乃と司はトータル三日、宮城に滞在し、借金のことを中心に地元での舟木亜子の人間関係を調べた。

亜子に金を貸していた全員のアリバイは一応、確認できた。亜子に対するわだかまりを口にする者は少なくないが、みな、佐藤紗理奈と同じように宮城で生活しており、東京になど行っていないという。アリバイの細かい確認はまだ終わっておらず、地元の所轄に進めてもらっているが、感触としては全員シロだ。事件に関与したと思われるような者はいなかった。

昨夜遅くに帰京し、休む間もなく今日は一日、聞き込みに駆り出された。疲れていないといえば嘘になる。が、それはみな同じだ。捜査本部発足から三週間までは、原則、捜査員は休みを取らない。

「奥藤選手、収穫はあったか」

梅田が尋ねてきた。綾乃と司をまとめて奥藤と呼ぶ。疲れているところに苛つかせてくれる。

「事件につながるような収穫はありませんでした。申し訳ありません」

司が答える。綾乃は内心、そいつにそんな殊勝な態度とらなくてもいいのにと思う。

「いや、塗り絵を潰しただけでも収穫です」

井上が鷹揚に言った。

今、井上班が主に行っているのは、事件前日までの正田と亜子の足取りの確認だ。

彼らはホームレスのような生活をしながら、日雇いの仕事で日銭を得ていた。その間、寝泊まりに使った店や、仕事を斡旋した業者、一緒に働いた者などを当たり、様子や交わした会話の内容を訊き、二人の行動を特定してゆく。井上の言うように、さながら塗り絵を塗ってゆく作業だ。

捜査本部が被害者二人の身元を記者発表したのは昨日のことだ。今朝からテレビなどでも報道されており、聞き込んだ人の中には驚いている者も少なくなかった。

「宅配業者の方はどうなりましたか」

綾乃は井上に尋ねた。

「ああ、それがなあ。見つからんのですよ。D団地を受け持つ業者はひと通り、当たったんですがねえ」

井上は首をひねった。

綾乃たちが宮城にいる間に、一つ重大な捜査の進展があった。正田と亜子が、何故あの日D団地にいたのか概ねわかったのだ。

突き止めたのは、正田が利用していたSNS『トゥワイス』のアカウントを分析していたサイバー捜査チームだった。

彼らは裁判所から令状を取り、『トゥワイス』社の日本法人に対して、正田のアカウントのコンテンツ情報の開示を要求した。これにより非公開のDM（ダイレクトメッセージ）の履歴も確認することができる。

正田はDMで不特定多数のユーザーとのやりとりをしていた。中でも事件と直接関係ありそうなのは、殺害される二日前の〝HARUYAMA〟というニックネームのアカウントとのやりとりだ。

まずその〝HARUYAMA〟からこんなDMが送られてきていた。

〈こんにちは。春山です。その後どうしてますか。単発のいい仕事があるんです。もしよかったら、やりませんか。空家で荷物を受けとるだけで20K払います〉

20Kというのは、二万円を意味するネットスラングだ。

『京浜こども家庭センター』で翼から聞いた話では、彼らが最近まで住んでいたシェアハウスを紹介した男も春山と名乗っていたらしい。おそらく同一人物だろう。

これに対して正田は〈やりたいけど……。アコがそっちには戻りたくないって言ってる〉と返信している。

春山は〈戻ってこなくても大丈夫です。報酬はその場で払います。どうでしょうか〉と返信している。

アコは亜子のことだろう。戻りたくない、というのはシェアハウスへ、ということだろうか。

正田が〈ならやる〉と了承し、次のようなやりとりがなされていた。

〈明後日ですが、大丈夫ですか〉

〈大丈夫〉

〈受け取るものの量が多いので、亜子さんと二人で来れますか。目立つとまずいので、子供たちはどこかに置いて〉

〈わかった〉

〈東京都多摩市×××D団地3号棟402　午後2時〜4時　です〉

〈OK〉

〈鍵はメーターの上です〉

春山が示したのは正田と亜子が死体で発見された部屋の住所だ。鍵の隠し場所である電気メーターの写真も送られてきていた。

二人があの部屋を訪れたのは、この春山から依頼された仕事のためとはっきりした。文面から想像できる仕事の内容は詐欺の片棒担ぎだ。たとえば他人のクレジットカード情報を盗み取り、ネット通販で換金性の高いブランド品やゲーム機などを購入するクレジット詐欺。

この手の詐欺は、発送記録が残るため、どのように商品を受け取るかがネックになるが、空家を使い第三者に受け取らせることで、首謀者の足が付かないようにしたのだろう。D団地がまさにそうだが、郊外の住宅地で急増する空家には、管理が甘い所も少なくない。それを犯罪に利用されたかたちだ。

正田と亜子はこの仕事のためにD団地のあの部屋へ向かった。そして、何らかのトラブルにより殺害された──

捜査本部の見解はこの線で一致した。

では二人を呼び出した春山とは何者か。

〝ＨＡＲＵＹＡＭＡ〟のアカウントはＤＭを送った日につくられており、明らかにこの連絡をするためだけの捨てアカウントだった。

サイバー捜査チームは〝ＨＡＲＵＹＡＭＡ〟の個人情報も開示させたが、身元に繋がる情報は登録されていなかった。ネット上の住所であるＩＰアドレスもＴｏｒ（トーア）という匿名化技術で匿名化されていたという。

綾乃も詳しくはないが、サイバー捜査チームの関本によれば、Ｔｏｒは、専用のブラウザソフトで簡単に使え、誰が何処からアクセスしたかほぼ完全に隠すことができる技術らしい。独裁や圧政に苦しむ国や地域で、市民が自由な情報交換を行うためにも使われているらしいが、犯罪に使われると捜査や取り締まりがきわめて難しい厄介な代物だ。平成二四年に発生し、翌二五年に真犯人が逮捕されたパソコン遠隔操作事件でもこのＴｏｒが使われ、警察は初期捜査で無関係の別人を逮捕する失態を犯してしまった。

こうしたＩＴの発達により、従来であれば組織的に行われていた犯罪も個人化している。

井上たちは手がかりを掴むため、事件当日、ＤＭにあった午後二時から四時の便でＤ団地３号棟４０２に荷物を運んだ業者がいないかを調べていた。

しかし、見つからないという。

「ひょっとしたら、この仕事の依頼がそもそも嘘かもな。わざわざ二人で来るように念を押しているところから、犯人(ホシ)が最初から殺すために呼んだってことも十分考えられる」

井上が言った。

ならば荷物が送られていなくても不思議はない。

「犯人との接点は例のシェアハウスでしょうか」

「今のところ何とも言えないでしょう。そのシェアハウスのことは、ほとんど何もわかってないからねえ」

井上はため息をついて、腕を組む。

正田と亜子、そして二人の子供たちの足取りについては、かなりの部分がわかっている。くだんのシェアハウスで暮らしていたというおよそひと月間だけが、未だ空白だ。

「まあ、チンピラ同士のつまらねえいざこざがあったんじゃないですかね。殺されて当然の二人ですよ。反吐(へど)が出る」

梅田が吐き捨てるように言った。

誉められた発言ではないが、誰も諌めなかった。

あんたみたいなセクハラ男でも、そう思うんだね——

正田は春山の他にも多くのユーザーとDMのやりとりをしており、その中には事件と直接関係ないかもしれないが、見逃せないものが多くあった。

正田は詐欺の片棒担ぎらしき仕事の他にも、不法行為に手を染めていたのだ。

それは、児童ポルノ写真の売買だ。

たとえば、一番最近では三月三〇日に、こんなDMが届いている。

〈写真欲しいです。詳しいこと教えてください〉

サイバー捜査チームによればこれは、正田のアカウント〝だいきんぐ〟の公開プロフィールにある〈暖炉Pあり〉という文言に反応したユーザーが送ってきたもののようだ。

〈暖炉P〉は、ボーカロイドとは関係なかった。わかる者にだけわかるようになっている隠語らしい。暖は「男」、炉は「ロリータ」、Pは「PHOTO（写真）」をそれぞれ意味する。つまり、男の子の写真ということだ。

このDMに正田は、目の部分に黒線を入れて素顔がわからないように加工した翼の顔写真を付けて次のような返信をしている。

〈7歳。美少年。全裸20カットで5K。縛りオプション付きで10K。虐待オプション20K。シチュリクエスト相談。前金、ノークレーム・ノーリターン〉

すると相手は〈買います。虐待オプションで。できれば過激なやつ〉と答え、正田は自分の口座番号を教えている。

その翌々日、入金が確認できたのか、正田は相手に二〇枚の写真を送っている。翼があられもない姿でロープで縛られている写真を。DMに虐待とあったが、背中に煙草の火を押しつける様子を五枚連続で写したものまである。正視に耐えない。翼の身体の至るところに痣と火傷の痕があった。小さな身体が受け止めるには、あまりに苛烈な暴力の痕跡。児童相談所の芥が言っていたのは、これのことだろう。

写真の中で翼は、あの〝凍りついた凝視〟と呼ばれる無表情のまま、目だけを潤ませていた。

購入した相手はそれに〈ありがとうございます。ズタボロの人形みたいな感じが最高ですね〉などと感想を送ってきて、やりとりは終わっていた。

これ以前にも、何人ものユーザーと、同じような写真の販売を何度も繰り返している。去年の夏ごろからやっていたようだ。

明確な児童ポルノ禁止法違反だ。

これは今回、たまたま捜査の中で明らかになったに過ぎない。

このように隠語を使い宣伝し、SNSのクローズドなメッセージ機能を使い児童ポルノ写真をやりとりする者は、かなりいると見られている。

正田は翼の——自らのことを父さんと呼ぶ男の子の——ポルノ写真を撮影して販売していた。亜子も黙認していたのだろう。あるいは一緒に写真を撮っていたかもしれない。

まさに反吐が出る。

すでに売った側の正田はこの世にいないが、児童ポルノは、買った側も処罰されるようになっている。本庁のサイバーセキュリティ対策本部と生活安全部にもこの情報は共有しており、正田から写真を買った者たちの検挙に動いている。

当然だ。こんな写真を買うような者たちには、落とし前をつけさせなければならない。

「しかし、どうなっちまってんだって思いますよ」井上がため息をついた。「舟木亜子にとってはその翼くんてのは、震災後の大変な中で産んだ子でしょう。そんな子に、こんなひどいことをする男とどうして付き合い続けるのか。しかも自分も虐待に加わっていたかもしれない。信じられんよ」

井上は淡々と事実関係だけを追いかける気質の職人的な刑事だ。事件関係者の、しかも被害者の人格を評論するのは珍しい。それだけ翼の受けた虐待に憤っているということだろう。

梅田が調子を合わせる。

「まったくですよ。母性ってもんが壊れちまってんじゃないですかね」

二人の男は渋い顔で頷きあっている。

傍らで綾乃は、何気なく発せられただろうその言葉に、忘れたい記憶をえぐられていた。そもそも居心地の悪い話題だが、梅田は余計なひと言をいってくれた。本当に相性が悪い。

——綾乃さん、別れたってあなたは母親でしょう? あなたには母性というものがないの?

離婚の話し合いの中で、親権を夫に譲ることにしたとき、義母から言われた。

孫を溺愛していた彼女にとっては、息子に親権が渡ることは喜ばしいことのはずだった。

しかし、綾乃がそれを手放すことに納得できないようでもあった。夫に似て優しく上品な義母だった。その彼女が、理解不能な怪物を見るような目で綾乃を見ていた。

会話が途切れ、綾乃と司はデスクで今日の聞き込み内容を報告書にまとめ始めた。なるべく早く終わらせて、多少でも睡眠時間を確保したい。

そう思い、作業をしていたが、途中でどうしても耐えられず、席を立った。

「ちょっとお手洗い」

すました顔で言って廊下に出ると、トイレに駆け込んだ。

個室の中で思い切り戻した。移動中に車の中で食べた夕食のおにぎりの米と海苔が未消化のまま便器にぶちまけられた。

井上たちと話をしているときからあの黒い感情が、〝沼〟が現れていた。その奥から、あの蜘蛛に見つめられている気がした。

そして、まるで身体の中に本当に沼が出現したかのような不快感に突き上げられていた。ずっときつく奥歯を嚙みしめ、痛みで気を散らそうとしていたが、上手く行かなかった。吐き出さずにいられなかった。

勢い余って何度も咳き込む。胃液で灼けた喉がひりつく。便器から漂う自分の胃液の匂いが鼻をいたぶる。水を流して個室を出た。

手洗いで口をゆすごうとしたら、不意に目の奥がツンと痺れた。涙腺がゆるんでいる。自然と涙がこぼれた。意思とは関係なく身体が必死に何かを外に出そうとしているかのようだ。

何なんだよ、もう――

綾乃は涙を拭い、何度も何度も深呼吸を繰り返した。

どうにか収まってきてから、手を洗いトイレを出てゆく。

すると、目の前に司の姿があった。

「奥貫さん、大丈夫ですか」

司は不安げな視線を向けてくる。

大丈夫か、大丈夫じゃないかでいえば、たぶん後者だ。大丈夫じゃない。でも、何故、司がここにいるのか。

彼女もトイレに来たわけではないようだ。心配して様子を見に来たにしても、別にそこまで長時間、トイレに籠もっていたわけじゃない。

「え、あ……何で」

思わず問いを口にした。

「あの、とても、しんどそうだったので。余計なお世話だったら、申し訳ありません」

言って司はかすかに小首をかしげた。

顔に出てしまっていたんだろうか――

綾乃は密かに息を呑んだ。

「何でもないよ。本当、余計なお世話。でも、ありがとうね」

意志の力を総動員して、綾乃は精一杯の強がりを言った。

ファン・チ・リエン

平成二九年一月一日。

沿道に広がる霜の降りた畑から、冷たい風が渡ってくる。ほんのわずかに乾いた土の匂いがした。

リエンは身をすぼめながら、舗装された農道を歩いてゆく。この畑の持ち主だろうか。大きく立派な民家があり、軒先には門松が飾ってある。

ちょうどその前を通りがかったとき、玄関が開き、家族らしき老若男女がぞろぞろ出てきた。女性は着物で着飾り、男性は紋付き袴の者もいればスーツ姿の者もいるが、みな正装をしている。

そのうちの一人、紫色のきれいな着物を着た老女が、リエンに気づくと「明けましておめでとうございます」と、声をかけてきた。

それが日本の正月の挨拶だというのはわかる。

リエンは、曖昧な笑みを浮かべて、お辞儀を返して通り過ぎてゆく。

「あれ、もしかして外人さんやん」「そうなん」「あっちの縫製工場で働いとる人と違う」

「たぶんそうよ」「あの背中、ああいうデザインなん」「ちゃうでしょ。汚れでしょ」

背後から、そんな話し声が聞こえたが、リエンには聞き取れなかった。


平成二九年の年明け。

リエンが『亀崎ソーイング』で働き始めてから、もうすぐ九ヶ月になる。昨日の一二月三一日と、今日、一月一日の二日間、初めて仕事が連休になった。

日本では、カレンダーの暦通り一月一日が正月なのだという。あの家族もきっと、これから初詣にでも行くのだろう。テレビでは新年を祝うような特別番組をやっていたし、日本各地でカウントダウンや、ニューイヤーのイベントが行われているらしい。

ベトナムにも正月（テト）や初詣はあり、大々的にお祝いをするけれど、それは旧暦。一月末から二月にかけての行事だ。一月一日の新年は、単なるカレンダーの区切りという感覚が強い。ハノイなどの都市部では新年に花火を打ち上げたり、ちょっとしたお祝いをすることもあるけれど、リエンが育った農村では、農閑期の一日として特に何もせず過ごすことが多かった。

道の先に橋が見えてきた。

可児市を東西に流れる可児川にかかる橋だ。土手の草は枯れ、川を流れる水が陽の光を白く反射している。寒々しい景色。橋の上の空気は凍ったように冷たかった。

リエンは着ているダウンコートのフードを被って耳を隠した。

このコートは、八〇〇〇円もした。日本で買った一番高いものだ。まだ買ったばかりなのに、背中一面に真っ黒い染みがついてしまっている。みすぼらしく嫌なので、買い換えてしまおうと思う。それはあまりに贅沢だろうか。

仕方ないよ。寒いんだもの。コートがないと死んじゃうかもしれない——

リエンは自分に言い訳をする。

日本の冬は寒いと聞いていたけれど、本当に寒い。夏の蒸し暑さは、ベトナムとそんなに変わらないと思ったけれど、この冬の寒さは経験したことがないものだ。リエンに限らず、ベトナム人の実習生たちは一一月ごろから、体調を崩しがちになっていた。

ああ、でも死んじゃった方が——

橋の上から白く光る水面を見つめ、この場で裸になって飛び込むことを想像する。可児川は浅くて溺れるような川ではないけれど、今なら寒さで死ねるかもしれない。

そんなことを考えるが、本当に死ぬ勇気なんてないし、日本へ来るためにした借金も返していない。もしリエンが死んでしまえばベトナムの家族に大変な迷惑がかかってしまう。そんなことできるわけがない。

橋を渡ると畑がなくなり、民家やマンションが並ぶ住宅地に出た。道の人通りも増えてくる。みな目的地は一緒なのだろう。リエンと同じ方向へ歩いてゆく。

やがて前方にクリーム色の大きな建物が見えてきた。ラスパ御嵩。この辺りで唯一の、ショッピングセンターだ。年中無休で、昨日までは歳末セール、今日からは初売りをやっている。

『亀崎ソーイング』の工場からは、徒歩でおよそ四〇分くらい。最近、休みの日は届けを出して、いつもここに来ている。

入口を入った所で、耳に中国語らしき言葉が飛び込んで来て、ぎくりとした。

すぐ脇を女性の三人組が談笑しながら通り過ぎてゆく。旅行者が来るような場所ではない。留学生か別の職場で働いている実習生か。何にせよ、知らない人たちだった。ほっと、胸をなで下ろした。

休みの日に外出するのは、寮にいたくないからだ。

〈淫蕩〉〈妓女〉

買ったばかりのコートの背中に、マジックで落書きされたのは、つい五日前のことだ。中国人の誰かにやられた。読めないけれど、たぶん卑猥な意味のことが書いてあるのだろう。洗剤で一生懸命擦って洗うと、ぼやけてどうにか字が読めないようにはなったけれど、完全にとれはせずに染みになってしまった。

中国人に嫌がらせを受けるのは、これが初めてではなかった。去年の九月、〝ハンチョウ〟に選ばれた日から、ずっとだ。

最初は悪口だった。中国人たちがこちらを見て、指をさし中国語で何か言っている。意味はわからなくても悪意は伝わってきた。やがて持ち物に落書きされたり、仕事中に後ろから押されたり、足をかけられたり。食事にゴミを入れられたことや、トイレの個室に入っていると水をかけられたこともあった。

——あいつら、リエンが〝ハンチョウ〟になったのが気に入らないんだ。これまで自分たちばかり贔屓されていたくせに。

同部屋のチュックや他のベトナム人たちは言う。それはその通りなんだろう。

こんな目に遭うなら〝ハンチョウ〟なんて辞めてしまいたい——そんな弱音を吐くと、みんな「とんでもない」と反対した。

——あんたが〝ハンチョウ〟になってくれたお陰で、ようやくベトナム人のことも気にかけてもらえるようになったんだ。辞めるなんて言わないでおくれよ。

リエンが〝ハンチョウ〟になってから、寮のベトナム人の布団が全部新しくなった。シャワー室の石鹸やシャンプーも頻繁に補充されるようになったし、比較的楽な仕事が分担されるようになった。これまで中国人が受けていた贔屓が、こちらに回ってきたのだ。

来月帰国する予定のチュックなどは「私が帰るまでは我慢しておくれよ」などと言う。もっとも〝ハンチョウ〟は自分の意思でなったり辞めたりできるものではないけれど。

みんな、自分のことばかりだ。チュックが「我慢」と言うように、その贔屓を受け取るためにリエンが何を捧げているかは、誰もが知っているのに。

抵抗できないならせめて少しでも得になるようにと、たどたどしい日本語で社長にベトナム人の寮や仕事の改善を訴えた。

その効果は多少なりともあったようだ。しかしリエンには慰めにもならなかった。こんなちょっとしたことのために、慰みものになっていると思うと、余計に惨めになった。

元〝ハンチョウ〟の楊からは、面と向かってこんなことを言われた。

——調子、乗るな。そのうち、あんたも、捨てられる。あの人、あんたに、飽きる。私に、戻って、くる。

日本語だった。辛うじて意味はとれたが、言葉以上に、声の強さと燃えるようなまなざしが雄弁に語っていた。嫉妬を。

信じ難いことだったが、楊はリエンに嫉妬しているのだ、女として。

社長は弱みを握って女を自由にする卑怯者だ。「可愛い」といくら口で言っても、ただ自らの性欲のはけ口にしているのは明白だった。あんな男に抱かれるのが嬉しいとは到底思えないのに。

楊はあの男が好きなんだろうか。最初から？　それとも、何度も犯されるうちに情が湧いたのだろうか。

どちらにせよ、まったく理解不能だった。

ベトナム人の同僚たちは同情的ではあるものの、〝バンチョウ〟を辞められるよう願う者などいなかった。「夜の仕事サボれて、美味しいもの食べれるんだろ。考えようによっちゃいい役回りじゃないか」などとやっかむ者さえいた。

ここは何もかもが狂っている——そう、思えた。

狂った場所で穢(けが)されてしまった。

日本に来たことを後悔したが、もう遅かった。

死ぬことも逃げることもできず、耐え続けるしかなかった。

＊

初売りで賑わうショッピングセンターの中を進んでゆく。とりあえず、新しいコートを買おう。今度は落書きされてもいいように真っ黒なコートを選ぼう。

アパレルショップのある方へとぼとぼ歩いていると、声をかけられた。

「すみません、ちょっといいですか」

ベトナム語だった。

顔をあげると、二人組の男がいた。

二人とも背が高く、一人は色黒でがっちりした体格、もう一人は色白の優男風。ベトナム人だろうか。特に色黒の男は日本人より彫りの深い顔立ちをしていたから、そう思った。

その色黒の男がベトナム語で尋ねてきた。

「もしかして縫製工場で働いている実習生の方ですか」

リエンは自分が外出時に身につけることを定められている会社の帽子をかぶっていることを思い出した。

色黒の男の言葉は流暢だが、発音がややぎこちなく、ネイティブではない感じだ。ベトナム人ではないのかもしれない。

どちらにせよ、関わってはいけない。

顔を俯けて、その場を立ち去ろうとした。

稀に外国人を利用しようとする政治団体や宗教団体が勧誘をしてくることがある。もし外出時、知らない人から話しかけられても無視をしなさい——訓練学校でも、監理団体の事務所でもきつく言われていたことだ。

「あ、待って。俺たち、ボランティアで技能実習生に日本語を教えているんです」

色黒の男が言い、色白の男はビラを押しつけてきた。つい受け取り、それを目にした。

と、思わず「ア」と声をあげて足を止めてしまった。

そのビラには、ベトナム語で〈日本語を教えます〉と書かれていた。ベトナム人の技能実習生に日本語を教える教室か、団体のようだ。

そういうものがあること自体、初めて知った。しかしリエンが驚いたのは、そのことじゃない。

文字の後ろ側、ビラにデザインされている背景だ。

ベトナムの景色と思われる風景写真を数点コラージュしたものが、うるさくならない程度の薄さで印刷されていた。

その写真の中に一枚、ハノイやホーチミンのような都市でも、有名な観光地のものでもないものがあった。しかし、リエンのよく知る場所だ。

畔にガジュマルの樹がある、真っ青な湖。

〝運命の湖(ホー・ディン・マイ)〟。

リエンの故郷の村にある、あの湖だった。まさか、日本で目にするとは思わなかった。

「どう、興味ありますか」

色黒の男がベトナム語で尋ねてくる。

「いや、あのこれ、私の村なんです」

リエンはビラに印刷されている〝運命の湖(ホー・ディン・マイ)〟の写真を指さした。

「へえ」

男も驚いたようだ。

と、もう一人の色白の男が「どうした」と尋ねた。

二人は日本語で何かを話し、色黒の男が、リエンに訳した。どうやらベトナム語を操れるのは、この色黒の男だけらしい。

「すごい偶然だね。この写真は、こいつの昔の知り合いが、学生時代にベトナムに旅行して撮ってきたものなんだって」

「私、たぶんその人、知ってます」

故郷の村に訪れた日本人なんて一人しかいない。

リエンが、叔父さんが村に連れて来た青年の話をすると、二人はより驚いていた。

「これも縁だから、少し話を聞いてよ。コーヒーくらい奢るから」

無視して通り過ぎるはずだったのに、勢い二人とショッピングセンター内のカフェに入ることになってしまった。

約束通りコーヒーを奢ってくれた。冬季限定の、チョコレートと生クリームが載った少しリッチなコーヒーだ。ミディアムサイズで四〇〇円もする。

色白の男は、あの青年から写真のネガをもらっており、今回ビラをつくる際に、ベトナムの風景ということでこの写真を加えたのだという。

彼はベトナム語は話せないようで、喋るのはもっぱら色黒の男だった。

「俺たちは、日本で働く技能実習生のサポートをしているんだよ」

「そうなんですか……」

二人とも怪しい感じはしなかった。でも、悪質な宗教や政治の団体は善人の振りをして近づいてくる、関わったら取り返しのつかないことになると、教わっている。そもそも、外部の人間と勝手に話をすることも禁じられている。

〝運命の湖(ホー・デイン・マイ)〟の写真に不思議な縁を感じ、つい、ついてきてしまったけれど、よくなかったかもしれない。途中でリエンはそわそわし始めた。

「活動の中心は、日本語の学習の支援なんだ。ボランティアだから、もちろんお金はかからない。ほら、ベトナムから来る実習生は、日本語が不得意な人が多いでしょう」

色黒の男は言った。確かにベトナム人の実習生は、中国人に比べても日本語が苦手な人が多い。無償で日本語学習の支援が受けられるなら、ありがたいかもしれない。

しかしリエンには、会社や監理団体から禁止されていることをする不安の方が大きかった。

リエンは曖昧に相づちを打ちつつ、適当なところで切り上げて、帰ろうと思っていた。

「どうだい？　興味ないかな」

尋ねる色黒の男に、リエンはかぶりを振った。

「あ、その、私は無理です。仕事は毎日、夜一〇時くらいまでありますし、休みも、週に一日だけで、外出には許可がいります。他にもいろいろやることもあるので」

「そっか、それじゃ仕方ないね。残念ですけど」

色黒の男はあっさり引き下がった。リエンはほっとした。

じゃあ、これで――と、席を立とうと思ったが、それより先に色黒の男が口を開いた。

「そんなに働いているんだったら、たくさん稼いでるでしょう。月に三〇万円くらいかな」

あっけらかんと出てきたその金額にリエンは驚き、思わず否定してしまう。

「そんないっぱい、もらってないです」

「あ、そう、この辺は時給安いもんね三〇はいかないか。二五万円くらい？」

「とんでもないです」

「嘘。おかしいな。岐阜の最低賃金でもそれだけ働いていれば、二五はいくと思うんだけど」

「え、そ、そうなんですか」

「そのはずだよ。きみは、いくらくらいもらっているの？」

「えと、九万円くらいです」

「残業代込みで？」

「はい。そうです」

「ええ、それはおかしいなあ」

色黒の男が日本語で説明すると、色白の男も驚いたようだった。

「ちょっと計算してもいい？」

色黒の男はテーブルに紙ナプキンを広げると、ポケットからボールペンを取り出した。

「朝は何時くらいから仕事が始まるの？」

「は、八時半です」

「さっき毎日夜の一〇時くらいまで働いているって言っていたよね。お昼や夕方の休憩はある？」

「あります」

「時間は？」

「えっと、お昼は三〇分で、夜は――」

話を誘導されているなどと思いもせず、リエンは正直に自分の労働条件を口にしていた。

色黒の男は紙ナプキンに数字を書いて何やら計算する。

「仮に一日の労働時間が一二時間として、週休一日で、月給が九万円だと、時給は三〇〇円くらいになっちゃうよ。でも、ここ岐阜県の最低時給は今は七七六円。去年の一〇月に上がったんだけど、その前でも七五四円だった。もう少し正確に言えば、週四〇時間を超える分については一・二五倍の割増しになる。どう計算しても二四、五万円はもらっていないとおかしいよ」

リエンは目を丸くして、紙ナプキンを見つめた。

計算は得意じゃないけれど、彼が言っている話は理解できた。
二四、五万円。食費と寮費があるから、仮に手元に残るのが二〇万円としても……四〇〇

○万ドン！　毎月それだけもらえていれば、前借金なんてすぐに返せるし、ベトナムのブローカーが言っていた三億ドンの仕送りだって余裕でできるはずだ。

「でも、私、本当に九万円しかもらっていないんです」

二人の男は日本語で短く言葉を交わした。

色黒の男は真剣な顔つきになった。

「リエンさん、はっきり言ってきみの研修先は、かなりあくどいことをしている。きみは、法律で決まっている最低賃金の半分以下で働かされているんだ」

「そんな……」

「その様子だと、そもそも最低賃金の話やなんかを監理団体から聞いてないね」

リエンは頷いた。全部初耳だ。

「じゃあ、監理団体もグルだな。さっき休みの日の外出は許可が必要って言っていたけれど、本当はこうして外部の人間と話をするのも禁じられているんじゃないかな。しかも違反をしたら強制送還するとか脅されて」

「は、はい」

「やっぱりね。外で情報交換されて、自分たちが滅茶苦茶なことをしているのがばれるのを防ぐためにそういうことをしてるんだよ」

そうなんだろうか。わからない。初めて聞く話ばかりで判断ができない。でも、日本に来てみたら話が違ったのは事実だ。

鼓動が早まるのを感じた。

「それだけ、あくどい経営者だと、他にもっとひどいことをしてないかな。たとえば暴力を振るわれたりとか。あるいは、きみは日本人が好みそうな美人だ。何かセクハラ、いやらしいことをされていないかい」

「あ、そ、それは……」

されている。

けれど、口にするのはためらわれた。

唇をわなわなと震えさせるばかりで何も言えずにいると、色黒の男は優しい口調で言った。

「無理に言わなくていいよ。大体想像できるからね。実はね俺たちが日本語を教えているっていうのは、きみみたいに困っている実習生を捜すための方便なんだ」

方便って……嘘ってこと？

色黒の男は続ける。

「俺たちは、きみを助けることができる。きみを今の職場から逃がし、新しい住まいと仕事を紹介する。今よりずっとましな仕事で、借金もちゃんと返せるから心配無用だ。これは一度限りのチャンスと思って欲しい。信じてくれれば悪いようにはしない。よかったら場所を変えて詳しい話をしよう。こんな人目のあるところで長話をしていて、誰かに見つかったらきみもまずいだろう。

いいかい、よく聞いてくれ。俺たちは先に店を出る。もしきみに話を聞く気があったら、まずここで一人でゆっくりそのコーヒーを飲み終えて、それから、そうだな二〇分くらいは、このショッピングセンターをぶらぶらして、北側の出口から表に出るんだ。念のため周りに勤め先の同僚や知り合いがいないことを確認してね。できれば一度トイレにでも入ってその帽子は脱いだ方がいい。出口を出るとすぐ正面に大きなスポーツショップがある。そこの駐車場に駐まっている白いバンで待っている。車の中で話をしよう。車体に『プランH』って青いステッカーが貼ってある。すぐにわかると思う。今から一時間後までは待っている。もちろん、無理強いはしない。どうするかはきみが決めてくれ」

色黒の男はゆっくりと、しかし一気にそう言うと、席を立った。

一緒に立ち上がった色白の男が日本語で何か言った。

色黒の男は頷き、リエンに向かって付け足した。

「こいつが、きっとこの湖が導いてくれたんだと思う、だから、来てくれたら嬉しいってさ」

二人は自分たちの分のトレーだけを持って立ち去った。

一人取り残されたリエンはその場でしばらく呆然とした。せっかくの冬期限定コーヒーをまったく飲んでいないことに気づいて、マグカップに口をつけた。すっかり冷めていたけれど、甘くてとても美味しかった。

あの二人が本当のことを言っているのか、信じられるだけの理由はない。それに助けると言ったって、具体的にどうするというのだろう。リエンは社長にパスポートを取られているのだ。監理団体もグルなら向こうはいつでも強制送還させることができる。

でもこの地獄のような日々から救ってもらえるのなら――

こんなに美味しいコーヒーを奢ってくれる人を疑う理由も、ない。

〝運命の湖(ホー・ディン・マイ)〟の導き――最後に言われた言葉が背中を押した。

それが希望的観測のバイアスによってなされた判断だったのは否めない。

が、コーヒーを飲み終えるころには、心は決まっていた。

＊

意を決してスポーツショップの駐車場に向かうと、『プランH』と書かれた青いステッカーを貼った白いバンが駐まっていた。中には二人がいて、リエンを招き入れて言った。

「来てくれて嬉しいよ。改めて自己紹介をさせてくれ」

色黒の男はマルコス、色白の男はブルーと名乗った。

日系ブラジル人ミサワ・マルコスは、私にブルーのことを話してくれたもう一人の証言者だ。

――そりゃあ驚いたさ。まさかもう一度逢えるなんて思っていなかったからな。

ブルーとマルコスが再会したのは、ブルーが姿を消してからちょうど一〇年後の平成二五年の夏のことだった。

このとき二八歳になっていたマルコスは、定職にも就かずぶらぶらと、その語学の才能を活かすこともできない無為な日々を過ごしていた。

そうなったきっかけは、リーマンショックだ。

平成二〇年に発生した世界的な金融危機は、浜松にある下請け工場にも打撃を与えた。大企業の保身のしわ寄せを受ける分、中小企業のダメージはむしろ深刻だった。長年勤めていた『イレブン技研』は日系人全員を雇い止めし、マルコスは職を失った。かつてバブル崩壊の煽りで父親が遭ったのと、同じ目にマルコスは遭った。長年デフレが続き日本の製造業の基礎体力が低下していた分、このときの方がより深刻だった。

——ブルーがいなくなったあと、あの町は俺にとって愛すべきものなんて何もない場所に戻った。あのころの俺ときたら、ただ流されるように生きていただけだった。日銭を稼いで、飯を食って、糞をして、寝る。あとは……、ときどき酒を飲みながら、YouTubeで、アイドルの動画を漁るくらい。相変わらずアイドルは好きで、いろいろ見てたけど、現場に行ったりグッズを集めたりする余裕も熱もなかった。金もなかったしね。何のために生きているのかなんて考えたくもない、そんな毎日だったんだ。

そこに突然、ブルーが現れて「一緒に行こう」って言ったんだ。

ブルーと二人であの町を出るってのは、かつて密かに見ていた夢だった。俺みたいな男が、目の前に白馬の王子様が現れたなんて言ったら、あんたは笑うかい。

ブルーがマルコスの前に現れたのは、スカウトのためだった。

樺島香織の仕事を手伝うようになっていたブルーは、一緒に働かないかと、かつての親友を誘いに来たのだ。

このころ樺島香織は、外国語ができる人材を探していた。ブルーはマルコスのことを思い出し、声をかけることを提案した。日本語とポルトガル語がペラペラで、きっと他の言葉もすぐに覚えるし役に立つ、そして何より信頼できると、熱心にアピールしたという。

渋谷の事務所を畳み、横浜に『プランH』という会社をつくった樺島香織は、貸金業と並行して、ブローカー業を営むようになっていた。その中で、外国人技能実習生を受け入れ先の企業から逃がし、別の仕事を紹介することを始めたのだ。

外国人技能実習制度は「労働力は欲しいが外国人に定住されては困る」という日本人の本音を反映したかのような、歪（いびつ）な制度だ。きちんとした労働ビザを発行することをせず、実習生は在留できる期間が制限され、職業選択の自由はなく、職場に割り振られたあとは転職もできない。

これをいいことに最低賃金以下で働かせたり、労働法規違反の長時間残業を強いる企業が続出した。発展途上国からやってきた実習生たちは、情報を遮断され、自分たちに守られるべき権利があることすら知らず、理不尽に耐え続ける場合がほとんどだった。その上、監理団体に仲介させるため、中間搾取が発生し、利用する企業の側も余計なコストを払わなければならなかった。

巷にはこんな制度に頼らず、もっとましな条件で外国人を直接雇いたい企業はたくさんあった。また、水商売や産廃工場など、人手は欲しいが制度上、技能実習生を雇えない業界もあった。

樺島香織が目を付けたのはここだ。

技能実習生が多く働いている土地に赴き、アンケートや語学教室を装い、アプローチする。話を聞き不遇な環境で働いているとわかれば「もっといい仕事と家を紹介できる」と逃亡を持ちかけ、外国人を雇いたい企業に紹介するのだ。

慈善事業ではないので、もちろん紹介料（マージン）は取る。それでも実習生はそれまでよりいい賃金と環境で働けるようになる。企業は労働力を確保でき、樺島香織は儲かる。

——損をするのは、実習生を奴隷みたいに働かせている悪徳企業だけ。まさにWIN-WINのビジネス。人助けだと思わない？

などと樺島香織は嘯（うそぶ）くが、これらの行為は合法とは言いがたい。が、間違いなくニーズはあった。平成の終わりに、日本各地で多数の技能実習生が逃亡していることが明らかになったが、その背景には彼女のようなブローカーの暗躍もあったのだ。

浜松から横浜にやってきたマルコスは、ブルーが暮らす樺島香織のマンションに転がりこんだ。マルコスは、よく知らない女性と同居することになり最初は戸惑ったが、すぐに打ち解けたという。

——香織さん、実は結構なドルオタでさ、俺とは話が合ったんだよ。ブルーのことを助けた人だからね、俺と相性悪いわけはないんだよな。まあ、そんなにべたべたした感じでもなかったけれど、そこそこ仲よくやっていたよ。仕事はなかなか大変だったけど、面白くもあったな。休みの日は三人で出かけたりもしたし、ゲームもよくやった。ブルーはゲームが大好きだったんだ。ああ、それからマンションのベランダでみんなで花火を見たりもしたっけ。楽しかったよ。

マルコスは懐かしそうに話した。
同じ時期のことを樺島香織もこんなふうに言っている。

——三人で同居することになったのは、成り行きだったんだけどね。ブルーもマルコスも、同居人としては気の置けない、いい連中だった。私からしたら、急にできた弟、みたいなものかしらね。二人とも従業員としても使えて、仕事も上手く行っていた。悪くない生活だったわ。あのころのことで特に印象深いのは……、そうね、三人で花火を見たことかしらね。

樺島香織本人も弟と言うように、やはり家族だったのだと思う。たとえ擬似的であったとしても。

ブルーは、椿島香織とミサワ・マルコスという二人の家族を得て、平成最後の数年間を彼らと過ごした。

マルコスが「楽しかった」、椿島香織が「悪くない生活だった」と思い出す日々は、きっとブルーにとっても穏やかでいい日々だったのだと思う。

しかし実はそれは、軋んでいたのだ。音も立てずに。

奥貫綾乃

捜査一一日目。

その女性の顔からは「戦っている感じ」がした。しっかりメイクして加齢と疲れという二つの敵に精一杯、抵抗している。

そうとわかるのは隠し切れていないからだ。注意深く肌や目元、髪の毛を見れば、かすかに年齢と疲労が滲んでいる。それを感じ取り若作りとか厚化粧という人もいるだろう。けれど戦いの成果はしっかりあり、きれいに見せることには成功している。

なのに私ときたら——

綾乃は彼女の目に映っているだろう自分の顔を想像し、若干のいたたまれなさを覚える。

捜査本部が立ち上がってから、疲労のせいなのか、鏡を見るたびに老けている気がする。自分が「おばさん」なのはさすがにもう自覚しているけれど、日々「お婆さん」に近づいているという現実はあまり直視したくない。そのくせ大した抵抗もしていない。ＢＢクリームすら塗らず、とりあえず化粧水だけですませるのが常態化している。

この「戦っている感じ」の女性、犀川実加(さいかわみか)は昭和五〇年生まれ。今年の誕生日で四四歳になる。綾乃と同い年だ。もっとも、第二次ベビーブームにあたる世代なのだから、同い年なんて山ほどいるけれど。

離婚歴のあるバツイチで、娘が一人いるという点も共通している。ただし実加は親権を手放したりせず、シングルマザーとして娘を育てている。多くの母親がそうするように。

「この家には、五年前、平成二六年に越してきました。離婚したタイミングだったんです。不動産屋さんの紹介で。敷金も礼金もいらなくて、家賃もこの辺りでは安めだって言うんで。元々住んでいた家は、夫が、あ、元夫が勝手に解約してしまって。とにかく、子供と一緒にすぐに入れるところが必要だったので……」

東京都墨田区東墨田。東京スカイツリーの東に位置するこの町は、ごく最近まで古い工場や集合住宅が建ち並び、昭和の下町の雰囲気を残していた。が、スカイツリーの建設が決まってから再開発が始まり、古い建物は軒並み姿を消し、現在は閑静な住宅街になっている。

そんな町の片隅に建つここ『プレミアムコート』は、敷金も礼金もゼロの、いわゆるゼロゼロ物件と呼ばれる洋風アパートだ。外装は小ぎれいだが、プレハブ造(ぞう)でプレミアムと言うには安っぽい。保証人も不要で入居のハードルは低いが、家賃が一日でも遅れれば、法定上限ぎりぎりの利息を請求され、ひと月滞納すると運営会社は鍵を交換し、強制退去させるという。

この手の物件は、非正規雇用で働く若い世代やシングルマザー、単身の高齢者、外国人などをターゲットに、この二〇年ほどで急増している。

良心的というよりも足元を見ているといった方が実態に近いのだろう。

実加は一度大きくため息をついた。

「引っ越したいんですけど、そんなお金ないし。子供も学校に行くようになって、転校させるのも可哀相だし――」

実加は訥々とした調子ではあるものの、話すこと自体は好きなようで、訊いてもいないことまでよく喋る。

離婚の原因は夫の浮気だったそうだ。

いつの間にか愚痴のようになってゆく実加の話を聞きながら、彼女の背後、部屋の壁際に並んでいる本棚代わりのカラーボックスが気になっていた。下の段に子供向けの本が、上の段には実加が読むのだろう大人向けの本が並んでいる。

そんなに冊数があるわけでもないのに、綾乃も持っている本が四冊もあるのだ。『女性の品格』『人生がときめく片づけの魔法』『O型自分の説明書』『置かれた場所で咲きなさい』。どれも、この一〇年くらいの間にベストセラーになった本だから、こういうこともあるのだろうけれど、一致率の高さに妙ないたたまれなさを覚える。

話の途中、実加は思い出したように顔をしかめ、言い訳じみたことを口にした。

「子供が可愛くないわけじゃないんです。ただ、全部一人でやんなきゃいけないんで、本当に大変で。小学校に入ってくれて、少し楽になりましたけど、今度はＰＴＡの役員やることになってしまって。まあ、やり甲斐もあるんですけどね」

聞き手の司は「そうですか」と相づちを打ちつつ、話が途切れたのを見計らい、本題に戻す質問をする。

「それで、舟木さんは、犀川さんのあとからこのアパートに入って来たんですよね」

平成二六年の年末、被災地の仮設住宅を出て上京してきた舟木亜子が、ここ『プレミアムコート』の一階、１０５に息子の翼とともに入居したことはわかっている。

井上班では今日も手分けをして、亜子や正田と付き合いのあった人々への聞き込みを行っていた。

「はい。あ、正確にいつ引っ越して来たかはわからないんですけど。アパートの前で見かけたりして、新しく入ってきた人なんだな、とは思いました」

「それはいつごろですか」

「ええ。たぶん最初に見かけたのは……、一月だったと思います。えっとだから……平成二七年の一月です」

実加は記憶を探るように、斜め上に視線を動かしながら言う。

「あ、そうだあの日、子供がインフルエンザになってしまって。保育園に預けることができなくて、仕事を休まなければならなかったんです。家で独りにするわけにもいかないですし。でも、うちは稼ぎもワンオペなんで、本当に困るんですよね」

別れた実加の夫は、養育費を払ってくれていないという。

実加は事務職の派遣でフルタイムで働き、更に週に三日、夜間延長保育を利用してスナックでアルバイトをしている。どちらも時給の仕事なので、不測の事態で休めばその分、収入が減ってしまうそうだ。

「看病の合間に、子供がよく寝ているのを見計らって、大急ぎでコンビニに買い物に行ったんですけど、そのとき、翼くんを連れている舟木さんとすれ違って。同じくらいの子供がいる人が入ってきたんだって、思ったんです」

「すぐに話したり、仲よくなったりしたわけではないんですね」

「別にそのあとも仲よくなったわけじゃないんですけど……。そうですね。一年以上、口をきく機会はなかったと思います。顔を合わせたとき会釈くらいはしたかもしれないですけど、舟木さん、上下ジャージの姿でいることが多くて、ちょっとヤンキーっぽい感じがしてしまって。私、そういう人苦手なんで」

この『プレミアムコート』は二階建てで、各階五、計一〇の部屋がある。単身者や外国人も多く、住人同士のつながりはほとんどないようだ。

実加と亜子もしばらくは、名前も知らない隣人同士の間柄だった。ただ、実加は亜子のことを自分と同じシングルマザーなのだろうとは思っていたという。

「でも、あの人、急にお腹が大きくなっていて、驚いたんです。そしたら、男の人を見かけるようになって」

「その男性が舟木さんの恋人の正田さんですね。見るようになったのは、平成二八年になってからですか」

「そうです。このときは、もしかして結婚したのかなと思っていました」

平成二八年二月、亜子は正田の子である渚を産んでいる。その直前に正田は勤め先の『西丘製菓』を辞め、亜子の住むこのアパートに転がりこんだ——これまでに得た情報と一致する。

「舟木さんとコミュニケーションを取るようになったのは、彼女が渚ちゃんを産んだあとからですか」

「はい。もう四月になってたと思うんですが、日曜日、私がママ友たちと子供を遊ばせている公園に、彼女が来たんです。お互い、顔は知ってたんで、あ、どうも、みたいな感じで挨拶をして。そうしたら、樹林(きばやし)さん、あ、ママ友の一人なんですけど、樹林さんが、ベビーカーに近寄って、生まれたばかり？　可愛いわね、って話しかけて。それで、子供を遊ばせながら、みんなで少し話をしたんです」

実加はこのとき初めて、亜子と二人の子供の名前や、長男の翼が自分の娘と同い年だということ、亜子は翼を連れて宮城県の被災地からやってきたこと、渚の父親である正田とは同棲しているが籍を入れていないことなどを知った。

これがきっかけとなり、亜子はときどき公園に姿を見せて、ママ友たちとコミュニケーションを取るようになったという。

「実は舟木さんは、下の子、渚ちゃんの出生届を出していなかったんですが、それは知っていましたか」

別の班の聞き込みで、亜子が渚を亀戸の産院で産んだのはすでに確認できている。事前の通院はなく飛び込み出産だった。逆子のため自然分娩が難しく帝王切開した。手術痕はこのときできたものだろう。産院では出生証明書を渡したが、亜子はそれを役所に提出しなかったようだ。

「そうだったんですか。知りませんでした。あ、でも、そうか。舟木さんが公園に来るようになってしばらくして誰かが『三ヶ月健診、どうでした?』って訊いたんです。

そしたら舟木さん、要領を得ない感じでどうも健診を受けさせてないようだったんですね。区からお知らせが来なかったか訊いたら『来ていない』って。おかしいと思って更に訊いたら、引っ越したときに、住民票を移してないみたいで。みんなびっくりしてました。このままだと、健診だけじゃなくて翼くんの小学校入学にも差し障るだろうから、すぐに移した方がいってみんなで言って。そしたら舟木さん『今度やっとく』とは言っていたんですけど……。よくわからないですけど、住民票ないと出生届も出せないんですよね」

そんなことはないが、出生届を出せば、当然、住民票を移せということにはなるだろう。おそらく亜子はそれを嫌ったのだ。

彼女は金を借りた地元の人間が追いかけてくるのを恐れ、役所への届け出を一切出さなかったのではないか。

「住民票の件もそうなんですけど、舟木さんが、見た目通りだらしない人っていうのは、すぐにわかって。あの人、まだ二四、五で、ママ友の中では断トツで若かったんですけど、いくら若くてもあれはないよね、みたいなことをみんな言ってて……」

ママ友たちが「あれはない」とジャッジしたのは、以前から実加も「ヤンキーっぽい」と思っていた身なり、明らかによれたり汚れたりしている服をいつまでも子供に着せていること、自炊をまったくせずにいつもインスタント食品や菓子パンを子供に与えているらしいこと、正田といつまでも籍を入れずにいること、などだという。

「個人的には、前にキャバクラで働いていたとき、ムカつくお客さんにお酒をかけて辞めた話を武勇伝みたいにするのも、どうなのって思っていました」

実加が訊いた話では、亜子は上京してすぐ錦糸町にある託児所付きのキャバクラで働き始めたが、四ヶ月ほどで客とトラブルを起こして辞めたらしい。

「そのお客さんが身体をベタベタ触りながら『きみも母親ならもっとしっかりしろ』とか説教するのが『スゲーむかついてキレた』そうなんです。でも、私も水商売やってるからわかるんですけど、基本、そういうものじゃないですか。スナックとキャバクラでは客層は違うのかもしれませんけど、私だってお客さんにずいぶんなお説教されますよ。『何で離婚したんだ』とか『こんな店で働いて子供に恥ずかしくないのか』とか、ひどいことも言われます。もちろんセクハラも。だけどお客さんたちは、いい気分になりたくてお金払っているわけですよね。多少のことは我慢して上手くあしらって、楽しく過ごしてもらうのが仕事でしょう。あの人、しなきゃいけない我慢が全然できないんですよ。そういうところは、普段の生活にも如実に現れてて、みんなあの人にストレスを感じるようになってました。本人がいないところでは『あんな母親で大丈夫？』とか『自分の子が将来、舟木さんみたいになったら悪夢だ』とか、そんなことを言っていました」

「ストレス、ですか？」

司が訊き返した。

もしかしたら独身の彼女にはわからないのかもしれない。母親同士のコミュニティの中で、だらしない母親がいるだけで他の母親にとってストレスになるということを。

実加が戦っているのは、きっとメイクだけではない。娘と暮らすこの部屋は、質素だが掃除がよく行き届いている。水商売のバイトをしていても生活のリズムを崩さず、朝夕の食事は極力手作りをしているようだ。忙しい中、PTAの仕事まで引き受けている。

この人にとっては、亜子の存在は特にストレスだったろう。

その実加が頷く。

「はい、そうです。みんな結構、いらいらしてました。私もです。そんな中、みんながドン引きするようなこともあって」

「いつ、どんなことがあったんですか」

「えっと一昨年、ですね。平成二九年の夏です。うちの子も翼くんも次の年に小学校入学の予定で、確か、ランドセルをどうするみたいな話を私がして、でも舟木さんは、あまり小学校の話はしたくないみたいで、気がない感じで。そのとき、子供たちは砂場で遊んでいたんですけど――」

翼が砂場で汚れた手を洗わずにベビーカーの渚に近づこうとしたところ、亜子が激怒したという。

――てめえ、ふざけんな。渚にばい菌、付いたらどうすんだよ！

そう怒鳴り、亜子はママ友たちがいる前で翼の頭をはたいた。泣き出した翼をなだめもせず手を洗わせ、ベビーカーの前まで連れてゆき、まだ一歳でろくに言葉もわからないだろう渚に「ごめんなさい」と謝らせたという。

これに、実加を始めママ友たちは「ドン引き」したそうだ。

ママ友の一人が見かねて、いくら何でも怒りすぎじゃないかとたしなめた。すると、不満そうに「うちの教育なんで」と、子供たちを連れて公園からいなくなったという。

「あの件があってから、みんな、もう舟木さんと付き合うの止めよう、公園に来ても、無視しようってことになって。ただ、うちの子はそうでもないんですけど、翼くんと仲よくなった子や、まだ赤ちゃんの渚ちゃんを可愛いと思う子もいたようで……。そういう子のお母さんたちは『舟木さんたちは、原発の事故があった被災地から来たの。翼くんや渚ちゃんと遊ぶと放射能が感染るよ』なんて子供に教えていたみたいなんです」

それに対しては、ドン引きしなかったんですか？　などと皮肉めいた問いが頭をかすめた。それを察したわけでもないだろうが、実加は慌ててつけ足す。

「あ、私はそれはさすがに差別っていうか、ひどいんじゃないかと思ったんですよ。それで……ある日、無視されてるのに気づいたのか、噂話が耳に入ったのか、舟木さんが公園に来て、そこにいたママ友たちに『てめえら、性格最悪だな』ってひとこと言って、帰っていったんです。それっきり二度と公園には来ませんでした」

「それはいつのことですか」

「確か……一昨年の冬、年末だったと思います」

同じアパートに住む実加は、ばったり顔を合わせることもあったが、互いに口も利かず、会釈すらしなくなった。しかし娘は翼と同い年なので、小学校でも一緒になると思うと気が重かったという。

ところが去年の春、小学校の入学式には亜子と翼の姿はなかった。学校のクラス名簿を見ても名前がなかった。ちょうどその春ごろからアパートの周りでも亜子や翼を見かけなくなったため、もしかしたら引っ越したのかと思っていた。

しかし、夏。

西日本では未曽有の豪雨災害が起こり、その後、日本近辺に高気圧が張り出し続け、記録的な猛暑となった平成三〇年の夏、実加は、アパートの階下から、怒鳴り声と泣き声を聞いた。それは明らかに、亜子と翼のものだった。もう一人、男の怒鳴り声もして、それは亜子の恋人の正田と思われた。

「びっくりしたんです。まだいたんだって思って。でも正直、関わりたくないと思ってました。だけどその次の日も声が聞こえて……。その、まずいことになってるんじゃないかって心配になったんです」

公園での一件や、小学校に行かせていないらしいこと、突然聞こえた泣き声。実加が虐待を疑うには十分な根拠があった。

そして事実、この時期にはすでに虐待があったはずだ。正田がSNS『トゥワイス』を使って翼のポルノ写真を売り始めたのは、昨年の七月。最初に売った写真にも、翼の身体には痣が確認できている。

実加は区役所に虐待を受けている子がいるかもしれないと通報した。

区の依頼を受けた民生委員が家庭訪問をしたが、なかなか会うことができず、ようやく会えたと思ったら「話すことなんてありません」「うちのことに口を出さないでください」と、対話を拒否されたという。

区は虐待の確認を含め、何らかの対応が必要な事例と判断し、改めて職員が家庭訪問をした。亜子はこのときも頑なに対話を拒否。正田が出てきて「おまえらには関係ないだろ」と凄まれたという。

区の職員はこれに対して引かず、警察を呼び強制的に家に踏み込むこともちらつかせながら説得した。最後に亜子と正田は折れて、日を改めて、児童相談所に子供と出向いて面談を受ける約束をした。

が、その約束は果たされることはなかった。亜子たちは姿を消したのだ。

それが昨年の九月。翼の証言によれば、それからおよそ半年ほど、ホームレスのような生活を送り、今年の三月にどこかのシェアハウスに入居しているはずだ。

「今回、その、舟木さんがこんなことになってしまったのも、私が通報したからじゃないかって考えてしまうこともあって……」

実加は上目遣いの視線をこちらに投げかけてきた。

「そんなことはないと思いますよ」

司が言った。それは彼女が欲しかった言葉だったのだろう。実加はほっとした様子でつぶやいた。

「そうですよね。あの人たちの自業自得、ですよね」

自業自得――四字熟語は、綾乃の耳に残った。

＊

その夜。

綾乃は自宅マンションのベッドに横たわり、枕元で充電しているスマートフォンの画面をタップした。

自宅が捜査本部から遠い司は署の仮眠室に寝泊まりしているが、綾乃のマンションは署から五〇〇メートルも離れていない。だから徹夜にならないかぎりは、夜は帰宅して休む。

いつも寝るときは小さなボリュームで音楽をかけている。最近は特定のアルバムや曲をかけるのではなく定額サービス（サブスクリプション）のＳｐｏｔｉｆｙのアプリでプレイリストを再生している。

Ｓｐｏｔｉｆｙを使うようになったのは半年くらい前からだろうか。署の若手の女性事務員に薦められ、無料で始められるそうなのでとりあえずアプリを入れてみた。一度使ってみたら想像以上に便利で生活の一部になった。すぐに有料登録して今は毎月九八〇円払っている。

綾乃の青春期である平成初期のポップスはかなり網羅されているし、世界中の人が公開しているプレイリストを聴くこともできる。アプリが聴いている曲の傾向から自動的に曲を選んでプレイリストをつくってくれる機能もある。

使い始めたころは、今どきの若い子はこうやって新しい曲に出会ったりするのかと、隔世の感を抱いた。

綾乃にとって音楽は、雑誌やテレビ、あるいはレンタルCDショップで出会うものだった。CDを買うこともあったけれど、大抵はレンタルして、高校生のころまではカセットテープに、大人になってからはMDにダビングした。MDなんて、あったことすらもう忘れそうだけれど、警察官になった年、冬の期末手当(ボーナス)で買ったのは、確かMD付きコンポだった。当時はそれなりに音楽を聴いていた。

しかしいつしか意識的に音楽を聴くことがなくなった。家にいるときや移動中、音楽がないと寂しいという感覚もなくなった。いつごろからだろう。結婚したころ？　それとも子育てに悩み他のことを何も考えられなくなったころ？　レンタルCDショップがなくなって、MDが廃れるのと同じ速度で、音楽から遠ざかっていった気がする。

たまたま薦められてＳｐｏｔｉｆｙを始めるまで、新しい曲に出会いたいという欲求もすっかり失われていた。

静かなクラシックギターの音色に優しい女性のボーカルが響く。

眠れない夜は独りぼっちで
あついホットミルクを冷ましながら飲んでいた

アプリが選んでくれた、知らない歌手の知らない曲だ。でも心地よい。とても好きな声とメロディだ。AIとかビッグデータとか、技術的なことはわからないけれど、アプリはいつも的確に好みに合った曲をプレイリストに入れてくれる。

綾乃は目を閉じる。

一日の出来事が頭を巡る。

綾乃と司は、犀川実加をはじめ、亜子のママ友だった人たちや、『プレミアムコート』の周辺に住んでいる人たちへの聞き込みを行った。

亜子が上京してきてから東墨田で過ごしたおよそ三年八ヶ月の生活の様子は概ね明らかになった。

実加の話にも出てきたキャバクラを辞めたあと、亜子はいくつかのアルバイトを転々としたが、一番長く続いたのはコンビニのバイトだったようだ。

一方の正田の方は『西丘製菓』を辞めて以降は、もっぱら日雇い派遣の現場仕事をしていた。

推定される年収は二人合わせて二〇〇万円強。子供が二人いる家庭としてはかなり少ない。いわゆる貧困ラインを下回っている。家庭訪問に行った民生委員によれば、入口のドアから見える部分にもかなりのゴミが散乱しており、生活が荒れているのがわかったという。

一方、東墨田の近辺で二人が連れ立って――ときには子供を連れて――仲睦まじく歩いていたり、買い物をしているのが目撃されている。近所のコンビニでは去年の春以降、亜子が頻繁に深夜に買い物に訪れるようになったことも確認されている。実加は見かけなくなったので引っ越したと思ったと話していたが、おそらく亜子は知り合いに会わないよう昼出歩くのを避けていたのだろう。

陽の当たる社会からの斥力。陽の当たらぬ密室での暴力への引力。

翼への虐待がいつから始まったのかは特定が難しい。少なくとも被災地の仮設住宅にいたころは、なかったようだ。正田と交際し、彼の子を産んだことがきっかけの一つと思えなくもないが、断定できるような材料はない。

例のシェアハウスについては、未だほとんど情報がない。ＳＮＳ『トゥワイス』のＤＭで二人を呼び出した春山のことも同様だ。

捜査の塗り絵の大部分が塗り潰されてゆく中、ここが最後に残る空白地になっている。

私が追っているのは、殺人事件だ――

綾乃はそう言い聞かせる。

舟木亜子と正田大貴は殺人事件の被害者であり、犯人は別にいる。

私の仕事は、その犯人に辿り着くことだ。だから、関係ないことを考える必要はない――

今だけでなく、捜査中もずっと、言い聞かせている。

しかし必要の有無に拘わらず、頭の中に他念は浮かぶ。

聞き込みをしている最中、何度も〝沼〟が出現した。もうずっと〝沼〟の中にいるようにも思える。

記憶のフラッシュバックも頻繁に起きる。娘が現れる。翼と同じ、無表情をした我が子が。ときにそれは記憶ですらなくなる。娘の幻影は全裸に剝かれ、身体中に惨い痣をつくっている。娘は目を潤ませた無表情のまま完全に静止している。写真のように。

違う。違う。違う。私はこんなふうになるまで暴力を振るったことはない。まして裸にして写真を撮るなんて。断じて違う。これは私がやったことじゃない。私は、あの女と違う。

舟木亜子とは違う――

どれだけ言い聞かせても、自分と重ねてしまう。

〝沼〟の奥から、言葉が聞こえる。あの蜘蛛の声だ。

――同じだよ。だってあなたは、愛すべき者を愛せなかったのだから。娘の死さえも願ったのだから。母性の壊れた欠陥人間なのだから。たまたま、あの女よりましだっただけなんだから。

言葉は蜘蛛の糸のように四肢に絡みつき、綾乃を〝沼〟に引きずり込む。

そんな状態で。

ほんの少しでも油断をすれば、号泣して叫びだしてしまいそうな心を抱えながら、綾乃は捜査に参加している。

だから、だろうか。

綾乃は頰に水が流れる感覚で、自分が泣いていることを自覚した。

ここのところ毎日こうだ。自宅に戻ってきて布団に包まると、それまでぎりぎり洪水をせき止めていた堤防が決壊したかのように止めどなく涙が流れてしまう。

誰も見ていない自宅マンションで独り、泣き続ける。布団に包まり、静かな音楽を聴きながら。

傷つけてやっと気づく優しさがあって
すれ違いの末にわかり合えることがあって

初めて聴く名も知らぬ歌手の声は優しい。

今日も誤魔化し切れただろうか——

ペアを組んでいる司がときどき心配そうな視線でこちらを見ていることには気づいている。

「大丈夫ですか」と声をかけられたこともある。

綾乃の内心までは知りようもないだろうが、何か察するものがあるのだろう。

立場上向こうがペア長だけれど、先輩としてこんな情けなく淀んだ自分を知られたくない。

ハンサムな彼女よりも、もっとクールな澄まし顔で振る舞いたい。

みっともなく、泣いたりしたくない。別に司でなく、誰の前でも。

本当は、こんなふうに独りでこっそりと泣くのだって嫌だ。

それでも、止められない。

人の心はアプリほど都合よく感情を選んではくれない。

綾乃は泣き続けた。

ファン・チ・リエン

平成二九年一月一三日。

その日の午後、雪が降った。

岐阜県の平野部では一二月に雪は降らなかったので、これが初雪だった。

窓の向こうに雨とは違う、白い粉のようなものが舞っていると気づいたとき、『亀崎ソーイング』の縫製工場で作業をする実習生の何人かは、それに見とれた。

この一年以内に働き始めた、ベトナム出身者と中国の南方出身者たち。生まれて初めて雪を見る者たちだった。

無論、リエンもその一人だった。

「すごい」「これが雪」「氷が降ってるの？」

はしゃいだように声をあげたり、作業を中断して窓に駆け寄る者もいた。

「珍しいのは最初だけだよ。もし雪が積もるとね、雪かきをやらされるんだよ。たまったもんじゃないよ」

三年目のチュックは、苦笑して言った。一年以上働いていて、雪をありがたがっている者は一人もいない様子だった。

それでもリエンは、今日という日に雪が降ったことに、運命めいたものを感じていた。

雪はすぐに止んでしまったけれど、夜、社長にミーティングに呼ばれるころには、再びちらちらと降り始めていた。

今日、ミーティングに呼ばれることは事前にわかっていた。その前の日に生理が始まったと社長に伝えていたからだ。

社長は生理中の女を抱くことを嫌がらないどころか喜ぶ。どうやら、避妊をしないでも妊娠させる心配がないと思っているようだ。その認識が科学的に正しいのか、リエンにはわからないが、ただでさえ体調が悪い中で身体を差し出さなければならないのは、苦痛以外の何ものでもなかった。

でも、今日に限っては、確実にミーティングに呼ばれるというのが、事前にわかったのは、ありがたかった。

社長の自宅に向かうため工場を出ていこうとしたとき、楊がこちらを睨んでいるのに気づいた。

そんな顔しないで、いつかあなたが言った通り、社長はあなたの元に戻ってくるかもしれないよ。そんなことを望むあなたの気がしれないけれど——

そう思いながら微笑みかけてみたら、楊は更に険しい形相になった。挑発していると思われただろうか。

別に構わない。彼女にどれだけ恨まれようとも、もう関係なくなるのだから。

リエンは社長の家に向かう。雪はまばらでまだ積もるほどでもなく、舗装されていない敷地の地面をうっすら湿らせていた。

事前にあの二人——ブルーとマルコス——に指示されたことを頭に思い浮かべる。

これからリエンがこなすべきミッションは二つ。一つ目は、社長の自宅の玄関の鍵を開けておくこと。二つ目は、工場の仕事が終わり敷地が静まり返る午前零時ごろまで、社長にそれを気づかれず締めさせないことだ。

どちらもそんなに難しいことではない。

先に自宅で待っていた社長はリエンを招き入れると、玄関に鍵とチェーンをかけた。とりあえずはそのままにして、ダイニングに向かう。

ミーティングの手順はいつも同じだ。まず一緒に食事をしながら、一応、仕事や生活上の報告をする。

その後、社長の気が向けば「日本語の勉強しよう」と、いろいろなものを指さし、日本語で言い、それをリエンが復唱するという例の「勉強」をする。少し前に、社長は壁に飾ってある写真を指さして、「A総理大臣」と言っていた。その後、寮のテレビでもたまたま同じ顔を見て、リエンはあの男性が今の日本の国家主席らしいと理解した。社長は、あの政治家をとても尊敬しているらしい。

興が乗ると社長は一人で勝手に延々と何かを喋り続けることもある。自慢話が多いようだが、リエンには半分もわからない。ただ「すごい」と驚きながら聞いていると、大抵社長は機嫌がよくなる。

この日、社長は上機嫌でいつもより長めにいろいろ話をした。だからその途中で「トイレ、行かせて、ください」と席を立つタイミングはいくらでもあった。

トイレは玄関の脇にある。リエンは本当にトイレに行き、ついでに鍵を開けた。

ダイニングに戻るとき、さすがに緊張したけれど、社長はリエンを疑う様子はまったくなかった。一つ目のミッションはクリアだ。

私のこと信じ切ってる——

目の前の男が、抵抗できない女を慰みものにする卑怯者だとわかっているのに、リエンはかすかな罪悪感に囚われた。だからといって、やめる気はない。

ダイニングでのひとときが終わると、一緒にお風呂に入る。社長が特に元気なときは、まずこのお風呂で一回交わる。そうでないときは、互いに身体を洗い合ったりするだけだ。

どちらにせよそのあと寝室で交わる。終わるのは早ければ午後一〇時過ぎ。長いと午前零時を過ぎることもある。いつもなら早く終わって欲しいと願うリエンだが、今日ばかりはなるべく時間をかけなければならない。二つ目のミッションをクリアするために。

ありがたいことに社長は、まずお風呂の中でも交わりたがった。その方が時間がかかるから好都合だった。

湯船につかりながら、いつもは一方的に愛撫されるばかりのリエンだったが、今日は少しこちらからも優しく社長の肌や性器を撫でてみたりした。

「はは、リエン、どうしたんや。今日はえらく可愛えのう」

社長はそんなことを言って喜んでいた。

時間稼ぎのつもりではあったけれど、肌と肌を触れ合わせたとき、心のずっと奥の方に温かい感情がちらちらと顕れることを自覚し、リエンは戸惑わずにいられなかった。

この小さな火花のような気持ちは何だろう――

罪悪感だろうか。それとも何度も抱かれるうちに愛着が湧いていたのだろうか。こんな男、大嫌いなはずなのに。ひょっとして楊はこの火花を大きく育ててしまったんだろうか。

そんなことをぼんやり考えたが、納得できる結論が出る前に浴室での交わりは終わった。上がる前に、念入りに性器を洗った。社長は生理の日は大丈夫だとタカを括っているが、万が一にでも妊娠なんてしたくない。

洗いながら、自分がしっかりと社長への嫌悪を抱いていることを改めて確認し、リエンは少し安心した。

それから、いつものように裸のまま寝室に連れて行かれた。寝室の壁掛け時計は、この時点で、一一時五分前を指していた。かなりゆっくりの、いいペースと言える。

浴室で交わった日は、社長は「回復するまでちょっと休ませてや」と、ベッドに入りリエンを抱きしめたまま、少し休憩する。居眠りしてしまうこともある。

冬になったことと関係あるのかわからないが、最近は眠ることが多かったので期待していたが、案の定、今日も社長は鼾をかき始めた。

ありがたい。これでまた時間が稼げる。

社長の眠りはいつも浅く、短いときは一〇分くらい、長くても一時間ほどで目を覚まし、リエンを求める。

願わくば今日は——というリエンの祈りが通じたのか、社長は少し長めに眠った。

そして目を覚まし「ああ、よう寝た。お、ははっ、わし、この歳でも起き抜けに元気になるんやで」と、リエンの手を摑み、自分の股間に持っていこうとしたときだ。

突然、寝室のドアが開き、目出し帽を被った二人組の男が部屋に入ってきた。ブルーとマルコスだ。

ベッドの中から時計は見えないので時間がわからなかったが、午前零時を三分ほど回っていたのだ。

「ほおお？」

突然の出来事に社長が素っ頓狂な声をあげた。

リエンは社長の腕を振り払い、転げるようにしてベッドから抜け出した。

次の瞬間には、二人は社長を取り押さえていた。手際は鮮やかだった。簀巻き(すま)きの要領で毛布を使い社長の身体をくるみ紐で縛り、あっという間に拘束した。

「な、何や、おまえら」

「リエンさん、服を着て、玄関のところで待っていて」

叫ぶ社長を無視し、一人が言った。二人ともこちらに背を向けたままだったが、ベトナム語だったのと声で、マルコスとわかった。

リエンは返事もせずに寝室を飛び出した。浴室の脱衣所へ向かい、服を着た。

よかった。少し得した——

一回だけだけど、減らせた。胸の奥の、あるのかないのかわからないほどかすかな寂しさは無視した。わからないなら、ないってことでいいじゃないか。

玄関の前で待っていたのは一〇分ほどだろうか。途中、社長の悲鳴らしき声が聞こえた気がした。

やがて目出し帽を被ったままの二人がやってきた。ブルーが手に何かを持っていた。パスポートと、封筒だ。

「寝室に金庫があって、そこにパスポートを隠してた。それから、きみに関する契約書や資料の類も一応、もらってきた」

マルコスが言った。ブルーは「どうぞ」と、パスポートを差し出した。リエンは受け取る。拘束した社長を脅して奪い取ったんだろう。暴力を振るったのかもしれない。いや、もしかしたら……。

目出し帽を被り、いかにも犯罪者然とした二人の姿に、嫌な想像をしてしまった。

「あ、あの、社長は？」

マルコスはリエンの心配を察したのか、目出し帽の口の部分から見える口角を上げた。

「大丈夫。多少乱暴はしたけど、怪我もしてないよ。そんなにきつく縛っていないから、そのうち自力でほどけると思う。さ、長居は無用だ。行こう」

促され、リエンは二人と一緒に社長の自宅を出てゆく。

冷気が頬を切りつけてきた。いつの間にか地面に積もった雪が、月明かりを反射してぼんやり発光するようだった。故郷ではまず見られない不思議な光景だ。

静まり返っている工場の敷地を抜けると、前の通りにあの白いバンが停まっていた。マルコスが運転席に、ブルーが助手席に座って、目出し帽を脱いだ。リエンは後部座席に乗り込む。車の中は外より暖かかった。

マルコスがエンジンをかけ、バンはがたがたと揺れて動き出した。

暗がりの中、工場が遠ざかる。

「上手くいったね。あの社長は俺たちがどこの誰かもわからない。きみのことを捜そうにも捜しようがない」

マルコスが前を向いたまま言った。

「工場のみんなは、どうなるの」

気になり尋ねてみた。

「どうもならないんじゃないか。社長は、きみがいなくなったことを極力なかったことにして、明日からもこれまで通り会社を経営するはずだ。ひょっとしたら、これに懲りて、実習生に手を出さなくなるかもしれないけれど、懲りずにまたやるかもしれない。どの道、きみにはもう関係ないよ。もちろん俺たちにもね」

関係ない、か。

チュックや他のベトナム人の同僚たち、楊をはじめとする中国人たち。みんなの顔を思い浮かべる。嫌がらせもされたし、好きと思える人は一人もいなかった。でも、みんな、それぞれに事情があり、リエンと同じように借金をして日本にやってきたんだろう。

自分一人が逃げると思うと、少しだけ胸がそわそわするけれど、はっきりした感情にはならなかった。

リエンは息をついて、シートに身を預けた。人心地ついたからか、睡魔が忍び寄ってきた。

抗えずに、瞼が閉じてゆく。

私、これからどうなるんだろう——

うとうとした頭で、ぼんやりと思った。

このブルーとマルコスは『プランH』という会社の人間で、ブローカー業をやっているらしい。

新しい住まいと仕事を用意してくれるという話だったけれど、これまで無事逃げられるかどうかで頭がいっぱいで、具体的なことをほとんど訊いていなかった。

紹介してくれるという仕事は一応、工場労働と水商売で、売春やいやらしいことをする仕事ではないと言っていた。でも本当だろうか。逃げてしまった以上、入管に突き出されたら強制退去させられる。何を要求されても逆らえない。

それでもリエンは、不思議と不安を感じてはいなかった。万が一騙されていたら、仕方ないと開き直るような心持ちでもあった。

＊

「着いたよ」

呼びかけられて目を覚ますと、バンの中は明るくなっていた。寝ている間に夜は明けていたようだ、霞んだ陽射しが窓から射し込んでいた。

ドアが開けられ、ブルーが外から手招きをした。リエンは車を降りる。

冬の朝の冷たい空気が肌を刺した。

目の前に家があった。青いスレート屋根の二階建て住宅だ。玄関には表札が出ていなかった。

家の前に立つ電柱の街区表示板には〈南林間(みなみりんかん)〉と町名が書いてあったが、リエンには読むことができなかった。

「ここは、うちで管理している物件の一つなんだ。何人かで共同生活をしてもらっている。まあ、シェアハウスみたいなものだよ。ちゃんと専用の個室があるし、家財道具も揃っている。あの会社の寮よりは快適だと思うよ。住人はきみと同じように俺たちが手引きして逃がした実習生が多いけれど、訳ありの日本人もいる。仕事は楽じゃないけどちゃんと稼げる。帰国の時期は、きみの最初の予定通りでいい」

言いながら、マルコスがリエンを家の中に案内した。

リエンは促されるまま、玄関を上がった。あとからブルーもついてきた。

家の中には複数の人が同居する空間に独特の、ごみごみとした匂いが漂っていた。

入ってすぐ右手にリビングがあった。その前で思わず足を止めた。

マルコスが、気づいて言った。

「ああ、ブルーが飾ったんだよ。何もないと殺風景だから」

リエンは、ブルーを見上げる。

ブルーは頬をゆるめて言った。

「好きなんだ。あの写真。そのうち、一度くらい行ってみたいよ」

日本語だったけれど、何を言っているのかはだいたいわかる気がした。

リビングの壁にはあの〝運命の湖（ホー・ディン・マイ）〟の写真が引き伸ばされて飾ってあった。

樺島香織とミサワ・マルコスは二人とも、ブルーと過ごした日々の印象深い思い出として、花火を見た夜のことを挙げていた。

それは具体的には、平成二九年七月一五日のことだ。

マルコスが仲間に加わり四年。青梅事件からは一三年が経過していた。

樺島香織が人助けと嘯く『プランH』の仕事は順調に回っていた。

ブルーとマルコスが日本中を飛び回り、劣悪な環境で働く外国人技能実習生を逃がし、会社が運営するシェアハウスなどの物件に住まわせ、新しい仕事を斡旋していた。その新しい仕事の給料から賃料とマージンを抜いていたが、それでも実習生たちはみな助かったと思っていたことだろう。

横浜のマンションでの三人の共同生活も大過なく、穏やかな日常が続いていた。

この日は、横浜で毎年恒例の花火のイベントがあり、マンションのベランダで夕食をとりながらそれを見ようということになったのだ。

仕事を終え事務所から帰ってくると、ブルーとマルコスがベランダに折りたたみ式のテーブルとチェアを並べて、樺島香織が食べものを用意した。いろいろな肉と野菜でつくったチーズフリット。彼女の手料理だ。

準備している途中から、花火が上がり始めた。

ビールで乾杯し、三人、チーズフリットをつまみながら色とりどりに夜空を染める花火を眺めた。

その最中、不意に樺島香織が歌を口ずさんだ。英語の歌だった。

Hold me like a friend（友達みたいに抱きしめて）
Kiss me like a friend（友達みたいにキスをして）
Say we'll never end（私たちに終わりはないと言って）

するとマルコスが反応した。

「その歌、あれだよな、打ち上げ花火の曲。今度、アニメになるんだっけ」

「そうよ。『打ち上げ花火、下から見るか？　横から見るか？』の主題歌。私さ、昔、実家であのドラマ観て、家出しようって決めたんだよ」

樺島香織は言った。

『打ち上げ花火、下から見るか？　横から見るか？』は、平成五年八月に放送されたテレビドラマだ。放送直後から大きな反響を呼び、のちに映画作品として劇場公開され、その後、アニメ映画としてリメイクもされた。

「そうなんだ。俺もさ、最初のテレビのやつ観たんだよ。日本に来たばかりのころで、まだ小学校の低学年でよくわかんなかったけど、男の子と女の子が、プールに忍びこむとこと、最後、花火が上がるとこが印象的だったな」

マルコスは目を細めた。するとずっと、何か考えているふうだったブルーが口を開いた。

「それたぶん、俺も観てる……」

「本当？　あんたまだ四歳くらいのはずよ」

「うん。だからほとんど覚えてないけど、ママと観てた……と、思う。昔住んでいたっていう麻布のマンションだったのか、それとも何処か別のとこかもしれないけど……、ああ、そうだ……」

ブルーは記憶を探るように目を伏せ、独り言のようにつぶやいた。

「ママ、ドラマ観ながら俺に『大きくなったらあんたは、どんな子を好きになるんだろうね』とか、『好きな子ができても、ママを好きでいてね』とかそんなことを言ってたな……」

「そっか。じゃあ、俺たちあの日、全然違う場所で同じもの観てたんだな。面白えな」

マルコスは愉快そうに笑った。

「そうね」と微笑み、樺島香織は歌の続きを口ずさんだ。

Searching for the colors of the rainbow（虹の色を探している）
Melody never say good-bye（メロディはさよならを言わない）
I will be near you（いつまでも一緒にいよう）

二四年前、別々の場所で同じドラマの中の花火を見ていた三人は、このとき同じ場所で現実の花火を見ていた。

ブルーは顔をあげるとチーズフリットを一つ手に取り齧った。衣の向こうにうっすら緑色が透けていたそれは、ピーマンのフリットだった。

母親と一緒にいた少年時代、苦手で食べることができなかった野菜は、このときもうブルーの好物の一つになっていた。成長して味覚が変化したこともあるだろうけれど、樺島香織があの手この手で工夫してピーマンを出し続けた成果でもあったのだろう。

「ありがとう」

夜空に咲く花火を眺めながらブルーは、二人の方を見ずに、しかし二人に言った。

「俺のことを嫌わないでくれて」

「嫌う理由なんて、何もないだろ」

マルコスは苦笑した。

樺島香織は歌を止めて、囁くような小さな声で言った。

「お礼を言うのは私の方だよ。ブルー、あんたのお陰で、私は触れたいものに触れられたんだ……」

ブルーには彼女の言葉が聞こえたのか。仮に聞こえていたとしても、彼はその意味を問うことはなく、花火を見上げたまま口を開いた。

「きれいだなあ。このまま時間が止まればいいのに」

それは彼の切なる願いだったのかもしれない。

この日、花火が終わった深夜。

マルコスはブルーが毛布に包まり、ぶつぶつと独り言を言っているのを聞いている。

「ごめんなさい、ごめんなさい、ごめんなさい、ごめんなさい、ごめんなさい、ごめんなさい――」

ブルーは泣きながら、ひたすら何かに謝り続けていた。マルコスは声をかけることができなかった。

こういうことは、この一度だけではなかった。いつのころからか、ブルーは頻繁に悪夢にうなされるようになった。同時に、日常のふとした拍子に、突然、心ここに在らずといった様子になり、何かを考えこむことが増えていった。

マルコスは語る。

——今でも考えているよ。俺はあいつに何かできなかったんだろうかって。

結局、俺は最後までブルーに気持ちを言わなかった。あいつも気づかなかったと俺は思ってる。

再会してから、またいつ離ればなれになるかわからないんだから、伝えた方がいいかもなって思ったこともあった。ちょうどマスコミにもLGBTなんて言葉が出てきた時期だったしな。俺がガキのころに比べたら、世の中にそういう人がいるってのはかなり知られてきていた。それを抜きにしてもブルーだったら、俺がそうだって知っても、色眼鏡で見たりはしないって信じられた。

でも……、まあ、あれだよ。だからって、俺の気持ちを受け止められるかって言ったら、そりゃ別の話だろ。単純な話、また一緒にいられるようになれたんだから、フラれて気まずくなりたくなかったんだ。別にこんなのストレート同士だって、よくあることだろ。一緒に暮らして仕事をする親友って関係もさ、心地よかったよ。

あの日々がずっと続いて、そのうち婆さんになった香織さんのことを、俺とブルーで介護したりするのかなって。そんなふうに思ってたんだけどな……。

そうはならなかった。

いつからかは、わからない。でもいつからか、あいつはひどく苦しむようになっていた。

なのに俺はどうすることもできなかった。香織さんもだ。

あいつの苦しみをどうやったら救えるのか、どれだけ考えても俺にはわからなかった。ただ、傍にいるだけしかできなかった。

浜松で突然、あいつが消えたときは、これは俺の人生最大の悲しみなんだろうと思った。

再会できたのは人生最大の喜びさ。

でも結果的に俺は、人生最大の悲しみをもう一度経験することになったんだ。

奥貫綾乃

捜査一三日目。

綾乃と司は川崎を訪れていた。捜査車両がすべて出払っていたため移動には電車とタクシーを使うことになった。

駅前でタクシーを拾った。去年からよく見かけるようになった丸っこいミニバン型のタクシーだ。黒に近い藍色の車体に、来年に迫ったオリンピックのロゴマークがデザインされている。トヨタ自動車がつくっている「JPN(ジャパン) TAXI(タクシー)」という車種らしい。

スライドドアで乗りやすく車内は広い。座席の正面に各国語対応のタッチパネル式ディスプレイが付いていて、日本語が通じない外国人や、視聴覚に障害のある人でも乗りやすい。支払いは、現金・カード・電子マネーのすべてに対応。無料で使える電源コンセントや携帯電話の充電ケーブルまであり、至れり尽くせりだ。

「『京浜こども家庭センター』まで」

司が行き先を告げると、四〇前後と思われる運転手はハキハキとした声で「了解いたしました。安全運転で迅速にご案内いたします」と答えた。

今のところ台数が限られているこの車種は、接客・運転技術ともに優れた運転手が担当することが多いという。あらゆる意味で従来のセダン型のタクシーより優れているが、料金は変わらない。拾えると少し得した気分になる。

走り出し、しばらくすると正面のタッチパネル式ディスプレイに、ニュースが流れ始めた。

〈高遠一也氏　初入閣〉のテロップとともに、ちょうど事件が発覚した日に、南大沢で見かけた代議士の顔が大映しになった。

先日、スキャンダルで辞任した閣僚の後釜として、入閣を果たしたらしい。タイミングを考えると夏の国政選挙へ向けた人気取りの一環でもあるのだろう。

画面が切り替わり、彼を任命した現在の総理大臣、Aのぶら下がり会見の様子が映る。

〈高遠さんは、これからやってくる新しい時代を担う方ですから。私も大いに期待しておりますよ〉

総理はにこやかに語る。

平成二四年末の政権奪還から、六年と四ヶ月。A政権は、平成中期の長期政権K政権を超え平成最長となった。任期を考えれば、戦後最長、更には憲政史上最長の政権となることも視野に入っているらしい。

ところだろう。毀誉褒貶相半ばする政治家ではあるが、彼が平成を代表する総理大臣なのは間違いのない

新しい時代。

あと数日で四月が終わり、改元が行われる。

ふと気づいたことがあり、司に尋ねてみた。

「もしかしたら、あなたって平成生まれ？」

司は苦笑して小さくかぶりを振った。

「残念ながら、ぎりぎり昭和です。昭和六三年なんで。同じ学年で早生まれの子は、平成生まれなんですよ。小学生くらいのときは、それがちょっとうらやましかったんですよね、何故か」

「へえ」

改元のタイミングで生まれた世代ならではの話だ。

この四月に生まれた子供たちは、来月生まれる子をうらやましいと思うのだろうか。

平成のうちに犯人逮捕を――上層部は、それをスローガンとして掲げている。しかし、達成はかなり怪しくなってきた。

これまで亜子と正田に関わった者たちほぼ全員から体組織の提供を受けてDNA型鑑定を行っているが、現場で採取された犯人のものと思われるDNA型との一致はなかった。

ただ、事件の焦点は絞られている。

亜子と正田をD団地に呼び出した春山なる人物との接点であり、彼らが今月の頭まで暮らしたというシェアハウスだ。

そのシェアハウスを出てから川崎のネットカフェ『ストレンジャー』に辿り着くまで、四人は徒歩と電車で移動していた。おそらく、そう遠くはない場所、東京か神奈川のどこか。広く見積もっても首都圏のどこかにはあるはずだ。

不動産業者やシェアハウスの業界団体を通じ、しらみつぶしに当たっているが、今のところ該当する物件は見つかっていない。

捜査本部では、訳ありの人間を相手にモグリで運営していたのではないかとみている。

亜子と正田はだらしなく生活を破綻させていたり、子供を虐待していただけでなく、経済的にも困窮していた。しかし福祉に頼ろうとはせず、むしろ逃げるようにして、非合法な世界に吸い寄せられていったようだ。

——自業自得。

亜子のママ友だった犀川実加の言葉は正しい。

だって亜子は選べたはずなのだから。

斥力と引力に逆らい、きちんとすることを。まともに生きることを。

でも子供は？

親の愚かな選択に付き合わされて、殴られ、あまつさえひどい写真まで撮られた翼は？

彼は何一つ選んでいないというのに。

殺された二人以上に、彼を不憫に思う。

そして今、綾乃たち警察さえ、その不憫な子供に頼らざるを得なくなっている。

*

九日ぶりに訪れた『京浜こども家庭センター』で、綾乃と司は前回と同じ応接室に通された。約束の時間ぴったりに到着したのだが、そこで三〇分以上待たされることになった。

「ごめんなさいね。もうすぐ来られると思うから」

応接セットで二人に相対している副所長の三島美沙子が、時計を気にしながら詫びを言った。

「いえ、気にしないで下さい。我々も無理を言っていますので」

司が穏やかに応じた。

シェアハウスについての情報を持っているのは、ここで保護されている二人の子供たちだけ。渚は幼すぎて証言が難しいので実質、翼一人だけだ。

綾乃たちが聞き取りをして以来、別のペアが二度ほど翼への聞き取りを行っているが、今のところ有益な情報は得られていない。捜査本部は引き続き、翼から聞き取りを行うことを希望していたが、ここに来て深刻な問題が発生した。

先日、亜子と正田の身元が報道されたことを受けて『京浜こども家庭センター』でも、子供たちに二人が死亡していることを伝えたという。渚は死の概念がまだよくわかっていないのか、きょとんとしていたそうだが、翼はパニックに陥り、一時的にまったく口が利けなくなってしまったそうなのだ。

センター側から心理的負担を考慮し、今後翼への聞き取りは遠慮して欲しいと申し入れがあった。

事情は理解できるし、小さな子供を追い詰めたい捜査員など一人もいない。が、事件捜査は長期化すればするほど、解決が難しくなる。

翼が多少なりとも会話をできるようになったこともあり、折衝の末、短時間で済ませることと、女性で一度面会している綾乃と司が担当することを条件に、再び聞き取りを行えることになったのだ。

ところが、直前になって翼が部屋から出て来るのを嫌がり、今、児童福祉司の芥が説得をしているところだ。

「翼くんは、やはり二人が亡くなったことにショックを受けているんでしょうか」

綾乃は尋ねた。

「そうですね。あの子は、親への執着が強いようですから……」

前回の聞き取り時に「お母さんと、ダイキ父さんは、いつ帰ってきますか?」と尋ねられたことを思い出す。

「でも、翼くんは虐待を受けていました。お伝えしたように、その、ひどい写真も撮られてました。それでも執着するものなのでしょうか」

児童ポルノ写真の件など、こちらが捜査で得た翼と渚の生活環境に関する情報はセンターにも伝えてある。

美沙子は少し考えるように視線を動かしてから口を開いた。

「たび重なる虐待で、翼くんが心に傷を負ってしまっているのは間違いないです。叩かれたことを思い出すのか、突然、悲鳴を上げて泣き出すこともあります。私どもが実施しているカウンセリングでも、『お母さんとダイキ父さんが怖い』とか『あのふたりが嫌だ』と答えることがあります。〝凍りついた凝視〟の症状が出ているのも、親を拒絶していることの顕れなのだと思います。でも……」

美沙子は一度息を吐いて、眉根を寄せた。

「だからといって、愛着がなくなるわけじゃありません。愛情と嫌悪は、まったく正反対の感情ですが、二者択一ではないのです。人は人を愛しながら憎むことができる動物です。我々大人だって、誰か一人について、好きなところもあれば、嫌いなところもあるのは、普通のことです。ただ、幼いころに虐待された子はその振れ幅が極端になります。翼くんはまだ七歳で、生まれてからほとんどすべての時間を母親の亜子さんと過ごしてきたといっても過言ではありません。彼女のことを自分の、あるいは世界の一部のように感じているのだと思います。今、彼は自分を欠いてしまったような苦しみで、心が引き裂かれているのかもしれません」

綾乃は奥歯を嚙みしめる。

もはや当たり前のように〝沼〟がやってきて、娘のことを考えさせる。

あの子も私を、そんなふうに思ったろうか——

私はあの子の心を引き裂いてしまったろうか——

こんなこと訊くんじゃなかった。ずっと痛みを与えていないと、どうかなってしまいそうだ。

美沙子は、おそらくはどんより曇っていたのだろう綾乃の顔を見て、恐縮した。

「あ、すみません。その、それでも、事件を解決しなければならないということはわかってます。自分の親を殺した犯人が捕まらずにいるということは、きっとあの子たちのためにならないと思うので。うちとしても、できるだけ協力しますので」

「感謝します」

奥歯を嚙んだまま、極力表情を和らげ、相づちを打った。思考を事件に集中させる。

美沙子の言う通りだ。犯人を捕まえることは、あの子たちの将来のためにも資するはずだ。

わずかに沈黙が流れたあと、「こんなことを言ってはまずいのかもしれませんが……」と、美沙子が口を開いた。

「私は今回のことで、結果的にあの子たちが福祉に繋がることができて、それ自体はよかったと思うんです。悲惨な結果になってしまう児童虐待事件の多くがそうですが、亜子さんのように、行政の支援を拒否し、あまつさえ逃げられてしまうと介入することがとても難しいんです」

東墨田では民生委員を通じ行政が介入しかけたことがあった。その後、ホームレスのような生活をしていたときも、不審に思った人は少なくないことが聞き込みでわかっている。声をかけたり通報したりした者もいたようだ。

しかし、いずれも亜子たちは逃げてしまったという。問題のあるケースだと自治体が認識しても、この人手不足の中、どこへ行ったかわからない者を捜して介入するほどのリソースはない。

「暴力は連鎖します。もしあのまま、亜子さんたちに育てられていたら、翼くん自身も暴力的な人間になってしまったかもしれません。その前に虐待死する可能性も十分あり得たと思います」

暴力の連鎖。それもまた、かたちを変えた斥力と引力だろう。

幼なじみの佐藤紗理奈によれば、亜子は父親と母親から暴力を受けていたらしい。正田は確認できていないが、父親が傷害犯であることを考えると、虐待されていた可能性は低くない。

あの二人もまた、親を選べなかったのかもしれない。

美沙子は続ける。

「子供の健全な成長に、無条件で愛を注いでくれる親の存在は重要です。二人が、特に翼くんが心の傷を回復していくのには困難があるかもしれません。高級住宅地に児相ができるとなると反対の声があがるなど、施設や施設の子供に対する偏見も社会には根強く残っています。それでも虐待死するよりは、あの親に育てられるよりは、きっといい人生を送れるようになったと思うんです。いえ、私たちが、そうなるようにしなければならない。これはチャンスだと思うんです」

綾乃は美沙子の言葉に涙腺がゆるみかけているのを自覚した。

いけない。

奥歯になお力を込め、目をしばたたかせて落涙を防ぐ。

そのとき、ノックの音がし、返事を待たずにドアが開いた。

芥だ。

彼は一人だった。申し訳なさげな顔つきで、手に数枚の画用紙を持っていた。

「すみません。説得をしたんですが、翼くん、今日は誰とも会いたくないそうです。本当に申し訳ないのですが、まだ気持ちにかなりむらがあることを理解していただきたいです」

綾乃と司は顔を見合わせた。

司は「仕方ないですね」と言うように小さく首を振った。

と、芥は手に持っていた画用紙をテーブルの上に広げた。

「あの、代わりにというか、実は昨日から翼くんに絵を描いてもらっているんです。警察のみなさんが知りたいのは、例のシェアハウスのことですよね。だから、シェアハウスの見た目とか、そこで会った人たちとか、覚えているものの絵を。写真のように本物そっくりではないはずですが、彼は歳のわりにはかなり上手なので……」

画用紙には、色鉛筆を駆使してさまざまな人や建物が描かれていた。なるほど、確かに達者だ。写実的ではないが、何が描いてあるか、はっきりわかる。人物も特徴をよく捉えているのではないか。例の春山という男の絵もある。すらりとした青年のようだ。

「ありがとうございます。これはたぶん、参考になります」

司が言った。

言葉であれこれ訊くより、この絵の方が情報量が多いかもしれない。

綾乃は念のため捜査用のスマートフォンで画用紙を一枚一枚、写真に収めてゆく。

その途中、手を止めた。

「どうしましたか」

司が尋ねた。

「いや、ちょっと待って。これ……。何だっけ」

画用紙の一枚。それは、建物でも人物でもない、風景の絵だった。

司が覗き込む。

「池？　ですか」

池か湖か。全体的に青く、奥に樹らしきものがある。そして、右下にオレンジ色で〈12345〉と数字が書いてある。

綾乃はこの絵に不思議な既視感を覚えていた。知っているような気がする。何だ、これは。

「あ、それは、そのシェアハウスの壁に貼ってあった写真らしいです。右下のは写真に入ってた日付だけど覚えていないので適当に描いたそうです」

写真――

そう言われて、思い至った。

青梅事件――

一五年前。綾乃が寿退職する前、捜査一課時代の最後に捜査に参加した、そして、司の父親である藤崎も参加していた、あの事件。

ひと目、〝昭和で時間が止まった部屋〟と思った、犯人――篠原夏希――の部屋。あそこにあった写真だ。ずっと部屋で引きこもっていた彼女には撮ることのできない写真で、入手経路は最後まで明らかにならなかったはずだ。

あの写真が、あった？　どういうこと？

わからない。

わからないが、今回の事件の殺害方法が、青梅事件のそれと似ているのは偶然ではないんじゃないか。

綾乃は息を呑む。

一五年前のことを思い出す。

青梅事件は、発生からおよそ一年で解決した。あくまで形式上は。存在が有力視されていた共犯者の存在はなかったことになった。篠原夏希の単独犯のかたちで被疑者死亡のまま送検したのだ。

綾乃は横にいる司に視線を向ける。

司は綾乃の様子に戸惑っているようだ。

この子の父親が班長を務める藤崎班が、共犯者についての有力な手がかりを摑み、極秘で調べているという噂が当時はあった。

「青梅事件って知ってる？」

尋ねると、司は目をしばたたかせた。

「はい。ちょうど、私が着替えを届けたときに父がいた捜査本部ですよね」

「あの事件のこと、お父さんから何か聞いたことある？」

「いえ、何も。家では事件のことは一切話しませんでした」

多くの刑事がそうしているように、藤崎も捜査のことは家族にも話していなかったようだ。

だが奇しくも、今回の捜査本部には、藤崎のすぐそばであの捜査に参加していた人間がいる。

「クイズ王にこの絵を見せてみよう」

「クイズ王、ですか？」

司が当惑顔で訊き返す。

「帳場のボス。沖田管理官のことよ。クイズが趣味で変な雑学いっぱい知ってるからね。昔、一課でそう呼ばれていたの」

沖田数晴。かつて藤崎の右腕だった刑事は、順調に出世の階段を上り本庁捜査一課の管理官となった。今回の捜査本部では全体を統括する捜査主任官を務めている。

彼なら何か知っているかもしれない。

ファン・チ・リエン

平成三一年三月。

リエンがブルーとマルコスに連れて来られたシェアハウスで生活を始めて、二年と二ヶ月が経過した。もともとの予定に合わせて来月四月の末日には、帰国することになっている。

一軒家をリフォームしたらしいこのシェアハウスには、一階に二つ、二階に三つ、計五つの個室があり、それぞれに人が住んでいた。広さは六畳強で大抵は一人だが、友達やきょうだいらしき人と一緒に住んでいる部屋もあった。

リエンにあてがわれたのは二階の端にある部屋だった。安普請だけれど、収納やテレビなどはちゃんとあったし、何より自分だけの個室なのが嬉しかった。

住人はほとんどがリエンと同じ逃亡した外国人技能実習生だったが、日本人もいた。どうやら『プランH』は、訳ありの日本人にも住まいや仕事を紹介しているようだ。

ときどき空き部屋が出ると、ほどなくしてブルーたちが新しい住人を連れて来た。

このシェアハウスはブルーが管理を担当しているらしく、彼はほぼ毎日のように様子を見に来て、備品の補充や掃除を行っていた。

リエンに用意された仕事は二つ。

一つは週四日、家からバスで一五分ほどのところにある産廃工場でひたすら粗大ゴミを仕分ける仕事だ。ゴミの中にはガラス片や突起物が混ざっていることも多く、油断すると怪我をしてしまう。なかなかの重労働だった。

もう一つは週末だけの外国人スナックでのホステスだ。これはこれで、酔客の相手をしなければならず、やはり重労働と言えた。

ただ、労働時間はさほど長くなく、工場労働は夕方までだし、スナックの仕事は夜だけだ。週に一日程度は丸々休める日もあった。そして二つの仕事を合わせた給料はシェアハウスの賃料を抜いた手取りで二〇万円を超えた。『亀崎ソーイング』の四倍以上だ。

もっと稼ぎたければ性風俗店も紹介できると言われたが、それは断った。これ以上、夫を裏切るわけにはいかない。

シェアハウスのある南林間という町は、比較的外国人が多いようで、雑多な感じのする雰囲気はリエンにも馴染みやすいものだった。また、電車を乗り継げば一時間もしないで横浜や新宿に出られる。休みの日に日本の都会を楽しむこともできた。

多少、美味しいものを食べたり自分の好きなものを買ったりしても、祖国への仕送りは十分できた。家族と電話で話すこともできるようになった。

住人の中にはベトナム人もいて、特に同じ二階に住んでいるジエウとタオという姉妹とは歳も近く仲よくなった。彼女たちは、長野県の農家から逃亡してきたという。

二人は他の場所で暮らしている逃亡したベトナム人実習生とも連絡を取り合っていた。あるときリエンは二人に誘われ、その人たちが働いているベトナム料理店に遊びに行き、そこでまた友達が増えた。

『亀崎ソーイング』に閉じ込められ、情報を遮断されていたときは気づきようもなかったけれど、この国には、ものすごくたくさんのベトナム人が生活しており、コミュニティが形成されているのだ。

逃げてはいけない、強制帰国させるぞと脅されて、心に鎖をかけられていたが、逃げた先にはずっと広い世界があった。

ブルーは予定よりもっと長く働いてもいいと言っていたし、ベトナム人コミュニティからは、よかったらこっちからも仕事を紹介できると言われていた。

この環境ならもう少しいてもいいと思えたけれど、やっぱり家族に会いたい。夫に、何より子供たちに。もう大きくなっているだろう二人の子をこの手で抱きしめたい。

だから、来月、予定通りに帰国することにした。

残り少ない日本での日々を少しでも楽しく過ごそうと思っていたある日、その数日前から空いていた、リエンの隣部屋に新しい入居者がやってきた。
それは、小さな子供を含む四人連れの日本人だった。

奥貫綾乃

捜査一四日目。


人払いをした桜ヶ丘署の小会議室。

窓のブラインドの隙間から陽の光が射し込んでいる。

テーブルを挟み、綾乃と司の正面に鎮座する男はじっと、翼の描いた絵を見ている。

本庁捜査一課管理官にして、多摩ニュータウン男女二人殺害事件の捜査本部を指揮する捜査主任官、沖田数晴。

かつては坊主頭だったが、今は少し伸ばしソフトモヒカン風にしている。眼鏡も銀縁から黒縁になっている。昔から大柄でがっちりしていたが、輪をかけて恰幅がよくなった。その分、威厳も身につけている。第一回の捜査会議で司会をしている彼を見たときは、やはり地位は人をつくるものだと思った。

沖田は顔を上げて、綾乃を見た。

「似てるな……」

「はい。青梅事件のとき出所不明とされたあの写真と同じ風景と思えます。翼くんたちが滞在したシェアハウスに、同じ写真が飾ってあったのではないでしょうか。今回の事件、殺害方法も青梅事件とよく似ています。これは偶然でしょうか」

沖田は、答えず絵に視線を落とした。

綾乃は意を決し、問い詰める。

「管理官。青梅事件は最終的に一家の次女、篠原夏希の単独犯ということで幕を引きましたよね。でも捜査本部では、共犯者の存在が濃厚とされていました。その共犯者について藤崎班が有力なネタを摑んだという噂もありました。管理官、いや、沖田さん、今回の事件と青梅事件のつながりについて何か思い当たることはありませんか」

沖田は再び顔を上げて、今度は司に視線を送った。

「藤崎。きみは、お父さんから青梅事件のことを聞いたことは？」

綾乃も尋ねたことだ。司はかぶりを振った。

「ありません」

「そうか……。まあ、そうだよな」

沖田は綾乃と司を交互に見て一度、大きく息をついた。

「実はな、今回、殺害方法が同じだった時点で、もしかしたらと思ってはいた。だが同一犯と言い切れるほど特殊な殺し方でもない。しかしこの写真まで出てきたのでは……。そうだな、奥貫、きみの言うように偶然とは考えにくいだろうな。今きみは例の写真を『出所不明』と言ったが、実は判明していたんだ。あれはある人物が、ブルーという少年に渡したものだ」

「ブルー？」

「ああ。青梅事件の共犯者だ。いや、もしかしたら主犯かもしれない。捜査が打ち切られる前、およそ半年ほどかな。藤崎班はずっとブルーを追いかけていた」

藤崎班が共犯者を追っているという噂は本当だったのだ。しかも沖田の口ぶりからは、確度の高いネタを摑み、具体的に個人を絞り込んでいたことが窺える。しかし結局、共犯者はいないということにされ捜査は打ち切られた。そのブルーという人物には辿り着けなかったのだろうか。

いや、共犯者が具体的に絞り込まれているのに、捜査を打ち切るのはおかしい。それほど有力なネタを最後まで藤崎班だけで抱えていたのも不自然だ。

いくつも疑問が浮かぶ。

それを口にする前に、隣の司が尋ねた。

「少年と言いましたが、そのブルーというのは、どういう人物なのですか」

「存在しない人間だ」

どういうことだろう。隣を見ると、司の横顔にもかすかな当惑が滲んでいた。

沖田が口元を歪めた。

「すまんな。別に妙な言い方で韜晦（とうかい）するつもりじゃない。彼は本当に法的には存在していないことになっているんだ。戸籍がないのだからな。ブルーは、青梅事件の犯人とされている篠原夏希の息子。そして戸籍のない子供。無戸籍児だったんだ」

「えっ」

思わず声が出た。

篠原夏希に子供がいた？　でも彼女はずっと自室に引きこもっていたんじゃないのか。あの〝昭和で時間が止まった部屋〟で。

「覚えているかな。あの事件の捜査中、確か六月の終わりだ。捜査本部があった奥多摩署に、藤崎、きみがお父さんの荷物を持ってきて、奥貫が受け取ったことがあったのを」

綾乃と司は顔を見合わせたあと、頷いた。

「奇しくも、あの日だった。あの日かかってきた、一本の情報提供の電話がきっかけだったんだ――」

そして沖田は語った。

北見美保の証言。篠原夏希が実は家出をしていたこと。高遠仁なる男の愛人になりブルーを産んだこと。高遠の自死。『プチ・ハニィ』事件。井口夕子との共同生活。自称木村拓哉こと海老塚卓也との交際。浜松での海老塚の変死。そして、あの青い湖の写真を撮ったという三代川修の証言。

それは家出をした少女と、その少女が産んだ少年が、家族殺害に向かうまでの来歴だった。

「――平成一五年一二月二三日の夜。三代川は篠原家の前まで二人を送り届け、そこで恐ろしくなって逃げた。俺たちが確認することができたのは、そこまでだった。

共犯者は夏希の息子、青。ブルーで間違いないだろう。だが、犯行後、彼がどこへ逃げたかはわからずじまいだ。当時、一四歳。一月には誕生日を迎え一五歳になったはずだが、どちらにせよ子供だ。浮浪児として彷徨(さまよ)っていれば、どこかで保護されているはずだが、それらしい情報はなかった。藤崎班の少人数での捜査にも限界があった。そしてタイムリミットがやってきた。上層部は、被疑者死亡のまま送検することを決めた。ブルーが高遠家の血を引いている可能性が高いからか、警察庁(サッチョウ)出身の与党代議士がねじ込んで来たらしい。そこに、中越地震が起きて人手不足も重なった。まあ、政治主導というやつだ」

沖田はため息をついた。最後のひと言は、皮肉か自嘲なのだろう。

「そのブルーが、二人を呼び出した春山と同一人物なのでしょうか」

綾乃が発した問いに、沖田はかぶりを振った。

「断言はできない。だが、ブルーはあの写真のネガを持っているはずだ。ブルーには戸籍がなく、当然、本名も存在しない。偽名を使っているということは考えられるとは思う」

「父はどうだったんでしょう。管理官、父が警察(カイシャ)を辞めたのは、それが理由だったんでしょうか」

司が尋ねると、沖田は再びかぶりを振った。

「正直、俺が知りたいくらいだ。班長……藤崎さんが捜査の打ち切りに納得していなかったのは間違いない。あれは事実上の未解決事件だ。藤崎さんの刑事人生では初めての、結果的に唯一のな。藤崎さんが辞めたのは、捜査終了からおよそ三年と少しが経った平成二〇年のことだったよな。同じ時期に離婚もしたはずだ」

沖田が司に水を向ける。

司は頷いた。

「そうです。私が大学一年から二年に上がるときでした。父は母との離婚が成立したあと、仕事も辞めました。退職金で私の学費も全部払ってくれました」

「そうか。そのころ俺は所轄に配属され本庁を離れていた。藤崎さん、辞める直前に電話をくれたんだ。それで、離婚して独り暮らしすることになって、いい機会だから、警察(カイシャ)も辞めるんだと言っていた。

でも、俺は離婚したから仕事も辞めるってのは今ひとつ腑に落ちなかった。さんざん世話になった先輩だしな。辞めて欲しくなかったから、どうしてか問い詰めたんだ。そしたら『ちょっと気ままにやってみたいことがある』と言っていた。俺は訊いたんだ『もしかして、か」

　青梅事件を調べ直すんですか』って。藤崎さんのやりたいことなんて、他には思いつかなかったからな。そしたら『さあな』と、はぐらかされた。藤崎、きみは本当に何も知らないか」

　沖田は改めて司に尋ねた。

　司は顔を俯けてじっと何か考えているようだったが、やがて顔を上げて言った。

「……私が警察官になったと報告したとき、『理不尽の多い仕事だぞ』って釘を刺されたんです。あれは、青梅事件のことを念頭に言っていたのかもしれません」

「ああ、たぶんそうだろうな」

　司は納得したように小さく頷いた。

「やっぱり父は管理官が言うように、辞めたあと事件のことを調べていたんだと思います」

「何か、それらしいことを言っていたのか」

「いえ」小さく首を振って司は真剣な面持ちで言う。「父は仕事のことは何も言いませんでしたし、辞めた理由も教えてくれませんでした。そもそもあまり家にもいなかったし、私は父のことをほとんど何も知りません。でも、もし、私だったら……。私が父の立場で、そういうかたちで捜査を中断させられていたら、自分で調べたくなると思うんです。犯人を捕まえたいとかじゃなくて、けじめっていうか。自分が追いかけたブルーがどこにいるかどうしても確かめたくなると思うんです」

沖田はかすかに笑みを浮かべた。

「そうか。きみはやっぱり藤崎さんの娘だな。俺も藤崎さんなら、そうすると思う」

司は沖田をまっすぐに見て言った。

「管理官、私から父に連絡をしてもよろしいでしょうか」

ブルーがその四人を見つけたのは、平成最後の春。平成三一年三月中ごろのことだった。眠れない深夜、ブルーは一人、マンションを出てコンビニに向かった。その途中、ファミレスのガラス窓越しに店内にいる四人の姿が見えた。若い男女と兄妹らしき二人の子供。みな着ている服はよれており、特に男の子のトレーナーには穴が空いていた。

ブルーには一目で彼らがホームレスに近い生活をしていることがわかった。

子連れのホームレスは珍しく、目の当たりにするのは初めてだったが、そういう者がいることは知っていた。ブルー自身、かつて浜松でタクヤを殺して逃げたあと、似たような生活を送っていたことがある。

ブローカー業を営む『プランH』が住まいや仕事を紹介するのは、逃亡させた外国人技能実習生だけではない。日本人に声をかけることもある。

ブルーは、会社が運営する南林間のシェアハウスが一部屋空いていることを思い出していた。

手狭なのは否めないが、子供を含む四人なら住めないことはない。少なくともファミレスのボックスシートよりはましだろう。若い男女であれば、紹介できる仕事もある。

ブルーは店内に入り、近くに陣取り様子を窺った。

男も女も、あまり真面目な感じではなかったけれど、働けないような大怪我をしている様子も、極端にコミュニケーションに難があるわけでもなさそうだった。

テーブルを見ると、大皿とライスの皿が二つずつ載っていた。二人分の料理を四人で分け合ったようだった。

大皿の片方、メインの料理はすでに平らげられていて何かわからなかったが、付け合わせの野菜がまだ少し残っていた。

残っていたのはピーマンだった。

女が、男の子の方にそれを食べるよう促していた。

「ほら、早く食べなよ。あんたお兄ちゃんでしょ」

男の子は目をギュッと閉じてピーマンをフォークで刺して口に入れた。同時に小さく咳き込んでいた。よっぽど嫌いなのだろう。それでも吐き出そうとはせず、口を動かしていた。

妹らしき女の子は、無邪気に「お兄ちゃん、がんばれ」と、苦手な野菜と懸命に格闘する男の子を応援していた。

男と女も声をかける。

「ほら、しっかり食えよ」

「吐き出したらお仕置きだからね」

二人は応援しているというより、からかっているように見えた。男の方はニヤニヤ笑みを浮かべて「もっと美味そうに食えっての」と軽く男の子の頭を小突いたりしていた。

ブルーは意を決して彼らに近づき、声をかけた。

「ねえ、ちょっといいかな」

彼らは突然、見知らぬ男に声をかけられ驚いたようだったが、とりあえず聞いてくれた。そして住まいと仕事を紹介できると話すと、興味を示した。

ブルーが若く、ジーンズとパーカーというラフなスタイルだったのが逆によかったのかもしれない。

ブルーは彼らに〝春山〟という名を名乗った。日本人を相手にするときはよくこの偽名を使う。昔、母親が〝理想の男〟として挙げていた名前だ。どこの誰かはわからないけれど、名前だけが頭の隅に残っていた。

話はすぐにまとまり、ブルーはマンションに帰って、樺島香織に事後報告した。そして翌日、マルコスの運転するバンで四人を南林間のシェアハウスに案内した。

ブルーは彼らに住まいと仕事を提供したことについて、「たまたま見かけたから」とか「ちょうどよく部屋が空いてたから」としか言わなかったという。

奥貫綾乃

捜査一六日目。

一昨日と同じ、桜ヶ丘署の小会議室。

今日は空がぐずついているからか、窓のブラインドから陽は射していない。

一昨日と違う点はもう一つ。

人払いした部屋に人は三人ではなく、四人。

綾乃と司、沖田に加え、司の父親、藤崎文吾の姿があった。

「そうか。あの多摩ニュータウンの事件が、か……」

綾乃の記憶の中にある姿より幾分痩せ、髪の毛の半分近くが白くなった藤崎はおもむろにつぶやき、顔を上げた。

もう外部の人間となった彼は、この事件自体は報道で知っていたが、娘が捜査に加わっていることすら初耳だったという。まして青梅事件と関わりがあるなどとは思いもしなかったそうだ。

「あの、藤崎さんは警察(カイシャ)を辞めたあと、ずっと青梅事件を調べ直していたんですか」

沖田が水を向けると、藤崎は頷いた。

「まあな。ずっとブルーを捜していた。実はな、ちょっとした心当たりがあったんだ」

藤崎は捜査中すれ違ったメイドの格好をした人物への違和感から、参考人の一人である樺島香織という女性とブルーに接点がある可能性に気づき、地道に彼女を捜し続けていたという。

「それで、見つかったんですか」

沖田が身を乗り出して尋ねた。順調に出世していった彼も青梅事件の捜査打ち切りには悔いを残していたのかもしれない。

藤崎は「ああ」と頷いた。

綾乃を含め、一同は息を呑んだ。

「ずいぶんと時間はかかったがな。俺はまず樺島香織の人間関係から行方を追おうとした。しかし彼女は渋谷の事務所を畳んだあと、すべてをリセットするかのように姿を消しており、何処に行ったか知る者はいなかった。警察OBの伝手(つて)も駆使して探したが、手がかりは得られなかった——」

藤崎は並行して香織の故郷、滋賀県の大津に通い、実家や両親のことも調べたという。

そこでわかったのは、香織の両親はともにアルコール依存症だったということだ。香織は一五歳で家出をし、以来、地元には帰っていない。今から一一年ほど前に父親は肝硬変で他界しているが、香織は葬儀にも顔を出していなかった。その後、独りになった母親は滋賀県内で活動をする『サニーアップ』というNPO法人の支援を受けて、生活保護を受給し生活していた。

藤崎が初めて滋賀を訪れたのは、香織の父親が死んだ直後で、まだ母親は存命だった。ただし娘のことは何も知らぬようで有益な話を聞き出すことはできなかった。病院への入退院を繰り返しているようだったが、香織が彼女を見舞いに来た形跡もなかった。

藤崎はその後も何度か滋賀を訪れ、そのたびに香織の母親に会いに行ったが、年々健康状態は悪くなっており、手がかりを得られないまま、五年前の平成二六年、彼女は心疾患により他界した。

その知らせを受け滋賀を訪れた藤崎は、葬式を手配した『サニーアップ』のスタッフから気になる話を聞いた。香織とは連絡がとれず父親のときと同じように葬式にも顔を出さなかった。が、以前から寄付をしてくれている会社が寄付額を増やしてくれ、無事に葬式を出すことができたという。詳しく訊いてみたところ、その会社は『プランH』という神奈川県にある会社で、寄付を始めたのは一〇年前。『サニーアップ』が香織の母親の支援を始めた直後だったらしい。社会貢献活動の一環として、さまざまなNPOを支援しているとかで一度社長秘書を名乗る女性が見学に来たこともあるようだ。

　このタイミングは臭う、と思ったという。

　曰く「勘」とのことだが、藤崎はこの『プランH』のことを調べてみることにした。きちんと登記されており、確認は難しくなかった。代表取締役は大山康三という男性で横浜の伊勢佐木町の雑居ビルに事務所を構えているようだった。

「――名義は借りることもできるからな。念のため俺は、その事務所をしばらく張ることにした。それで、この三人の出入りを確認できた。平成二七年。今から四年前のことだ」

　藤崎は言いながら内ポケットから封筒を出し、その中から数枚の写真を出してテーブルに置いた。

　繁華街の雑居ビルから出てくる男女三人。サングラスをした女性と、青年が二人。望遠レンズを使い、顔立ちまではっきりわかる画角で撮影したものだ。青年の内の一人は、肌の色が浅黒く、外国人のように見える。

「これは」沖田は写真を見て、驚いた様子だった。「あの、浜松でブルーと同僚だった日系人の……」

　すぐに名前の出て来ない沖田に藤崎が助け船を出す。

「ミサワ・マルコスだ」

　沖田は目を丸くして顔を上げた。

「彼も一緒にいるんですか」

「そうだ。『プランH』の実質的な経営者は樺島香織。代表取締役の大山という男は名義だけを貸しているようだ。おそらく以前、樺島香織から金を借りた債務者か何かだろう。ミサワ・マルコスとブルーはこの会社で働いているようだ」

話についていけず、綾乃と司は写真を眺めるばかりだった。それに気づいたのか、藤崎が写真を指さし説明する。

「これがブルーを匿っている樺島香織。こっちはミサワ・マルコスと言って、ブルーの古い友人だ。そして、これがブルーだ」

二人いる青年のうち日本人然としている方。しかし彼には日本国籍がないらしい。整った優しげな顔立ち。すらっと背も高く、モデルと言われても信じるかもしれない。翼が描いた絵の雰囲気とも似ている気がする。

この人が、ブルー。

「俺はしばらく様子を窺った。興信所を使い『プランH』が何をしている会社かも調べた。怪しげなブローカー業と、モグリでシェアハウスの経営もやっているようだ」

モグリのシェアハウス。また一つ共通項が出てきた。

「あのときのメイドがブルーだったわけですか」

沖田が言った。

「それについて裏は取っていないがな。最終的に辿り着いたということは、そうだったんだろうと思っている」

「あそこで逮捕できていれば……」

沖田は大きくため息をついた。

藤崎は乾いた苦笑を浮かべた。

「だったら、俺なんて居場所を確かめただけで何もしなかった」

「何も？　藤崎さんからブルーや樺島香織にアプローチは」

沖田が問うた。藤崎はかぶりを振る。

「していない。この三人はな、事務所の近くのマンションに一緒に住んでいるんだ」

「同居してるんですか」

「そうだ。少なくとも四年前の時点ではな。仕事終わりに三人で飲みに行ったりすることもよくあった。一度、居酒屋で、三人の隣のテーブルについてみたことがある。樺島香織とミサワ・マルコスは俺と会ったことがあるが、もう一〇年も経っていたからか、気づく様子もなかった。他愛のない話をしていたよ。こないだ観たテレビ番組がどうとか、サッカーの日本代表がどうとか、誰でもするような、そんな話をな。マルコスが一番よく喋っていたかな。冗談をたくさん言って、ブルーを笑わせていた。写真を見ての通りブルーはなかなかの男前だろ。笑顔も様になっていた。俺がずっと追いかけていた男は、こんなきれいな顔で笑うのかって、思ったよ。樺島香織は聞き役というか、あまり喋らず二人を眺めている感じだったな。三人はまるで家族みたいだった」

藤崎はちらりと司の方を見た。

「うちは家族で飯を食うことなんて、滅多になかったな」

司は顔色を変えず、無言で頷いた。以前、父親に対するわだかまりはないと話していたが、彼女が藤崎をどう思っているのか、表情からはよくわからない。

藤崎は息を吐いて、何もない宙を見るように視線を逸らした。

「彼……、ブルーは戸籍もなく、親を失ったが、ああやって一緒に飯を食う相手を見つけていた。何だろうな。その姿を見たとき、俺はすっきりしたんだ。知りたいことを知れたような気がした。もともと、自己満足と思って始めたことだ。自分の中では、これで決着がついたと思っていたんだがな……」

綾乃はじっとブルーの写真を見つめる。

親を選べなかった子供。自己を証明する戸籍すらないまま、しかし市井に紛れ大人になり、家族のような存在を手に入れていたかもしれない男。そして……。

ほとんど無意識のうちに口が開いた。

「このブルーという男が、犯人なんでしょうか。あの二人を殺したんでしょうか」

ホームレス状態だった正田と亜子、そして子供たちは、『プランH』が運営するシェアハウスに住むことになりブルーと接点ができた。しかし半月ほどで何かトラブルが発生し、四人はシェアハウスを出ていった。その直後、ブルーがSNSで正田と連絡を取り、架空の仕事をでっちあげ、D団地に呼び出し殺害した——こんな筋が自然と浮かび上がってくる。

「俺はそっちの事件は詳しく知らない。だが、おまえたちの話を聞く限り、そう思える。居所を突き止めたとき、働きかけていれば……、いや、今更言っても詮無いな」

藤崎は写真の入っていた封筒の中からメモを取り出した。

そこにはいくつかの住所が書かれていた。

「これが俺が突き止めた時点での『プランH』の事務所と、樺島香織たちの住まい、シェアハウスの場所だ」

藤崎は一度言葉を切ると三人を見回し、言った。

「これはおまえたちの事件(ヤマ)だろう。だから、おまえたちで決着(ケリ)をつけてくれ」

ファン・チ・リエン

平成三一年三月。

その日やってきた四人。日本人の男女と二人の子供たちを、リエンは当然に家族と思った。シェアハウスの二階。リエンの隣の部屋にその一家は入居した。

子供連れの人が入ってくるのはこの二年と少しで初めてのことだった。もっと長くいる住人たちも見たことがないという。

このシェアハウスに、日本人の四人家族が暮らすのが普通のことではないのはリエンにもわかった。見ると、一家はみなよれた服を着ていて、特に上の男の子のトレーナーは、肩のところがほつれて穴が空いていた。昔、村に来た青年――ブルー曰くシュウさんという人らしい――から聞いて、豊かな日本の子供たちに憧れたが、この子たちの様子は、ベトナムの子供たちよりみすぼらしいかもしれない。

この一家に限らず、日本人の入居者がどんな事情でここにやってくるのかは、リエンにはわからなかった。

リビングで彼らと顔を合わせたときリエンは「こんにちは」と、挨拶をしてみた。未だにカタコトだけれど、『亀崎ソーイング』にいたころよりはだいぶ日本語ができるようになっていた。

どんな事情があるか知らないが、見たところ母親はリエンと同い年くらい。一男一女の子供がいるのも一緒だ。故郷に残してきた我が子のことを思い出さずにはいられない。できれば仲よくしたかった。よかったら男の子の破れた服を繕ってあげたいと思った。裁縫は得意だ。

子供のうち兄の方は不思議そうにリエンを見て小さく頭を下げた。妹はにっこり笑い「こんにちは」と挨拶を返してきた。なのに母親はその妹を守るように抱きかかえ、警戒感をあらわにした顔で「どうも」とつぶやいた。父親に至っては挨拶も返さず睨み付けてくるだけだった。

何、この人たち——

正直、気分が悪かったし、夫婦ともに柄が悪く若干の恐怖を覚えた。服を繕ってあげると言い出せる雰囲気ではなかった。

その夫婦もリエンたちと同じように『プランH』から仕事を斡旋されていた。夫の方はどこかの工事現場、妻の方は水商売のようだったが詳しくはわからない。夜の短い時間だけ働く妻が、基本的に子供の面倒をみているようだった。

子供たちが暮らすようになってから、ブルーがよくゲーム機を持ってきてリビングで子供たちに遊ばせるようになった。

上の男の子はいつも夢中になって遊んでいたし、下の女の子も、幼くまだよくわかっていないなりに、画面を観て楽しそうにキャッキャと声をあげていた。ときどきやりたいソフトやコントローラーの取り合いにもなっていたようだが、そんなときはブルーが仲裁していた。概ねいつも兄妹は仲よく遊んでいたようだ。

楽しげに遊ぶ子供たちの様子は微笑ましいものだ。ベトナムにもテレビゲームはある。帰国したら自分の子供たちにゲーム機を買ってあげようと思った。

最初、リエンはブルーは単純に子供が好きなんだと思っていた。事実、だからこそゲーム機を持ってきたりしたのだろう。いつもブルーは子供たちが遊ぶのを眺めて目を細めていた。子供たちも〝ゲーム機を持ってきてくれる優しいお兄さん〟であるブルーを慕っている様子だった。

が、のちにこうも思うようになった。

もしかしたら彼は、子供たちのことを心配していたんじゃないだろうか——

ゲームの合間、ブルーが子供たちに話しかけているのを一度見かけたことがある。「パパやママは優しい？」「ぶたれたり、怒鳴られたりしない？」「何か困っていることはない？」

リエンにも聞き取れるくらいゆっくり優しく、そんな質問をいくつも重ねていた。

だとしたら、その心配が的中していることを教えたのは、リエンだ。

このシェアハウスには、あとから間仕切りをしたため壁が薄くなっているところが何ヶ所かある。リエンと一家の部屋の仕切りがまさにそうだった。

一家が来てから一週間ほどしたある夜、隣から声が聞こえた。

「これは躾けだよ」

母親の方の声だった。

躾け——リエンには馴染みのある日本語だ。

「ごめんなさい。許してください」と、弱々しい声がした。上の男の子の声らしいとわかった。

「駄目。あんたは口で言ってもわからないんだから」

と、パシンと音がした。

あの子、叩かれているんだ。可哀相に——

そう思ったものの、最初は深刻に考えなかった。親が子供に体罰を与えることはベトナムでもよくある。リエンも小さいころ、棒で手やお尻を叩かれたことが何度もある。

けれど、叩く音は何度も続き、母親の声は「ほら、わかったか！　ふざけんなよ！　てめえ！」と罵声に変わっていた。

え、ちょっとひどくない――

そう思った矢先、今度は父親の声が響いた。

「男のくせにめそめそしてんじゃねえぞ！」

そして、ドシン、という重い音が響いた。

「おら、わかったか。わかったら、謝れ！」

「ご……めん……なさい……」

男の子の震える涙声が聞こえ、音は止んだ。

リエンは気がつけば壁に耳を当てて息を詰めていた。

音だけしか聞こえない。が、度を超した暴力が振るわれていることはわかった。あんな小さな子に……。

我が子と重なり、胸が痛んだ。

それから数日後、再び怒声と音が聞こえた。更にその数日後にも。

どうやらあの夫婦は、頻繁に子供に暴力を振るっているらしい。

どうしよう――

止めさせたいと思ったが、反面、関わり合いたくなかった。もうすぐで帰国だ。直前になって変なトラブルに巻き込まれたくはない。

そう思い見て見ぬ振りならぬ、聞いて聞かぬ振りをするつもりでいた。

しかしいよいよ帰国する月に入った四月一日。巷では新しい元号が発表され、勤め先の工場でも日本人の従業員たちはずっとその話をしていた。日本人にとって元号が変わるということは大きな意味があるらしい。が、そもそも日本の暦に馴染みはなく、間もなくベトナムに帰るリエンには興味が持てない話題だった。それよりも切実だったのは、その夜、隣の部屋から聞こえた怒声と悲鳴だ。

「止めて！」

男の子の悲鳴がした。

「駄目だよ」

「お願いだから止めてください！」

男の子は何かを嫌がっている。

「うるさい、黙れ。暴れるな。渚が起きたらどうするんだよ」

「写真、嫌だよ。ジュッは嫌だよ」

「嫌でもやるんだよ」

そのやりとりからは、いつも以上に切迫感があった。

リエンは意を決して自分の部屋を出た。

関わるつもりはなかった。けれど、何が起きているのか確かめたいという、正義感とも好奇心ともつかない気持ちはずっと持っていた。

廊下に出たリエンは隣の部屋の前にゆき、ドアノブに手をかけた。鍵はかかっていなかった。ゆっくりほんのかすかにドアを開けてみる。鼓動が早まり、身体全体が心臓になったみたいだった。気づかれたらすぐに自分の部屋に逃げるつもりだった。

かすかに開いたドアの隙間から中が見えた。

ちょうどそのとき「あああぁ！」と男の子が悲鳴を上げた。同時に、焦げ臭さが鼻をついた。

万年床らしき布団が三組敷かれ、雑誌やらゴミやらが乱雑に散らばるその部屋で想像を絶することが行われていた。男の子は裸にされロープのようなもので縛られていた。さらに父親が男の子の背中に煙草の火を押しつけており、母親がその様子をスマートフォンで写真に撮っていた。そんな中、女の子は布団に包まって眠っているようだ。

「ヤアアア！」と、声をあげてリエンはドアを開けてしまった。

「何してんの！」

思わずベトナム語で叫んだ。父親と母親がこちらを振り向き、驚愕の表情を浮かべる。

「あ、あな、あなたたち、何、やってる！」

必死に日本語で言った。

「何だてめえ、いきなり！」

「見てんじゃねえよ！」

二人は怒声を上げてこちらに近づいてくる。

恐怖を覚えたが、それ以上に怒りが勝った。どんな事情があるにせよ、こんなことは絶対に許せない。

「こ、子供、ひどいことする、駄目！」

声を張り上げた。

「うるせえ！　こっちの勝手だろ！　覗いてんじゃねえよ」

母親が怒鳴り返してきた。

「ふざけんじゃねえぞ、いきなり」

父親が拳を握った。

殴られる——

そう思ったとき、後ろから声がした。

「ど、どしました？」

一家とは反対側の隣に暮らしているベトナム人姉妹のジエウとタオだ。部屋から出てきたらしい。こわごわ一家の部屋を覗き込み、縛られた男の子に気づいたのか「きゃあ！」と悲鳴を上げた。

その背後の階段から、下の階の部屋に住んでいる日本人の青年が階段を駆け上がって来るのが見えた。普段はほとんど喋らないから、人となりはよくわからない。

「さっきから、声、すごいけど、何か……」

彼も部屋の中を覗き込み絶句した。

みんな、責めるような目で父親と母親を見る。リエンは援軍を得たような気になった。

「や、や、やめなさい！」

リエンは言った。

「うぜえ」と母親がつぶやいた。

父親は舌打ちを鳴らしたかと思うと「てめえら、関係ねえだろ！」とリエンを突き飛ばした。リエンはよろめき部屋の外に後じさる。

と、音を立ててドアが閉まった。ガチャリと鍵のかかる音がした。

「ちょ、ちょと、待って！」

リエンはドアに取りついたが、部屋の中から反応はなかった。

援軍と思った住人たちを振り向くと、みな気まずそうに顔を見合わせた。

日本人青年は、「じゃ」と軽く会釈だけをして、階下に戻っていった。ジエウとタオも少し困ったような顔になって、二人、自分の部屋に戻った。

みんな余計なことに関わりたくないのだ。リエンの本音もそうだった。その夜、リエンはほとんど眠れなかったが、隣の部屋からおかしな音や声は聞こえなかった。

みんなにばれたことで、もうあんな真似はしなくなるだろうか。せめてそうなることを祈った。が、それは確かめようもなくなった。

翌日、一家はいなくなってしまったのだ。

夕方、工場の仕事から帰ってくるとブルーがいて、何があったのか訊かれた。すでに他の住人たちから話を聞いたあとで、概ね事情は把握している様子だった。

いつも落ち着いていて優しい印象のブルーが、このときは雰囲気が違った。言葉を荒らげたりはしなかったけれど、静かに怒っていることが伝わってきた。

「ご、ごめんなさい……」

トラブルを起こしたことを責められるとばかり思って謝ると、ブルーはリエンの目を見てゆっくりと言った。

「いいんだ。きみは子供がひどい目に遭っているのを見て、黙っていられなかったんだろう。僕はあの二人が何をしていたのかちゃんと知りたいんだ。きみが知っていることを正直に教えて欲しい」

言葉は聞き取れ、意味もわかった。

このときようやく、リエンはブルーが子供にひどいことをしていたあの二人に怒っているんだと気がついた。

リエンは、思い出せるかぎり正確に、この一週間あまりの間に耳で聞いたこと、そして昨日の夜、この目で見たことをブルーに話した。

奥貫綾乃

平成三一年四月三〇日。平成最後の日。

神奈川県大和市。小田急電鉄江ノ島線の南林間駅から西へおよそ一キロ。街道から一本外れた住宅街の路地。

表札のない、青いスレート屋根の一軒家のはす向かいに一台、その路地の角を曲がったところに一台、合わせて二台の捜査車両が停まっている。それぞれに捜査員が四人ずつ待機し、更に通行人を装い張り込んでいる者が四人。住宅街の一区画ほどに総勢一二名の捜査員が集まっていた。

綾乃と司は、角に停まっている方の捜査車両の運転席と助手席に並んで待機していた。

この角を曲がった先の表札のない家が、亜子たちが今月の初めまで生活したシェアハウスで間違いないようだ。外観も翼が描いてくれた絵とよく似ている。

案の定、事業としての届け出はされていなかった。

ブルーは、今、あの家の中にいるはずだ。

「平成もあと一二時間かあ……」

後部座席で梅田が独りごちた。時刻はもうすぐ正午を回る。

「任意で引っ張って、すぐ認めりゃぎりぎり逮捕状請求して、平成の間にパクれますかねえ。しらを切られたり、黙秘されたら厳しいですね」

梅田は隣の井上に問いかけた。

「ここまできたら、平成にこだわることはありませんよ。どの道、起訴はずっと先になります。明日でも、明後日でもいい。それにそのブルーとかいう男が犯人と決まったわけでもないですしね」

「でも殺り方まで一緒なんですよね。決まりじゃないですか」

「そうですねえ。正直、これで決まって欲しいところですがね」

二人のやりとりを聞き流しつつ綾乃はじっとフロントウィンドウの向こうを見やる。が、ここからは角の向こうにある家は見えない。

管理官の沖田は「絶対に外部に漏らすな」と箝口令を敷いた上で、捜査員にブルーと青梅事件に関する情報を共有させた。

藤崎から提供された住所で、あっさりとブルーの居所はわかった。

彼は四年前と同様に伊勢佐木町の『プランＨ』で働き、そこからほど近いマンションで樺島香織とミサワ・マルコスとの三人で暮らしていた。

車載の無線機にザッとノイズが聞こえ声がした。

〈人が出てきます〉

家のはす向かいの捜査車両からだ。緊張が走る。

〈対象者(マルタイ)ではありません。居住の外国人です〉

一同は息を吐く。

ほどなくして、シェアハウスから出てきたと思われる外国人が、綾乃たちの捜査車両の前を通り過ぎた。女性だ。おそらくはベトナム人。受け入れ先から逃亡した技能実習生と思われる。

『プランH』は、このようなシェアハウス住宅をいくつか保有しており、そこに、訳ありの外国人や、正田と亜子のようにホームレス状態だった者を住まわせて、仕事を斡旋しているらしい。仕事といっても違法営業している産廃業者での作業など真っ当とは言えないものばかりのようだ。外国人技能実習生の逃亡の手引きをしている形跡もある。

「あの女、トランク引いてますよ。ひょっとして国に帰っちまうんじゃないですか。スルーでいいんですかね」

梅田が窓の外を見て言った。

「ああ。まずはブルー。それから樺島香織とミサワ・マルコスの身柄だ」

ブルー、ミサワ・マルコス、樺島香織の三人には、昨日から尾行がついている。今日、三人の身柄をそれぞれ押さえる手はずになっていた。中でも本命はブルーだ。

ブルーとマルコスは手分けをして、シェアハウス物件の管理をしているようだ。今朝、ブルーは、このシェアハウスに入っていった。出てきたところを押さえる予定だった。

「藤崎選手にとっちゃ、親父さんの無念を晴らす機会だな」

梅田が無遠慮にそんなことを言った。

司は落ち着いた声で答える。

「かもしれませんね……。でも私も詳しいことを知ったのはつい先日なので、父の無念を晴らすとか、そういう気持ちは湧かないです。父は父で自分でけじめをつけたみたいですし。とりあえず、私は私で、やるべきことをしっかりやりたいと思います」

「あらら、そっけないもんだねえ」

梅田は拍子抜けしたように言った。

司の横顔には気負いは感じられない。彼女は父のあとを追って刑事になったわけではない。憧れた職業をたまたま父親がやっていたというだけだ。

梅田は物足りなく感じるのかもしれないが、綾乃にはこの司の父親に対する距離感は好ましく思えた。そして同時にうらやましくも思う。

〈人が出てきます。今度は対象者（マルタイ）です〉

再び無線機から声がした。

来た――

「了解。行きます」

綾乃は答えた。隣の司がドアを開く。

「頼みましたよ」

後ろから井上の声がした。

「はい」と返事をして、綾乃は司と車を降りた。

綾乃と司が声かけを行い、その後任意同行を求める段取りだった。

角を曲がる。ちょうど家の敷地から背の高い青年、ブルーが出てくるところだった。綾乃は鼓動が高鳴るのを感じた。

ブルーはちょうどこちらに歩いてくる。

尾行がついていることにはまったく気づいていないのだろう。綾乃と司を警戒する様子はない。

正面からその顔が見える。すっきりと整った顔立ちをしている。

ブルー。あなたは何故――

先日、沖田から彼の話を聞いたときから、綾乃はずっと考えていることがある。

あなたは何故、あの二人を殺したの――

仮にブルーが亜子と正田を殺害したとして、その動機は何か。亜子にしろ正田にしろ、トラブルを起こしがちな人間だ。何か恨みを買ったり、いざこざがあった可能性はある。金銭トラブルかもしれない。

けれど綾乃はそういう理由ではないと思っている。

それを確かめたい。もしかしたら、あなたは――

綾乃と司はブルーに向かって歩みを進める。

およそ三メートルほどの距離まで近づいたところで、ブルーがまっすぐ自分に向かってくる二人に気づいたようだ。

少し足を速め、距離を詰める。

ブルーは怪訝そうな顔になり足を止めた。

綾乃たちもブルーの目の前で立ち止まる。司が口を開いた。

「『プランH』の春山さん?」

「え。ああそうですが……。えっと、どちらさまでしたっけ」

当然心当たりはないだろうブルーは、顔に警戒と当惑を浮かべた。

ねえ、あなたはどうして、殺したの? あの二人を。あの女、舟木亜子を。どうして殺したの――

綾乃は今すぐにでも問い質したいのを堪える。

隣で司が語気を強めて言う。

「違いますよね。本当は篠原青さんですね」

「え」

ブルーが目を見開くのがわかった。

「警視庁の者です。よかったら少しお話を聞かせてください」

司が告げた。

「ああ、そうですか……。はい、わかりました」

ブルーは落ち着いた様子で頷いた。

司がインカムで待機している捜査員たちに「任意同行。了承です」と告げた。

家のはす向かいに停まっていた車のドアが開き、捜査員らが出てくる。

抵抗されることも考えていたため少し拍子抜けした。油断したとは認めたくないが、ほんの一瞬、気がゆるんだことは否めない。

「では、こちらに」と、司が促そうとしたときだ。

ブルーは突然回れ右をして走り出した。

「あ！」と、声をあげたのが自分か他の誰かか、綾乃はわからなかった。

「確保！」

インカムから井上のものと思われる怒鳴り声が聞こえた。

綾乃は走り出した。

「待て!」

ブルーが逃げる路地の向こうに、通行人を装い張っていた捜査員が二人、立ちはだかった。

しかし十分に加速したブルーは、タッチの差で身をかわし二人の脇を駆け抜けた。

捜査員たちとともに、ブルーを追う。

大丈夫だ。速いが追えないスピードじゃない。その上この路地の先は街道で、複雑な道はない。こちらには車両もある。すぐに追いつけなくても、取り逃がすことはあり得ない。

ブルー。

つい数日前に、存在を知ったばかり。なのに何年もずっと追いかけていたような気さえする。

ブルー。

自分で選んだわけでもない親に連れられ、戸籍すらなく、誰にも知られず社会の陰を彷徨っていた男。

ブルー。

綾乃は彼の人生の大部分を知らない。でも彼が心と身体に傷を負いながら育ったことは間違いないだろう。

ブルー。

逃げないで。私の問いに答えて――

どうして殺したの？　あなたは助けたかったんじゃないの？　あの、子供たちを――

亜子と大貴が死んだことで、あの子供たちは救われた。親という最強の斥力と引力の発生源から、解き放たれた。

ブルー。

ねえブルー、あなたは親を選べなかった子供たちを助けたかったんじゃないの――

綾乃はその背中を追って、必死に走った。

For Blue

平成最後の日。
ブルーは逃げた。
南林間の住宅街の路地を。
このとき彼が何を考えていたか、今となっては知りようもない。
あるいは思い出していただろうか。
あの日のことを。
およそ一五年前のクリスマス・イブ。平成一五年一二月二四日のことを。

*

「ブルー！」
あの日の夕方、午後四時過ぎ。

帰宅した祖母に金の無心をして断られた母親は、居間の隅で膝を抱えていたブルーに声をかけた。

それが、のちに青梅事件と呼ばれることになる殺人事件の幕開けの合図になった。

立ち上がったブルーの右手には出刃包丁が握られていた。

お金をくれなかったら殺す――それはあらかじめ決めていたことだった。

このとき、ブルーを支配していたのは、激しい怒りの感情だった。

ずっと魂が抜けてしまったようで、すべてが他人事のように感じられていたブルーだったが、この怒りは正真正銘、自分自身のものだった。

ブルーは魂を取り戻していた。

最初のきっかけは絵だった。

その前夜、初めて訪れたこの家の玄関に飾られていた一枚の絵。

クレヨンで家族らしき四人の男女が描かれていた。大人が三人で子供が一人。背景は緑色に塗られ、具体的にどういう場所なのかはよくわからないが四人は手をつなぎ、みな笑っていた。上手いとか下手とか以前の、一目で幼い子供が描いたとわかるたどたどしい絵だった。

しかし、そこにははっきりと幸福が描かれていた。これを見たとき、まず心が粟立(あわだ)った。

居間に足を踏み入れると、暖房がよく効いた暖かなその空間に祖父母と伯母と優斗がいた。

優斗は祖父と一緒に座椅子に座っていた。かつて異物を見るような目を向けブルーを拒絶した祖父が、優斗のことは膝に乗せていた。ちゃぶ台の上には、空になったシュークリームの箱があった。

ふわふわのちゃんちゃんこを着せられて、ほっぺを赤くしていた優斗が不思議そうにこちらを見た。

玄関の絵はこの子供が描いたものだと察した。

居間の隅には、優斗のために買い与えられたとおぼしき絵本や玩具がいくつも転がっていた。窓際の壁に、一枚の紙が貼られていた。手紙だ。〈サンタさんへ　ゲームボーイアドバンスSPがほしいです　ゆうとより〉と下手くそな字で書いてあった。ここに貼っておけばサンタクロースが読んでくれるなどと、大人が吹き込んだのだろう。

ずっと前にブルーが母親に与えられ、すぐに壊されたゲーム機の最新版だ。この子供はクリスマスにそれをプレゼントしてもらうんだろう。そしてたぶんこの家の人々は簡単にそれを壊したりなどしないだろう。

それは平凡と言えば平凡な、小さな子がいる家庭としては珍しくもない、風景だ。

しかしそこにはブルーが与えられていないものがあった。

愛が。

それは家を満たす空気の分子にさえ、はっきりと刻み込まれているようだった。

こいつは、愛されている――

その思いが、魂を肉体に引き戻した。

同時に、これまでに一度も覚えたことがないほど強い怒りを覚えた。破壊の衝動が湧き上がった。母親と祖父母らが言い合いをしている横で、ブルーは今すぐにでも大暴れして何もかもを壊してしまいたいのを、必死に我慢していた。

部屋では一晩中写真を眺めて気を静めようとしたが駄目だった。気は昂ぶり怒りは殺意となって沈殿した。

もう他人事という感覚はなかった。母親に促されたから仕方ないとも思っていなかった。明確な自分の意志として、この愛と幸福に満たされた家を滅茶苦茶に破壊したいと望んでいた。クリスマスが祝われる前に。サンタクロースが来る前に、すべてを破壊したかった。

だから母親が支離滅裂に殺害を命じてくれるのは、ありがたくすらあった。

ブルーは祖母の脇腹を包丁で刺した。

祖母は瞬間、すうっと息を吸った。何が起きたのかわからぬ様子で、目と口を丸く開いていた。

ブルーが包丁を引き抜くと、祖母は買い物袋を落とした。「あああっ!」と声をあげて脇腹を押さえうずくまった。筋張った祖母の手の隙間から血が零れるのが見えた。

ブルーは無防備になった背中を二度、包丁で突いた。

祖母は潰れるようにうつ伏せに倒れ、ぴくぴく身体を痙攣させた。口から泡を噴きながら声にならない悲鳴を漏らしていた。

「な、何よ、これ。き、気持ち悪い……」

母親は言った。目には涙を溜めていた。

このときの母親の内心は推し量りようもない。

「ねえ、首。首絞めて！」

母親はブルーに命じた。ブルーは言われるままに祖母の首に手をかけようとして、ロープがあることを思い出した。こういう使い方を想定していたわけではないが、ロープを手に取り、祖母の首にかけて、思い切り絞めた。しばらく、くぐもった声を出して身をよじった祖母だったが、やがて動かなくなった。

母親は「よかったあ」と胸をなで下ろしながら涙を拭ったあと、動かなくなった祖母を見下ろして言った。

「もう全員やるしかなくなったね」

それからおよそ一時間半ののち、二人目の犠牲者となる祖父が帰宅した。

玄関から「ただいま」という声が聞こえたとき、ブルーと母親は居間の入口に身を隠した。

祖父は玄関の靴で気づいたのだろう「夏希はまだいるのか」と言いながら居間に入ってきた。そして奥で血を流し倒れている祖母の姿を見つけた。おそらく彼は人生で最大の衝撃を受けたことだろう。すぐ脇にいるブルーと母親の姿が目に入らなかったのも無理からぬところだった。

「梓！」

祖父は祖母に駆け寄った。その背中にブルーは包丁を突き立てた。

祖父が祖母と違ったのは、一刺しで抵抗力を奪われず、反撃してきたことだ。「何だあ！」と怒鳴り、ブルーを突き飛ばした。ブルーは包丁を落としてしまい、たたらを踏んで、テレビ台にぶつかった。その拍子にテレビが落ちた。

「おまえ、何てことを！」

祖父はブルーに摑みかかった。ブルーは身をよじった。もみ合う拍子に茶簞笥が倒れた。その直後、祖父は「がっ！」と短い悲鳴をあげた。母親が包丁を拾い、祖父を背中から刺していたのだ。何度も。何度も。

祖父はなおも抵抗しようとしたが、腰が抜けたように膝から崩れ落ちた。

「ブルー、首！」

言われてブルーはすぐさまロープを手に取り、祖父の首を絞めた。

祖父が絶命してぐったりとしたのを見て、母親は引きつった笑顔で言った。

「ざまあみろだわ」

自分の両親の死体を前に、彼女はもう涙を流さなかった。

三番目の犠牲者となるブルーの伯母と、最後の犠牲者となる優斗が帰宅したのは、祖父を殺害してから更に一時間ほど経った午後六時半ごろのことだった。

祖父のときと同様にブルーは死角に身を隠し、伯母が居間に入ってくるなり正面に飛び出して腹を刺した。すぐに引き抜いて、もう一度。伯母はその場で尻餅をつき、これまでの二人よりも大きな悲鳴をあげた。

母親は伯母の肩からずり落ちたショルダーバッグの中を漁り、長財布を取り出し中にキャッシュカードが入っていることを確認していた。

「あ、あんた。何してんの……。き、救急車……」

伯母は膝をついて血を流しながら、母親に訴えた。蛍光灯に照らされる顔が真っ白になっていた。

「お姉ちゃん。カードの暗証番号教えて。教えてくれたら救急車呼んであげる。教えてくんなきゃ、あんたの子も殺すよ」

伯母は四桁の数字を口にした。

母親は満足げに頷いてブルーに命じた。

「やっちゃって」

ブルーは伯母の背後に回り込み、ロープで首を絞めた。

三人目、タクヤも含めれば四人目となり、ブルーは何となくコツのようなものを摑んでいた。人の首というものは、素手よりもロープで、そして正面からまっすぐ絞めるより、後ろから上に引っ張るように絞めた方が、効率がいいらしい。

伯母の首を絞めている最中、居間の入口にいた優斗が泣き出した。「やめてえ！」優斗は
ブルーの足にまとわりつき引っ張った。

しかしブルーが力をゆるめることはなく、ほどなく伯母は絶命した。

優斗は「ママ！」と叫びながら、拳を握ってブルーの足と横腹を叩いた。

そのとき。

おまえが俺を叩くのか——

ブルーは、頭が真っ白になるほどの怒りを感じた。

気がつけば手を伸ばしていた。優斗の首に。

そして絞める効率など考えず、その細い首を素手で絞めた。怒りを持って。全身全霊を込
めて。

おまえが悪いんだ。

与えられているおまえが悪い。

こんな暖かい家に住んでいるおまえが悪い。

優しい家族に囲まれて育っているおまえが悪い。

サンタクロースにクリスマスプレゼントをもらえるおまえが悪い。

愛されているおまえが悪いんだ——

夢中で首を絞めているうちに、優斗はぐったりとした。

その瞬間がいつだったかはわからなかった。気がつけばその年端もいかない小さな命は、あっけなく消滅していた。

カタルシスと呼べるような手応えは何もなく。放った殺意は虚無の中に消えていった。祖父母と伯母、それから優斗。眼前には四つの死体が転がり、怒りはみるみる冷めてゆき、代わりにすべての血が鉛になったような虚脱がやってきた。

「ああ、みんな殺しちゃったねえ。ブルー、あんたが殺したんだよ」

遠くから母親の声が聞こえた。

彼女は正しい。

この四人は四人とも、ブルーが自分の意志に従い、殺したのだから。

疲れた――

ブルーはその場に座り込んだ。

母親は何が可笑しいのか、くすくすと笑っていた。もしかしたら泣いていたのかもしれない。朦朧としていたため、ブルーはよく覚えていない。

「死体、どうしようか。まあ、明日でいいか」

母親も疲れていたようだった。

彼女は自分の部屋に戻った。この辺りでブルーの意識は一度途切れる。そのまま、眠ってしまったのだ。

死体の転がる居間でブルーは、聖夜を過ごした。

身体を揺さぶられて目を覚ましたのは、翌、一二月二五日の午前一一時過ぎだ。

「ねえ、起きてよ。起きろっての。ふふ、あははは」

目の前には、けらけらと笑う母親がいた。

ブルーは胡乱な頭で自分が悪夢を見ていたと思った。

母親の実家に行って、祖父母と伯母と従弟を殺してしまう、悪夢。

次の瞬間、母親の肩越しに血まみれの居間の様子が見えて、夢などではなかったことを悟らされた。

「ねえ、あんたCD持ってきてたよね。『世界に一つだけの花』出してよ」

母親は笑いながら言った。

CD……、言われるままに、デイパックを探ってブルーは『世界に一つだけの花』のシングルCDを渡した。大ヒットしているSMAPの楽曲で、母親の特にお気に入りの一枚だった。浜松から逃げるとき、言われて持ってきていたのだ。

母親はそれと、居間の隅にあったCDラジカセを持って風呂場に向かった。そして脱衣所で大音量でCDを再生しながら、風呂に入った。

このとき母親は、部屋でエフェドラの残りを飲み切っていた。正確には一錠だけ薬瓶の底に貼り付いていたが、ともあれ、これまで一度に飲んだことのないほどの量を飲んでいた。完全に過剰摂取（オーバードーズ）した状態だった。

何故そんなことをしたのか。寝て起きて、家族を惨殺した事実に改めて直面し、精神のバランスを崩していたのか。単純にいつもよりずっとハイになりたい気分だったのか。あるいは一種の自殺だったのか。理由はもうわからない。

事実として母親はきわめてリスクの高い状態で風呂に入り、そのリスクを引き当てた。

湯船につかる母親の心臓が止まったとき、ブルーはそんなことにまったく気づくことなく、居間で呆然と四つの死体を眺めていた。

意識が覚醒したあとも虚脱が続いていた。

否応なしに聞こえる『世界に一つだけの花』が、何度リピートしただろうか。窓から射し込む陽がオレンジ色になるころ、ブルーはようやく母親が異常なほど長く風呂から出て来ないことに気づいた。

様子を見に行き、すっかり冷め切った湯船の中で眠るように死んでいる母親の姿を見つけた。「ママ」と呼びかけても答えず、近づいても息はしていなかった。肌は彼女が浸かる水と同じように冷たく、恐る恐る胸元に当てた手に、鼓動は伝わってこなかった。

ママが、死んだ――

悲しみは感じなかった。もちろん喜びも。ただ、息が詰まった。

居間に戻ると、それまで何時間もそこにいたはずなのに、四つの死体が転がるその惨状を、今初めて目の当たりにしたようなおぞましさを覚えた。

　そうさ僕らは
　世界に一つだけの花

脱衣所から聞こえる歌声を聴くうちに、ブルーはうつ伏せに倒れる優斗の顔を思い出した。昨夜初めて会ったとき、興味深そうに、無邪気にブルーを見つめた目を。自分が殺してしまった少年の、その無垢な目を。

　一人一人違う種を持つ
　その花を咲かせることだけに
　一生懸命になればいい

これから俺はどうなるんだろう――
捕まるんだろうか。捕まったら死刑になるんだろうか。ママや、あの優斗みたいに、俺も死ぬんだろうか――

鳥肌が立った。

子供だったのだ。このときのブルーはまだ一四歳の子供だった。犯した罪の自覚などなく、ただ恐れた。捕まり罰を受けることを。殺されることを、恐れた。

嫌だ。そんなのは、嫌だ——

耐えがたい恐怖に襲われ、ブルーは逃げ出した。

奥貫綾乃

綾乃は、懸命に足を動かして、路地を逃げるブルーを追う。

走る、走る、走る。

少し、背中が近づいたかと思った矢先、ブルーは速度を落とさず路地から街道に出た。そのまま歩道を走り抜け、車道に飛び出した。

あ——

次の瞬間、ブレーキ音が響き、大型トラックの車体の影が見えた。街道から誰かの悲鳴が聞こえた。

綾乃たちが街道に出ると、そこには急ブレーキをかけて斜めに停車したトラックと、その五メートルほど前方で頭から血を流して倒れているブルーの姿があった。

歩道を歩いていた人々が騒然としている。

綾乃は捜査員らとともにブルーに駆け寄った。

仰向けに倒れたブルーは、頭を強く打ったのか身体を小刻みに震えさせている。目は開いているが虚ろだ。頭からは派手に血が流れている。

まずい。

「救急車、呼びます！」

捜査員の一人が慌てて携帯電話を取り出した。

「しっかり、しっかりして！」

綾乃は膝をつき、頭を不用意に動かさぬよう注意しつつ、出血部に手を当てて止血を試みた。

鼓動と、生温かい血液の感触が手にべっとり張り付く。

ブルーが虚ろな目のままこちらを見るのがわかった。

「ふた……二人……は……」

「翼くんと、渚ちゃんね？」

かすかにブルーが頷いたように見えた。

「大丈夫だよ。二人は保護されている！　児童相談所に。きちんと福祉につながっているよ。きっと渚ちゃんには戸籍もつくられる。二人は助かったんだよ！」

するとブルーは、かすかに口角を上げたようだった。

「やっぱりあなたは、あの二人を助けたかったんだね。そうだね」

「ごめん……。ごめんなさい……」

ブルーは綾乃の問いには答えず、謝罪の言葉を口にした。

「……優斗」

青梅事件で殺された男の子の名だ。

ブルーは虚ろな目で宙空を見て、うわごとのようにつぶやく。

「優斗、ごめん。本当に……ごめん……。ごめん……なさい……」

ブルーは何度も謝る。おそらくは一五年前に自分が殺してしまった少年に。

綾乃は気づいた。この男は、ただ子供を助けようとしたんじゃない。

「死ぬな！」

綾乃は叫んでいた。

「あなたは、助けたじゃないか。二人の子供を。最悪の親を殺して助けたじゃないか。だったら、見届けろ。ちゃんと、子供たちの行く末を！」

綾乃は警察官という立場を忘れ言葉を発していた。

この男が殺したのは私だ――

子供を上手く愛せない私。愛より憎しみを選んでしまう私。ただ子供を傷つけてしまうだけの私。

私を殺した。殺してくれた――

ブルーは焦点の合わぬままの目で、綾乃を見る。もう意識は朦朧としているようだ。

「死ぬな！　頼むから死なないで！」

「俺は、いき――」

ブルーの声が不明瞭になった。

「死ぬな！　死ぬな！　死ぬな！」

繰り返しながら綾乃は、出血部を必死に押さえた。

死ななかった。

平成最後の日。刑事たちから逃げようとして事故に遭ったブルーは、しかし一命を取り留めた。

退院後、逮捕され収監されることになったけれど、生き延びてブルーは新しい時代を生きた。やがて刑期を終えて、自分が助けた子供たちと再会を果たした。

そしてブルーはすべての罪から解放され、家族のような仲間たちと、穏やかで満ち足りた日々を過ごしている――

人の主観の数だけ真実があるなら、たとえばこんな真実があってもいいんじゃないだろうか。

――そんなの、あり得ないよ。

樺島香織はきっぱり否定した。

——仮に生きていたとしても、あの子が罪から解放されることなんてない。

最初は……私が匿い始めたころは、そんなことはなかった。あの子は罪を感じていなかった。あの子が私に助けを求めたのは、誰かを頼らなければ生きていけなかったから。

でもいつしか、あの子は自分が償いようもない罪を犯したことを自覚して苦しむようになった。青梅事件のことをね。特に怒りに任せて小さな子供を、優斗を殺してしまったことを悔いるようになった。夜にうなされ、涙を流すようになった。

そう。きっと罪滅ぼし。ブルーがあなたの母親たちを殺したのは。罪もない子供を殺した罪を、罪もない子供を救うことで贖おうとしたんだと思う。でもね。子供を一人殺してしまった罪を、子供を二人救って償うなんて、そんな算数みたいな話じゃないの。

あの子、馬鹿なのよ。学校も行ってないから。だから、償い切れない罪を償うために、また別の人を殺すなんて馬鹿なことをした。それでも償い切れないから、最後は……。あの子が逃げたのは、一種の自殺、自分で自分を殺すためだったんじゃないかって私は思っている。

仮に生きていたとしても、あの子には穏やかで満ち足りた日々は訪れようもなかったと思う。悲しいけれど。

樺島香織は、淡々と語った。

大人になった私はブルーのことをほとんど何も覚えていない。私と私の兄を助けてくれたあの人のことを。

もしブルーがいなければ、私は機能不全の家族とも言えない家族の中で戸籍がないまま、育っていただろう。兄はもしかしたら殺されていたかもしれない。

ブルー自身は、あの二人——私の両親——を殺した理由を誰にも話していない。でも、樺島香織が言うように、彼はやはり私たち兄妹を助けようとしたのだと思う。罪滅ぼしとして。

樺島香織は悲しいと言った。

そう、これはとても悲しいことだ。

青梅事件のあと、ブルーは樺島香織に匿われ、大人になった。苦手だったピーマンも食べられるようになった。やがて樺島香織の仕事を手伝うようになり、ミサワ・マルコスを仲間に誘い、三人で暮らし始めた。血のつながりはなくとも、彼らはブルーにとって家族だったように思う。

平成の後半一五年、ブルーにとってはやすらかな日々が続いたことだろう。

その日々の中で、おそらくブルーは背負ったのだ。

かけがえのない日常を手に入れて初めて、それを破壊することの意味に気づいた。無辜（むこ）の罪を。

子供から奪った未来の重さを知った。

ブルーは、やすらぎを覚えるたびに優斗を踏みにじっているような感覚に囚われたのではないだろうか。幸福を感じるたびに、そんな資格はないと自分を苛んだかもしれない。

その苦しみの中で何とか罪を贖う方法はないかともがき、私たちを助けた。

確かめようもないけれど、私はそう思う。

しかし樺島香織の言う通り、償いは算数のようにはいかず、ブルーは苦しみ続け、あの平成最後の日を迎えた。

きっとブルーが逃げたのは、自分を捕らえに来た刑事からではなく、自らの罪と、命からだ。

それはあまりに悲しい。

だから私は試みようと思う。樺島香織があり得ないと否定した、ブルーが救われる真実を紡ぐことを。

奥貫綾乃

ブルーは相模原市にある大学付属病院に救急搬送され、すぐに緊急手術を受けることになった。脳出血を起こしており、きわめて危険な状態だった。

それと並行して、ブルーの体組織は本庁に送られ、科捜研がDNA型鑑定を行った。ブルーのDNA型は正田の死体の爪の間から採取された体組織のDNA型と一致した。これで、ブルーが多摩ニュータウン男女二人殺害事件の最有力の被疑者となった。このあと逮捕されることになるだろう。死亡さえ、しなければ。

搬送から一時間ほどしたころ、樺島香織とミサワ・マルコスが病院に駆けつけてきた。二人には、一課の捜査員が同行していた。

身柄を押さえる最中、事故の報が入り一緒に病院にやってきたようだ。

「ブルー！」

手術室の前で二人は半狂乱で彼の名を連呼していた。綾乃は遠目にしか見なかったけれど、もしかしたら二人とも泣いていたかもしれない。

樺島香織。一〇代半ばで上京し、今日まで生き抜いてきた女。青梅事件から一五年。平成という時代の半分にわたって戸籍のないブルーを匿っていた女。きっと強い人なのだ。その強さでいろいろなものを選んできた人のはずだ。

しかし綾乃が初めて見た彼女は、近しい者が生死の境を彷徨っていることに、ただただ取り乱すだけの同世代の女だった。

やがて香織とマルコスは、医師から説明を受けたあと、捜査員たちに連れられていった。いつ終わるかわからない手術を待たず、最寄りの署で事情聴取を受けるのだ。事前に話がついていたのだろう、二人は抵抗することもなくおとなしく病院をあとにした。

他の捜査員は、事故現場の検証や、『プランH』の事務所や管理していたシェアハウスの家宅捜索に駆り出された。綾乃と司のペアは病院に残り、手術の結果を待つことになった。

手術室の近くにあるカンファレンスルームという小部屋に通された。部屋の中央に四人掛けのテーブルとオフィスチェア。壁にホワイトボードがあり、その脇の棚に治療の説明などに使う小さな臓器の模型が置いてあった。

そこで二人、数時間待たされた。日が暮れてきてもまだ手術は終わらず、近くのコンビニで弁当を買ってきて食べた。

「子供のため、だったんでしょうか」

弁当を食べ終えてしばらく、不意に司が尋ねてきた。

「え」

「ブルーが二人を殺した理由です。さっき、奥貫さん言ってましたよね。子供を助けるためだって」

撥ねられたブルーにかけた言葉を聞かれていたらしい。

「たぶん、そうだと思う」

綾乃は頷いた。

いや、それだけじゃないかもしれない。

ブルーが最後に口にしようとした言葉。

——俺は、生きているべきじゃなかった。

はっきりとは聞き取れなかった。でも、そう言ったように聞こえた。

と、そのとき、部屋のドアが開いて、手術の担当医が年配の看護師を連れて入って来た。

綾乃と司は立ち上がる。

二人とも沈痛な面持ちをしていた。

果たして、医師は言った。

「申し訳ありません。精一杯手を尽くしましたが助けることができませんでした」

二人は深々、頭を下げた。

「そうですか。ご苦労様でした」

司が声をかけた。医師は顔を上げた。

「死亡時刻は午後一一時三四分でした。死亡診断書はこのあとすぐつくってお持ちします」

「ありがとうございます。あの、ここは電話大丈夫ですか」

「はい。この部屋でしたら」

看護師が答えた。

「では、今しばらくお待ちください」

医師と看護師は、一礼して部屋を出ていった。

司は立ったまま、捜査用のスマートフォンを取り出して捜査本部に電話をかける。

これで多摩ニュータウン男女二人殺害事件は、青梅事件と同様に被疑者死亡として処理されることになるのだろう。

綾乃は膝から力が抜けるのを感じた。椅子に腰掛ける。

ブルーが、死んだ――

不幸な子供を再生産してしまう親を殺した男。

母性の壊れた母親を、私を殺してくれた、男――

彼は自分が背負った罪から逃げるように、死んだ。

ずっと綾乃の胸に沈殿していた〝沼〟が、嵩を増してゆく。

記憶が蘇る。

昔、実家の近くの雑木林の中にあった淀んだ池。〝沼〟の記憶だ。

綾乃の実家は、一昔前の家父長制を画に描いたような家庭で、両親は綾乃を厳しく育てた。幼いころは、特に。あれは厳しいなんて言葉で片づけていいものではなかった。父は女の子の綾乃のことも平気で叩いた。躾けだと言っていた。どうして叩かれたのか、もう一回一回の細かい理由は覚えていない。親の思い通りにならなかったときに叩かれたのは間違いない。それはわかる。だって綾乃も同じように躾けと称して娘を叩いたのだから。滅多にないことだったけれど父は、激高すると綾乃を雑木林まで連れて行って、服を脱がせ、あの淀んだ池に――〝沼〟に――頭まで綾乃を沈めた。汚れた水の気持ち悪さと、鼻の奥の粘膜を水が冒す痛み、そして息ができない苦しさ。本当に殺されるんじゃないかと思った。池から引き上げられたあと、母はバスタオルで綾乃を拭きながらいつも言った。

――あんたが悪いんだよ。

私が、悪い。

幼いころに刷り込まれたそれは、綾乃の人生で最も大きな恐怖だ。

綾乃は静かに深く呼吸をしながら理性で感情をせき止めようとする。

隣で、ふうと息を吐く声がした。

見ると電話を終えた司が椅子に腰掛けていた。二人並ぶかたちになる。司もこちらを向き、目が合った。

「あの、奥貫さん」

「何?」

「その、えと……」

司は言葉を探すように視線を彷徨わせて、言った。

「私、奥貫さんとペアが組めて、よかったです」

「え」

「このことを、伝えておきたくて」

「何よ、それ……」

突然の言葉が、感情をせき止めていた理性を揺るがせた。深く淀んだ〝沼〟の底で蜘蛛に出会った。それは腹に子を宿すずっと前、悪いと断じられた幼い綾乃だった。

〝沼〟があふれる。涙として。ずっとずっと我慢していたのに。意志の力では、どうにもできない。

駄目だ。

綾乃は泣き出した。

慌てて手で顔を覆う。しかし涙は止まらないし、口から嗚咽が漏れてしまう。

「あ、あの……」

顔を俯けているので姿は見えないが、声で司が当惑しているのがわかった。

「急に、ご、ごめんなさい。お、抑えられなくて。私、こんな情けない女だよ。あなたによかったなんて言ってもらう資格なんてない」

「そんなこと、ないですよ」

「あるよ！」

思わず強く否定した。

「え……」

「あるんだよ。だって私は、母性が壊れた欠陥人間なんだ。子供を殺す母親なんだ」

何を口走っているんだ、私は。彼女はそんな話してないのに——

——恥ずかしい娘じゃ。

——あんたのせいで私は孫を失った。

——あなたには母性というものがないの？

かつて投げつけられた言葉たち。

自分の子供さえまともに愛せない欠陥人間。あの亜子と、あるいはブルーの母親と同じような。いっそ殺された方がいい人間。

それが私なんだ——

「違いますよ」

言葉とともに柔らかな感触に包まれた。

抱き寄せられた。

ブラウス越しに、司の身体の熱が伝わってきた。

「詳しい事情は何も知りませんけど、奥貫さん、ちゃんと手放せたんですよね」

手放せた？ 何を？ 家族を？

そうだよ。私は家族を手放してしまった。自分から。ちゃんとなんかしてないよ——洟と嗚咽ばかりが出て、言葉にならない。

「だったら、違います。奥貫さんはきっと最善のことをしたんです。誰も殺していないし、必要以上に誰かを傷つけたりもしなかった。昔、私の父がそうだったように、奥貫さんもちゃんと家族を手放せたんです」

司は静かな声で言った。

ちゃんと手放す——

そんなことができたんだろうか。

「でも……も、もし、世界中が私みたいになったら……、きっと世界は滅んじゃう」

綾乃はしゃくりあげながら言った。

それは綾乃が抱く馬鹿げた恐れだった。

「奥貫さんの気持ちがわかる、なんて、簡単には言えないですけど、私……、もう三〇だけど、誰ともつきあったことないんです。誰に対しても恋愛感情が湧かないんです。男性に対しても、女性に対しても。たぶん一生、結婚しないし、セックスもしない。子供も産まないと思います。だから私も欠陥人間です。世界中が私みたいになっても、きっと世界は滅んでしまいます」

誰に対しても恋愛感情が湧かない――それがどういうことか、上手く理解できない。いきなり言われても、本当かどうかさえわからない。ただ、綾乃を励ますために嘘を言っているふうでもなかった。

司は続ける。

「だけど、きっとそんなふうにはなりません。だって世界の私以外の人は私じゃないし、奥貫さん以外の人は奥貫さんじゃないですから。誰か一人が世界の命運を担う必要なんてないですよ。それに、別にいいじゃないですか。最悪、世界なんて滅んでも。私たち、たぶん世界の存続のために生きてるわけじゃないですよ」

言葉が染みる。司の声は震えていた。もしかしたら彼女も泣いているんだろうか。顔を上げて確かめることはできなかった。

でも、駄目だよ世界が滅んだら。私たちが何のために生きているのかなんて知らないけれど――

そんな反論が頭に浮かんだけれど、言葉にできなかった。
綾乃はただただ泣くばかりだ。
「私はこうして、奥貫さんと出会ってペアになれて、よかったです」
司は再び言ってくれた。
涙はあふれる。
そのとき、日付が変わった。
平成が、終わった。
その瞬間を綾乃は一回りも年下の後輩の胸元で泣きながら過ごした。

エピローグ

For Blue

平成、という時代があった。

一九八九年一月八日に始まり、二〇一九年四月三〇日に終わった、およそ三〇年と四ヶ月に及ぶ時代。西暦や干支、ヒジュラ暦ほどメジャーではなく、きっと、この世界に住むほとんどが知らない時代。

しかし東アジアの小さな島国に暮らす多くの人々にとっては、意味のあった時代。平和の時代、災害の時代、分断の時代、あるいは希望の時代。今、私が生きるこの時代に確かに連なっている三〇年。

そんな平成という時代が始まった日に生まれ、終わった日に死んだ一人の男がいた。

否、死ななかった。

彼は平成を生き延びた。そして満ち足りた日々を過ごしている。そんな真実を私が紡ごう。

――ここがあの写真に写っていた湖よ。ね、きれいでしょう。村はずいぶん発展したけれど、この湖だけは写真のころとほとんど変わっていないの。夏の朝のほんのわずかな時間だけ、この青い景色が見えるの。よかったわ、あなただけでも来られて。見るのは今年が最後のチャンスだったから。来年にはもうここも再開発で埋め立てられてしまうの。

最新の翻訳アプリはほぼリアルタイムで、彼女の言葉を日本語に訳してくれた。

ファン・チ・リエン。かつて日本に外国人技能実習生として働きに来ていた女性だ。

私はこの夏、ベトナムのB省の農村を訪れた。ブルーが好きだったあの写真の景色を見るために。リエンと連絡がつき、一晩だけ家に泊めてもらった。

彼女は大きく立派な家に夫と二人で住んでいた。義父母はすでに亡く、二人いる子供は共にハノイで暮らしているという。長男は大学卒業後、アメリカの企業のベトナム支社に就職。結婚して、もうすぐ子供も生まれるらしい。長女の方は医師となり病院勤務をしつつ、独立開業のための資金を貯めているという。ベトナムでも女性の社会進出は進んでいるようだ。

リエンが大きな家を持つことができたのも、子供たちを大学まで進学させられたのも、ブルーのお陰だという。

——最初ひどい会社で働くことになってね。ブルーさんたちがそこから逃がしてくれた。私もブルーさんに助けられたようなものさ。ああ、それにしても、あのときの子がこんなに大きくなって、訪ねて来てくれるなんてね。

ブルーに殺害された舟木亜子と正田大貴は、私の生物学上の両親だ。

幼いころ。まだ戸籍が与えられていなかったころ、私はこのリエンに会っている。けれど、ものごころさえついていなかったため、記憶にはない。

事件のあとしばらく施設で育てられた私と兄の翼は、兄妹揃って養親に引き取られることになった。兄が九歳、私が五歳の春のことだった。このとき、私たちはようやく、無条件で私たちを愛してくれる、自分だけの大人を手に入れた。

私たちにとって親とは、産みの親ではなく、この養親たちのことだ。

私はリエンのことだけでなく、ブルーのことも、産みの親のことも、ほとんど何も覚えていない。

辛うじて、あのシェアハウスらしきところで、ニンテンドースイッチで遊んでいる記憶があるだけだ。隣に兄がいて、他に何人か大人がいた。そのうち一人はたぶんブルーだろう。父と母がいたのかはよくわからない。

虐待についても、私には何かされた記憶はないし、身体にもその痕跡は残っていない。かといって、本当に何もされていないのかどうかはわからない。私の知らないところで、変な悪戯をされていたらと思うと気持ちが悪いが、確かめる術もない。そういう意味で、私にも傷はあるのだろう。

兄は私なんかよりもっと具体的で深刻な傷を負っていたはずだが、愛情深く育ててくれた養親のお陰で、心身ともに健康な大人になった。絵の才能を活かし、今はイラストレーターの仕事をしている。

その兄は、しかしブルーを恨んでいる。


——あんなやつただの殺人鬼だ。俺はあいつに助けられたなんて思っていない。俺はあいつに親を奪われたんだ。誰が殺してくれなんて頼んだよ。仮に俺たちを助けるにしても、もっと別の方法があったはずだ。

確かに俺は母さんやダイキ父さんにひどいことをたくさんされた。最低の親だったと思う。でも、あいつが殺したせいで、俺はあの二人に謝ってもらうこともできなくなったし、あの二人を赦すこともできなくなったんだ。


兄は正しい。

七人もの人間を殺した彼は殺人鬼以外の何ものでもない。兄の言うように私たちを助けるとしても、もっと他に穏当で常識的なやり方があったのかもしれない。

兄は虐待されたことを忘れたわけではない。養親にめぐり会えたことに感謝しているし、私と同じく養親を本当の親として愛している。

しかしその一方で赤の他人であるブルーが母と父を殺したことには、どうしてもわだかまりを持ってしまうというのだ。

私と違い記憶がある分、割り切れない執着があるのかもしれない。私は兄ではないので兄の心はわからない。兄には兄の真実があるのだろう。

——ブルーさん、この湖を直に見たいと言っていたわ。できることなら、見せてあげたかった。帰ったら、よろしく伝えておいてね。

リエンは言った。

私は「はい」と頷いた。

あの日、平成最後の日、ブルーが事故に遭う直前に空港に向かったリエンは、ブルーの死を知らない。

私は今回、彼も一緒に来たがったが、体調不良のため断念したと伝えた。

不実だろうか。

私の産みの両親が殺害された多摩ニュータウン男女二人殺害事件について、日本ではすでに死亡している戸籍のない男性の犯行だったと伝えられた。ブルーと血縁関係があるとされる代議士への忖度が働いたのかは不明だが、青梅事件との関連は表には出て来なかった。改元のどさくさの中、新聞やテレビのニュースでの扱いは小さかった。私が調べた限り海外ではほとんど報じられていない。

リエンは私の言葉を信じ、ブルーのことを聞きたがった。

だから私は語った。

樺島香織やミサワ・マルコスから聞いた話をつくり替え、償い切れないほどの罪を背負わなかったブルーの過去を。そこから想像を膨らませてつくった、平成を生き延びたブルーの現在を。

ブルーが満ち足りた日々を生きているという真実をつくるために、語った。

ブルーは今、家族のような仲間たちとともに楽しく幸せに暮らしていると話すと、リエンはうっすら涙を浮かべた。

——それは、よかったわ。

ああ、よかった。本当によかった。私もそう思う。

ひとしきり話したあと、私はしばらく湖を見つめた。

ブルーが見たがったという湖を。

水面は深くしかし透き通るように青い。霧がかかった空気までその青に染まっている。向こう岸に見えるガジュマルの樹の影は、写真のそれと少しかたちが変わっている。早朝のわずかな時間だけ顕れるという美しく幻想的な景色。こうして生で見ると息を呑まずにいられない。

地元の人はこの湖を〝運命の湖（ホー・ディン・マイ）〟と呼ぶのだという。

運命。

ブルー、私はあなたのことをほとんど何も覚えていない。

それでも、あなたは私の運命だった。

あなたがいてくれたから、私は今、新しい時代を生きている。

水と光と霧の調和が織りなす景色を十分に瞳に焼き付け、私は目を閉じる。

瞬きの一瞬。もう一度目を開くまでの一瞬だけ。私の想像力は、冷徹な現実に勝利する。

今、私の隣にはブルー、あなたがいる。

あなたは生きている。平成を生き延びその次の時代を。満ち足りた心で。

私たちは再会し、二人でベトナムまでやって来た。この湖を見るために。

それが私の真実だ。

解説

石井千湖（書評家）

ブルーの母親は、ザ・ブルーハーツの『青空』を聴いていただろうか？

「青空」は昭和の終わりにリリースされた『TRAIN-TRAIN』というアルバムの収録曲だ。平成元年にシングルカットもされた。歌詞に〈こんなはずじゃなかっただろ？　歴史が僕を問いつめる　まぶしいほど青い空の真下で〉というくだりがある。

ブルーは『Blue』の主人公だ。彼は平成が始まった日に生まれ、平成が終わった日に死んだ。プロローグの記述によれば〈母親が生まれたばかりの彼を胸に抱いたとき、ふと見ると、窓の向こうに青空が広がっていたという〉。しかし〈平成が始まった一九八九年一月八日、東京は一日中雨模様であり、青空など見えるはずもなかったのだ〉。

なぜ見えるはずもない青空が見えたのか考えたとき、ザ・ブルーハーツの名曲が思い浮かんだ。ブルーの人生も、平成という時代を体験した人々を問いつめる。「こんなはずじゃなかっただろ？」と。

葉真中顕は本書の執筆の経緯についてこう語っている。

「当初、『絶叫』で狂言回しだった奥貫の再登場を決めた以外は白紙でしたが、天皇が生前退位して平成が終わるというニュースがあった。それで平成史をやろうと考えた。また、もともと普通の育ちかたをしていない子供の話を書きたかったんです。僕が話を作る時はいつも複数の要素を組みあわせる。それで平成の三十年を生きて、子供から大人になる話にしました。」――『Ｂｌｕｅ』刊行記念インタビュー（「小説宝石」二〇一九年五月号掲載）

物語の中心になるのは、ブルーが一四歳のときに発生した〈青梅事件〉だ。平成一五年一二月二四日、青梅市で教員一家が惨殺された。最重要容疑者と見られる次女・篠原夏希は、合法ドラッグを飲んで風呂に入り死んでいた。現場にはＳＭＡＰのヒット曲『世界に一つだけの花』が流れていた。昭和のまま時が止まったような部屋に引きこもっていたはずの夏希が、どうやって薬物と壁に貼られた異国の青い湖の写真を手に入れたのか。ブルーとは何者なのか。警察の捜査と関係者の証言、「Ｆｏｒ　Ｂｌｕｅ」と題した断章の語り手によって、少しずつ明らかになっていく。

平成一五年、西暦で言えば二〇〇三年は、イラク戦争が勃発した年だ。日本では子供のふりをして老いた親から大金を騙しとる「オレオレ詐欺」が社会問題になり、白装束で各地を移動する集団がワイドショーを賑わせていた。格差社会の元凶といわれる「改正労働者派遣法」も成立した。そんな時代の空気が、登場人物の造形に反映されている。一人ひとりが事件やブルーについて語りながら、自らの内面にあるブルー（＝憂鬱）に向き合う。青にも紺から水色までさまざまな色があるように、その人物だけのブルーを描きだすところが本書の大きな魅力だ。

※以下、物語の核心に触れる部分がありますので、本編のあとにお読みください。

まず、警視庁捜査一課の刑事で、夏希の共犯者を追う藤崎文吾。正月早々現場を訪れ、殺された幼い子供の悲しみや苦しみを想像して〈この手で真相を明かすのだ〉という熱を得ようとする。昭和の刑事ドラマに出てきそうな、昔気質で実直な男だ。しかし事件の捜査が停滞して半年近く経ったある日、妻に離婚を切り出されてしまう。浮気をしたことも、暴力をふるったこともない。なぜだと声を荒らげる藤崎に妻は〈愛情がなくなったからよ。私はもう、あなたを好きじゃない。あなたもそうでしょう。理由なんてそれで十分じゃない〉と告げる。平成は『父性の復権』（林道義、一九九六年、中公新書）がベストセラーになるなど、父親の権威が失われた時代だった。家族のことがわからなくなった藤崎は、青梅事件にのめり込む。

平成はまた、「自分探し」がもてはやされた時代でもあった。夏希は引きこもりではなかったという情報を提供した北見美保も、自分探しをした若者の成れの果ての一人だ。美保はメジャーリーグで活躍する野茂英雄やアメリカ育ちの宇多田ヒカルに触発され、閉塞感の漂う日本を飛び出した。ところが、結局はアメリカも理想の居場所ではなかったと気づく。自分の失敗を認めたくない美保のストレス解消法が、帰省中にまとめ読みする女性週刊誌で日本の世間のじめじめした部分を確認することだった。美保の〈昏い喜び〉が、行き詰まっていた捜査に突破口を開くところは皮肉だ。

昭和四三（一九六八）年生まれの美保はバブル世代。昭和五〇（一九七五）年生まれの三代川修と比較すると、心は満たされなくても経済的にはまだ余裕があるように見える。思春期に尾崎豊に憧れ、〈いつか何者かになる〉という確信を抱いて自分探しの旅に出た三代川は、就職氷河期のピークに大学を卒業することになってしまう。前述したインタビューで葉真中顕は、

「『Ｂｌｕｅ』もそうですが、僕の現代ミステリーはすべて、就職氷河期世代の恨みが現れています（笑）。一九九〇年代後半に求人倍率が下がった。一括大量採用は、昭和には日本の企業風土にあっていたし、高度成長を支えた。でも、低成長で少子化が進む平成にはあわなくなった。それが可視化された瞬間が、就職氷河期。不景気は国民全体で共有しますが、

就職は、数年の範囲の運の悪い人だけにダメージがいく。その不公平感が辛かった」と語っている。新卒で就職できず、アルバイトを転々としながら物にならない小説を書く三代川は作者の分身なのだ。積み上がってゆくキャリアも技術もなく、給料は安く、貯金もない。〈緩慢な絶望〉の中で、三代川は夏希とその息子のブルーに出会う。夏希の部屋に貼られた湖の写真は、三代川が撮ったものだった。

日本は世界有数の先進国になったはずなのに、景気は悪化し、家族は揺らぎ、個人の孤独が深まった平成。可視化された社会問題の中でも深刻なのが児童虐待だ。ブルーは自分を探すどころか自分の存在を証明する戸籍すら持たない。両親が出生届を出さなかったからだ。父は金持ちだったがバブル崩壊後に自殺し、ブルーは家出少女だった母と一緒に放浪生活を送る。

令和三（二〇二一）年の「無戸籍の学齢児童生徒の就学状況に関する調査結果について」という文部科学省の文書によれば、法務省が把握している無戸籍の学齢児童生徒は一九〇名いるらしい。把握している数なので、実際はもっといるだろう。憲法の定める教育を受ける権利に基づいて、戸籍の有無にかかわらず子供は就学できることになっているのだが、その知識は行き渡っていない。ブルーも学校に通うことなく、暴力と貧困の中で成長していく。

　青梅事件が起こったのは、ブルーが一四歳のときだ。事件の翌年である平成一六（二〇〇四）年、カンヌ国際映画祭で『誰も知らない』の柳楽優弥が、史上最年少の一四歳で日本人初の最優秀主演男優賞を受賞した。柳楽優弥が演じた少年には幼い弟妹がいたけれど、ブルーの境遇がわかったとき『誰も知らない』を想起した。傍から見れば異常な環境で育っていても、愛する者を守るために必死で生きる子供たちの姿が胸を打つ。

『誰も知らない』の是枝裕和監督は、作中で子供を守らない母を断罪しなかった。葉真中顕も、母性を自明のものとして描かない。平成三一（二〇一九）年に起こった〈多摩ニュータウン男女二人殺害事件〉を捜査する奥貫綾乃は、我が子を虐待したことが原因で離婚した。独り身になって久しいが、ふとした瞬間に家族がいたころの記憶と〈黒くべっとりとした感情が湧き上がる〉。〝沼〟と呼ぶその感情は、綾乃をたびたび苛む。

　ブルーの〝湖〟が母への愛が報われない純粋な悲しみを象徴しているとすれば、綾乃の〝沼〟は子供をうまく愛せなかった自分に対する激しい怒りのあらわれだろう。〝沼〟を湧き上がらせながら被害者の足どりを追う綾乃は、ネットカフェに置き去りにされた二人の子供にたどりつく。その子供たちが、事件とブルーを結びつける。

　多摩ニュータウン男女二人殺害事件の真相も痛ましい。ただ、わずかな救いもある。青梅事件後にブルーを匿った樺島香織のエピソードだ。実父に犯され続けていた香織は、一五歳のときドラマ『打ち上げ花火、下から見るか？　横から見るか？』を見たことがきっかけで家を出た。〈この世界にはきっと私の知らない〝美しいもの〟がたくさんある。それに触れてみたい。触れることができないのなら、死んでもいい〉と思えたからだ。紆余曲折を経て香織が望んでいた〈美しいもの〉に触れるくだりは、本書の中でも白眉のシーン。

令和三年には「親ガチャ」という言葉が話題になったが、本書には生まれ持ったものですべてが決まる社会にしてはならないという強い思いが込められている。

主要参考文献

『誰もボクを見ていない　なぜ17歳の少年は、祖父母を殺害したのか』山寺香（ポプラ社）
『平成トレンド史　これから日本人は何を買うのか？』原田曜平（KADOKAWA）
『ルポ 消えた子どもたち　虐待・監禁の深層に迫る』NHKスペシャル「消えた子どもたち」取材班（NHK出版）
『ルポ 児童相談所――一時保護所から考える子ども支援』慎泰俊（筑摩書房）
『児童虐待から考える　社会は家族に何を強いてきたか』杉山春（朝日新聞出版）
『無戸籍の日本人』井戸まさえ（集英社）
『発達障害のいま』杉山登志郎（講談社）
『セックスメディア30年史――欲望の革命児たち』荻上チキ（筑摩書房）
『リキッド・モダニティ　液状化する社会』ジークムント・バウマン　森田典正訳（大月書店）
『後期近代の眩暈　排除から過剰包摂へ』ジョック・ヤング　木下ちがや他訳（青土社）

この他、多くの書籍、新聞記事、ウェブサイトなどを参考にさせていただいております。

参考文献の主旨と本作の内容はまったく別のものです。

本作は書下ろし作品です。
また、この物語は平成30年間の文化・風俗を俯瞰しながら、
児童虐待、子供の貧困、無戸籍児、
モンスターペアレント、外国人の低賃金労働など、
様々な社会問題をテーマとした作品ですが、
フィクションであり、実在の人物、団体、事件とは一切関係がありません。

2019年4月　光文社刊

光文社文庫

Blue

著者　葉真中顕

2022年2月20日　初版1刷発行

発行者　鈴木広和
印刷　萩原印刷
製本　ナショナル製本

発行所　株式会社 光文社
〒112-8011　東京都文京区音羽1-16-6
電話（03）5395-8149　編集部
8116　書籍販売部
8125　業務部

落丁本・乱丁本は業務部にご連絡くだされば、お取替えいたします。
ISBN978-4-334-79303-6　Printed in Japan

JASRAC　出 2200114-201

組版　萩原印刷